서유기 81난 연구

서유기 81난 연구

초판 1쇄 발행 2018년 8월 30일

지은이 서정희
옮긴이 부산대학교 중국소설연구회
펴낸이 강수걸
편집장 권경옥
편집 윤은미 정선재 이은주
디자인 권문경 조은비
펴낸곳 산지니
등록 2005년 2월 7일 제333-3370000251002005000001호
주소 부산시 해운대구 수영강변대로 140 BCC 613호
전화 051-504-7070 | 팩스 051-507-7543
홈페이지 www.sanzinibook.com
전자우편 sanzini@sanzinibook.com
블로그 http://sanzinibook.tistory.com

ISBN 978-89-6545-542-4 94820
978-89-92235-87-7 (세트)

* 책값은 뒤표지에 있습니다.
* 이 도서의 국립중앙도서관 출판예정도서목록(CIP)은 서지정보유통지원시스템 홈페이지(http://seoji.nl.go.kr)와 국가자료공동목록시스템(http://www.nl.go.kr/kolisnet)에서 이용하실 수 있습니다. (CIP 제어번호: 2018025417)

아시아총서 30

서유기 81난 연구

西遊記八十一難硏究

서정희 지음

부산대학교 중국소설연구회 옮김

산지니

저자 서문

나는 안다, 나의 모습을.

나는 길가에 피어 있는 작은 들꽃. 어쩌면 돌 틈을 살짝 비집고 나와 머리를 빼꼼 내밀고 있을지도 모르는 작은 풀포기 하나. 햇볕과 물방울과 바람의 속삭임 속에서 끝없이 흔들린다. 흔들림 속에서 아름다움과 경쾌함을 온몸으로 표현하고, 아픔과 슬픔은 눈물로 담아낸다. 그런 나도 언젠가 때가 되면 바람과 공기와 빛과 하나 되어 춤추고 있겠지, 대지를 향해, 하늘을 향해.

그런 내가 근 40년 전에 석사논문으로 '서유기 81난 연구'를 세상에 내놓은 적이 있다.

중국어로 되어 있는 논문이라 읽기가 번거로운데, 은퇴 즈음하여 후학들의 노력과 정성에 힘입어 책으로 엮여 세상에 나오게 되었다. 너무도 감사한 일이다.

20대 중반에 적었던 생각들을 근 40년이 지나 이순을 넘은 나이에 다시 마주하니, 말로 다 형용할 수 없는 여러 가지 감회가 피어오른다. 풋풋했던 20대 시절, 존재와 삶의 문제에 대해 고민했던 흔적들이 다듬어지지 않은 논리와 문장의 행간에 자리하고 있었다.

번역서를 보면서 가장 먼저 떠오르는 생각은 논문 지도교수님이셨던 나의 은사님 고 葉慶炳 선생님이시다. 석사 시절 선생님의 제자가 되기 위해 1년여 동안 공을 들인 결과, 드디어 선생님의 제자로 받아들여져 기뻐했던 옛 일이 주마등처럼 스쳐 지나간다. 선생님의 이름에 누가 되지 않기 위해 애썼던 내게 늘 인자하고 너그러운 웃음으로 용기를 주셨던 선생님. 아버지가 자식을 대하듯이 仁厚롭게 대해주셨던 그 시절을 떠올리니 아름답고 치열했던 20대로 다시 돌아간 듯하다.

선생님께서는 제자들에게 엄하신 분이셨는데 한국에서 온 제자인 내게는 더할 나위 없는 따뜻함과 자애로움을 베풀어 주셔서 외국생활의 어려움을 잊게 해주셨다. 부산대학교에 부임하고 맞이한 어느 겨울방학, 설을 전후하여 선생님 댁을 찾은 적이 있었다. 그때 이미 돈을 벌고 있던 내게 빨간 봉투에 담긴 세뱃돈을 쥐여 주시던 선생님. 돈 번다고 받지 않으려는 제자에게 웃음 가득한 얼굴로 홍빠오(紅包: 빨간 봉투 안에 들어 있는 세뱃돈)를 건네주시던 선생님의 모습은 지금까지도 선명하게 나의 머릿속에 그리움으로 남아 있다. 이제 당시의 은사님 연배가 된 이 우둔한 제자는 오늘에야 은사님에 대한 추억을 떠올리며 이 지면을 빌려 감사의 마음을 표한다.

선생님, 진심으로 머리 숙여 감사의 마음을 전합니다. 정말로 감사드립니다.

그다음으로 떠오르는 생각은 나의 가족들이다. 가족 중에서도 우리 6남매를 키워주신 아버님과 어머님에 대한 생각이 간절하다. 유학이 그리 흔하지 않던 시절, 딸이 가는 길을 말없이 응원해 주셨던 아버님과 어머님. 그분들의 사랑과 지원에 힘입어 지금까지 이렇게 교단에서 35년간의 세월을 아무 탈 없이 보내고 퇴임을 맞이하게 되었다. 지금 세상에 계시지는 않지만 교직생활을 마감하는 지금 다시금 두 분께 감사의 마음을 전하고 싶다. 사랑했노라고, 그리고 부모님의 가르침 아래 安分守己하며 지금까지 살았노라고. 그리고 가르침을 지키느라 망설인 적도, 주저한 적도 많았지만, 그러나 부모님의 믿음을 저버린 적은 없었다고.

마지막으로 40년이 지났음에도 다시금 졸고에 새로운 생명을 부여하기 위해 오랜 시간 기획하고 번역하여 책을 만들고 또 원문 한 자 한 자를 타이핑하여 전자책으로 만든 일곱 명의 후학들에게 깊은 감사의 말을 전하고 싶다. 안승웅, 유미경, 김영옥, 전금, 김소정, 김경아, 이민경 이 일곱 선생의 헌신적인 정성과 노력으로 서가 구석에 처박혀 있던 '서유기81난 연구'가 번역을 거쳐 세상 빛을 보게 되었음을 고맙고 또 고맙게 생각한다.

후학들과 나는 길게는 30여 년, 짧게는 20년 정도의 긴 인연 관계를 맺으며 오늘에 이르렀다. 후학이라고 하기보다는 학문을 같이하는 동학, 벗 이상으로 우리 관계를 규정짓는 더 좋은 말은 없을 것으로 생각된다.

이 일곱 선생 외에도 나와 인연을 맺은 많은 후학들이 있다. 그들에게 가르쳤다고 하나 오히려 그들로부터 배운 것이 적지 않다. '三人行 必有我師'란 공자님의 말씀처럼 나는 지금까지 모든 이들로부터 넘치는 가르침을 받았고, 받아 왔다. 내게 가르침을 준 모든 존재에 대해서도 결코 그 고마움을 잊을 수 없을 것이다.

은퇴를 맞이한 올해는 내게 잊을 수 없는 시간이기도 했다.

오고 감의 길에서 슬픔을 겪으면서 또 열심히 일에 몰두하여 삶을 살아내야 하는 그런 시간을 보냈다. 이 길에 대해 『서유기』의 저자인 오승은은 이미 500여 년 전에 탁월한 해석을 내린 바 있다.

고난과 의문의 인생길에서 나약한 한 인간이 지향해야 하는 정신세계의 방향이 무엇이고, 어떻게 그 길을 가야 하는지, 그 길에서 만나는 두려움과 공포를 어떻게 극복할 것인지, 그리고 목적지에서 우리를 기다리고 있는 것이 무엇인지 등, 무게감 있는 주제를 오승은은 조롱과 풍자의 틀을 운용하여 재치 있고 유머러스하게 펼쳐 보였다.

측정할 수 없는 존재의 무게를 가볍고 유쾌한 필치로 오승은이 『서유기』에 그린 삶의 태도를 온전히 배우지 못한 것은 나의 부족함 때문이다. 그러나 그 길을 가려고 한 마음은 여전히 간직하고 있다. 은퇴 후, 내가 가야 할 삶의 방향과 목적지를 그는 매우 재미있고 유쾌하게 보여주고 있다. 가볍게 경쾌하게 살라고, 단지 태산보다 무거운 삶의 의미는 잊지 말고.

『서유기』가 내게 준 교훈은 이걸로 충분한 것 같다.

2018년 8월

금정산 기슭에서

서정희

차례

명말 오승은(吳承恩)의 『서유기(西遊記)』가 세상에 나온 이래 역대 비평가들은 유 · 불 · 도 세 종교의 관점에 입각하여 『서유기』 안에 담긴 심오한 뜻을 탐색하는 데 몰두하였다. 혹자는 배움을 권면하는 책으로, 혹자는 참선을 담론하는 책으로, 또 혹자는 도를 강론하는 책으로 보는 등 각자 다른 주장을 펼쳤다.[1] 1923년 호적(胡適)은 「서유기고증(西遊記考證)」을 발표하여 상술한 전통적 견해들을 완전히 뒤엎고 『서유기』에 담겨 있는 풍부한 희극성과 풍자성을 강조하였다.

그런데 수백 년 동안 『서유기』를 읽은 사람들은 지나치게 총명했다. 매우 쉽고도 명료한 골계미와 풍자정신을 이해하려 하지 않고, 터무니없이 종이를 뚫을 기세로 글 뒤에 숨겨진 심오한 뜻을 찾으려다 보니, 결국 유 · 불 · 도 세 종교의 옷을 덧입히게 되었다.[2]

호적 이후 『서유기』를 연구한 학자들은 대부분 그의 논점을 긍정하였다.[3] 이를 이어받아 어떤 비평가들은 작가가 살아온 시대적 배경과 작가 개인의 환경에 주목하여 『서유기』의 정치적 함의를 드러내고, 특히 그 시대 정치의 부패상을 강조했다.[4] 사실 이러한 관점 또한 『서유기』에 반영된 일부 견해를 드러낼 뿐이고 마찬가지로 일반화의 오류를 범했다.

요컨대, 『서유기』를 비평한 학자들의 관점은 모두 독창적이지만 지나치게 한 면을 강조하다 보니 다른 면을 놓치는 우를 범했던 것이다. 즉, 누구는 작품 형식의 면에서, 누구는 제재의 면에서, 누구는 기교의 측면에서만 작품을 분석하면서 자기와 다른 관점을 철저히 부정하였기 때문에 실질적이면서도 핵심을 찌르는 전면적 비평에 이르지 못했다. 호적이 『서유기』의 희극성과 풍자성을 강조하여 새로운 가치를 부여한 공로는 실로 크지만, 그 역시 부지불식간에 오류를 범하고 융통성 없는 비평관을 수립하였다.[5]

다행히 근래의 학자들은 편중된 기존의 논점을 극복하고 호적의 관점을 수용하여 새로운 각도에서 『서유기』의 가치를 발굴하고 긍정하였다. 가령, 하지청(夏志淸)은 「서유기연구(西遊記硏究)」에서 『서유기』에는 신화 · 우언 · 희극 등 다양한 문학양식이 복잡하게 연결되어 있으며, 근대 소설가들이 『서유기』의 풍자성을 힘껏 칭송하느라 다른 측면의 의미들을 소홀히 한 폐단이 있음을 분명하게 밝히고 있다.[6] 이와 같은 『서유기』 연구의 방향에 힘입어 근래의 신문과 잡지에 게재된 『서유기』 관련 글들은 『서유기』를 다양한 문학양식으로 구성된 작품으로 간주하여 각각 다른 관점에서 『서유기』가 내포하는 다층적 의미를 풀어냄으로써 『서유기』 연구의 영역과 다양성을 확대하고 있다.[7] 이에 필자는 상기한 내용의 관점 아래『서유기』의 재난고사를 선택하여 그 함의를 자세히 분석하고자 한다. 이는 독창적이고 예술적으로 배치한 재난고사를 통해 드러내고자 했던 인간의 본성에 대한 작가 개인의 관조를 깊이 들여다보는 과정이 될 것이다.

『서유기』의 구조는 크게 세 부분으로 나눌 수 있다.

첫째, 손오공의 탄생과 구도 과정, 천궁을 소란하게 한 사건 등 손오공의 개인내력을 묘사한 부분이다. (제1회에서 제7회까지)

둘째, 현장이 태어나자마자 강에 버려지고, 부모를 찾고 원한을 갚고, 당태종이 취경(取經)을 하명하고, 불존이 관음보살을 보내어 취경단원을 선발하는 등 취경사업이 일어나게 된 과정과 원인을 묘사한 부분이다. (제8회에서 제12회까지)

셋째, 취경단이 산 넘고 물 건너 서천으로 가는 여정, 그 과정에서의 수많은 요마와 요괴들과의 전투, 영산(靈山)에 이르러 불경을 얻기까지의 모험의 과정을 묘사한 부분이다. (제13회에서 제100회까지)

그중 세 번째 부분이 바로 81난의 과정[8]이다. 81난은『서유기』전 분량 중 80% 이상을 차지한다. 따라서 첫 번째와 두 번째 부분은 이야기의 도입부일 따름이고, 서유고사의 핵심은 81난의 묘사에 있음을 알 수 있다. 필자는『서유기』의 81난을 중심으로 전면적인 분석을 하고자 한다. 이 81난은 기존 학자들이 언급하지 않은 부분이므로, 이 연구가『서유기』이해에 도움이 될 수 있기를 희망한다. 이 논문에서는 수행자 당(唐) 삼장(三藏)이 조우하는 재난에서 재난의 의미, 재난의 요인, 재난을 야기하는 존재(요괴) 및 재난의 기본구조를 분석함으로써 작가가 문학적 장치를 통해 인간의 본성을 어떻게 그리고자 하였는지, 사람들이 어떻게 마음의 장애를 극복하여 정신적 경지를 높이려고 하는지를 보여줄 것이다. 본문은 아래와 같이 다섯 개의 장으로 나누어진다.

제1장 81난의 의의: 삼장이 서쪽으로 불경을 구하러 가는 길에서 보여주는 심리상태를 귀납하여 81난의 의미를 탐구한다.

제2장 81난의 구성요인과 결합방식: 인간본성으로부터 재난의 구성요인을 탐색한 후, 각각의 요인이 결합하는 방식을 논한다.

제3장 81난의 주요 원흉 - 요괴: 81난의 주요 원흉인 요괴와 그들이 지닌 갖가지 법력을 논한다.

제4장 81난의 기본구조: 제1절 재난의 징조, 제2절 재난의 시작, 제3절 재난의 연속, 제4절 재난의 해결과 그 상징성 등으로 나누어 고찰한다. 1절, 4절은 융(C. G. Jung)의 성격유형론과 원형론을 원용하여 재난의 징조와 해결을 탐구하고, 2절, 3절은 심리학 용어인 '충돌'을 가져와 재난의 시작과 연속을 분석한다.

제5장 결론: 앞장의 내용을 총괄한 뒤 『서유기』의 문학적 성취에 대하여 논한다.

제1장
81난의 의미

西遊記八十一難研究

제1장 81난의 의미

표층적 의미에서 고난은 인간을 불행하게 만드는 재난을 말한다. 고난은 고통과 불행을 수반하기에 사람들은 그것을 피하려고 한다. 그러나 성공은 좌절과 고통을 넘어서야 하므로 심층적 의미에서 고난은 성공을 이루기 위한 관문이라 할 수 있다. 맹자(孟子)는 "하늘이 장차 사람에게 큰 임무를 맡길 때, 반드시 먼저 그 마음과 뜻을 괴롭게 하고 그 힘줄과 뼈를 수고롭게 하며 그 배를 굶주리게 하고 그 몸을 궁핍하게 하여 그가 하려는 바를 어지럽힌다. 그렇게 함으로써 마음을 흔들어 참을성을 기르게 하여, 이제까지 하지 못한 바를 더 잘 할 수 있게 한다."[1]고 고난의 의미를 해석하고 있다. 이 말에 따르면 고난은 원대한 뜻을 완성하기 위해 반드시 거쳐야 하는 길이다. 예를 들면 그리스 신화 속의 헤라클레스는 12개의 고난과 고된 훈련을 이겨낸 다음에야 하늘의 신이 될 수 있었고, 소설 『천로역정』의 주인공은 고난의 시험을 통과한 후에야 천국에서 영화를 누릴 수 있었다.[2] 당대(唐代)의 변문 「목련구모(目蓮救母)」의 목련 역시 지옥에서 천신만고

끝에 어머니를 구출할 수 있었다. 이러한 이야기에는 주인공이 목적을 이루고자 하면 반드시 무수한 고난과 위험한 시련을 통과해야 한다는 공통점이 있다. 『서유기』의 81난 또한 이와 같은 의의를 두고 구상된 것이다.

이른바 『서유기』의 81난은 당 삼장이 홍진(紅塵)에 떨어진[3] 이후 성불하기까지 조우한 재난들을 말한다. 이 중에서 앞의 재난은 삼장이 전생에서 경험한 「금선장로의 몸에서 인간세상으로 내쫓기다(金蟬遭貶)」, 「모친의 태에서 나와 살해당할 뻔하다(出胎幾殺)」, 「보름날 달밤에 강물에 던져지다(滿月拋江)」, 「부모를 찾고 원한을 갚다(尋親報冤)」 등 네 가지 사건이며, 뒤에 이어지는 77개의 재난은 삼장이 천축(天竺) 영산으로 가는 여정에서 만나는 마난(魔難)에 해당된다. 본 논문에서 논하고자 하는 주된 대상은 바로 후자, 즉 삼장이 불경을 가지러 가는 여정에서 만난 77개의 재난이다.

전체적으로 보면 81난은 삼장 한 사람을 중심으로 집중적으로 구성되어 있다. 예를 들면 제22회에서 손오공은 저팔계(豬八戒)에게 다음과 같이 말한다.

> "하지만 사부님은 몸소 이역만리 타국을 다니는 것만으로 고해를 초탈할 수 없어. 그래서 한 발자국도 떼어놓기가 어려우신 거야." (제22회)

제31회에서는 손오공이 또 저팔계에게 다음과 같이 말을 한다.

"사부님께선 걸음마다 어려움이 있고, 곳곳에서 재난을 만나야 하시니." (제31회)

제65회에서는 손오공은 탄식을 하며 다음과 같이 말을 한다.

"사부님, 전생에 얼마나 많은 죄를 지으셨기에 이생에서 걸음걸음마다 요괴를 만나시는 겁니까? 이런 고초에서 벗어나기 어려울 것 같으니 어쩌면 좋단 말입니까!" (제65회)

위에서 보듯이 재난은 분명 삼장 한 개인을 향하고 있다는 것을 알 수 있다. 다음 예문은 삼장에게 재난이 일어나야 하는 필요성을 더욱 직접적으로 명시하고 있다.

관음보살은 재난 장부를 한번 훑어보고 다급히 전했다. "불문에서는 '구구팔십일'의 수를 채워야 참된 도에 귀의하게 되는 법이다. 성승(聖僧)은 80개의 재난만 겪고 아직 하나의 재난이 부족하여 이 수를 채우지 못했구나." (제99회)

관음보살의 말에 의하면 재난은 미리 교묘하게 만들어진 것이며 삼장은 81난을 거쳐야만 득도할 수 있다는 것이다. 81난은 삼장이 고통과 고난을 거치며 필연적으로 넘어야 하는 관문이다. 작가는 해학과 풍자의 필치로 흥미진진한 재난이 끊임없이 펼쳐지도록 했는데, 이는 작가가 심혈을 기울여 재난고사를 만들었음을 보여주고 있다. 다시 말해, 작가는 암암리에 재난의 의의를 설명하면서도 오락성을 고려해야 했던 것이다. 의심할 여지 없이 81난은 『서유기』 전체를 꿰는 핵심이며, 이러한 재난고사가 없었다면 『서유기』는 지금과는 전혀 다른 소설이 되었을 것이다. 즉, 81난은 삼장 개인에게만 특별한 의미가 있는 것이 아니라, 『서유기』 전체 구조상 핵심부분에 해당된다. 그러므로 본 장에서는 81난의 의미가 무엇인지를 구체적으로 살펴보고자 한다.

당 삼장은 비록 중원의 땅, 중토에서 높은 덕으로 칭송받는 고승이지만 아직은 불교의 진제(眞諦)[4]를 깨닫지 못한 범승이다. 그래서 그는 무수한 시련을 거쳐야지만 불교의 최고 경지인 열반에 들 수 있다. 바꾸어 말하면, 당 삼장에게 있어 81난은 바로 마음수련을 통하여 정신적 경지를 한층 더 높일 수 있는 관문인 것이다. 마음을 수행하는 이 기나긴 여정은 불경을 가지러 서쪽으로 가는 시작 · 중간 · 끝의 세 단계로 나눌 수 있다. 법문사에 당도하는 것이 불경을 가지러 가기 위한 첫 출발점, 즉 취경의 시작에 해당되며, 그 후 여정에서 겪는 과정이 취경의 과정이며, 「능운도에서 속세의 태를 벗는 것(凌雲渡脫胎)」이 취경의 끝에 해당된다. 삼장이 이 세 단계에서 보여주는 각종 심리상태를 통해 81난의 의미를 살펴볼 수 있다.

1. 법문사(法門寺)에 당도하다 - 취경의 시작

삼장은 장안에서 출발하여 법문사에 도착한다. 이 절은 이웃 나라의 국경지역에 위치하고 있어, 삼장이 법문사를 나서는 순간이 바로 취경길에 오름을 의미한다. 그러므로 삼장이 법문사에 도착하는 것이 취경의 시작이라고 할 수 있다. 법문사의 승려들은 삼장이 서쪽으로 불경을 구하러 간다는 것을 알고, 산세가 험하고 뱀과 도깨비들이 득실득실하여 득보다 실이 많을 것이라며 경고한다. 이때 삼장은 가만히 입을 다문 채 손으로 자기 가슴을 가리키며 고개를 몇 번 끄덕인다. 승려들이 그 의미를 묻자 삼장은 다음과 같이 대답한다.

> "마음이 생기면 온갖 마가 생기고, 마음이 멸하면 온갖 마가 소멸한다." (제13회)

이 대답은 표면적으로는 승려들의 물음에 대답한 것이지만, 실제로는 그가 앞으로 만나게 되는 모든 재난의 원인과 실상을 가장 잘 보여주는 대목이다.[5] 삼장이 말한 '마음'은 중생들의 마음을 말한다. 탐욕스러운 마음, 화나는 마음, 분노하는 마음, 어여삐 여기는 마음, 망상하는 마음 등이 그 예이다. 중생들의 수많은 마음을 보여주는 또 다른 좋은 예로 비구국(比丘國)에서의 손오공의 행동을 들 수 있다. 손오공은 사람의 심장을 찾는 비구국 왕의 면전에서 배를 갈라 붉은 심장, 하얀 심장, 노란 심장, 인색하고 탐욕스러운 심장, 이름을 높이려는 심장, 질투하는 심장, 간교한 심장, 이기는 것을 좋아하는 심장, 높은 지위에 오르고자 하는 심장, 거들먹거리는 심장, 남을 죽이려는 심장, 악독한 심장, 두려워하는 심장, 삼가고 조심하는 심장, 이름 없이 숨고자 하는 심장 등을 사람들에게 보여준다. 상술한 심장들은 사람의 마음상태를 구체화한 것이다. 사람은 원래 갖고 싶은 재화를 보면 탐욕스러운 마음이 생겨나고, 과거의 원망을 잊지 못하면 화나는 마음이 생겨나고, 악한 것을 보면 분노하는 마음이 생겨나고, 과거의 취향을 버리지 못하면 어여삐 여기는 마음이 생겨나고, 미래의 행복을 추구하면 마음에 망상이 생겨난다. 이러한 것들은 사람이 환경 혹은 생리작용의 영향[6]에 의해 생겨나는 마음상태이다. 그러므로 사람은 항상 이러한 감각기관이 반응하는 대로 움직일 뿐, 그 마음의 본질을 알지 못한다. 『대학』에서는 수신정심(修身正心)할 때 조심하고 꺼려야 할 부분을 정확하게 지적하고 있다.

> 이른바, 몸을 닦는 것은 그 마음을 바르게 하는 데 있다. 몸이 분하고 노여워하는 바가 있으면 마음을 바르게 할 수 없고, 두려워하고 근심하는 바가 있으면, 마음을 바르게 할 수 없다. 몸이 좋아하고 즐겨하는 바가 있으면 마음을 바르게 할 수 없고, 근심하고 걱정하는 바가 있으면 마음을 바르게 할 수 없다. 마음이 있지 않으면, 보아도 보이지 않고, 들어도 들리지 않으며, 먹어도 그 맛을 모른다. 이것을 일러 몸을 닦는 것은 그 마음을 바르게 하는 데 있다고 하는 것이다.[7]

이 문장은 감각기관이 마음을 가릴 수 있음을 지적하고 있다. 불교의 관점에 의하면 사람은 반드시 희로애락의 마음을 버리고, 감각기관이 느끼는 모든 지식을 부정해야만 "몸은 보리수와 같고, 마음은 맑은 거울과 같은"[8] 경지에 도달할 수 있다고 한다. 불교에서는 눈앞에 생겨나는 모든 현상이 감각기관의 속임수에 의해 생겨난 망상이라고 주장한다. 이러한 이론적 근거를 통해 보면, 삼장이 말한 '마음'은 바로 감각기관으로서의 마음을 가리킨다는 것을 알 수 있다.

삼장이 법문사에서 준엄하게 "마음이 생기면 온갖 마가 생기고, 마음이 멸하면 온갖 마가 소멸한다."라고 말한 것은 불교의 '모든 마음은 마음이 아니다(諸心皆爲非心)'라는 진의를 깨달았다는 것을 의미하고, 또한 감각기관의 영향을 받지 않는 고승이 되었다는 것을 의미한다. 삼장은 중생들과 달리 깨달음의 힘이 탁월하고, 취경의 의지가 굳건하며, 황제의 사명에 충성을 다하는 마음이 있었기 때문에 법문사 승려들은 모두 그를 존경한다. 출발할 당시 삼장의 굳건한 의지에는 역사 속의 현장과 마찬가지로, 고승의 비범한 기상과 굳은 결심이 담겨 있다. 이 첫 단계에는 풍랑 없는 잠잠한 바다처럼 공포 분위기가 전혀 느껴지지 않으며 단지 당 삼장과 두 명의 하인이 외로이 멀고 먼 길을 향해 걸어가는 것만 보일 뿐이다. 그러나 망망하고 기나긴 여정에 오른 삼장의 미래는 두 번째 서막이 열리자 중생들이 걱정했던 바와 같이 새로운 국면을 맞이하게 된다.

2. 불경을 구하러 가는 여정 - 취경의 과정

이 단계는 당 삼장이 법문사를 나와 서쪽으로 출발하여 영산(靈山)에 도달하기까지의 과정을 말한다. 이 여정에 대해 작가는 일찍이 법문사 승려들의 말을 빌려 이역만리 타국에는 분명 위험이 도사리고 있고 재앙이 많을 것이라고 말한 바 있다. 그리고 이러한 전제하에 작가는 81난을 끝없이 펼쳐지는 기나긴 여정에 아주 적절하게 안배하고 있다. 그렇다면 작가는 왜 이처럼 일련의 재난들을 안배한 것일까? 이에 대해 다음의 두 가지 관점에서 살펴보고자 한다.

(1) 삼장의 진면목

삼장이 법문사를 떠나 서쪽으로 불경을 구하러 가는 여정에서 처음 만난 재난은 「장안성을 나와 호랑이를 만나다(出城逢虎)」이다. 삼장은 이때 너무 놀라는 바람에 마음에 두려움이 생겨나고 말았다. 이후, 삼장은 고승의 모습을 완전히 잃고 벌벌 떨며, 혼비백산하는 등 극단적으로 공포에 질려 범부들에게서나 볼 수 있는 모습을 보여준다. 이 모습은 법문사에서 했던 "마음이 생기면 온갖 마가 생기고, 마음이 멸하면 온갖 마가 소멸한다."는 훌륭한 말과 모순되며 이에 따라 사람들은 삼장이 입으로만 진리를 운운하지 실제로 행동으로 실천하지 못하는 승려라고 생각하게 된다. 이 재난 이후, 삼장은 험난한 상황을 만나기만 하면 대경실색하고 정신을 잃어 필부의 용기조차도 내지 못한다. 그 다음에 만난 재난은 「쌍차령에서(雙叉嶺上)」인데, 삼장은 독충과 괴수의 위협에 맞닥뜨리자 다음과 같은 모습을 드러내고 만다.

> 또한 그 말도 허리에 힘이 빠지고 발굽도 꺾어져 푹하고 다리를 꿇더니 땅에 엎어졌다. 때려도 일어나지 않고, 잡아당겨도 꼼짝하지 않았다. 법사는 몸 둘 곳 없이 고통스러워하니, 참으로 처량하였다. (제13회)

삼장은 이와 같이 급박한 위험에서 어쩔 줄 몰라 전전긍긍하며 죽음의 순간을 기다릴 뿐이었다. 다행히 사냥꾼 유백흠(劉伯欽)이 맹호와 뱀을 물리치고 삼장의 목숨을 구해주지만, 이 극단적인 공포 속에서 사리분별을 잃은 삼장은 생명의 은인을 악당이라고 여겨 무릎을 꿇고 살려달라고 애원한다. 마음 착한 유백흠이 삼장을 배웅하며 작별인사를 할 때에도 삼장은 다음과 같이 반응한다.

> 삼장은 깜짝 놀라며 손을 꺼내 옷을 잡아끌고 소매를 붙잡으며 눈물을 흘리며 쉽게 헤어지지 못했다. (제13회)

이처럼 겁을 잔뜩 먹은 삼장을 보면 필부와 다를 바 없어 보인다. 상술한 인용은 삼장이 불경을 가지러 가는 여정에서 보여준 모습인데, 여기에서 삼장은 단연코 고승이 아니라 유약하기

그지없는 범승임을 알 수 있다.

삼장은 불경을 구하는 길에서 저팔계를 거두어 제자로 삼은 뒤 부도산(浮屠山)의 오소선사(烏巢禪師)를 만나러 간다. 그때 오소선사로부터 「마하바라밀다심경(摩訶般若波羅蜜多心經)」을 전수받는다.

> "가는 길이 멀어도 반드시 도착하는 날이 있을 겁니다. 다만 마장을 물리치기 어려울 것이니, 저에게 심경 한 권이 있습니다. 모두 54구, 270자로 되어 있지요. 마장을 만나게 되더라도 이 경을 외우면 해를 입지 않을 겁니다." (제19회)

「심경(心經)」은 마장(魔障)을 소멸시키는 효력을 지니고 있으며 이는 진제와 관련이 있다. 심경의 진제는 바로 "색불이공(色不異空) 공불이색(空不異色), 색즉시공(色卽是空) 공즉시색(空卽是色), 수상행식(受想行識) 역부여시(亦復如是)"이다. 색(色) · 수(受) · 상(想) · 행(行) · 식(識) — 이 다섯 가지가 오온(五蘊)[9]이다. 진성(眞性)을 덮고 묘명(妙明)을 가려 미혹되어 엎어지게 하고 미혹되어 속세를 좇게 한다. 범인의 집착과 미혹은 이 오온의 범주에서 벗어나지 못한다. 오온의 작용으로 인해 모든 번뇌와 고통이 생겨나고, 또한 인간세상의 각종 죄악이 만들어진다. 그러므로 '오온이 모두 공하다(五蘊皆空)'는 깨달음에 의거해 중생은 집착을 버리고 고뇌에서 벗어나 원만한 공덕을 이루는 불법의 세계로 들어가는 것이다. 그런데 안타깝게도 당 삼장은 서쪽으로 불경을 구하러 가는 여정 내내 항상 심경을 외우지만, 그 문자 안에 담긴 심오한 뜻을 깨닫지 못한다. 만약 삼장이 심경의 진제를 깨닫고 공을 깨달았다면, 어떠한 재난도 만나지 않았을 것이다.[10] 그러나 삼장은 손오공이 "사부는 외울 줄만 알지, 그 의미를 깨달으려고 하지 않는다!"라고 말한 것처럼 '색즉시공 공즉시색'의 이치를 깨닫지 못했던 것이다. 그 결과 삼장은 심경을 외우는 중에 오히려 요마들에게 사로잡혀 가게 된다.

> 삼장은 겨우 앉아 벌벌 떨면서 입으로는 「심경」을 외는데, 그 얘기는 더 이상 언급하지 않겠다. …… 그 요괴가 그들이 아주 가까이 뒤쫓아 온 걸 보고 …… 진짜 몸은 빠져나가 일진광풍으로 변해 곧장 원래 갈림길로 돌아왔다. 그 사부가 심경을 외우는 것을 보고 낚아채 바람을 타고 가버렸다. (제20회)

작가는 의도적으로 이와 같은 장면(심경은 본래 재난을 없애지만, 삼장이 심경을 외울 때는 도리어 요마에게 잡혀가는 장면)을 빌려 삼장이 심경의 내용을 전혀 깨닫지 못했다는 것을 보여주고 있다.

불경을 구해 동토로 돌아오고자 하는 삼장의 집착은 그가 '공'의 의미를 깨닫지 못했다는 표징이기도 하다. 삼장은 통천하(通天河)에서 사람들이 죽음을 두려워하지 않고, 얇은 얼음 위를 걸어 먼 곳으로 가서 장사를 하며 이문을 남기는 광경을 목도하고 감탄을 금치 못한다.

"세상사에서 오직 명예와 이익이 가장 중요하지요. 그들이 이익을 위해 목숨을 내놓은 것처럼, 우리 제자가 명을 받들어 충성하는 것도 오로지 명예를 위한 것이니, 그들과 얼마나 다를 수 있겠습니까?" (제48회)

먼 길에 풍찬노숙을 마다하지 않고 오로지 성지를 순례하고 불경을 구하고자 하는 삼장의 일념은 개인의 명예 때문이다. 불경을 구하겠다는 집착에 사로잡힌 삼장은 수심공덕(修心功德)을 이룬 후에야 중생에게 베풀 수 있다는 취경사업의 취지를 이해하지 못한다. 다시 말해, 온 생명을 다해 불경을 구하겠다는 집념으로 인해 취경의 노예가 되어버렸으니 주동적으로 취경사업을 추진할 수 없는 것이다. 이것이 바로 삼장의 정신상태가 맹목적으로 변해버린 가장 큰 이유일 것이다. 작가는 나무요정 불운수(拂雲叟)의 입을 빌려 맹목적인 삼장을 조롱하고 있다.

" …… 당신은 범어(梵語)를 붙들고 계시는군요. '도'라는 것은 본디 중국에 있는데, 서방에서 구하려고 하시니 공연히 짚신만 없애가며 무엇을 찾으려는지 모르겠습니다. …… 참선을 근본으로 하는 것도 잊고, 불과(佛果)를 구하는 것을 잊으니, 모두 이곳 형극령(荊棘嶺) 칡넝쿨과 등나무처럼 뒤얽힌 수수께끼 같고 담쟁이나 오이넝쿨처럼 뒤얽힌 헛소리 같습니다. 이런 그대가 어떻게 인도할 수 있겠습니까?" (제64회)

불운수는 삼장이 서천으로 가는 의미를 조롱할 뿐 아니라 완전히 부정하고 있는데, 수행자가 진정으로 '공'의 의미를 깨우쳤다면 취경의 여부는 큰 의미가 없다는 것이다.

요컨대, 삼장은 취경에 집착하고, 외부의 온갖 모습에 미혹되거나 두려워하고, 「심경」을 전혀 깨닫지 못하는 모습을 보인다.[11] 삼장은 평소에는 중생보다 수양 정도가 높지만, 재난이 겹겹이 닥쳐오는 관문 앞에서 의지력은 번번이 허물어져 두려움과 불안에서 벗어나지 못한다. 그러다 보니 재난 앞에서 삼장은 추한 모습을 그대로 드러내고 만다. 그러나 그는 취경을 위한 최상의 인물로 선발되었으므로 적어도 범인에 비하면 인재라고 할 수 있다. 따라서 삼장에게 모든 재난은 그의 정신적 경지를 높여서 속(俗)을 초월하여 성(聖)의 경지에 이르게 하는 관문인 것이다. 하지만 삼장은 자신의 능력만으로 한계를 뛰어넘을 수 없기에 반드시 제삼자의 도움을 받아 그 정신적 경지를 높여야만 한다.

(2) 삼장의 정신적 경지를 높이다.

작가는 원숭이 모습을 한 손오공에게 초연하면서도 냉정한 태도로 외부 세계의 모든 현상을 꿰뚫어볼 수 있는 능력을 부여했다. 이러한 능력으로 인해 손오공은 삼장의의 정신적 경지를 높일 수 있었다. 손오공이 삼장의 취경길에 합류하고 오래지 않아 여섯 명의 도적을 만나는데, 여섯 도적의 이름은 '안간희(眼看喜)', '이청노(耳聽怒)', '비취애(鼻臭愛)', '설상사(舌嘗思)', '의견욕

(意見慾)', '신본우(身本憂)'이다. 각 이름의 첫 자 — 안(眼) · 이(耳) · 비(鼻) · 설(舌) · 신(身) · 의(意)는 불교에서 말하는 육근(六根)이다. 육근은 바로 사람의 감각기관이다. 이 감각기관이 색(色) · 성(聲) · 향(香) · 미(味) · 촉(觸) · 법(法) 즉 육진(六塵)에 작용한 결과, 기쁨(喜) · 분노(怒) · 애착(愛) · 생각(思) · 욕심(慾) · 근심(憂) 등의 여러 마음이 생겨난다. 그래서 손오공은 여섯 도적이 불순한 의도를 품은 나쁜 무리임을 한눈에 알아채고 곧바로 이 도적들을 제거한다. 이는 삼장 앞에서 손오공이 처음으로 내보인 활약으로 겉으로는 오공의 출중한 무예가 드러나지만 실제로는 이 여섯 개의 감각기관을 상징하는 도적들을 극도로 증오하는 것을 나타낸다. 손오공이 도적들을 제거한 동기는 그가 이미 감각기관의 제약에서 자유롭다는 것을 보여주는 것이다. 더욱 중요한 것은 여섯 도적을 제거함은 삼장이 감각기관으로 인한 마음의 간섭을 먼저 떨쳐내어야만 순조롭게 취경길에 오를 수 있음을 암시한 것이다. 그러한 이유에서 작가는 의도적으로 이 재난을 삼장이 손오공을 제자로 삼은 뒤에 바로 배치한 것이다. 가령, 제43회에서 손오공은 삼장이 마난(魔難)을 당하는 이유를 뚜렷이 밝히고 있다.

"사부님, 사부님께서는 안 · 이 · 비 · 설 · 신 · 의도 잊으셨습니다. 저희와 같이 출가한 사람들은 눈으로 색을 보지 않고, 귀로 소리를 듣지 않으며, 코로 향기를 맡지 않고, 혀로 맛을 보지 않으며, 몸으로는 추위와 더위를 모르며, 마음에는 망상이 없습니다. 이를 육적을 물리친다고 하는 것입니다. 사부님께선 마음으로는 경전을 구하는 일에 연연하시고, 요괴를 무서워하며 몸을 버리려 하지 않으시고, 공양을 드시며 혀를 움직여 맛을 보려 하시고, 향기롭고 단 것을 좋아하고 역한 냄새를 싫어하시며, 귀로 소리를 듣고 놀라시고, 사물을 보면 시선을 집중하십니다. 이렇게 여섯 도적을 어지럽게 불러들이시니 어떻게 서천으로 가서 부처님을 뵐 수 있겠습니까?" (제43회)

즉, 손오공은 삼장 본인의 육근이 깨끗하지 못한 까닭으로 인해 삼장이 재난을 만난 것이라고 단도직입적으로 말하고 있다. 손오공은 선도(仙道)를 깨달은 영체이지만 삼장은 아직 도를 철저히 깨치지 못한 범승이다. 정신적 깨달음의 차원에서 보자면, 삼장은 한참 모자란 수준이기에 손오공은 삼장이 감각기관의 제약에서 벗어날 수 있도록 이끌어주는 위치에 있게 된 것이다. 그래서 사부가 미혹되어 알아채지 못하고, 보고도 간파하지 못하고 마음이 흔들리는 것을 볼 때마다 손오공은 즉시 「심경」으로써 삼장이 미망과 무지를 깨우치도록 인도하고 있다. 아래의 예에서 범인으로서의 삼장의 모습과 그것에 대해 손오공이 비평하는 상황을 볼 수 있다.

당승이 말했다. "애들아, 조심해라! 앞에 높은 산이 있는 것을 보니, 아무래도 호랑이와 이리가 길을 가로 막을 것 같구나." 손오공이 말했다. "사부님, 출가하신 분이 속세의 말을 하듯 하시면 안 돼요. 사부님, 그 오소 스님이 말씀하신 '마음에 거리낌이 없어야 한다. 거리낌이 없어야 두려움이 없으며 어지러운 몽상에서 멀어진다'라는 심경 구절 기억하시지요? '마음의 때를 털어내고 귓속 먼지를 깨끗이 씻어내어라. 고생에 고생을 하지 않으면 뛰어난 사람이 되기 어렵다.' 하지 않았습니까? 아무 걱정 마세요. 이 손오공만 있으면 하늘이 무너져도 아무 탈 없이 모실 텐데, 호랑이, 이리가 뭐가 무섭습니까!" (제32회)

여기에서 삼장은 감각기관의 공포에 빠진 범부의 모습을 보여주고 있다. 그래서 손오공은 「심경」의 내용을 거듭 풀이하면서 삼장이 세속의 경험과 인연을 깨끗이 씻어내도록 일깨우고 미망에서 각성하기를 북돋아주고 있지만, 삼장은 '만법유심조(萬法唯心造)'[12]의 진제를 알지 못한다. 사실 고행자의 목표는 각고의 노력으로 마음의 영적 빛을 닦아 만상을 비추고자 하는 데 있다. 그래서 손오공은 곳곳에서 마음 닦음의 의미를 설파하고 있다.

"부처는 영산에 있으니 멀리서 찾지 말라. 영산은 바로 그대 마음속에 있느니라. 사람들마다 영산의 탑을 가지고 있으니, 영산 탑 아래에서 수행하면 되느니라." (제85회)

손오공이 마음 닦음의 중요성을 강조하니 삼장 또한 "제자야, 내 어찌 모르겠느냐? 이 네 구에 의하면, 온갖 경전 필요 없고 단지 마음을 닦는 것뿐이니라."(제85회)라고 수긍한다.

요컨대, 삼장은 불경을 구하러 서쪽으로 떠나는 길에서 불가의 마음 닦음의 도리를 두 차례 말했지만[13], 그가 여정 내내 보여준 것은 만상의 흐름과 변화에 흔들리는 감각기관을 통하여 생겨나는 미혹 · 공포 · 집착 등이었다. 때문에 삼장은 81난의 수련과정을 거쳐 큰 도를 깨닫고 불신(佛身)을 이루어야만 하는 것이다. 이로 보아 재난에는 이중작용이 있음을 알 수 있다. 그 하나는 아직 명심견성(明心見性)[14]에 이르지 못한 삼장의 궁색한 모습이 적나라하게 드러나게 하는 것이고, 다른 하나는 삼장이 고난의 시험을 거울삼아 재난의 의미를 통찰하여 정신적 경지를 높이는 것이니 이것이 바로 작가가 각종 재난을 안배한 의도이다.

3. 능운도 탈태 - 취경의 끝

『서유기』의 제80난 「능운도에서 속세의 태를 벗다(淩雲渡脫胎)」는 삼장의 마음 닦음 과정의 종착역이면서 피안에 도착하여 열반에 드는 관문에 해당된다.[15] 여기에서 삼장의 환골탈태는 바로 미혹됨에서 깨달음으로, 꿈에서 깨어남으로, 환상에서 실제로, 가짜에서 진짜로 가는 마음의 해탈을 의미한다. 이때부터 그는 절대적이고, 영원한 생명의 영역 — 영산으로 들어서기 시작한다. 그러면 작가는 어떻게 이 난을 안배하여 삼장의 해탈과정을 밝히고 있는가?

제천대성(齊天大聖)이 합장하며 칭송했다. "저희 사부님을 건네주러 오셔서 정말 감사합니다. 사부님, 배에 오르시지요. 이 배는 비록 바닥은 없지만 평온하답니다. 바람이 불고 파도가 일어도 뒤집어지지 않지요." 삼장은 아직 놀라고 의심스러워하는데 손오공이 그의 팔짱을 끼고 배 위로 떠미니 삼장은 발을 딛지 못하고 꼬르륵 물속에 빠지고 말았다. 그러자 상앗대를 잡고 있던 접인불조(接引佛祖)가 얼른 붙잡아 배 위에 세웠다. 삼장은 옷을 털고 신을 기울여 물을 빼며 손오공을 원망했다. 손오공이 사오정과 저팔계를 데려오고, 말을 끌고 짐을 진 채 배에 올라 모두 배 위에 섰다. 접인불조가 가볍게 상앗대를 저어 배를 움직이는데, 물살 위에 시체 하나가 떠내려 오고 있었다. 삼장이 그걸 보고 깜짝 놀라자, 손오공이 웃으며 말했다. "사부님, 겁내지 마십시오. 저건 원래 사부님의 껍질이었습니다." 저팔계도 말했다. "맞네요. 맞아요." 사오정도 손뼉을 치며 말했다. "맞아요, 사부님이에요." 그 상앗대를 젓던 접인불조도 큰 소리로 말했다. "저건 당신이오. 축하하오! 축하하오!" (제98회)

삼장이 능운도에서 속세의 태를 벗은 것은 결코 스스로 마음을 닦은 결과가 아니라 손오공의 강압에 의한 것임을 알 수 있다. 능운도의 강물은 정화와 속죄를 거쳐 영원한 시간으로 들어감을 상징하고 또한 육도윤회(六道輪迴)[16]에서 벗어남을 상징한다.[17] 삼장은 이 신성한 강을 앞에 두고서도 발자국을 떼지 못하고 머뭇거리는데, 영원한 생명을 얻는 것에 대한 믿음이 없는 것이다. 위의 인용문에서 삼장이 계속 놀라고 의심하며 원망을 멈추지 않는 태도를 보면, 능운도에 이르러서도 여전히 「심경」의 깊은 뜻과 여러 재난의 의미를 이해하지 못했음을 알 수 있다. 그래서 삼장이 최후에 불과(佛果)를 이룬다는 결말은 확실히 터무니없고 황당하다. 이는 오승은이 『서유기』 고사를 조롱과 풍자의 틀에서 구성했기 때문이다.

요컨대, 81난은 평범한 승려 삼장의 육신이 마음을 닦는 과정이다. 대승불교에 의하면 불제자에게는 '상구불도(上求佛道), 하화중생(下化衆生)'[18]의 책무가 있다. 이 '상구불도, 하화중생'이 바로 서천취경(西天取經)의 최종 목적인 것이다. 삼장이 경전을 구하여 중원으로 돌아와 중생을 고해에서 벗어나게 하고 망자를 제도하여 극락으로 이끌고자 한 것은 이타적 사업이다. 이타적인 사업에 종사하려면, 반드시 먼저 수행을 하고 공덕이 원만해져야만 한다. 수행과 공덕의 목적은 「심경」의 진제 즉 '공'을 깨닫는 것이고, 또 한편으로는 스스로의 깨달음에서 나아가 타인을 일깨우는 것이다. 그러므로 81난은 이기적 측면에서 보자면, 범인 삼장이 각종 재난을 겪으면서 모든 재난에 실체가 없음을 깨달은 후, 일체의 헛된 망상에 대한 집착을 부수고 명심견성(明心見性)하여 마음 닦음을 완성하는 구도의 여정을 의미한다. 이타적 측면에서 보자면, 삼장이 수많은 고난들을 이겨내고 불경을 가지고 동녘 땅으로 돌아와 중생의 미혹을 일깨워 깨달음에 이르게 한다는 의미가 있다. 비록 두 가지 측면에서 81난의 의의를 고찰한다고 하더라도 수행의 완성이 '하화중생'에 우선하기 때문에, 작가는 마음 닦음의 가치를 드러내는 것에 중점을 두고 있다. 이 밖에 오승은은 「심경」의 '공'의 뜻을 『서유기』 전편을 관철하는 철리로 삼았을 뿐 아니라 도교의 연단복식, 음양오행의 화합, 역학의 괘효, 신비로운 숫자 등에 관한 핵심어를 취하여, 시문과 대구, 그리고 매회의 제목 안에 적절히 배치함으로써 81난의 마음 닦음의 의의를 드러내고 있다.

제2장
재난의 구성요인 및 결합방식

제2장 재난의 구성요인 및 결합방식

제1절 재난의 구성요인

취경단을 중심으로 하여 구분하면, 재난의 구성요인은 크게 내재적 요인과 외재적 요인으로 양분할 수 있다. 전자는 삼장·손오공·저팔계 등 취경단 내부 구성원이 가지고 있는 재난 유발 요인을, 후자는 취경단 외부의 인물들이 가지고 있는 재난 유발 요인을 가리킨다.

『서유기』 전체를 종합적으로 살펴보면, 오승은은 재난의 구성요인을 인간의 본성에 두고 있음을 잘 알 수 있다. 비록 신선이나 요괴가 터무니없는 상상으로부터 나온 것이지만, 『서유기』에 등장하는 각종 인물들은 단지 기괴한 가면을 쓰고 있을 뿐 인간들의 모습을 반영하고 있다. 즉, 『서유기』의 인물들은 모두 인간 본성의 여러 측면을 가지고 있는 것이다. 비록 신선이나 요괴의 외피를 걸치고 있지만, 그들의 행위나 행동은 인류의 화신(化身)이 아닌 것이 없다. 이런 까닭에 필자는 각종 재난을 만들어내는 요인이 의심할 바 없이 전적으로 인간 본성에 뿌리를 두고 있다고 생각한다. 인간의 행위는 감정 · 의지 · 욕망 등이 교차되고 혼합되어 이루어진다.[1] 이 세 가지 중에서 특히 욕망의 영향력이 가장 커서 인류 본래의 순수한 마음을 가리고 본연의 면목을 흐리게 하여 각종 죄악을 만들어낸다. 그러므로 오승은은 욕망을 재난의 최대 구성요인으로 삼았다. 감정과 의지가 사악한 것은 아니지만, 만약 정확한 사고와 판단을 거치지 않으면 이 역시 각종 골칫거리의 근원이 된다. 작가는 인간 본성에 대하여 예리하게 탐구하면서 당연히 이 점을 소홀히 하지 않고 있다. 재난의 과정이 삼장의 마음 닦음의 여정이라는 사실에 근거하여 삼장의 감정과 의지를 중심으로 재난의 구성요인을 밝힘으로써 인간 본성에 대한 작가의 깊은 이해를 펼쳐 보일 생각이다.

1. 외재적 요인

재난의 외재적 요인은 대체로 인간의 본성 즉 욕망에서 나온다. 인간은 욕망이 끝이 없고 항상 더 나은 삶을 누리기를 바라기 때문에 어두운 욕망의 바다에서 부침을 겪는다. 『서유기』에서는 요괴와 중생뿐만 아니라 심지어 성인의 경지에 들어선 신들 역시 욕망의 심연에서 벗어나지 못한다. 무릇 『서유기』에서 중생 · 요괴 · 신들이 드러내는 욕망은 식(食) · 색(色) · 명예(名) · 재물(利) · 불로장생 등 다섯 가지 욕망의 범주를 벗어나지 않는다.

1) 욕망

(1) 식욕(食慾)

『중용(中庸)』에는 "먹지 않는 사람은 없다(人莫不飮食也)."고 하였다. 인간은 모두 생존 욕망을 가지고 있고, 생존을 유지하려면 반드시 음식(밥)을 먹어야 한다. 『서유기』의 요괴들도 개체의 생명을 유지하기 위하여 마찬가지로 먹을 것이 필요하다. 이 때문에 서천을 향하던 취경단은 자연스레 포획의 대상이 된다. 이제 원문의 일부를 인용하여, 그들이 생존을 위해 먹을 것을 구하는 모습을 살펴보자. 제9난 「응수간에서 말을 바꾸다(陡澗換馬)」를 예로 들겠다.

> 스승과 제자 둘이 한창 바라보고 있는데, 계곡 한복판에서 소리가 나면서 용 한 마리가 불쑥 나와서는 파도를 일으키더니 산기슭으로 뛰어올라 스님을 낚아채려고 하였다. 놀란 행자는 짐을 버리고 스님을 안아 말에서 내리게 한 후 몸을 돌려 뛰었다. 용은 그들을 따라잡지 못하자 백마를 안장째로 집어삼키고는 늘 그랬던 것처럼 물속으로 들어가 종적을 감추었다. (제15회)

제21난 「흑송림에서 제자들과 헤어지다(黑松林失散)」에서도 마찬가지다.

요괴는 말을 듣고 하하 크게 웃으면서 말했다. "내가 상국의 인물이라고 말했는데, 역시 너였구나! 너를 잡아먹으려고 했는데, 뜻밖에도 제 발로 오다니 …… 잘 되었다, 아주 잘 되었어! 잘못하면 놓아줄 뻔했네? 네가 내 입안의 먹을거리가 되려고 자연스럽게 왔으니 놔줄 수도 없고 도망칠 수도 없어!"…… 늙은 요괴가 말했다. "또 운이 좋은걸! 두 제자에다가 너까지 합하면 셋이니, 한 끼 실컷 먹겠구나!" (제28회)

제36난 「도중에 큰물을 만나다(路逢大水)」 역시 마찬가지다.

노인은 발을 구르고 가슴을 치면서 허허 헛웃음 소리를 내며 말했다. "스님! 은혜가 많긴 하나 원한도 있으니 은혜를 베풀기도 하지만 사람을 다치게도 합니다. 동남동녀를 먹기 좋아하니 분명히 떳떳한 신은 아니지요." 행자가 말하였다. "동남동녀를 잡아먹는다는 말이오?" 노인이 말했다. "올해 바로 우리 집 차례가 되었습니다. 이곳에는 백여 가구가 삽니다. …… 이 대왕에게 1년에 한 차례씩 제사를 지내는데 동남 하나, 동녀 하나, 돼지, 양 등의 제물과 술을 바쳐야 한답니다. 한바탕 잘 먹고 나면 바람과 비를 순조롭게 보내주지만 제사를 지내지 않으면 재앙을 내립니다." (제47회)

제55난 「희시동의 오물에 길이 막히다(稀柿衕穢阻)」는 다음과 같다.

노인이 말했다. "숨김없이 솔직하게 말해드리겠습니다. 이곳은 오랫동안 평안했는데, 삼 년 전 유월에 갑자기 바람이 한차례 휙 불어 왔습니다. 그때 사람들은 아주 바빴지요. 보리타작하는 사람들은 마당에서, 모내기 하는 사람들은 논에서 모두들 바쁘게 일하느라 단지 '날씨가 변덕을 부리네.'라고 대수롭지 않게 말하였지요. 그런데 웬걸, 바람이 지나간 자리에 요괴가 나타나 사람들이 풀어놓은 소와 말, 돼지와 양을 잡아먹고 닭을 통째로 삼키더니 보이는 대로 남자와 여자를 산 채로 먹어치울 줄 누가 알았겠습니까? 그날 이후 2년 동안 종종 나타나 해를 입혔습니다." (제67회)

위에서 열거한 네 개의 인용문을 통하여, 요괴가 본능에 좇기어 왕성한 식욕을 밖으로 발산하고 있음을 알 수 있다. 이것은 바로 재난의 구성 요소 중의 하나이다.

여기에서 인간의 살을 먹고 싶어 하는 뭇 요괴들의 절박하고 간절한 욕망은 바로 인류의 잠재의식 깊은 곳에 숨겨진 식인 본능에서 나왔다는 것을 덧붙여 기술하고자 한다. 역사의 기록에 따르면, 고대에는 인간의 육신을 제물로 삼았던 시대가 있었다. 인신제물은 초창기 식인의 습속이 변화되어 내려온 것으로, 그들은 인간이 인육을 좋아하는 것처럼 신들 역시 인육을 좋아할 것이라고 믿었다. 그리고 일반적으로 제물로 바쳐진 인신을 함께 나누어 먹었다. 고대인들은 하늘의 신에게 바치는 제물은 이미 신성성을 지니고 있기 때문에, 제물이 된 인육을 먹는다면 모종의 신성을 얻을 수 있다고 생각했다.[2] 문명이 진보하면서 옛날의 식인 습속은 이미 사라진 지 오래되었지만, 그 본능은 인류의 잠재의식 속에 여전히 남아 있는 것이다. 이 무시무시한 본능은 일반적으로 문학작품에서 그 흔적을 찾아볼 수 있다. 오승은은 자기도 모르게 인육을 갈망하는 뭇 요괴들을 창조하였고, 아울러 이를 통하여 잊혀진 지 오래된 식인의 욕망을 여지없이 들추어내고 있다.

(2) 색욕(色)

『논형(論衡)』의 「물세(物勢)」편에 이르기를 "정욕이 움직이면 합해지고, 합해지면 자식이 생긴다(情欲動而合, 合而生子矣)."고 하였다. 『예기(禮記)』의 「예운(禮運)」편에 이르기를 "식욕과 성욕은 인간의 큰 욕망이다(飮食男女, 人之大欲存焉)."라고 하였다. 색욕은 식욕과 마찬가지로 인류의 가장 강렬한 본능 중의 하나이다. 이 본능은 생물학적 관점에서 보면 종족의 생존과 번식의 기능을 대표하고, 현상학적 관점 즉 주관경험의 관점에서는 인간이 경험할 수 있는 쾌락의 절정을 말한다. 그러므로 성적 본능의 만족을 추구하지 않는 이는 없다. 제43난 「서량국에 억류되어 혼인할 뻔하다(西梁國留婚)」를 예로 들어보자.

여왕은 아뢰는 말을 듣고 매우 기뻐하며 문무백관에게 말하였다. "과인의 지난 밤 꿈에 황금 병풍이 찬란하게 빛나고, 옥거울이 밝은 빛을 뿜는 것을 보았는데, 바로 오늘 이런 기쁜 일이 있을 징조였구나." 여성 관리들이 붉은 계단으로 몰려와 절을 하며 물었다. "주공은 어찌하여 그것을 오늘의 길조라고 보십니까?" 여왕이 대답했다. "동토(東土)의 남자는 바로 당나라 어제(御弟)이다. 개벽 이래 우리나라의 역대 제왕들은 일찍이 그곳에서 남자가 오는 것을 본 적이 없다. 운 좋게도 지금 당나라 어제가 오신 것은 아마도 하늘이 보내주신 것이지 싶다. 과인은 온 나라의 재물을 써서 어제를 왕으로 모신 후, 나는 황후가 되어 그와 음양 교합을 하여 자식 낳고 손자 낳아 영원히 제업을 이어가려니, 어찌 길조가 아니겠는가." (제54회)

제44난 「비파동에서 고생하다(琵琶洞受苦)」를 보자.

그 요괴는 정자에서 내려와서 부드럽고 가느다란 손가락을 드러내어 스님을 끌어당기며 말했다. "어제는 안심하십시오. 이곳이 비록 서량여국(西梁女國)의 궁전은 아니어서 부귀와 화려함이 미칠 바는 아니나, 조용하고 한적하니 염불하고 경을 읽기에는 딱 어울립니다. 제가 도를 함께 닦는 당신의 반려가 되어 정말 평생 화목하게 지내겠습니다." (제55회)

제52난 「형극령에서 시를 읊다(棘林吟咏)」도 살펴보자.

그 여자는 점점 애정을 드러내면서 조금씩 가까이 비집고 들어와 앉아서 낮은 목소리로 소곤거리며 말했다. "귀한 손님, 그러지 마세요. 이 좋은 밤에 즐기지 않으면 무엇을 할 수 있을까요? 사람이 살아봤자 얼마나 살겠어요?" (제64회)

상술한 인용문들은 본능의 충동으로 이성에게 뻗치는 강렬한 색욕을 묘사하고 있다. 이것이 바로 재난의 구성요인 중의 하나이다.

(3) 명예욕(名)

『오대사(五代史)』의 「왕언장전(王彦章傳)」에 이르기를 "표범은 죽어서 가죽을 남기고, 사람은 죽어서 이름을 남긴다(豹死留皮, 人死留名)."고 하였다. 세속의 사람들은 모두 타인의 찬양과 칭송을 바랄 뿐만 아니라 이를 통해서 권세나 지위를 높이려 하기 때문에 명예를 좇는 길 위에서 밤낮으로 분주하다. 인간관계에서 얻는 명성은 자신의 성취를 타인에게 인정받음으로써 획득하는 만족감이다. 이러한 만족감은 바로 탐욕과 집착, 이기심의 동력이 된다. 이 외에도 명예 안에는 부정적인 의미가 더 있는데, 그것은 바로 개인과 가족을 위한 복수 역시 명예심으로부터 촉발되어 나온 행위라는 것이다. 가령, 제42난 「삼장법사와 저팔계가 물을 마시고 임신하다(喫水遭毒)」를 보자.

그 도사(先生)는 눈을 부라리며 말했다. "네 사부가 당 삼장이냐?" 행자가 대답했다. "그렇소, 그렇소." 도사는 이를 갈며 화를 내면서 말했다. "성영대왕(聖嬰大王)을 만난 적이 있지?" 행자가 말했다. "그건 호산(號山) 고송간(枯松澗) 화운동(火雲洞)의 요괴 홍해아(紅孩兒)의 별칭인데, 진선은 그걸 왜 묻소?" 도사가 말했다. "그 아이는 내 조카고, 내가 바로 우마왕(牛魔王)의 형제다. 지난번에 형님이 보낸 편지에서 당 삼장의 큰 제자 손오공이라는 무뢰한이 그 아이에게 해를 입혔다고 말해주었지. 내가 여기서 네놈에게 복수할 길이 없었는데, 네놈이 오히려 나를 찾아와서 물까지 달라는 것이냐!" (제53회)

제46난 「진짜 손오공과 가짜 손오공을 구별하기 어려워지다(難辨獼猴)」를 보자.

행자는 이 말을 듣고 껄껄대며 비웃었다. "아우님! 그 말은 내 마음에 정말 안 드는군. 내가 당나라 스님을 때리고 보따리를 빼앗은 것은 내가 서쪽으로 가지 않으려고 해서도 아니고 이곳에 사는 게 좋아서도 아니야. 지금 통행증을 숙독한 뒤, 나 혼자 서쪽에 가서 부처님을 뵙고 불경을 구해 동쪽 땅으로 가져가려 해. 그렇게 나 혼자 공을 이루어 저 남섬부주(南贍部洲)[3]의 사람들로 하여금 나를 교조로 받들게 해서 자손만대에까지 내

이름을 남기려고 해." (제57회)

제48난 「파초선을 얻느라 고생하다(求取芭蕉扇)」를 살펴보자.

나찰녀(羅刹女)는 '손오공'이라는 세 자를 듣더니, 화롯불에 소금을 넣은 듯, 불에 기름을 끼얹은 듯, 얼굴이 온통 붉어지더니 무섭게 화를 내었다. …… 나찰녀가 말했다. "내 아들이 호산 고송간 화운동의 성영대왕 홍해아인데, 네놈에게 해코지를 당했지. 우리가 네놈에게 복수할 길이 없었는데, 이제 제 발로 찾아와 죽음을 자처하니, 내가 용서할 줄 알았느냐?" (제59회)

상술한 인용문은 타인의 칭송을 얻거나 사사로운 복수를 통해서 만족을 얻으려는 명예욕을 잘 보여주고 있다. 이 역시 재난의 구성요인 중 하나이다.

(4) 재물욕(利)

『논어(論語)』의 「이인(里仁)」편에서 말하기를 "부(富)와 귀(貴)는 인간이 바라는 바이고, 빈(貧)과 천(賤)은 인간이 싫어하는 바이다."[4]라고 하였다. 『관자(管子)』의 「금장(禁藏)」편에서는 "무릇 사람은 이익을 보면 나아가지 않는 자가 없고, 손해를 보면 피하지 않는 자가 없다. 상인이 장사를 할 때에는 하루를 이틀처럼, 밤부터 낮까지, 천 리도 마다하지 않고 강행군을 하는데 이익이 앞에 있기 때문이다. 어부가 바다에 들어가면 깊이가 만 길이나 되고 저쪽에서 역류가 몰려와서 백 리를 떠다녀도 밤낮으로 나오지 않는 것은 이익이 물 안에 있기 때문이다. 그러므로 이익이 있으면 천 길 높이의 산도 오르지 않음이 없고 깊은 물 아래도 들어가지 않음이 없다."[5]고 하였다. 재산에 대한 집착 역시 인간 본성이 가진 기본적인 욕망 중의 하나이다. 이 때문에 하루 종일 물질적 재화를 추구하고 쟁취하느라 온 정신을 쏟아도, 탐욕은 끝이 없고 결코 만족할 줄을 모른다. 그래서 횡령 · 약탈 · 사기 · 절도가 여태껏 사라지지 않는 것이다. 제10난 「관음선원에서 밤에 불이 나다(夜被火燒)」를 살펴보자.

> 노승이 "오랫동안 볼 수가 없어. 내 나이 270살이 될 동안 쓸데없이 수백 벌의 가사를 모았구나. 어떻게 하면 당나라 스님의 이런 옷 한 벌을 얻을까? 어떻게 하면 당나라 스님이 되어 볼 수 있을까?"라고 말했다. …… 여러 승려들이 말했다. "정말 어리석으십니다! 스님께서 입어보고 싶다는데, 무슨 문제가 있나요? 저희가 당승을 하루 잡아놓으면, 스님은 하루를 입으실 수 있고, 열흘을 잡아놓으면 열흘 동안 입으실 수 있는데, 무에 그리 슬퍼하십니까?" 그러자 "설령 그를 오랜 세월 잡아놓는다 해도 그 시간 동안만 입을 수 있을 뿐, 결국에는 안 되는 것 아니냐. 그분이 가시려고 하면, 돌려줄 수밖에 없겠지. 어떻게 하면 오랫동안 붙잡아 둘 수 있을까?" (제16회)

제45난 「다시 손오공을 내쫓다(再貶心猿)」도 살펴보자.

한참 길을 가고 있는데, 별안간 징소리가 나면서 길 양쪽으로 서른 명이 넘는 사람들이 나타났는데 모두 창과 칼, 몽둥이를 들고 있었다. 길을 막으며 소리쳤다. "스님, 어딜 가시우?" 당승은 놀라서 사시나무 떨 듯 하느라 제대로 앉아 있지 못해 말에서 떨어졌고, 길가 수풀에 처박혀서는 "대왕님, 살려주세요! 대왕님, 살려주세요!"라고 애걸하였다. 두목 되는 두 사내가 말했다. "때리지 않을 터이니, 가진 돈만 내놔." (제56회)

제79난 「동대부에서 감금당하다(銅臺府監禁)」를 살펴보자.

각설하고, 동대부(銅臺府) 지령현(地靈縣) 성내에 흉악한 패거리가 있었다. 오입질하고 술 마시고 도박하느라 가산을 탕진하고 살 방도가 없어지면, 십수 명을 모아 도둑떼가 되었다. 성 안에서 어느 집이 최고 부자인지 그 다음 가는 집은 어디인지 알아내어 금은보화를 털 궁리를 했다. 그중 한 놈이 "찾아볼 필요도 없고 따져볼 필요도 없지. 오늘 당나라 스님을 배웅한 구원외(寇員外) 집이 아주 부자란 말이야. 오늘밤은 비가 와서 행인들도 방심하고 야경꾼들도 순찰 돌지 않을 거야. 이때를 틈타서 행동 개시하여 그 집 재산을 털어 오면, 우리는 다시 계집질하고 도박하며 놀 수 있으니 정말 좋지 않겠어!" (제97회)

위의 예문들은 재물을 챙기려는 욕심에서 드러난 비이성적이고 비도덕적인 욕망을 보여주고 있다. 이 역시 재난의 구성요인 중의 하나이다.

(5) 불로장생(長生不老)에 대한 욕망

맹자(孟子)는 "사는 것 또한 내가 바라는 바이지만, 그보다 더 원하는 것이 있으므로 구차하게 얻으려 하지 않는다. 죽는 것 또한 내가 싫어하는 바이지만, 그보다 더 싫어하는 것이 있으므로 환난이 닥쳐도 피하지 않는 것이다."[6]라고 하였다. 사람이 살기를 바라고 살 길을 찾는 것은 인간 본성이 가진 첫 번째 기본원칙이다. 비록 모든 생명체는 태어날 때부터 죽음이 정해져 있지만, 그래도 사람은 영원불멸을 꿈꾼다. 진시황이나 한무제가 신선을 찾고 약을 구해 불로장생을 꿈꾸었던 것은 사람이 사는 것을 좋아하고 죽는 것은 두려워한다는 것의 가장 좋은 예가 된다. 『서유기』의 원문을 인용하여 불로장생의 갈망을 살펴보자. 제27난 「요괴가 삼장법사로 변신하다(被魔化身)」를 보자.

> 붉은 빛 안에는 정말로 요괴가 있었다. 요괴는 수년 전에 누군가가 "동쪽 땅의 당승이 서천으로 불경을 얻으러 가는데, 그가 바로 금선장로(金蟬長老)가 환생한 사람으로 십 세대를 수행한 훌륭한 사람이다. 그 사람의 고기를 한 점만 먹어도 장수하여 천지와 수명을 같이 할 수 있다."는 말을 들었다. (제40회)

제37난 「통천하 강물에 빠지다(身落天河)」도 보자.

요괴가 말하였다. "동쪽 땅 당나라 성승(聖僧)의 제자라는데 서천으로 가 부처를 뵙고 불경을 구하려 하는 자들인데 그놈들이 동남동녀로 변해 사당 안에 앉아 있더구나. 그들에게 내 정체가 탄로나 하마터면 죽을 뻔했단다. 전에 사람들이 하는 얘기를 듣자하니, 당 삼장은 십 세대 동안 수행한 훌륭한 사람이라 그의 고기를 한 점만 먹어도 장수한다고 하더라. 그런데 뜻밖에도 그에게 저런 제자들이 있다니. 그놈들 때문에 내 명성이 더렵혀지고 제사도 망쳐버렸다. 당나라 중을 잡고 싶어도 그럴 수 없을 것 같구나." (제48회)

그리고 제65난 「비구국에서 어린이들을 구하다(比丘救子)」를 살펴보자.

국구가 말했다. "제가 방금 입궐하여 아이의 심장 천백열한 개를 능가하는 아주 훌륭한 보조약재를 보았습니다. 아이들의 심장이 폐하의 수명을 천 년밖에 연장시켜주지 못한다면, 이 보조약재로 만든 제 선약을 드시면 영원히 사실 수 있습니다." 국왕이 아무래도 무슨 약인가 알 수 없어 여러 차례 물은 후에야 국구가 말을 하였다. "동쪽 땅에서 경을 가지고 오라고 보낸 중의 몸이 깨끗하고 용모가 반듯한 것을 보니, 저 사람은 십 세대 동안 수행한 참된 몸(眞體)으로, 어려서 중이 되었으니 원양(元陽)을 흘린 적이 없습니다. 아이들에 비하면 만 배나 더 낫지요. 만약에 저 사람의 심장을 달여서 제 선약과 함께 복용하시면 만 년은 더 장수하실 수 있습니다." (제78회)

상술한 인용문은 수단과 방법을 가리지 않고 불로장생을 추구하는 욕망을 잘 보여주고 있다. 그들은 무정한 시간이 데려온 죽음을 극복할 수 있기를 갈망한다. 이러한 불로장생의 욕망 역시 재난의 구성요인 중의 하나이다.

이상의 내용을 종합해보면, 『서유기』 속 인물들은 모두 본능적 욕망의 충족을 추구한다. 신들 역시 '불로장생'의 욕망을 벗어나지 못한다. 신들은 수명을 연장시켜준다는 선약(仙藥)이니 선과(仙果)니 하는 것들에 크게 미혹되어, 인색함이나 집착(貪愛) 등 인간 본성이 가진 약점을 똑같이 드러내고 있다. 예를 들면, 제18난 「오장관에서 붙들리다(五莊觀中)」의 진원대선(眞元大仙)은 손오공이 불로장생을 가능하게 하는 인삼과 나무를 쓰러뜨렸기 때문에 죽기 살기로 손오공과 싸우고 삼장에게 엄한 벌을 내린다. 제26난 「오계국에서 국왕을 구해주다(烏雞國救主)」에서 손오공은 죽임을 당한 오계국의 왕을 살리기 위해 이한천(離恨天)으로 가서 노군(老君)의 「구전환혼단(九轉還魂丹)」을 얻으려 한다. 그러나 노군은 금단에 집착하여 베풂에 인색한 일반적인 모습을 보여준다. 다시 말하면, 오승은이 빚어낸 각각의 인물들은 모두 이기적인 욕구에 지배를 받는데 심지어 구름 위에 앉아 있는 여러 신들 또한 예외일 수가 없다.[7] 이러한 욕구들, 식 · 색 · 명예 · 재물 · 불로장생에 대한 욕망은 바로 재난의 구성요인이 된다. 그중에서 불로장생의 욕구는 재난의 가장 중요한 구성요인이다. 인류는 육체의 죽음에 대한 엄청난 두려움 때문에 수단과 방법을 가리지 않고 불로장생을 꿈꾼다고 할 수 있다.

2. 내재적 요인

재난을 구성하는 내재적 요인은 세 가지로 나누어 볼 수 있다. 첫째는 취경단 구성원 각자가 가지고 있는 욕망, 둘째는 삼장의 감정, 셋째는 삼장의 맹목적 의지이다.

1) 욕망

사람은 성격이 같지 않기 때문에 욕망도 서로 다르다. 취경단 각각의 인물들이 대표하는 성격 또한 확연히 다르다. 예를 들어 당 삼장은 유약하고, 감상적이며, 이기적이고, 유치하고, 가벼이 믿는 평범한 승려의 성격을 뚜렷하게 드러낸다. 손오공은 낙천적이고, 진취적이고, 용감하고, 승부욕이 강한 영웅적 특징을 지닌 인물이다. 저팔계는 탐욕스럽고, 게으르고, 편안함에 연연하고, 재물을 탐내고, 여색을 밝히는 세속인의 모습을 표현해낸다. 사화상은 성실하고, 충직하고, 평범하고, 부드러울 뿐 아니라 사려가 깊은 이지적 인물이다. 『서유기』에 각기 다른 그들의 성격을 표현한 시가 있다. "당 삼장은 벌벌 떨며 눈물을 흘리느라 말을 하지 못하고, 저팔계는 마음속 원망을 구시렁대고, 사화상은 주절거리면서 망설이는데, 손오공은 히죽히죽 웃으며 솜씨를 부리려고 한다."(제97회) 이처럼 각각의 성격이 다르듯 음식(食)·여색(色)·명예(名)·재물(利)에 대한 취경단원들의 욕망 역시 저마다 다르다.[8]

(1) 식욕(食)

음식이 취경단에게 불러일으킨 재난으로 제18난 「오장관에서 붙들리다(五莊觀中)」를 예로 들겠다.

> 저팔계가 부엌에서 밥을 지으려고 하는데 "금막대기(金擊子)를 가져간다.", "약 쟁반을 가져간다." 등의 말이 들릴 때부터 이 말을 마음에 두고 있었다. 또 "당나라 스님이 인삼과(人蔘果)를 알아보지 못하니 방으로 가져가서 우리가 먹자"라는 말을 듣자, 자기도 모르게 군침을 흘리며 "어떻게 하면 한 개 맛볼 수 있을까!"라고 생각했다. (제24회)

제42난 「삼장법사와 저팔계가 물을 마시고 임신하다(喫水遭毒)」도 보자.

물이 맑은 것을 보고 삼장이 갑자기 목이 말라서 팔계에게 시켰다. "바리때를 가지고 가서 물 좀 떠오렴." 머저리는 "저도 막 마시려던 참이었어요"라고 말했다. 바로 바리때를 들고 가 한 사발을 떠서 스승님께 건네드렸더니, 스승은 절반 못 되게 마시고 절반 넘게 남겼다. 머저리가 받아다가 한숨에 싹 비우고는 삼장을 부축하여 말에 태웠다. (제53회)

제59난 「일곱 거미요괴에게 속아 붙잡히다(七情迷沒)」도 살펴보자.

삼장이 말했다. "경치구경 하려는 게 아니다. 저쪽에 인가가 있는 것 같으니, 내가 직접 가서 공양을 구해 먹으려고 한다." (제72회)

저팔계와 삼장은 불경을 얻으러 가는 서천길에서 수시로 공양 타령을 하는데, 둘 사이에는 식사량의 많고 적음의 차이만 있을 뿐이다. 삼장의 식욕이 팔계만큼 강렬한 것은 아니지만, 두 사람 모두 식욕의 충족을 갈구한다는 점은 결코 다를 바가 없다. 이것이 바로 재난의 구성요인 중 하나이다.

(2) 색욕(色)

취경단원 중에서 저팔계의 색욕은 아주 뚜렷하게 드러난다.

그의 형상은 식탐과 게으름을 대표할 뿐만 아니라 방탕과 호색을 상징하기도 한다. 제17난「네 명의 성현이 여자로 변신하여 나타나다(四聖顯化)」를 예로 들어보자.

> 저팔계는 그토록 부자인데다 아름답기까지 하다는 말을 듣고서는 마음이 동하고 좀이 쑤셔서 의자에 앉아 있어도 마치 바늘로 엉덩이를 찌른 듯 좌우로 몸을 꼬면서 참지 못했다. (제23회)

팔계의 호색은 바로 재난의 구성요인 중의 하나이다. 그래서 작가는 직접 화자의 목소리로 팔계에게 다음과 같이 훈계한다. "여색은 몸을 망치는 칼이니, 그것을 탐하면 반드시 재앙을 만나지. 이팔청춘 미녀의 아름다운 얼굴이 야차보다 더 흉악하다네. 원래 가진 것을 잘 지니고 작은 이익으로 주머니를 채우지 말지니. 밑천을 신중하게 잘 보전하여 굳게 지켜서 흥청망청하지 말지라." (제24회)

(3) 명예욕(名)

취경단원 넷 중, 명예심이 가장 큰 인물은 손오공이다. 손오공은 음식 · 미색 · 재물 등에 대한 욕망은 거의 드러내지 않지만 명예를 쟁취하려는 욕구는 매우 강하다. 손오공이 속아서 '긴고아'를 쓰게 된 것도 남보다 더 두각을 드러내고, 남보다 더 훌륭한 명성을 얻고자하는 욕망 때문이다. 작가는 손오공을 삼장의 정신적 깨달음을 일깨우는 안내자로 삼지만 완벽한 존재로 받들지는 않았다. 즉 인간의 경지를 넘어서는 초인(超人)으로 생각했기에 오공의 약점을 그려낼 수 있었다. 즉, 오승은의 필봉 아래에 손오공 또한 『서유기』 속 다른 인물들과 마찬가지로 조롱을 면치 못하고 있다. 사람은 물욕의 이끌림을 비교적 쉽게 떨쳐낸다 해도 명예에 대한 집착에 담담하기란 쉽지 않으니, 손오공 또한 명예욕과 승부욕의 족쇄로부터 벗어날 도리가 없었던 것이다. 제8난 「양계산에서(兩界山頭)」를 예로 들어보자.

원래 이 원숭이는 한평생 남들이 화내는 것을 참지 못했다. 삼장이 끝없이 잔소리를 늘어놓자, 머리끝까지 화가 치미는 것을 참지 못하고 소리쳤다. "이미 이렇게 된 이상 저는 중도 못 되고 서천에도 못 간다 하시니, 이렇게 잔소리 퍼부으면서 저를 미워할 필요도 없지 않습니까. 저는 돌아가겠습니다." 삼장이 대꾸할 틈도 주지 않고 손오공은 신경질적으로 몸을 휙 돌리더니 "손 선생은 갑니다!"라고 외쳤다. 삼장이 급히 고개를 들었으나 이미 그 모습이 보이지 않았다. (제14회)

제10난 「관음선원에서 밤에 불이 나다(夜被火燒)」도 보자.

행자가 하나씩 하나씩 살펴보니, 모두 꽃무늬를 넣은 비단이요, 금실로 수놓은 비단이었다. 그는 웃으며 말하길 "좋아요,

좋습니다! 집어넣으세요! 넣으시라고요! 우리 것도 꺼내서 한 번 보여드리죠!" 삼장은 행자를 붙들며 조용하게 말했다. "제자야, 다른 사람 앞에서 재물 자랑은 하는 게 아니다. 우리는 홀홀단신으로 외지에 나와 있는데 잘못될까 걱정이 되는구나." …… 행자는 "걱정 마세요! 걱정 마시라고요! 전부 이 손 선생에게 맡기세요."라고 말했다. (제16회)

제18난 「오장관에서 붙들리다(五莊觀中)」 도 살펴보자.

두 선동(仙童)은 추궁한 내용이 사실인 걸 알자 더욱 욕을 해댔다. 화가 난 제천대성(齊天大聖)은 강철 이빨을 뿌드득 갈면서 불같은 눈을 부릅뜨고서 여의봉(金箍棒)을 잡았다 놓았다 하면서 참고 또 참았다. '이 동자놈들이 이처럼 지독하다니. 당장 한 대 때려주고 싶지만 …… 그만두자. 저놈들에게 모욕을 당했으니, 절후계(絶後計)를 써서 아무도 먹지 못하게 만들 테다!' (제25회)

제24난 「평정산에서 요괴를 만나다(平頂山逢魔)」도 살펴보자.

행자는 이야기를 들은 후, 일치공조(日值功曹)를 쫓아버리긴 했으나, 그의 말은 마음 속에 잘 새겨두었다. 구름을 낮추어 곧바로 산 위로 내려오니, 팔계와 사화상이 스님을 에워싸고 앞으로 가고 있는 것이 보였다. 그는 속으로 생각했다. "내가 공조의 말을 사실대로 말씀드리면, 사부님은 울기나 할 뿐 아무 도움이 안 될 거야. 사실대로 말씀드리지 말고 괜찮다고 속여서 사부님을 모시고 가자. 속담에 '갈대밭에 빠지면 그 깊이를 알 수 없다'고 했듯이 만약 요괴에게 잡혀 가기라도 하시면 또 이 손 선생이 수고를 하지 않으면 안 될 테고 …… 그래! 팔계더러 해보라고 하자. 먼저 그 녀석을 내보내서 요괴랑 한판 붙어보라고 해서 이기면 그놈 공으로 해주자. 재주가 없어 잡혀가면 그때 가서 이 손 선생께서 구해줘도 늦지 않아. 오히려 내 능력도 뽐낼 수 있고." (제32회)

위의 인용문들에서 손오공의 강렬하고 전투적인 승부욕과 오만으로 가득 찬 명예욕이 뚜렷하게 드러난다. 이 또한 재난의 구성요인 중 하나가 된다.

여기에서 덧붙여야 할 내용이 있다. '명예욕'에는 자기만족의 명예심이 있다. 오공이 취경의 여정에서 재난을 겪는 무고한 백성을 만날 때마다 물불 가리지 않고 정의롭게 나서서 환난을 제거하며 불의에 분개하고 약자를 돕는 행동은 바로 그가 가진 자존감 즉 명예(名)에서 비롯된 것이다. 그러므로 우리는 이기적이거나 탐욕적이지 않은 '명예(名)'는 바로 인성의 장점을 대표한다고 긍정할 수 있다. 이 '명예'라는 것이 바로 재난을 해결하는 데 있어 가장 큰 원동력이 되는 것이다. 그러므로 우리는 손오공에게서 좋은 명예심과 나쁜 명예심을 동시에 발견할 수 있다.

(4) 재물욕(利)

팔계는 재물욕으로 인하여 독각시대왕(獨角兕大王)의 비단 조끼 세 벌을 훔친다. 이 때문에 팔계 자신뿐만 아니라 삼장과 사화상 모두 마왕에게 붙잡혀 가게 된다. 『서유기』의 제39난 「금두산에서 독각시대왕을 만나다(金兜山遇怪)」를 살펴보자.[9]

> 그곳에는 오색찬란하게 옻칠한 탁자가 놓여 있고, 그 위에는 수놓은 비단 솜옷이 몇 벌 어지럽게 널려 있었다. 머저리가 집어 들어 보니, 솜을 대고 만든 세 벌의 비단 조끼였다. 그는 좋고 나쁨을 따지지도 않고 계단을 내려와 대청을 나온 후 바로 문밖으로 나왔다. "사부님, 여긴 인적이 전혀 없는 망자의 집이네요. 이 저 선생이 안에 들어가서 바로 누각으로 올라가니 누런 비단 휘장 안에는 한 무더기의 해골이 있었어요. 옆에 딸려 있는 방에 솜을 넣은 비단 조끼가 세 벌 있어서 제가 가지고 왔습니다. 우리가 운이 좋은 것이지요. 날이 추우니 입기에 딱 좋습니다. 사부님, 일단 가사를 벗으시고 이걸 안에 입으시면 추위를 면하실 수 있을 겁니다." (제15회)

위의 인용문은 재물에 대한 팔계의 집착을 잘 보여주는 것으로, 이 재물욕은 재난을 구성하는 요인이 된다.

이처럼 취경단원들은 식욕(食) · 색욕(色) · 명예욕(名) · 재물욕(利) 등 재난을 야기하는 욕망을 두루 표출하는 모습을 보여준다.

2) 삼장의 감정

외계의 사물과 현상의 자극으로 안에서 움직여 밖으로 발현되는 것을 '감정'이라 일컫는다. 인류의 감정은 다양하게 표현된다. 그중 삼장이 지닌 동정심 · 분노 · 희열 등의 감정 때문에 위기에 빠지는 상황이 종종 발생한다.

(1) 동정심

취경의 여정에서 삼장은 번번이 자비심을 드러낸다. 제24난 「평정산에서 요괴를 만나다(平頂山逢魔)」를 예로 들어 삼장의 동정심을 살펴보자.

> 길을 가고 있는데, "스님, 살려주세요!"라는 소리가 들렸다. 삼장은 이 소리를 듣고 "어허! 어허! 이렇게 인가도 없는 허허벌판에서 누가 소리를 지르고 있을까? 필시 맹수에게 당한 사람일 것이야." 장로는 말머리를 돌려 외쳤다. "거기, 해를 당한 사람은 누구십니까? 나오셔도 됩니다!" …… 손을 떼고 보니 다리에 피가 흐르고 있었다. 삼장은 놀라서 물었다. "선생은 어디서 오셨습니까? 어쩌다가 다리를 다치셨어요?" 요괴는 교묘한 언사로 가식적으로 대답했다. "스님, 이 산 서쪽으로 가면 조용한 도관(道觀)이 하나 있는데, 저는 그곳의 도사입니다. …… 저

와 제자가 길을 가고 있다가 빽빽하게 엉켜 있는 나무덩굴 앞에 이르렀는데, 갑자기 얼룩무늬의 사나운 호랑이가 나타나 제자를 물어 가버렸습니다. 저는 벌벌 떠느라 도망치지도 못하다가 바위 언덕 위로 넘어져서 다리를 다쳤고 돌아가는 길도 모르겠습니다. 하늘이 내린 큰 인연으로 지금 스님과 만나게 되었습니다. 스님께서는 부디 자비를 베풀어 저를 살려주십시오. 만약 도관에 돌아갈 수 있다면, 이 한목숨 다해서 반드시 크게 사례하겠습니다." 삼장은 이 말을 사실로 믿었다. "선생과 나는 같은 운명의 사람입니다. 나는 승려, 당신은 도사이지요. 의관은 서로 달라도 수행의 이치는 같습니다. 내가 당신을 구하지 않는다면 출가한 사람이 아닙니다." (제33회)

제28난 「호산에서 요괴를 만나다(號山逢怪)」를 보자.

삼장은 (손오공의) 말에 따라 말을 채찍질하며 앞으로 나갔다. 일 리도 못 가서 다시 "살려주세요!"라는 소리가 들리자 스님이 말했다. "제자야, 이번 외침은 도깨비나 귀신의 소리가 아니야. 귀신이나 도깨비의 소리는 나가는 소리만 있지 메아리는 없단다. 소리가 한 번 난 후에 다시 또 들리잖니. 필시 재난을 당한 사람일 것이다. 우리가 가면 저 사람을 구해줄 수 있을 게야." (제40회)

제67난 「송림에서 미녀로 변한 요괴를 구해주다(松林救怪)」

도 살펴보자.

그런데 삼장은 숲속에 앉아서 마음을 맑게 하여 본성을 살피면서 「마하반야바라밀다심경」을 외우고 있었다. 갑자기 흑흑 흐느끼면서 "살려주세요."라고 외치는 소리가 들렸다. 삼장이 크게 놀라서 "어허, 어허, 누가 소리를 지르고 있는 거지? …… " 스님은 일어나 발걸음을 옮겼다. …… 가까이 가서 보니, 나무에는 한 여자가 묶여 있었다. …… 스님은 발걸음을 멈추고 서서 그녀에게 물었다. "보살님, 무슨 일로 이런 곳에 묶여 있으십니까?" …… 그 요정은 그럴듯한 말로 꾸며내서 재빨리 대답했다. " …… 청명 때, 저희 식구들은 여러 친척들을 초대해서 조상님들 묘소에 성묘를 갔습니다. 일행의 가마가 모두 황량한 교외에 도착했어요. …… 제를 올릴 때 떼강도가 나타나 칼과 몽둥이를 들고 '죽여라!'라고 고함치며 다가오는데, …… 저는 나이가 어려서 꿇어앉지도 못하고 놀라 땅으로 자빠졌습니다. 강도 무리에게 납치되어 산으로 오니, 큰 대왕은 부인을 삼겠다 하고, 둘째 대왕은 아내로 두겠다 하고, 셋째와 넷째도 모두 저의 미색에 빠졌습니다. 칠팔십 명이 일제히 저를 차지하겠다고 싸우며 아무도 양보하지 않자 저를 수풀 사이에 묶어두고 흩어져버렸습니다. …… 아무쪼록 크나큰 자비심을 베풀어 제 한 목숨을 구해주신다면 저승에서도 결코 은혜를 잊지 않겠습니다!" 말을 마친 후, 눈물을 비 오듯이 흘렸다. 정말로 자비심이 깊은 삼장은 흐르는 눈물을 참지 못한 채 흐느껴 울었다.

…… 당승은 손으로 나무를 가리키며 외쳤다. "팔계야, 보살님을 풀어 목숨을 구해드려라." (제80회)

상술한 예문으로부터 삼장은 늘 동정심을 가득 품고서 사람과 일을 대한다는 사실을 알 수 있다. 이는 바로 불교의 일관된 정신인 '자비심'이 작용해서이다. 그러나 그의 인도주의적 자비와 연민은 이성적 판단이 결여된 채 순전히 무심코 드러낸 감정의 표출에 불과하다. 그래서 손오공은 결국 "오늘은 잠시 그 자비심을 좀 거두시고, 이 산을 다 넘고 난 뒤에 다시 자비를 베푸십시오."(제40회)라는 의미심장한 말로 제동을 건다. 불가 철학을 꽤나 확실하게 이해하고 있는 손오공은 자비심을 베풀 때도 반드시 냉철한 이성을 따라야 한다는 것을 분명하게 알고 있는 것이다. 그러나 당 삼장은 "비질을 할 때에도 개미의 생명을 해칠까 조심하고 나방을 위해 등잔의 갓을 씌워두어라.", "한 사람의 생명을 구하는 것이 칠층 불탑을 쌓는 것보다 낫다."는 등의 불교의 가르침에 집착하여 손오공이 깨달은 정신적 경지에 이르지 못한다. 이처럼 이성적 판단이 결여된 동정심 또한 재난을 구성하는 요인이 된다.

(2) 분노

삼장의 외계 물상(物象)에 대한 자비심은 손오공으로 인해 엄청난 분노로 돌변하기도 한다. 삼장은 손오공이 강도들이나 인간의 모습을 한 요괴를 죽이는 것을 볼 때마다, 그들에게 무한히 자비심을 쏟아내면서 또 한편으로는 손오공의 흉폭함에 격렬한 분노를 드러낸다. 가령, 제20난 「손오공을 내쫓다(貶退心猿)」를 예로 들어 보자.

당승이 말했다. "원숭이놈아, 무슨 할 말이 더 있느냐! 출가한 사람이 선을 행하면 봄동산의 풀처럼 자라나는 게 보이지는 않아도 나날이 자라나고, 악을 행하면 칼을 가는 숫돌과 같아서 그 닳는 것이 보이지는 않아도 나날이 닳는다는 것을 모르느냐. 네가 연달아 세 명이나 죽였지만, 그래도 이곳이 허허벌판이라 신고하고 따지는 사람이 없는 것이다. …… 그러니 너는 돌아가거라!" …… 당승은 그가 이러쿵저러쿵 이야기하는 것을 보고 더욱 화가 나서 얼른 말안장에서 내려왔다. 사화상에게 보따리에서 종이와 붓을 꺼내게 한 후, 계곡의 물을 뜨고 돌에 먹을 갈아서 폄서(貶書)[10]를 써서 손오공에게 건네주며 말했다. "원숭이놈! 이것을 증거로 삼아라! 더 이상 네놈을 제자로 두지 않겠다! 만약 다시 너를 만난다면, 내가 아비지옥으로 떨어질 것이다!" (제27회)

제45난 「다시 손오공을 내쫓다(再貶心猿)」도 예로 들겠다.

구름을 낮추고 곧바로 삼장의 말 앞에 공손하게 서서 말했다. "사부님, 이번 일에 대해 용서해주세요. 다시는 흉악한 짓을 하지 않고 사부님의 가르침을 잘 받들게요. 제발 사부님을 모시고 계속 서천으로 갈 수 있게 해주세요." 당승은 대답도 안하고 즉시 말을 세우고는 긴고아주를 외기 시작했다. …… 행자는 다만 "그만 외세요! 그만 외우시라고요! 저는 지낼 곳이 있지만, 제가 없으면 사부님께서 서천에 못 가실까 걱정이 되어서 그럽니다!"라고 외쳤다. 삼장은 화가 나서 "원숭이 네놈이 사람을 죽여대서 나까지 말려들어 간 게 몇 번이더냐! 이젠 너 같은 놈은 정말 필요 없다! 내가 가든 못 가든 네 상관할 바가 아니니 얼른 가버려라, 얼른 사라지라고! 꾸물대면 또 진언(眞言)을 외울 테다. 이번에 외면 네 머릿골이 다 흘러나올 때까지 절대로 멈추지 않을 것이야!" (제57회)

위에 인용한 두 예문으로부터 손오공에 대한 삼장의 분노가 극에 달하여 고래고래 소리를 지르며 스승과 제자의 관계를 끊으려는 지경까지 이르렀음을 알 수 있다. 이 역시 재난을 구성하는 요인 중의 하나가 된다.

(3) 희열

평범한 인간으로서 삼장은 종종 감각기관의 즐거움을 충족시키며 희열을 느낀다. 그러나 희열의 감정 또한 재난을 구성하는 요인 중의 하나이다. 예를 들면 제76난「현영동에서 고초를 겪다(玄英洞受苦)」에서 삼장은 어떤 소리에 마음을 뺏기어 눈과 귀의 즐거움을 탐하는데, 세속의 그물에 잘못 걸려든 것을 스스로 느끼지 못한다.

> 공조가 말했다. "그대 사부님은 선심(禪心)이 해이해져서 금평부(金平府) 자운사(慈雲寺)에서 즐거움을 탐하셨지요. 태(泰)의 끝에는 비(否)가 생기고[11] 즐거움의 끝에는 슬픔이 생기게 되어, 지금 요괴에게 잡혀가신 것입니다." (제91회)

요컨대, 삼장의 감정표현 즉 동정심 · 분노 · 희열은 모두 재난을 구성하는 요인이 된다.

3) 삼장의 의지

의지는 스스로를 제어하고 자신의 행동을 지배할 뿐 아니라 의식적으로 자신의 행위를 조절하는 힘이다.[12] 게다가 의지는 사유와 연계되어 있어 감정이 이성을 따르도록 작용한다. 때문에 『서유기』에서 삼장의 굳건한 의지는 취경사업을 추진하는 가장 큰 동력이 된다. 삼장이 드러내는 최고의 의지력은 뜨거운 종교적 신념인데, 이러한 신념은 사람을 종종 종교적 교리에 맹종하도록 만든다. 물론 불교의 교리는 흠잡을 데가 없지만, 이성적 판단을 거치지 않은 맹목적인 신봉은 반드시 재난을 초래하기 마련이다. 그래서 삼장의 의지력 즉 종교적 신념은 간혹 재난을 야기하는 구성요인의 하나가 되기도 한다. 제21난 「흑송림에서 제자들과 헤어지다(黑松林失散)」를 예로 들겠다.

스님은 잠시 헤매다 오히려 남쪽을 향해서 걸어갔다. 소나무 숲을 나와 문득 고개를 드니 저쪽에서 황금빛이 휘황찬란하고 오색기운이 자욱하게 피어오르고 있는 것이 보였다. 자세히 보니, 보탑(寶塔)의 황금 꼭대기에서 빛이 뿜어져 나오고 있었다. 그것은 서쪽으로 기우는 햇빛이 황금탑의 꼭대기에 비치며 반사된 것이었다. "내 제자들은 인연이 없군! 동쪽 땅을 떠나 올 때부터 절을 만나면 향을 태우고 불상을 보면 예불을 하고 불탑을 마주하게 되면 탑 청소를 하겠노라 기원했었지. 저쪽에서 빛을 뿜는 것은 황금보탑이 아니더냐? 어째서 저쪽 길로 가지 않았을까? 탑 아래에는 분명히 사찰이 있을 테고, 사찰 안에는 반드시 스님이 계실 테니, 내가 일단 가보자." (제28회)

제53난 「소뇌음사에서 재난을 당하다(小雷音遇難)」도 살펴보자.

삼장이 말했다. "소뇌음사라 해도 반드시 부처님께서 안에 계실 것이야. 불경에서 '삼천제불(三千諸佛)'이라 하니, 아마도 한 곳에만 계신 것이 아닐 것이야. 관음보살은 남해에 계시고, 보현보살은 아미산에 계시고, 문수보살은 오대산에 계신 것처럼 말이다. 이곳은 어느 부처님의 도량인지 모르겠구나. 옛말에 '부처 계신 곳에 불경 있고 보물 없는 곳이 없다'고 했으니, 우리가 들어가 보자." 행자가 말했다. "들어가면 안 됩니다. 이곳은 길한 기운은 적고 흉한 기운이 많습니다. 재앙이 생겨도 저를 원망하지는 마십시오." 삼장이 말했다. "부처님이 안 계신대도 불상은 분명히 있을 게야. 내 불제자로서의 소원이 부처님을 뵙고 예불을 드리겠다는 것인데, 어찌 너를 원망하겠느냐?" (제65회)

위의 두 인용문은 맹목적으로 종교를 신봉하는 삼장의 모습을 잘 보여주고 있는데, 바로 그러한 신념이 삼장을 위험의 길로 이끈다. 그래서 이 역시 재난의 구성요인이 된다.

이상의 내용을 종합하면, 재난의 구성요인은 크게 두 가지가 있다. 첫째는 외재적 요인이고, 둘째는 내재적 요인이다. 이 두 요인이 엮여서 재난을 만든 것이다. 그중에 재난을 만드는 '주요 요인'은 역시 외재적 요인이다. 소수의 예외적 재난을 제외하고, 취경단원들의 약점은 그것이 많든 적든 불난 데 기름을 붓듯이 재난을 키우는 작용을 할 뿐이다.[13] 따라서 내재적 요인은 '부차적 요인'이라고 할 수 있다.

제2절 재난 구성요인의 결합방식

앞 절에서는 재난을 구성하는 요인을 내재적 요인과 외재적 요인으로 나누어 논하였다. 여기에서 한발 더 나아가 두 방면의 요인이 결합하여 재난을 구성하는 방식에 대해 논의해보도록 하겠다. 그 방식은 두 가지인데 하나는 외재적 요인이 단독으로 구성하는 방식이고, 다른 하나는 외재적 요인과 내재적 요인이 함께 만들어내는 방식이다.

전자는 '외재적 요인'으로만 구성되는 것이다. 바꾸어 말하면, 『서유기』에 나오는 요괴와 중생은 자신의 욕망을 만족시키기 위해 삼장일행이나 현지의 백성들에게 흉악한 행동을 한다. 그들이 가지고 있는 식(食)·색(色)·명(名)·리(利)·불로장생(不老長生) 등 강렬한 욕망이 밖으로 표출된다는 것은 재난이 이미 발생했음을 의미한다. 『서유기』의 81개 재난을 종합적으로 관찰해보면, 수많은 재난의 구성이 모두 외계 인물의 욕구에서 비롯됨을 알 수 있다. 여기에서 삼장일행은 재난의 구성에 어떠한 영향력도 끼치지 않고, 그저 고통스럽게 재난에 시달리기만 한다. 외재적 요인 단독으로 재난을 구성하는 것으로는 제5난 「장안성을 나와 호랑이를 만나다(出城逢虎)」, 제7난 「쌍차령에서(雙叉嶺上)」, 제13난 「황풍요괴의 방해를 받다(黃風怪阻)」, 제44난 「비파동에서 고생하다(琵琶洞受苦)」, 제70난 「멸법국을 고생스럽게 지나다(滅法國難行)」 등 셀 수 없을 정도로 많다.

후자는 외재적 요인과 내재적 요인이 합쳐져 만들어진 것이다. 바꾸어 말하자면, 외계의 인물이 반사해내는 욕망과 삼장일행 내부의 약점이 결합하여 재난을 만드는 것이다. 이 두 가지 요소가 결합하는 방식은 두 가지 경우가 있는데, 첫째는 외재적 요인과 내재적 요인이 선후로 연결되는 것이고, 둘째는 외재적 요인과 내재적 요인이 동시에 상호작용하는 것이다.

(1) 외재적 요인과 내재적 요인의 선후연결

외재적 요인(혹은 내재적 요인)이 먼저 재난을 구성하지만 금방 해결되고 뒤이어 그 영향으로 파생된 내재적 요인(혹은 외재적 요인)이 또 다른 재난을 구성한다. 예를 들면, 제8난「양계산에서(兩界山頭)」에서 삼장과 손오공은 길을 막고 강도질하는 여섯 명의 도적을 만나게 되는데, 여섯 도적은 손오공에게 한 대 맞기만 했을 뿐인데 즉시 사망한다. 삼장은 땅 위에 선혈이 낭자해진 채 굳어서 뻣뻣해진 시체 여섯 구를 보고서 대노하여 손오공을 향해 잔인하다고 책망한다. 손오공도 마음을 진정하지 못하고 마음대로 떠나버린다. 여기에서 먼저 재난을 일으킨 것은 여섯 도적의 재물욕(외재적 요인)이고, 이어서 사제지간의 불화를 조성한 것은 감정을 제어하지 못한 삼장의 분노(내재적 요인)와 잠시도 주체하지 못하는 손오공의 승부욕(내재적 요인)이다. 또 다른 예로는, 제10난「관음선원에서 밤에 불이 나다(夜被火燒)」에서 먼저 스님과 손오공이 어느 가사가 훌륭한지 다투고(외·내재적 요인), 이어서 스님이 삼장의 금란가사(錦襴袈裟)를 탐하는 재물욕(외재적 요인)이 재난을 구성한다. 또 다른 예로 제18난「오장관에서 붙들리다(五莊觀中)」, 제42난「삼장법사와 저팔계가 물을 마시고 임신하다(喫水遭毒)」, 제45난「다시 손오공을 내쫓다(再貶心猿)」 등이 모두 이러한 방식으로 조합되어 있다.

(2) 외재적 요인과 내재적 요인의 동시 상호작용

교활한 요괴는 인성의 여러 약점들을 너무나 잘 이해하고 있다. 그래서 삼장일행의 여러 약점을 이용하여 그들의 욕망을 이루려고 한다. 그들은 자신의 욕망을 삼장일행에게 투사할 뿐 아니라 성공적으로 약점을 잡아내면서 재난을 빚어낸다. 즉, 요괴의 욕망과 삼장일행의 약점이 동시에 상호작용하여 재난이 발생하는 것이다. 다시 말해, 수많은 요괴의 욕망(외재적 요인)이 삼장과 그 제자들의 마음(내재적 요인)을 편취해낼 때, 비로소 재난이 만들어진다. 외재적 요인과 내재적 요인의 동시 상호작용에는 세 가지 경우가 있다. 첫째, 삼장일행의 욕망을 이용하는 것, 둘째, 삼장의 동정심을 이용하는 것, 셋째, 삼장의 맹목적 의지(종교적 신념)를 이용하는 것이다. 각각 예를 들어 그 실제 운용 상황을 살펴보겠다.

① 삼장일행의 욕망을 이용

제20난 「손오공을 내쫓다(貶退心猿)」에 등장하는 여자요괴는 미녀로 위장하여 바리때를 들고서 삼장의 식욕과 색욕을 자극하여 불로장생의 욕망을 이루고자 한다. 하지만 손오공이 그 목적을 간파했기에 요괴는 제 뜻을 이루지 못한다. 또 제39난 「금두산에서 독각시대왕을 만나다(金兜山遇怪)」에서 독각시대왕은 재물을 탐하는 사람들의 약점을 이용하여 길 가는 이들을 사냥한다. 저팔계가 납금(衲錦) 조끼를 탐하는 바람에 삼장과 사오정도 함께 요괴가 파놓은 함정에 걸려든다.

② **삼장의 동정심을 이용**

제23난 「금란전에서 호랑이로 변하다(金鑾殿變虎)」에 등장하는 은각(銀角)대왕은 다리가 부러진 도사로 위장하여 삼장의 동정심을 사려 한다. 간절한 장생불로의 욕망이 삼장의 자비심을 얻어낸 그 순간에 삼장을 포획할 수 있게 된다. 제27난 「요괴가 삼장법사로 변신하다(被魔化身)」의 홍해아(紅孩兒), 제67난 「송림에서 미녀로 변한 요괴를 구해주다(松林救怪)」의 지용부인(地湧夫人) 또한 욕망의 충족을 위해 불쌍한 아이나 소녀로 위장하여 삼장의 동정심을 구하는데, 삼장이 자비를 베푸는 순간을 기회 삼아서 삼장을 사로잡는다. 다친 사람이나 불쌍한 여자아이로 변장하는 것은 타인의 동정심을 사는 데 가장 좋은 선택이다. 게다가 삼장은 꽤나 동정심이 많은 사람이라서 이 방법이 삼장을 속이는 최상의 방법이 된다.

③ **삼장의 맹목적 의지**(종교적 신념)**를 이용**

제21난 「흑송림에서 제자들과 헤어지다(黑松林失散)」에서 삼장은 맹목적인 신념으로 말미암아 아무 의심도 없이 금빛 찬란한 보탑에 들어가고, 결국은 사람을 잡아먹고 사는 요괴에게 잡히고 만다. 제53난 「소뇌음사에서 재난을 당하다(小雷音遇難)」는 황미동자(黃眉童子)의 명예욕(외재적 요인)과 삼장의 맹목적인 종교신

앙(내재적 요인)이 서로 영향을 미쳐 재난을 빚어낸다. 요컨대, 여러 요괴들은 욕망을 이루기 위해서 삼장일행을 유혹할 함정을 설치해 놓는다. 그런데 삼장일행이 미혹되지 않았다면 절대 함정에 빠지지 않았을 것이다.

총괄하자면, 오승은은 욕망 · 감정 · 의지 등 인성의 특징 위에 재난을 구축했다. 그는 풍부한 인생경험과 지혜로 인성을 깊이 이해하고, 각종 인성의 비루함과 추악함을 파악할 수 있었다. 그의 인성에 대한 관찰은 욕망이 가져오는 훼멸과 타락을 밝혀냈을 뿐 아니라, 감정과 의지가 이지(理智)를 따르지 않을 때 발생할 수 있는 위험한 결과를 파헤쳐냈다.

『서유기』에서 여러 요괴들이 맞이한 훼멸로부터 욕망의 끔찍함을 볼 수 있다. 또한 삼장일행이 온갖 재난의 고통을 겪는 것도 어느 정도는 삼장일행의 잘못에서 연유된 것이다. 따라서 오승은은 81난의 묘사를 통해서 인간 본성의 약점을 폭로하여 독자들을 일깨우고 있다. 욕망을 절제하고 덕을 닦고 무정무욕의 지덕을 도야함으로써 마음과 영혼의 안정과 평안을 지키도록 독자들을 일깨우고 있다. 이것이 바로 그가 재난의 구성요인을 인간의 본성 위에 구축한 가장 큰 이유이다. 그래서 종종 작가는 직접 "인연이 있어 근심병 다 씻어내고, 그리움 사라지니 마음이 저절로 편안해진다."(제71회)[14], "바른 것을 좇아 수행하려면 반드시 근신해야 하고, 애욕을 제거하면 저절로 참됨으로 돌아간다."(제23회)[15]는 말로 권계하고 있다.

제3장

81난의 원흉(禍首) - 요괴

西遊記八十一難研究

제3장 81난의 원흉(禍首) - 요괴

『서유기』의 81난을 전체적으로 살펴보면, 그중 60여 개의 재난은 요괴가 단초를 제공한 것이다. 재난을 일으킨 요괴의 대부분은 서천으로 가는 서역 길에 거주하는 인물이다. 요괴들이 삼장법사 일행처럼 비범한 이들을 상대로 풍파를 일으켰다는 것은 그들 역시 신통한 능력을 지니고 있음을 의미한다. 왜냐하면 삼장법사를 보호하는 제자들 모두 무공을 수련한 특이한 능력의 소유자들이기 때문이다. 예를 들어 손오공은 도를 닦아 신통력을 얻은 후에 십팔 층 지옥까지 내려가 강제로 염라대왕의 생사부에서 자신의 이름을 지워버렸고, 용궁에 쳐들어가 용왕의 여의봉(如意金箍棒)을 빼앗았으며, 천궁을 때려 부수어 구요성(九曜星)이 문을 닫아걸고 사대천왕마저 종적을 감춰버리게 만들었으니, 그가 얼마나 대단한 인물이었는지 알 수 있다. 저팔계는 하늘의 팔만 수병을 거느리는 위엄을 지녔고, 사오정 또한 옥황대제를 보위하던 위세를 지닌 인물이다. 그러니, 요괴들이 막강한 재주를 가지지 않은 한, 서쪽으로 경전을 구하러 가는 이들을 곤경에 빠뜨리기란 절대 쉬운 일이 아니다. 따라서 우리는 삼장법사 일행을 재난에 빠뜨리는 요괴라면, 분명 엄청난 능력을 가지고 있다고 단언할 수 있다. 그렇지 않았다면, 삼장의 제자들이 재난을 막기 위해 젖 먹던 힘까지 짜낼 필요도 없었고, 수시로 신들에게 요괴들을 항복시킬 수 있도록 도움을 청했을 리 만무하다. 따라서 본 장에서는 요괴의 공력을 집중적으로 살펴볼 것인데, 이를 통해 이들의 공력이 취경단에게 어떤 위협을 가했는지 알게 될 것이다. 요괴들은 출신도 다르고 천부적 자질도 달라 그들이 지닌 공력 역시 차이가 있다. 먼저 요괴들의 출신부터 살펴보자.

제1절 요괴의 출신내력

하지청(夏志淸)은 「서유기연구」에서 요괴들의 출신내력을 '천상형'과 '지상형'으로 구분하였다. 그는 "근원을 따지자면, 이 요괴들은 두 부류로 나눌 수 있다. 하나는 천궁의 동물원에 있던 것들로 천궁에서 인간세상으로 도망쳐 나와 온갖 향락을 다 누린다. 또 다른 하나는 지상의 생물로 그들 중 일부는 천상의 신과 친속관계에 있긴 하지만 천궁과 왕래하고 싶어 하지 않는다."[1]고 하였다. 하지청은 요괴들이 처음으로 거주했던 곳에 근거해 이들을 '천상형'과 '지상형' 두 종류로 나누었다. 이 분류의 근거는 요괴의 탈출지가 천궁인지 아닌지에 따른 것이기에, 설령 천상의 신과 친속관계에 있다 하더라도 오랫동안 지상에 살았다면 그것은 '지상형'으로 분류되었다. 필자는 원칙적으로 하지청의 분류에 동의하지만, '천상의 신과 친속관계인 요괴'를 '지상형'으로 분류한 것에는 그다지 동의하지 않는다. 그 이유는 다음과 같이 설명할 수 있다. 요괴들의 근원을 따지고 보면, 그들은 천궁에 속하고 마지막에는 결국 천궁으로 돌아간다. 제61난 「사타동에서 길이 막히다(路阻獅駝)」 ~ 제64난 「관음보살을 청해 요괴를 거두어들이다(請佛收魔)」까지 출현한 대붕금시조(大鵬金翅鳥)는 그 이유를 설명할 수 있는 가장 좋은 예이다. 그는 지상에 사는 요괴이지만 본래 석가여래와 친속관계에 있고 마지막에는 석가여래에 의해 영산으로 되돌아간다. 필자는 이러한 이유로 천상의 여러 신들과 친속관계에 있거나 연대관계에 있는 요괴들을 '천상형'으로 분류해야 한다고 생각한다.[2] 아래에 요괴를 '천상형'과 '지상형'으로 나눈 뒤, 그들의 법력을 약술하도록 하겠다.

1. 천상형 요괴

천상형 요괴는 다시 불교세계에서 온 것과 도교세계에서 온 것으로 나눌 수 있다. 불교계의 여러 신들 휘하의 요괴들이 가진 신통력은 다음과 같다.

(1) 불교세계에서 온 요괴

① 황풍령(黃風嶺)**의 황풍요괴**(黃風怪)

원래 영산의 산자락에서 득도한 쥐이다. 삼매신풍(三昧神風)을 부릴 줄 안다. 제13난「황풍 요괴의 방해를 받다(黃風怪阻)」, 제14난「영길보살에게 도움을 청하다(請求靈吉)」등 두 개의 난에 등장한다.

② 오계국(烏鷄國)**의 전진도인**(全眞道人)

원래 문수보살 휘하의 청모사자(靑毛獅子)이다. 비바람을 부리고 모습을 자유자재로 바꾸는 능력을 갖고 있어, 이것으로 오계국왕의 환심을 산다. 최후에는 국왕을 살해하고 자신이 국왕의 모습으로 변신한다. 제26난「오계국에서 국왕을 구해주다(烏鷄國救主)」에 등장한다.

③ 통천하(通天河)**의 영감대왕**(靈感大王)

원래 남해관음보살이 연화지에서 기르던 금붕어이다. 비바람을 부리고 강과 바다를 범람하게 하며 눈을 내리게 하고 얼음을 만드는 등의 신통력을 지녔다. 인간세상에 내려온 후, 진가장(陳家莊) 어린아이들을 재물로 바치게 만들 뿐 아니라, 삼장이 통천하에 빠지는 재난을 당하도록 만든다. 제36난「도중에 큰물을 만나다(路逢大水)」, 제37난「통천하 강물에 빠지다(身落天河)」, 제38난「관음보살이 대바구니를 들고 나타나다(魚籃現身)」등 세 개의 난에 등장한다.

④ 소뇌음사(小雷音寺)**의 황미대왕**(黃眉大王)

원래 미륵불 앞에서 경쇠를 연주하던 동자이다. 미륵불의 금바라(金鐃)·탑포아(搭包兒)·낭아봉(狼牙棒) 등 세 가지 불보(佛寶)를 갖고 있다. 이 불보를 이용해 삼장일행과 손오공이 도움을 청한 신병(神兵)들을 사로잡는다. 세 가지 불보 중 위력이 가장 강한 것은 무엇이든 다 쓸어 담아버리는 탑포아이다. 제53난「소뇌음사에서 재난을 당하다(小雷音遇難)」, 제54난「여러 하늘 신들이 곤란을 당하다(諸天神遭困)」 등 두 개의 난에 등장한다.

⑤ 기린산(麒麟山)**의 새태세**(賽太歲)

원래 관음보살이 타고 다니던 금모후(金毛犼)이다. 연기·불길·모래를 내뿜는 세 개의 방울인 자금령(紫金鈴)을 갖고 있다. 제56난「주자국에서 손오공이 의사 행세를 하다(朱紫國行醫)」, 제57난「국왕을 치료하다(拯救疲癃)」, 제58난「요괴를 항복시키고 왕비를 되찾다(降妖取后)」 등 세 개의 난에 등장한다.

⑥ 사타령((獅駝嶺)**의 세 마왕**(魔王)

원래 문수보살이 타고 다니던 청모사자, 보현보살이 타고 다니던 흰 코끼리, 그리고 석가여래와 인척 관계인 대붕금시조[3]이다. 세 요괴는 힘을 합쳐 삼장일행을 납치해 찜통에 넣어 쪄 죽기 직전의 고통을 당하게 만든다. 제61난「사타동에서 길이 막히다(路阻獅駝)」, 제62난 「요괴가 셋으로 나뉘다(怪分三色)」, 제63난 「성 안에서 재난을 당하다(城裏遇災)」, 제64난 「관음보살을 청해 요괴를 거두어들이다(請佛收魔)」 등 네 개의 난에 등장한다.

⑦ **함공산**(陷空山)**의 지용부인**(地湧夫人)

원래 금비산(金鼻山)에 살던 흰 쥐 요괴이다. 이천왕(李天王)을 양아버지로 모시고 있으며 신통한 법술을 지녔다. 제67난 「송림에서 미녀로 변한 요괴를 구해주다(松林救怪)」, 제68난 「삼장법사가 승방에서 병으로 몸져눕다(僧房臥疾)」, 제69난 「무저동에서 난을 당하다(無底洞遭困)」 등 세 개의 난에 등장한다.

위에서 보다시피, 불교세계에서 도망쳐 나온 요괴는 모두 아홉이다. 이들은 인간세상에 내려와 자신이 가진 신통력으로 취경단이 서역으로 가는 길을 방해할 뿐 아니라 백성들에게도 많은 해를 끼친다.

(2) 도교세계에서 온 요괴

① **완자산**(碗子山)**의 황포요괴**(黃袍怪)

원래 천궁 28수(宿)의 하나인 규성(奎星)이다. 저팔계 · 사오정을 물리칠 만큼 위력이 있다. '흑안정신법(黑眼定身法)'을 부려 삼장을 붙잡아 얼룩무늬 호랑이로 만들어버린다. 제21난 「흑송림에서 제자들과 헤어지다(黑松林失散)」, 제22난 「보상국에 편지를 전해주다(寶象國捎書)」, 제23난 「금란전에서 호랑이로 변하다(金鑾殿變虎)」 등 세 개의 난에 등장한다.

② 평정산(平頂山)**의 금각**(金角)**대왕, 은각**(銀角)**대왕**

원래 태상노군의 금로(金爐)와 은로(銀爐)를 지키던 동자들이다. 은각대왕은 '이산도해법(移山倒海法)'으로 손오공을 꼼짝달싹 못하게 만들어 자금홍호로(紫金紅葫蘆)에 가두어버린다. 제24난 「평정산에서 요괴를 만나다(平頂山逢魔)」, 제25난 「연화동에서 매달리다(蓮花洞高懸)」 등 두 개의 난에 등장한다.

③ 금두산(金兜山)**의 독각시**(獨角兕)**대왕**

원래 이한천(離恨天) 도솔궁(兜率宮) 태상노군이 타고 다니던 푸른 소이다. 번쩍이는 고리를 가지고 있는데, 이것으로 손오공을 도우러 온 이천왕과 나타태자 등의 천신들을 물리친다. 제39난 「금두산에서 독각시대왕을 만나다(金兜山遇怪)」, 제40난 「여러 천신들이 독각시대왕에게 고전하다(普天神難伏)」, 제41난 「부처님께 독각시대왕의 내력을 묻다(問佛根源)」 등 세 개의 난에 등장한다.

④ 비구국(比丘國)**의 국장**(國丈)

원래 봉래도(蓬萊島) 수성(壽星)이 타고 다니던 흰 사슴이다. 반룡괴장(蟠龍拐杖)을 사용해 손오공을 물리친다. 제65난 「비구국에서 어린이들을 구하다(比丘救子)」, 제66난 「국왕을 속인 요괴들의 정체를 밝히다(辨認眞邪)」 등 두 개의 난에 등장한다.

⑤ **죽절산**(竹節山)**의 구령원성**(九靈元聖)

원래 천상의 태을구고천존(太乙救苦天尊)이 타고 다니던 머리 아홉 개 달린 사자이다. 아홉 개의 머리로 삼장일행과 옥화현(玉華縣) 국왕 등을 사로잡는다. 제73난「병기를 잃어버리다(失落兵器)」, 제74난「요괴가 쇠스랑을 얻고 잔치를 벌이다(會慶釘鈀)」, 제75난「죽절산에서 재난을 당하다(竹節山遭難)」등 세 개의 난에 등장한다.

⑥ **천축국**(天竺國)**의 가짜 공주**

원래 태음성군이 거처하던 월궁에서 선약을 절구에 찧던 옥토끼이다. 절굿공이로 손오공의 공격을 막아낸다. 제78난「삼장법사가 천축에서 결혼할 뻔하다(天竺國招婚)」에 등장한다.

위에서 보다시피, 도교세계에서 도망쳐 나온 요괴는 모두 일곱이다. 이들은 불교세계에서 도망쳐 나온 요괴와 마찬가지로 81난 중 모종의 사건을 일으키는 원흉으로 등장한다. 불교와 도교의 세계에서 인간세상으로 내려온 요괴들은 자신만의 신통력을 지녔을 뿐 아니라 구름과 안개를 타거나 자유자재로 변신하는 능력을 가지고 있다. 그들은 온갖 꾀를 짜내어 삼장일행을 끝없는 재난의 구렁텅이로 몰아넣는다. 맞닥뜨리는 요괴의 신통력이 강할수록 재난의 강도가 심해지니, 삼장일행의 어려움은 더 커질 수밖에 없다.

2. 지상형 요괴

'지상형' 요괴의 신통력은 '천상형' 요괴와 비교해도 절대 뒤떨어지지 않는다. 다음에 열거할 '지상형' 요괴의 출신과 신통력은 아래와 같다.

① **쌍차령**(雙叉嶺)**의 인장군**(寅將軍), **웅산군**(熊山君), **특처사**(特處士)

원래 늙은 호랑이 · 곰 · 들소이다. 자유자재로 변신할 수 있는 능력을 가졌다. 제5난 「장안성을 나와 호랑이를 만나다(出城逢虎)」, 제6난 「구덩이에 빠지고 하인들을 잃다(折從落坑)」의 두 개의 난에 등장한다.

② **흑풍산**(黑風山)**의 흑풍요괴**(黑風怪)

원래 곰이다. 흑풍요괴는 손오공과 비견할 정도의 무예를 지녔다. 제11난 「가사를 잃어버리다(失却袈裟)」에 등장한다.

③ **백호령**(白虎嶺)**의 백골부인**(白骨夫人)

원래 백골이 된 시체이다. 자유자재로 변신할 수 있는 능력을 가졌다. 제20난 「손오공을 내쫓다(貶退心猿)」에 등장한다.

④ **호산**(號山) **고송간**(枯松澗)**의 홍해아**(紅孩兒)

원래 우마왕과 나찰녀의 아들이다. 화염산에서 삼백 년 동안 수행하여 삼매진화를 단련하였다. 제27난「요괴가 삼장법사로 변신하다(被魔化身)」, 제28난「호산에서 요괴를 만나다(號山逢怪)」, 제29난「호랑이요괴가 바람을 부려 삼장법사를 납치하다(風攝聖僧)」, 제30난「손오공이 재앙을 만나다(心猿遭害)」, 제31난「관음보살에게 청해서 요괴를 항복시키다(請聖降妖)」 등 다섯 개의 난에 등장한다.

⑤ **흑수하**(黑水河)**의 소타룡**(小鼉龍)

원래 서해용왕의 조카로 비바람을 부릴 줄 아는 신통력을 지녔다. 제32난「흑수하 물에 빠지다(黑河沉沒)」에 등장한다.

⑥ **거지국**(車遲國)**의 호력대선**(虎力大仙), **녹력대선**(鹿力大仙), **양력대선**(羊力大仙)

원래 호랑이 · 사슴 · 영양 등이 변한 요괴이다. 비바람을 부릴 줄 알고, 물을 기름으로 만들며, 돌을 금으로 만드는 법술을 지녔다. 또한 목을 잘라도 다시 붙일 수 있고, 내장을 꺼냈다 다시 넣을 수 있으며, 뜨거운 기름 솥 안에서 목욕을 하는 등의 신통력을 지녔다. 제33난「거지국에서 수레를 옮기다(搬運車遲)」, 제34난「요괴들과 술법을 겨루다(大賭輸贏)」, 제35난「도사들을 물리치고 불교를 부흥시키다(祛道興僧)」 등 세 개의 난에 등장한다.

⑦ **파아동**(破兒洞)**의 여의진선**((如意眞仙)

원래 우마왕의 동생이다. 제42난「삼장법사와 저팔계가 물을 마시고 임신하다(喫水遭毒)」에 등장한다.

⑧ 독적산((毒敵山)의 여자요괴

원래 전갈요괴이다. 꼬리에 갈고리가 있어 '도마독(倒馬毒)'[4] 이라 불린다. 스치기라도 하면 적을 견디기 힘든 고통에 빠지게 만든다. 심지어 법력이 무량한 관음보살과 석가여래조차 꺼려 한다. 제44난 「비파동에서 고생하다(琵琶洞受苦)」에 등장한다.

⑨ 화과산(花果山)의 가짜 손오공

여섯 개의 귀를 가진 원숭이인데, 귀가 밝고 만물을 통찰하여 환히 꿰뚫는 신통력을 가졌다. 제46난 「진짜 손오공과 가짜 손오공을 구별하기 어려워지다(難辨獼猴)」에 등장한다.

⑩ 화염산(火焰山)의 우마왕(牛魔王), 나찰녀(羅刹女)

원래 우마왕(흰 소)과 나찰녀는 부부이다. 우마왕은 일흔두 가지 모습으로 변할 수 있고, 무예 또한 손오공과 견줄 만하다. 나찰녀는 불길을 끄고, 사람을 팔만사천리까지 날려버릴 수 있는 파초선을 가지고 있다. 제47난 「화염산에서 길이 막히다(路阻火焰山)」, 제48난 「파초선을 얻느라 고생하다(求取芭蕉扇)」, 제49난 「요괴를 붙잡아 결박하다(收縛魔王)」 등 세 개의 난에 등장한다.

⑪ 벽파담(碧波潭)의 구두부마(九頭駙馬)

원래 머리가 아홉 개인 구두충(九頭蟲)이다. 신통력을 갖고 있어, 한바탕 혈우(血雨)를 내리게 해 보탑을 오염시킨 후, 탑 속의 사리자불보(舍利子佛寶)를 훔쳐 승려들을 괴롭힌다. 손오공과 저팔계의 법력으로도 그를 당해내지 못한다. 제50난「제새국에서 불탑을 청소하다(賽城掃塔)」, 제51난「보물을 얻어 승려들을 구하다(取寶救僧)」등 두 개의 난에 등장한다.

⑫ 형극령(荊棘嶺)의 나무요정들

원래 소나무 · 측백나무 · 대나무 · 노송나무 · 살구나무 · 단풍나무 등의 정령들이다. 모두 변신할 수 있는 능력을 지녔다. 제52난「형극령에서 시를 읊다(棘林吟咏)」에 등장한다.

⑬ 반사동(盤絲洞)의 일곱 요녀

원래 거미요괴들이다. 배에서 실을 뽑아내 상대방을 꼼짝 못하도록 묶어버린다. 제59난「일곱 거미요괴에게 속아 붙잡히다(七情迷沒)」에 등장한다.

⑭ 황화관(黃花觀)의 도사

원래 지네요괴이다. 일곱 거미요괴의 오빠로, 천 개의 눈에서 만 갈래 금광을 쏘아 적을 제압하는데, 적이 빛을 피해 도망갈 수 없도록 만든다. 제60난「다목요괴에게 해를 당하다(多目遭傷)」에 등장한다.

⑮ 은무산(隱霧山)의 남산(南山)대왕

원래 표범요괴이다. 모습을 자유자재로 바꿀 수 있는 신통력을 가졌다. 제71난 「은무산에서 요괴를 만나다(隱霧山遇怪)」에 등장한다.

⑯ 청룡산(青龍山)의 벽한(辟寒)대왕, 벽서(辟暑)대왕, 벽진(辟塵)대왕

원래 세 마리의 소이다. 가짜 불상으로 변신하거나 구름과 안개를 타는 신통력을 가졌다. 제76난 「현영동에서 고초를 겪다(玄英洞受苦)」, 제77난 「코뿔소요괴를 쫓아가 잡다(趕捉犀牛)」 등 두 개의 난에 등장한다.

⑰ 통천하(通天下)의 늙은 자라(老黿)

제81난 「통천하에서 늙은 자라가 간악한 꾀를 부리다(通天河老黿作祟)」에 등장한다.

'지상형' 요괴는 '천상형'과 마찬가지로 뛰어난 신통력을 지닌다. 그리고 이들 역시 재난을 일으키는 원흉으로 등장한다.

제2절 요괴의 법력

요괴가 '천상형'이든 '지상형'이든 그들은 모두 뛰어난 법력을 가진다. 예를 들어 '천상형' 요괴 중 황풍요괴가 사용하는 삼매신풍은 하늘과 대지를 암흑으로 뒤덮어버리고 모래와 돌을 날려 손오공의 화안금정을 상하게 만들어 손오공에게 패배를 안겨준다.

손오공이 말하길, "지독하다, 지독해! 이 손 어르신이 태어난 이래 이런 거센 바람은 처음 보는걸. ……이놈이 다급해지니 바람을 일으킨 거야. 얼마나 지독한지 제대로 서 있기조차 힘들어서, 재간을 거두고 바람을 무릅쓰며 도망쳤지. 허, 지독한 바람이야! 대단해! 이 몸도 바람을 부르고 비를 부를 줄 알지만, 이 요괴의 바람만큼 지독하지는 않아!" (제21회)

오만방자한 손오공도 황풍요괴의 법력에 탄복한다. 또 다른 요괴인 대붕금시조 · 청모사자 · 흰 코끼리 등 세 명의 요괴는 강한 위력과 간교한 지략을 겸비하였다. 신통광대한 손오공조차 그들의 기세에 눌린다. 아래의 단락을 보자.

손오공이 말하길, "제가 여러 차례 부처님의 가르침의 은혜를 입고 부처님 문하에 몸을 의탁해 정과에 귀의한 후, 줄곧 삼장법사를 보호하고, 사부님으로 모시며 서행길 내내 겪은 고초는 말로 다 표현할 수 없을 정도입니다! 지금 사타산 사타동 사타성에 악랄한 요괴 세 마리가 있습니다. 바로 사자요괴 · 코끼리요괴 · 붕새요괴인데, 이놈들이 제 사부님을 잡아가고, 저희들까지 모조리 잡아가서는, 찜통 안에 묶어놓는 바람에, 사부님과 저희들이 끓는 물의 뜨거운 고통을 받았습니다. 다행히 제가 거기서 도망쳐 나와 용왕을 부른 덕에 목숨을 구했지요. 그날 밤 사부님과 아우들을 어렵게 구해냈는데, 재난에서 벗어날 운수가 아니었는지 도로 잡혀가고 말았습니다. 다음 날 날이 밝자마자 성안에 들어가 알아보았더니, 그 악독한 요괴놈이 정말 지독히 악랄하고 사나워서, 밤사이에 사부님을 산 채로 잡아먹어 버렸다는 겁니다. 뼈 하나 살점 하나도 남기지 않고요. 게다가 팔계와 오정이 아직 거기에 묶여 있으니, 머지않아 모두 목숨을 잃을 것입니다. 저로선 방법이 없어, 이렇게 여래님을 찾아뵌 것입니다. ……" 말을 채 끝맺기도 전에 눈물을 주르륵 흘리며 비통해 마지않았다. 석가여래께서 빙그레 웃으시며 말씀하셨다. "오공아, 걱정하지 말거라. 그 요괴의 신통력이 대단해서 네가 당해내질 못한 게 그리도 속상하더냐." 손오공은 아래에 꿇어앉아 가슴을 치며 말했다. "솔직히 말씀드리면, 제가 옛적에 천궁을 떠들썩하게 하고 제천대성으로 불린 이래로, 그 누구에게도 져본 적이 없습니다. 그런데 이번에 이런 악랄한 요괴놈들에게 걸리고 말았습니다." (제77회)

위에서 묘사한 손오공과 석가여래의 대화를 통해 이 세 요괴의 신통력이 얼마나 대단한지를 알 수 있다. 만일 석가여래가 친히 그들을 굴복시키지 않았다면 그 누구도 이들을 무릎 꿇게 만들 수 없었을 것이다.

'지상형' 요괴 중 홍해아는 잔인한 성품에 강한 능력을 가진 인물이다. 수행을 통해 단련한 '삼매진화'로 손오공을 격퇴시키고 그에게 전례 없는 상처를 입힌다. 홍해아의 신통력을 엿볼 수 있는 한 단락을 살펴보자.

> 요괴가 자기 코를 두어 번 툭툭 치면서 주문을 외우자, 입에선 불을 토해내고, 코에선 짙은 연기가 뿜어져 나왔다. 눈을 깜빡이자 눈 속에 불꽃이 생겨났다. 다섯 대의 수레 위에선 불빛이 솟아올랐다. 연신 불꽃을 뿜어내니, 시뻘건 불길이 타오르는 것만 보였고, 화운동이 그 불길과 연기에 온통 휩싸여서 정말 하늘이건 땅이건 몽땅 태워버릴 기세였다. 저팔계가 당황해서 외치길, "형님, 안 되겠어요! 이 불 속에 갇히면 꼼짝없이 죽겠는데요." (제41회)

그렇다면, 요괴들은 어떻게 이러한 신통력을 가지게 되었을까? 제1절「요괴의 출신내력」에서 열거한 '천상형'과 '지상형' 요괴에서 보다시피, 그들이 지닌 법력의 연원은 두 가지로 귀납할 수 있다. 첫째는 수련을 통한 것이고, 둘째는 법보를 소유했기 때문이다. 그럼 두 가지 연원을 살펴보자.

1. 수련

요괴는 수련을 통해 법신이 되는데, 수련 정도에 따라 법력이 결정된다. 예를 들어 손오공은 72가지 변신술과 근두운((觔斗雲)을 타면 십만 팔천 리를 날아가는 신통력을 가졌다. 이는 손오공이 뜻을 세워 천하를 두루 돌아다니고, 신선과 도사를 배알하여 가르침을 구하고 열심히 수련한 결과이다. 손오공뿐 아니라 우주를 다스리는 옥황상제 또한 몸소 수련하면서 무량한 법력을 얻게 되었다. 석가여래는 옥황상제에 대해 이렇게 말하고 있다.

> "그(옥황상제)는 어려서부터 도를 닦아, 천칠백오십 겁의 고행을 쌓으셨다. 한 겁이 십이만 구천육백 년이니라." (제7회)

그래서 신이건 요괴이건 간에, 반드시 일정 기간의 고된 수련을 통과해야만 초월적 신통력이나 법력을 얻을 수 있다. 마음이 바르지 못한 무리는 수련을 거쳐 법력을 얻었다 해도 요괴류에 불과하다. 그러나 전심전력하여 운법(運法)을 터득하면 요괴일지라도 그 신통력은 강력해진다. 아래에 예문을 들어 살펴보겠다.

관음보살의 연못에 살던 금붕어 한 마리가 몰래 도망쳐 통천하에 터를 잡고 어린아이들을 잡아먹는다. 그는 오래전부터 삼장의 고기를 먹으면 장생불사한다는 말을 들은 터라, 마음에서 욕망이 꿈틀대는 것을 참기 힘들었다. 기회가 오기를 기다렸다 오만가지 계책을 다 부린다. 눈보라를 일으켜 강물을 얼게 하며, 삼장일행이 이 꽁꽁 언 강을 걸어서 건너려고 할 때, 얼음이 갈라지게 만들어 삼장을 사로잡는다. 막강한 요괴 앞에 제자 세 사람은 속수무책으로 당할 수밖에 없었고, 할 수 없이 남해 보타암으로 도움을 청하러 간다. 관음보살이 현신하여 요괴를 항복시키자, 팔계와 사오정은 호기심에 이 요괴가 어떻게 그런 재주를 부리게 된 것인지 그 내력을 묻는다. 그 물음에 관음보살은 다음과 같이 대답한다.

> 그놈은 본래 내 연화지(蓮花池) 안에서 키우던 금붕어이다. 매일 머리를 내밀고 경전 읽는 소리를 듣더니, 수행하여 재주를 닦은 모양이다. 저 아홉 꽃받침 구리철퇴는 바로 피지 않은 연꽃 봉오리였는데, 이놈이 단련시켜 무기로 만들었다. (제49회)

한낱 금붕어라 할지라도 매일 설법을 들으니 부지불식간에 변화가 생겨 비바람을 부르고 눈보라를 일으키는 재주를 익히게 되고, 심지어 연꽃 봉오리를 세상의 어떠한 무기로도 막지 못할 강력한 무기로 만들어 사용하게 된다.

제75난 「죽절산에서 재난을 당하다(竹節山遭難)」에 등장하는 머리 아홉 달린 사자는 그 수련의 정도가 금붕어보다 한 수 위이다. 그의 주인인 태을구고천존은 구두사자의 능력을 다음과 같이 밝힌다.

그놈이 한 번 고함을 치면 위로는 세 성인(聖人)에, 아래로는 구천(九泉)까지 통한답니다. (제90회)

구두사자가 입을 벌려 으르렁 고함을 치면, 위로는 세 성인에 아래로는 구천까지 들리는 신통한 위력을 지녔으니 그 수련한 성과가 얼마나 대단한지 알 수 있다. 이 외에도 천상에서 온 뭇 요괴들은 모두 수련의 결과로 저마다의 신통력을 지니고 있다.

"무릇 세상의 사물들 중 구멍 아홉 개 있는 것들은 모두 수행을 하면 신선이 될 수 있는 법"(제17회)이라는 손오공의 말로부터 지상형 요괴의 법력 또한 개인의 수련 능력에 따른 것임을 알 수 있다. 그래서 금성도인은 다음과 같이 말하고 있다.

그 셋은 모두 코뿔소 요괴들입니다. 그들은 천문지상(天文之象)을 타고 났고, 여러 해 동안 수행을 쌓아 도를 이루었는지라, 역시 구름과 안개를 탈 수 있지요. (제92회)

또, 우마왕이 아내 나찰녀의 수행과정을 말한 상황을 보자.

파초동이 비록 외진 곳이기는 하지만 조용하고 편안한 곳이요. 그 산에 사는 내 아내는 어려서부터 수행에 뜻을 두어 도를 깨달은 신선이요. (제60회)

위의 두 인용문은 손오공이 말한 "무릇 세상의 사물 중 구멍 아홉 개 있는 것들은 모두 수행을 하면 신선이 될 수 있는 법"이란 말의 가장 알맞은 주석일 것이다. 이들 '지상형' 요괴 또한 수련한 정도에 따라 법력이 다르다. 요괴의 수련기간이 짧으면 그가 쓸 수 있는 신통력 또한 보잘것없다. 가령, 통천하의 늙은 자라는 일천삼백여 년을 수련했는데 비록 오래 살았고 사람의 말을 할 줄은 알아도 제 껍데기를 벗을 능력조차 없는 하급 요괴이다. 껍데기를 벗어버리고픈 갈망에 삼장에게 엎드려 절하며 부처에게 언제쯤 이 껍질을 벗고 인간의 몸을 얻게 될지 물어봐 달라고 부탁한다. 그러나 삼장이 약속을 지키지 않자, 몸을 흔들어 삼장일행을 물속에 빠뜨려버린다. 이것이 바로 삼장이 겪는 최후의 재난 — 제81난「통천하에서 늙은 자라가 간악한 꾀를 부리다(通天河老黿作祟)」이다. 이처럼 신통력이 다소 모자라는 요괴는 삼장일행에게 커다란 재앙을 일으키지는 못한다. 늙은 자라 외에도 기타 지상형 요괴의 신통력은 그 수련의 정도에 따라 차이가 있으나 그래도 그들 모두가 변화무쌍하고 예측 불가능한 신통력을 가진 요괴임에 틀림없다. 예를 들어 우마왕의 무공과 일흔 두 가지 변신술은 제아무리 날고 기는 손오공이라 하더라도 제압하기 어려워 천신들의 도움을 청하고서야 겨우 고비를 넘길 수 있게 된다.

요컨대 천상에서 왔던 지상에서 왔던 간에 요괴들은 모두 수련을 통해 강력한 능력을 얻은 존재이다. 이들은 그러한 신통력에 의지하여 하늘과 땅 속을 넘나들며 온갖 풍파를 일으키면서 삼장일행의 서천길을 가로막는다.

2. 법보(法寶)

요괴가 천상계의 법보를 간직하고 있는가의 여부에 따라 신통력이 달라진다. 모든 법보는 요괴의 손에 들어가는 순간 인간 세계에서 타자를 궤멸시키는 공포스러운 무기가 된다. 법보의 대부분은 '천상형' 요괴가 천궁에서 도망쳐 나올 때 훔쳐 나온 천상계의 물건이다. 예를 들어, 은각대왕의 '자금홍호로(紫金紅葫蘆)'는 태상노군의 거처에서 훔쳐낸, 단약 담는 호로이다. 바닥을 하늘로 주둥이는 땅을 향하게 하고 누군가의 이름을 부르면 소리 내어 대답한 그 사람이 호로병 속으로 빨려 들어간다. 게다가 '태상노군급급여율령봉칙(太上老君急急如律令奉勅)'이란 종이를 호로병에 붙이면, 안에 있던 사람이 순식간에 흐물흐물 녹아 물이 된다. 마왕 대붕금시조의 '음양이기병(陰陽二氣瓶)'도 사람을 물처럼 녹여버리는 마력이 있다. 요괴가 가진 보배는 뭐니 뭐니 해도 독각시대왕의 고리만큼 위력을 가진 게 없다. 그가 이 고리를 휘두르면 그 위세를 아무도 당해낼 수 없다. 가늠할 수 없이 큰 신통력을 가진 석가여래조차도 어찌하지 못하여 살살 타이르는 모양새를 취한다. 손오공은 이 요괴가 제멋대로 만행을 저지르는 상황을 이렇게 묘사한다.

그놈이 우리 사부님을 잡아가고 제 여의봉도 빼앗아갔다고요. 그뿐인가요? 하늘 병사에게 도움을 청했더니 나타태자의 신령스런 병기도 빼앗아가고, 화덕성군을 청해오자 그의 화구도 빼앗아갔지요. 수백은 그놈을 물에 빠뜨려 죽이지는 못했지만 그래도 무기를 빼앗기진 않았어요. 여래님께 청해 나한들이 그놈에게 금단사를 뿌렸는데 그것마저 빼앗아가 버렸어요. (제52회)

원래 이 고리는 태상노군의 '금강탁(金鋼琢)'이다. 태상노군은 금강탁의 내력과 위력을 이렇게 말하고 있다.

나의 금강탁은 일찍부터 단련시킨 보물이란다. 네가 갖고 있는 무기 따위로는, 심지어 물이나 불이라 해도 그것 가까이조차 가지 못할걸. 내 파초선까지 훔쳐갔더라면 나로서도 어쩔 수 없을 뻔했다. (제52회)

그래서 독각시대왕이 금강탁의 위세에 기대어 천하를 제멋대로 누비고 다녀도 당해낼 자가 없었던 것이다. 백전백승하여 기고만장하니 그와 적으로 만나면 그저 납작 엎드리는 수밖에 없는 것이다. 상술한 법보 외에도 태상노군의 정병(淨甁) · 보검 · 불부채 · 도포끈, 동래불의 금바라 · 탑포아 · 낭아방, 그리고 관음보살의 금령, 수성의 지팡이, 광한궁 태음성군의 약 찧는 절굿공이 등 역시 요괴의 손에 들어가자 나쁜 짓에 이용되는 흉기가 된다.

천상계는 문이 있어 올라갈 수 있는 곳이 아닌지라, 지상의 동굴에 숨어 사는 '지상형' 요괴는 천상계의 법보를 훔칠 기회가 없다. 다만 여기에도 예외가 있다. 나찰녀는 부채질 한 번에 불길을 끄고, 두 번에 돌풍을 일으키고, 세 번에 비를 내리게 하는 '파초선'을 가지고 있다. 이 부채가 일으키는 바람은 사람을 팔만 사천 리 너머로 날려버리는 위력이 있다. 그래서 나찰녀는 이 부채로 손오공을 공격할 수 있었다. 그렇다면, 이런 물건들은 도대체 어떤 물성을 가졌기에 이처럼 놀라운 마력을 지니고 있는 걸까? 예컨대 은각대왕의 '자금홍호로'의 유래를 살펴보자.

이 호로는 혼돈의 세계가 처음 나뉘어 천지가 열리던 때로 거슬러 올라간다. 그때 태상노군이 여왜(女媧)라는 이름의 여신으로 변신하여 돌을 단련하여 하늘을 기우고 인간세상을 널리 구제하고자 하셨다. 하늘을 깁다가 건궁(乾宮)의 터진 부분에 이르렀는데, 곤륜산 자락에 신령한 등나무 덩굴이 있고, 그 위에 이 자금홍호로가 매달려 있는 것이 보였다. 바로 태상노군이 전하여 지금까지 내려온 것이다. (제35회)

이어서 나찰녀의 파초선을 살펴보자.

그녀의 파초선은 본래 곤륜산 뒤에 있던 것입니다. 그것은 혼돈이 열린 이래 하늘과 땅이 만들어낸 신령한 보물로, 태음(太陰)의 정수가 모인 잎사귀이기 때문에 불기운을 없앨 수 있지요. 만일 사람에게 부치면 팔만 사천 리를 날려가 음산한 바람

이 그치게 됩니다. (제59회)

또한 절궂공이의 유래를 살펴보자.

양지옥(羊脂玉)[5]으로 된 신선세계의 나무 뿌리를 셀 수 없이 오랜 세월을 갈고 다듬었지. 혼돈이 시작되었을 때 내가 이미 얻어서, 천지가 나뉠 때 내가 먼저 차지했지. 근원부터 비범한 물건이고, 그 본성은 날 때부터 하늘에 속한 것이었네. 온통 금빛으로 빛나 사상과 조화를 이루고, 오행의 상서로운 기운은 삼원에 부합하지. (제95회)

상술한 인용문에서 이들 세 가지 법보가 여느 것들과 다른 이유를 어렵지 않게 발견할 수 있다. 그것들은 천지의 탄생과 함께 생겨나면서 일월의 정화를 받아 '신성성'을 갖춘 물건이 된 것이다. 이러한 점에 근거하여 '신성성'의 요인을 자세히 분석해보자.

첫째, 시간적 요인으로 보자면, 위에서 열거한 세 가지 물기(物器)는 모두 영원성(永恒性)을 지닌다. 그것들은 혼돈으로부터 천지개벽이 일어났을 때 생겨나면서 초월적 생명을 갖게 된 것이다. 우주와 함께 탄생한 물기라면, 모두 신비한 초월적 힘을 갖는다.

둘째, 지역적 요인으로 보자면 위의 물건들은 모두 신성한 지역에서 탄생했다. 원시종교학자 미르치아 엘리아데(Mircea Eliade)는 원시인류의 심성과 종교의식을 연구한 결과, 어떤 민족이건 모두 세계의 중심을 상징하는 성산(聖山)을 가지고 있다는 점을 발견했다. 그리고 각 민족들의 관념 속에 자리한 세계의 중심을 상징하는 성산들을 논거로 들어, 그 핵심이 하늘과 땅을 이어주는 장소임을 귀납해냈다.[6] 중국인에게는 곤륜산이 바로 세계의 중심을 상징하는 성산이다. 『산해경』에 기재된 곤륜산은 다음과 같다.

> 곤륜구(崑崙丘)는 천제의 하계의 도읍으로 신 육오가 맡고 있다. (『산해경서차삼경(山海經西次三經)』)

> 해내의 곤륜허(崑崙虛)가 서북쪽에 있는데 천제의 하계의 도읍이다. …… 곤륜의 남쪽 못은 깊이가 삼백 길이나 된다. 개명수(開明獸)는 몸 크기가 호랑이 비슷하고 아홉 개의 머리를 가졌는데 모두 사람의 얼굴이다. 동쪽으로 곤륜산의 정상을 향해서 있다. 개명의 서쪽에 봉황과 난새가 있다. …… 개명의 북쪽에 시육(視肉) · 주수(珠樹) · 문옥수(文玉樹) · 우기수(玗琪樹) · 불사수(不死樹)가 있으며 봉황과 난새는 모두 방패를 이고 있다. 또 이주(離朱) · 목화 · 잣나무 · 감수(甘樹)와 성스러운 나무 만태가 있다. …… 개명의 동쪽에 무팽(巫彭) · 무저(巫抵) · 무양(巫陽) · 무리(巫履) · 무범(巫凡) · 무상(巫相)이 있는데, 알유의 주검을 둘러싸고 모두 불사약을 가지고 (죽음의 기운을) 막고 있다. (『해내서경(海內西經)』)[7]

곤륜산은 천제가 하계에 세운 도읍이자 세계의 중심을 상징하는 성산이고, 하늘과 땅을 이어주는 곳으로 무당들이 하늘과 땅을 오르내리는 통로이다.[8] 곤륜산이 성역이기 때문에 그곳에서 자란 꽃 · 풀 · 봉황 · 난조 모두 신비한 생명력을 부여받고 있다. 『서유기』에 등장하는 '자금홍호로', '파초선', '절굿공이'처럼 신성화된 사물들은 모두 곤륜산에서 생겨난 것이라 시간을 초월하는 생명력과 신비한 마력을 부여받고 있다. 『서유기』에는 곤륜산 말고도 만수산이라는 성산이 등장한다. 따라서 만수산의 '인삼과'는 '인간이 인연이 있어, 그 과일의 냄새를 맡으면 삼백육십 세까지 살 수 있고, 하나를 먹으면 사만 팔천 년을 사는' 신비한 힘을 가진다.

셋째, 인물로 보자면, 태상노군의 손을 거친 물건들 또한 모두 신성한 힘을 가진다. 태상노군은 노자가 신격화된 존재로서 도교의 도사들은 지고무상한 교조(敎祖)로 추존한다. 가령, 『위서(魏書) · 석노지(釋老志)』에서는 노자를 "위로는 신들의 우두머리이고, 아래로는 비선(飛仙)의 주인이다."라고 하였다. 『도장(道藏) · 혼원성기(混元聖紀)』에서는 다음과 같이 기재하고 있다.

> 태상노군은 대도(大道)의 주재자이고, 만교의 주인이며, 그 근본은 태무지선(太無之先)에서 나왔고, 무극지원(無極之源)에서 생겨났으며, 하늘과 땅을 거쳐 왔으나, 얼마의 시간을 지나 왔는지 알 수 없다. 끝나는 것이 없는 곳에서 끝나고, 무궁에서 궁극을 다한다.

위의 인용문에 의하면, 도교에서 노자는 가장 높은 곳에 자리하여 만물을 주재하는 최고의 신령임을 알 수 있다. 이미 사대부들이나 민간의 전설에서는 태상노군을 지고무상한 존재로 인식하고 있었다. 그래서 오승은이 다른 가지를 가져와 접붙이듯 태상노군을 『서유기』의 여러 신들 속에 등장시키고 기물에 신성한 힘을 불어넣는 무량한 법력을 갖춘 형상으로 묘사할 수 있었던 것이다.

요컨대, 요괴들의 법력 여하는 그들이 가지고 있는 법보의 위력에 따라 결정되고, 그중 천상에서 훔쳐 온 법보가 가장 강력하다. 요괴들이 천상에서 훔쳐 온 기물들은 모두 범상치 않은 '특별한 물건'이라서 독자의 호기심을 자극한다. 오승은은 재난에 사용된 신기한 무기들을 묘사하면서, '신성성'을 갖추게 된 세 가지 요인을 적절히 가공해 넣어 스토리에 신비한 기운을 강화하였다.

이상의 내용을 종합하면, '천상형' 요괴는 수련의 정도와 법보의 소장 여부에 따라 법력이 결정되고, '지상형' 요괴는 대부분 수련의 정도에 따라 그 법력이 결정된다. 이런 점에서 보면, '천상형' 요괴가 법력을 얻게 되는 경로는 '지상형' 요괴에 비하여 다양한 편이다. 그래서 '천상형' 요괴가 부리는 법력이 훨씬 다양하고 변화무쌍하고, 때문에 손오공은 '천상형' 요괴를 상대할 때 어쩔 수 없이 더 애를 먹게 되는 것이다.

제4장
81난의 기본구조

西遊記八十一難研究

제4장 81난의 기본구조

『서유기』 99회에서 완결되는 당 삼장이 겪었던 81난과 그 줄거리를 대조해보면, 81난은 결코 81개의 고사가 아니다. 그중 어떤 재난들은 동일한 사건의 발전과 변화임을 알 수 있다. 한 개의 고사란 어떤 사건이 일어나서 끝나는 일련의 인과관계의 서술을 의미한다. 이에 근거하여 필자는 81개의 재난을 고찰할 것인데, 만일 복수의 재난이 모두 동일한 사건의 인과관계에 속하는 것이라면, 이 복수의 재난을 한 개의 고사로 간주할 것이다. 상술한 원칙에 의거하여 81개의 재난을 44개의 고사로 귀납하여 아래에 열거한다.

① 제1난 「금선장로의 몸에서 인간세상으로 내쫓기다(金蟬遭貶)」, 제2난 「모친의 태에서 나와 살해당할 뻔하다(出胎幾殺), 제3난 「보름날 달밤에 강물에 던져지다(滿月抛江), 제4난 「부모를 찾고 원수를 갚다(尋親報冤)」

② 제5난 「장안성을 나와 호랑이를 만나다(出城逢虎), 제6난

「구덩이에 빠지고 하인들을 잃다(折從落坑)」

③ 제7난「쌍차령에서(雙叉嶺上)」

④ 제8난「양계산에서(兩界山頭)」

⑤ 제9난「응수간에서 말을 바꾸다(陡澗換馬)」

⑥ 제10난「관음선원에서 밤에 불이 나다(夜被火燒)」, 제11난「가사를 잃어버리다(失却袈裟)」

⑦ 제12난「저팔계를 항복시켜 거두어들이다(收降八戒)」

⑧ 제13난「황풍요괴의 방해를 받다(黃風怪阻)」, 제14난「영길보살에게 도움을 청하다(請求靈吉)」

⑨ 제15난「유사하를 고생스럽게 건너다(流沙難渡)」, 제16난「사오정을 거두어들이다(收得沙僧)」

⑩ 제17난「네 명의 성현이 여자로 변신하여 나타나다(四聖顯化)」

⑪ 제18난「오장관에서 붙들리다(五莊觀中)」, 제19난「고생스럽게 인삼과를 살려내다(難活人蔘)」

⑫ 제20난「손오공을 내쫓다(貶退心猿)」

⑬ 제21난「흑송림에서 제자들과 헤어지다(黑松林失散)」, 제22난「보상국에 편지를 전해주다(寶象國捎書)」, 제23난「금란전에서 호랑이로 변하다(金鑾殿變虎)」

⑭ 제24난「평정산에서 요괴를 만나다(平頂山逢魔), 제25난「연화동에서 매달리다(蓮花洞高懸)」

⑮ 제26난「오계국에서 국왕을 구해주다(烏雞國救主)」

⑯ 제27난「요괴가 삼장법사로 변신하다(被魔化身)」, 제28난

「호산에서 요괴를 만나다(號山逢怪)」, 제29난 「호랑이요괴가 바람을 부려 삼장법사를 납치하다(風攝聖僧)」, 제30난 「손오공이 재앙을 만나다(心猿遭害)」, 제31난 「관음보살에게 청해서 요괴를 항복시키다(請聖降妖)」

⑰ 제32난 「흑수하 물에 빠지다(黑河沉沒)」

⑱ 제33난 「거지국에서 수레를 옮기다(搬運車遲)」, 제34난 「요괴들과 술법을 겨루다(大賭輸贏)」, 제35난 「도사들을 물리치고 불교를 부흥시키다(祛道興僧)」

⑲ 제36난 「도중에 큰물을 만나다(路逢大水)」, 제37난 「통천하 강물에 빠지다(身落天河)」, 제38난 「관음보살이 대바구니를 들고 나타나다(魚籃現身)」

⑳ 제39난 「금두산에서 독각시대왕을 만나다(金兜山遇怪)」, 제40난 「여러 천신들이 독각시대왕에게 고전하다(普天神難伏)」, 제41난 「부처님께 독각시대왕의 내력을 묻다(問佛根源)」

㉑ 제42난 「삼장법사와 저팔계가 물을 마시고 임신하다(喫水遭毒)」

㉒ 제43난 「서량국에서 억류되어 혼인할 뻔하다(西梁國留婚)」

㉓ 제44난 「비파동에서 고생하다(琵琶洞受苦)」

㉔ 제45난 「다시 손오공을 내쫓다(再貶心猿)」, 제46난 「진짜 손오공과 가짜 손오공을 구별하기 어려워지다(難辨獼猴)」

㉕ 제47난 「화염산에서 길이 막히다(路阻火焰山)」, 제48난 「파초선을 얻느라 고생하다(求取芭蕉扇)」, 제49난 「요괴를 붙

잡아 결박하다(收縛魔王)」
㉖ 제50난「제새국에서 불탑을 청소하다(賽城掃塔)」, 제51난「보물을 얻어 승려들을 구하다(取寶救僧)」
㉗ 제52난「형극령에서 시를 읊다(棘林吟咏)」
㉘ 제53난「소뇌음사에서 재난을 당하다(小雷音遇難)」, 제54난「여러 하늘신들이 곤란을 당하다(諸天神遭困)」
㉙ 제55난「희시동의 오물에 길이 막히다(稀柿衕穢阻)」
㉚ 제56난「주자국에서 손오공이 의사 행세를 하다(朱紫國行醫)」, 제57난「국왕을 치료하다(拯救疲癃)」, 제58난「요괴를 항복시키고 왕비를 되찾다(降妖取后)」
㉛ 제59난「일곱 거미요괴에게 속아 붙잡히다(七情迷沒)」
㉜ 제60난「다목요괴에게 해를 당하다(多目遭傷)」[1]
㉝ 제61난「사타동에서 길이 막히다(路阻獅駝)」, 제62난「요괴가 셋으로 나뉘다(怪分三色)」, 제63난「성안에서 재난을 당하다(城裏遇災)」, 제64난「관음보살을 청해 요괴를 거두어들이다(請佛收魔)」
㉞ 제65난「비구국에서 어린이들을 구하다(比丘救子)」, 제66난「국왕을 속인 요괴들의 정체를 밝히다(辨認真邪)」
㉟ 제67난「송림에서 미녀로 변한 요괴를 구해주다(松林救怪)」, 제68난「삼장법사가 승방에서 병으로 몸져눕다(僧房臥疾)」, 제69난「무저동에서 난을 당하다(無底洞遭困)」
㊱ 제70난「멸법국을 고생스럽게 지나다(滅法國難行)」
㊲ 제71난「은무산에서 요괴를 만나다(隱霧山遇怪)」

㊳ 제72난「봉선군에서 비를 내리게 하다(鳳仙郡求雨)」

㊴ 제73난「병기를 잃어버리다(失落兵器)」, 제74난「요괴가 쇠스랑을 얻고 잔치를 벌이다(會慶釘鈀)」, 제75난「죽절산에서 재난을 당하다(竹節山遭難)」

㊵ 제76난「현영동에서 고초를 겪다(玄英洞受苦)」, 제77난「코뿔소요괴를 쫓아가 잡다(趕捉犀牛)」

㊶ 제78난「삼장법사가 천축에서 결혼할 뻔하다(天竺招婚)」

㊷ 제79난「동대부에서 감금당하다(銅臺府監禁)」

㊸ 제80난「능운도에서 속세의 태를 벗다(淩雲渡脫胎)」

㊹ 제81난「통천하에서 늙은 자라가 간악한 꾀를 부리다(通天河老黿作祟)」

이 44개 고사의 줄거리는 편폭이 긴 것도 있고 짧은 것도 있지만, 귀납해보면 각 고사는 모두 시작·전개·완결을 완벽하게 갖추고 있다. 이처럼 모든 고사는 시작에서 결말에 이르기까지 재난의 징조·시작·연속·해결이라는 네 단계의 패턴을 가진다. 따라서 본 장에서는 시작에서 결말에 이르는 재난의 여러 단계에 초점을 맞추어『서유기』81난의 기본구조를 귀납하고자 한다.

제1절 재난의 징조

이른바 '재난의 징조'라 함은 재난이 발생하기 전의 징조이다. 이 44개 고사에서 징조를 드러내는 방식은 제삼자(신 혹은 촌로)의 목소리를 통해 재난을 직접 예고하거나 상징성을 갖는 자연 경관(산, 강 등)을 장애물로 전면에 배치한다. 이 두 방식에서 출발하여 삼장이 재난을 당하여 고생을 겪는다는 내용을 이끌어낸다. 그런데 그중 몇몇의 재난은 피해자가 삼장이 아니라 요괴들에게 괴롭힘을 당하는 무고한 백성들이고, 손오공은 삼장의 허락하에 중생을 구조한다. 이들 몇몇 재난의 성격이 어떠하든 간에 삼장일행이 각종 재난에 휩쓸리는 징조는 서로 유사하다. 여기에서 『서유기』 각 고사의 징조 배치에 나타난 두 가지 운용방식을 서술하고자 한다.

1. 직서(直敍)식 징조

이런 유형의 징조는 표현하는 방식이 '예고'와 동일하다. 44개 고사 가운데 여섯 번 사용되었다.

(1) 신의 예고

'직서식 징조'를 사용한 여섯 개 고사 가운데 제14고사 「평정산에서 요괴를 만나다(平頂山逢魔)」「연화동에서 매달리다(蓮花洞高懸)'」, 제33고사 「사타동에서 길이 막히다(路阻獅駝)」~「관음보살을 청해 요괴를 거두어들이다(請佛收魔)」, 제36고사 「멸법국을 고생스럽게 지나다(滅法國難行)」 등 3개의 고사에서 예고하는 사람은 신이다. 그들은 일반적으로 산에서 나무꾼 · 노인 · 노모 등의 모습으로 출현하여 삼장일행에게 장차 무서운 재난을 당할 것이라고 경고한다. 예를 들면 다음과 같다.

> 그 나무꾼은 장로에게 큰 소리로 말했다. "서쪽으로 가려는 장로여! 잠시 멈추시오. 알려드릴 말이 있습니다. 이 산에는 독하고 흉측한 마귀가 있는데 동쪽에서 와서 서쪽으로 가는 사람들만 잡아먹습니다." (제32회)

> 몇 리 안 갔는데 노인이 나타나 …… 저 멀리 산언덕에 서서 큰 소리로 소리쳤다. "서쪽으로 가려는 장로여, 잠시 걸음을 멈추고 말고삐를 잡으시오. 이 산에는 요괴들이 있는데 속세의 사람들을 모조리 잡아먹는지라 나아갈 수 없습니다." (제74회)

이러한 소식에 바로 당 삼장은 "혼비백산하여 전전긍긍 안장에 제대로 앉아 있지 못하고"(제32회) "대경실색하니 첫째는 말이 선 자리가 평평하지 않았고, 둘째는 안장에 제대로 앉지 못했기 때문에 꽈당하고 말에서 굴러 떨어져 옴짝달싹 못하고 풀숲에 처박혀 끙끙 신음소리를 내었고"(제74회), "속으로 무서워했다."(제84회) 이처럼 삼장의 담력은 쥐처럼 작아 바람이 불어 풀이 흔들리기만 해도 강렬한 공포 반응이 즉각 일어난다. 삼장이 외부세계에 대해 지니고 있던 이와 같은 공포감은 바로 그의 마음 닦음을 가로막는 가장 큰 걸림돌이 된다. 이러한 공포감은 통상 손오공의 대담하고 초연한 태도에 의해 상쇄된다. 손오공은 외부세계를 투시함에 있어 시종 일정한 거리를 취하는 태도를 보이고, 그의 혜안은 동행하는 세 명을 능가하기 때문에 온갖 함정에 빠져서도 계략에 말려들지 않을 수 있었다. 일례로, 손오공은 탁발하러 갈 때 일부러 땅에 동그라미 하나를 그려 삼장 · 저팔계 · 사오정 · 백마에게 동그라미 안에 앉아 있게 함으로써 예측 불가능한 상황에 대비하려 했다. 그리고는 삼장에게 말했다.

> "제가 그린 이 원은 구리담장이나 철벽보다 강합니다. 호랑이나 표범, 이리, 파충류나 요괴, 귀신조차도 감히 가까이 올 수 없습니다. 다만 원 밖으로 나가서는 안 됩니다. 원 안에 앉아 있기만 하면 염려할 필요 없습니다만, 원 밖으로 나간다면 분명 마수에 걸려들 겁니다. 부디, 제발, 간곡히 부탁드립니다!"
> (제50회)

손오공이 탁발하러 간 사이, 삼장은 저팔계의 말을 곧이듣고 동그라미 밖을 벗어나 길을 가다 독각시대왕이 법술로 만든 정원을 발견한다. 저팔계는 정원으로 들어가 비단조끼 세 벌을 훔치는데 이 때문에 삼장 · 사오정과 함께 독각시대왕의 악랄한 보복을 당한다. 놀란 손오공은 전심전력을 다해 스승과 사제들을 구해내고서 원망의 말을 쏟아냈다.

"사부님께 솔직히 말씀드리겠습니다. 사부님께서 제 동그라미를 믿지 않았기 때문에 남의 계략에 말려든 것입니다. 그토록 많은 고초를 당하셨으니, 통탄스럽습니다, 통탄스럽습니다!" (제53회)

손오공이 그린 동그라미는 바로 그에게만 부여되어 있는 높은 정신적 경지를 형상화한 것이다. 그것은 손오공이 부재할 때, 손오공을 대신하여 삼장일행의 행동을 이끄는 작용을 한다. 다시 말해, 손오공의 원은 호신부와 같고, 삼장일행으로 하여금 그 안에 앉아 있게 한 행동은 손오공이 잠시 자신의 비범한 정신적 경지를 자신의 동행자에게 부여함을 상징하는 것이다. 그러나 정신적인 깨달음은 외재하거나 인위적인 방식으로 얻어 질 수 있는 것이 아니라 마음과 본성을 닦아야 비로소 이르게 되는 경지인 것이다. 손오공의 동반자들은 자신들이 이에 이르지 못했음을 탄식할 뿐이다. 작가는 이처럼 의도적으로 삼장 · 저팔계 · 사오정의 성정이 미혹되는 사건을 통해 손오공의 특별함을 부각하였다.[2]

취경단 앞에 변신해서 등장한 신은 재난을 예고하는 책임을 완수하고 나면 즉시 사라져 행방이 묘연해진다. 하지만 손오공의 눈에서 벗어나지 못하고 하나하나 신분이 밝혀진다. 예를 들면, 삼장의 생명을 보호하는 천신(天神) 일치공조(日値功曹), 옥황상제 옆의 태백금성(太白金星) 이장경(李長庚), 고난에서 구해주는 대자대비한 관세음보살(觀世音菩薩) 등이다. 이러한 설정은 일정 정도 손오공의 탁월한 능력을 칭송하는 작용을 한다.

(2) 촌로(村老)의 예고

제8고사 「황풍요괴의 방해를 받다(黃風怪阻)」「영길보살에게 도움을 청하다(請求靈吉)」, 제25고사 「화염산에서 길이 막히다(路阻火焰山)」 ~ 「요괴를 붙잡아 결박하다(收縛魔王)」, 제29고사 「희시동의 오물에 길이 막히다(稀柿衕穢阻)」 등 세 개의 고사에서 예고하는 이는 모두 나이가 지긋한 노인이다. 이 예고자들은 모두 백성들이 사는 곳에 함께 살고 있으며 앞의 세 명의 신분과 완전히 다르다. 전자는 신이 변신한 것이고 후자는 인간이다. 여기 원문을 인용하여 그들이 재난을 예고하는 상황을 살펴보자.

> 그 노인은 손을 흔들고 고개를 내저으며 말했다. "갈 수 없습니다. 서천(西天)으로 불경을 가지러 가는 것은 어려우니 동천(東天)으로 가십시오. …… 여기서 서쪽으로 삼십 리쯤 되는 곳에 팔백 리 황풍령이라고 불리는 산이 하나 있습니다. 그 산에는 요괴들이 많습니다." (제20회)

또 다른 예를 들면,

> 노인은 말했다. "서쪽으로는 갈 수 없습니다. 여기서 육십 리 되는 그 산은 서쪽으로 가려면 반드시 거쳐 가야 하는 길인데 팔백 리에 걸쳐 화염이 일어 사방에는 풀 한 포기 자라지 못합

니다. 만일 그 산을 지나간다면 구리로 된 머리와 철로 된 몸이 라 할지라도 녹아서 액체가 되고 말겁니다." (제59회)

촌장 노인의 말 덕분에 앞길의 위험을 알게 된 후, 삼장은 전보다 침착한 반응을 보인다. 예를 들면 제20회에서,

삼장은 말은 하지 않았지만 마음속으로는 이런 생각이 들었다. "보살께서는 서쪽으로 가라고 했는데 이 노인은 어찌하여 동쪽으로 가라는 걸까? 동쪽 어디에 경전이 있다는 거지? ……" 어색해하며 한참 동안 말을 하지 못했다. (제20회)

또 다른 예로,

삼장은 그 말을 듣고 대경실색하여 감히 다시 물어보지 못했다. (제59회)

또 다른 예로,

삼장은 마음속으로 답답해하면서 아무 말도 하지 않았다. (제67회)

겉으로 보기에 삼장은 마치 전후로 딴사람이 된 것 같다. 예고자가 신이건(노인의 형상으로 출현) 혹은 현지 주민이건 간에 그

들은 삼장에게 있어 모두 나이가 지긋한 선량한 노인이다. 삼장은 어째서 전후로 이렇게 다른 심리 반응을 보이게 되었을까? 전후의 예고문을 종합해보면, 예고자가 재난을 예고하는 어조가 삼장의 심리반응과 어느 정도 연관관계가 있다. 그러나 또 다른 중요한 원인은 예고자가 출현하는 장소에 따라(신은 산에서 출현하며, 현지 노인은 시골마을에 거주함) 나타나는 차이이다. 환경과 심리 사이에 형성된 다른 심리반응에 대해서는 이후에 삼장이 느낀 공포심의 심리적 배경을 언급할 때 함께 논하겠다.

2. 상징적 징조

상징은 외재세계의 사물을 빌려 내면세계를 드러내는 것으로 우리의 마음과 영혼을 표현한다.[3] 상징적 징조는 삼장이 대면하는 외재세계에 존재하며, 외재세계는 삼장의 마음 안에 존재하는 느낌을 상징하는 투사체이다. 상징적 징조는 물질계가 삼장의 심리에 미치는 영향으로 재난이 곧 도래함을 알려준다. 이러한 유형의 재난고사는 시작 부분에 높고 험준한 산, 세차게 흐르는 강물, 타국의 성지(城池), 사원 등을 배치하여 재난의 발생을 예고한다. 이처럼 시야에 들어오는 산이나 하천은 모두 특수한 상징적 의미를 갖는데 즉 인간에게 공포와 두려움을 불러일으킨다. 이 상징물은 사면에 위험이 도사리고 있음을 의미하기 때문에 그것들은 모두 재난을 예고하는 작용을 한다. 여기서는 상징물의 종류에 따라 다음과 같이 나누어 서술하고자 한다.

(1) 산

'산'은 본래 대자연의 병풍이지만, 산을 넘으려는 사람에게는 장애와 위협이 된다. 첩첩이 우뚝 솟은 산에서 여행자는 그 거대하고 신비한 기세 때문에 자연스레 정복당하는 느낌이 들거나 몹시 두려워하게 된다.[4] 중세기 유럽의 고딕식 교회는 하늘을 향해 직선으로 높이 솟은 고도를 이용하여 경외심과 신비감을 자아내도록 설계된 건축물이다. 자연환경 가운데 고산준령 · 현애절벽 등은 인간으로 하여금 놀라움과 두려움, 그리고 외경심을 갖게 하는 보편적 상징성을 갖는다.[5] 『서유기』 전체 44개 고사 가운데 13개 고사의 시작에서 작가는 고산준령의 보편적 상징성을 사용하는데, 이로 인한 삼장의 공포 반응은 재난이 시작되는 발단이 된다. 여기에서 여러 가지 예를 통해, 삼장의 심리와 높은 산의 이미지가 어떻게 반응하고 있는지 살펴볼 수 있다. 『서유기』 제16고사 「요괴가 삼장법사로 변신하다(被魔化身)」 ~ 「관음보살에게 청해서 요괴를 항복시키다(請聖降妖)」의 시작은 다음과 같다.

스승과 제자들이 오계국(烏鷄國)을 떠나 밤에는 쉬고 새벽에 길을 재촉한 지 어느덧 반 달이 조금 지났다. 갑자기 하늘에 닿아 태양을 가릴 정도로 높은 산이 나타났다. 삼장은 말 위에서 몹시 놀라 급히 고삐를 잡아당기며 행자를 불렀다. …… 삼장은 말했다. "보거라, 앞에 또 높은 산과 험준한 고개가 나타났으니, 반드시 조심해서 방비해야 한다. 일순간에 사악한 요괴가 나타나 나를 공격할지 모르니." (제40회)

또 제20고사 「금두산에서 독각시대왕을 만나다(金兜山遇怪)」~「부처님께 독각시대왕의 내력을 묻다(問佛根源)」의 시작은 다음과 같다.

삼장일행이 길을 가노라니 갑자기 큰 산이 앞을 가로막았다. 길은 좁고 벼랑은 깍아지른 듯하고, 돌이 많고 산이 험해서 사람과 말이 지나가기가 어려웠다. 삼장은 말에서 고삐를 잡아당기며 …… 말했다. "보거라, 저 앞에 있는 높은 산은 아마도 호랑이와 이리가 요괴가 되어 사람을 해칠까 두려우니 이번에는 꼭 조심해야 한다." (제50회)

또 제35고사 「송림에서 미녀로 변한 요괴를 구하다(松林救怪)」~「무저동에서 난을 당하다(無底洞遭困)」의 시작은 다음과 같다.

앞에 또 고산준령이 나타났다. 삼장이 놀라서 물었다. "얘들아, 앞에 높은 산이 보이는데 길이 있는지 모르겠구나. 반드시 조심해야 한다." (제80회)

앞에서 인용한 3개 외에도, 제11고사, 제12고사, 제13고사, 제

14고사, 제15고사, 제24고사, 제28고사, 제33고사, 제37고사, 제41고사에서도 산에 대해 반응하는 삼장의 공포심을 볼 수 있다. 삼장은 십만 팔천 리 취경길에서 크고 높은 준령과 깎은 듯 뾰족한 봉우리를 지나가게 되면 '공포', '놀람', '두려움' 등의 반응을 남김없이 드러낸다. 이는 죽음과 고통에 대한 두려움이다. 삼장은 깎아지른 듯한 절벽과 높은 봉우리 앞에서 자신이 나약한 의지를 가진 개체이며 자연의 거대한 신비력 아래 속수무책의 취약한 존재임을 깨닫는다. 전력을 다한 반항은 "왕개미가 큰 나무를 흔들고(蚍蜉撼大樹)", "사마귀 다리로 수레를 막는(螳臂當車)" 것처럼 자괴감과 무력함을 느끼게 할 뿐이다.

삼장이 장안성을 출발하자마자 만나게 되는 제1난은 높은 산 깊숙한 곳에서 두 명의 제자와 함께 호랑이 '인장군(寅將軍)'이 파놓은 함정에 빠진 것이다. 마왕이 두 제자를 죽여 배와 심장을 가르고 사체를 분해한 뒤 머리와 심장은 손님들에게 먹으라고 주고, 자신은 사지를 먹고, 나머지 골육은 요괴들에게 나누어 먹게 하는 장면을 삼장은 두 눈으로 똑똑히 보게 된다. 이렇게 차마 눈 뜨고 볼 수 없을 만큼의 참혹한 장면은 삼장에게 극도의 공포감을 불러일으킨다. 비록 삼장은 태백금성의 도움으로 호랑이굴에서 도망칠 수 있었지만, 이 엄청난 공포의 경험은 그의 마음에 깊은 상흔을 남긴다. "우뚝 솟아서 하늘을 찌를 듯하고 푸른 하늘을 가릴 정도로" 높이 솟은 산세 아래에는 안전을 담보할 수 없는 위험이 도사리고 있으며, 이곳에 들어서게 되면 산중에 사는 사악한 세력의 희생양이 될 수밖에 없는 것이다.

상술한 내용에서 삼장의 산에 대한 공포감은 첫째, 고산준령의 쭉 뻗은 위세가 일으키는 공포감에서 둘째, 삼장이 산에서 직접 겪은 공포의 경험에서 연유했음을 알 수 있다. 전자는 보편적 상징에 속하며 후자는 우발적 상징에 속한다.[6] 이 두 가지 요인 외에 삼장의 심리를 여러 가지 심리분석에 근거해 보면, 공포감이 생겨난 또 다른 주요원인을 찾아낼 수 있다. 사람의 일반적 심리상태는 일반적으로 내향형과 외향형 두 가지로 나뉜다.[7] 외계의 객체를 판단기준으로 삼아서 자신의 행위를 결정한다면, '외향형'에 속한다. 내향형은 객체의 인상이 주체의 관감(觀感)에 투과되어 형성된 관점에 근거하여 외재가치를 가늠하고 자신의 행위방향을 결정한다. 삼장의 행위는 확실히 '내향형'에 속한다. 예를 들면, 『서유기』 제23회에서 부유한 과부 모녀 네 명이 삼장일행을 데릴사위로 삼으려고 미색과 부귀로써 삼장을 유혹하는데, 삼장이 어떠한 태도를 취하는지 살펴보자.

> 삼장은 말했다. "보살님, 당신처럼 집에서 영화와 부귀를 누리며 입고 먹을 것이 넉넉하며 자녀들과 화목하게 사는 것도 정말 좋습니다. 그러나 저 같은 출가인에게도 좋은 점이 있습니다. 어째서 그런지를 증명하는 시가 있습니다. "출가의 뜻을 세움은 본래 평범하지 않은 것이니, 이전의 은혜니 사랑 같은 것들은 밀쳐버리네. 바깥에서도 쓸데없는 구설수 생기지 않으니 몸 안에서 절로 음양이 조화를 이루기 때문일세. 공을 이루고 여정이 끝나면 도솔천에 들어가고 본성을 깨달아 마음을 밝혀

고향으로 돌아간다네. 이러니 집에서 피비린내 나는 고기나 탐하고 나이 들어 쪼글쪼글 늙어가는 것보다 낫다네." (제23회)

이 인용문에서 삼장의 가치관은 보편적이고 세속적인 가치척도에 있지 않음을 분명히 알 수 있다. 또한 제54회에서 서량국 여왕이 삼장을 남편으로 맞이하고자 한 나라의 국부(國富)로써 유혹할 때도 삼장은 전혀 동요하지 않고 다음과 같이 말한다.

애들아, 우리들이 여기서 부귀를 탐한다면 누가 서천으로 불경을 가지러 가겠느냐? 우리 위대한 당나라 황제의 바람을 저버리는 것이 되지 않겠느냐? (제54회)

당 삼장에 의하면, 부귀영화는 정말로 한 푼어치의 가치도 없는 것이며, 불경을 구해 고국으로 돌아가 자신에 대한 당태종의 기대를 저버리지 않는 것이 그가 바라는 바인 것이다. 따라서 삼장의 의식은 완전히 취경이라는 두 글자로 가득 채워져 '외재객체'를 향한 욕망을 모조리 잠재의식 속에 억압하는데 이것이 바로 극단적 '내향형'의 특징이다. 삼장의 의식이 자신의 주관적 판단을 중심으로 움직임에 따라 그의 잠재의식은 오히려 천천히 객체를 중심으로 옮겨갔던 것이다. 객체를 중시하는 경향이 내면에서 꿈틀거리고 있음을 외면하기 위해서, 내향형은 극단적인 자아중심적 태도를 취하며 잠재의식을 자기를 부정하고 받아들이지 않는다. 이 억눌린 잠재의식들을 외계에 투사하면, 외계의 객체를 마력이 가득한 존재로 인식하게 된다. 마치 원시인이 외계를 무서운 마력을 가진 존재로 여기는 것처럼 말이다.[8] 때문에 '내향형' 인간은 외계객체가 주는 위협에서 무한한 마력을 감지하고 그로 인해 공포에 질리게 된다. 그래서 산에 대한 삼장의 공포감은 바로 그의 성격에서 기인하기도 하는 것이다. 오로지 불경을 구하기 위해 서행길을 가던 삼장은 잠재의식의 보상작용[9]을 통하여 의식과 잠재의식 사이의 대립을 조절하여 심신의 조화를 얻을 수 있다는 이치를 전혀 알지 못한다. 따라서 삼장은 유별나게 고집스럽고 유치한 태도를 비이며 외계에 대해서는 무의식중에 엄청난 공포를 드러냈던 것이다.

위에 '직서식 징조'를 서술한 부분에서 예고자의 출현 장소(산림 혹은 시골마을)에 따라 삼장의 심리반응에 뚜렷한 차이가 있음을 언급했는데, 그 원인은 삼장의 내심세계를 탐색함으로써 원만한 해석을 도출할 수 있다. 삼장은 산림은 자연의 동력에 의해 지배되는 세계이고 시골마을은 인류의 이성도덕에 의해 지배되는 사회라고 여긴다. 자연의 동력 아래서 개인의 생명은 희생되는 운명에서 벗어날 수 없다. 삼장은 산림에서 겪었던 공포의 경험과 억압된 잠재의식에서 비롯된 공포감으로 인해, 예고자를 만나기 전부터 벌써 두려움에 휩쓸린다. 예고자가 출현하여 장차 재난을 만나게 될 것이라고 알려줄 때, 그의 공포감은 비등점을 향해 치달아 자신을 억제하지 못하고 수행자답지 않은 추태를 드러내고 만다. 이에 반해, 풍찬노숙으로 고생하는 여행자에게 있어 시골마을은 따뜻함과 편안함을 제공하는 휴식처이며 외계의 공격을 받는 위험한 장소가 아니다. 따라서 삼장은 비록 촌로의 입을 통해 앞길에 장애가 있을 것임을 알지만, 비교적 안정되고 침착한 모습을 보일 수 있었던 것이다. 시골마을 자체가 다소 평온함을 상징하는지라 잠재의식의 외계 투사도가 낮아져서 외계를 신비한 마력을 가진 존재로 인식하지 않기 때문이다.

총괄하자면, 삼장이 험준한 산을 마주할 때 두려움을 느낀 이유는 첫째, 하늘을 찌를 듯한 고산준령이 삼장에게 거대하고 압도적인 위세로 다가왔으며 둘째, 장안을 막 떠나자마자 맞닥뜨린 공포의 경험이 삼장의 뇌리에 생생하게 각인되었으며 셋째, 잠재의식이 객체를 중시한 결과 삼장이 외계를 마력적인 존재로 인식했기 때문이다. 삼장의 공포심 표출은 바로 그의 내심이 아직도 수양을 닦아야 인생의 실상을 깨달을 수 있음을 분명하게 보여준다. 따라서 삼장이 산을 마주하고 이어 공포감이 생겨나고 재난이 발생한다는 이 일련의 과정은 바로 마음 닦음의 과정에서 보자면 필연적으로 거쳐야할 과정이다. 두려움에 휩쓸렸다는 것은 바로 재난이 곧 도래함을 예시한다.

(2) 물(水)

'물'은 통상 여성으로 상징된다. 물에는 온유하고, 매끄럽고, 몽환적인 평온함이 있기 때문이다. 그러나 고요한 물이 거친 바람에 거대한 파괴력을 가진 '재앙의 물'로 바뀌기도 한다. 『서유기』 또한 물의 상징성을 운용하여 재난의 발생을 예시한다. 제5

고사, 제9고사, 제17고사, 제19고사, 제21고사 등 모두 다섯 개 고사가 여기에 해당된다. 이 가운데 제9고사 「유사하를 고생스럽게 건너다(流沙難渡)」「사오정을 거두어들이다(收得沙僧)」, 제17고사 「흑수하 물에 빠지다(黑河沉沒)」, 제19고사 「도중에 큰물을 만나다(路逢大水)」 ~ 「관음보살이 대바구니를 들고 나타나다(魚籃現身)」에서는 물이 공포스러운 형상으로 나타난다. 가령, "물결이 산처럼 높이 용솟음치고, 파도가 산봉우리처럼 높이 일었다.", "세차게 굽이쳐 흘러 일대가 검은 빛으로 변하고, 도도히 흘러가 천리가 회색빛으로 변했다.", "천 겹의 파도가 세차게 치고 만 겹의 험준한 파도가 뒤집어진다." 등의 표현이 그러하다. 제9고사 「유사하를 고생스럽게 건너다(流沙難渡)」「사오정을 거두어들이다(收得沙僧)」의 도입부를 살펴보자.

> 길을 가고 있는데 물이 미친 듯이 넘실거리며 탁한 물결이 용솟음치는 게 보였다. 삼장이 말 위에서 급히 불렀다. "얘들아, 보아라. 앞 쪽에 저렇게 물살이 거칠고 넓은데 어찌하여 오가는 배가 보이지 않는단 말이냐? 어디로 건너가야 한단 말이냐?" …… 장로는 탄식을 뱉으며 걱정하면서 말머리를 돌리려 고삐를 잡아당겼는데 갑자기 강 언덕에 돌비석 하나가 보였다. (제22회)

또 제17고사 「흑수하 물에 빠지다(黑河沉沒)」의 처음 부분을 보자.

삼장과 제자들이 마침 이야기를 주고받으며 바삐 발걸음을 재촉하는데, 앞에 거세게 흐르는 검은 물 때문에 말이 나아갈 수가 없었다. …… 당승은 말에서 내려 말했다. "얘들아, 이 물은 어찌하여 이리도 새까맣단 말이냐?" (제43회)

또 제19고사「도중에 큰물을 만나다(路逢大水)」~「관음보살이 대바구니를 들고 나타나다(魚籃現身)」의 시작 부분을 살펴보자.

또 얼마를 더 가니 끝없이 물결치는 강물소리가 들려왔다. …… 삼장은 크게 놀라 아무 말도 하지 못하고 목이 메었다. "제자들아, 이게 어찌된 거냐?" (제47회)

위의 세 개의 인용문 가운데 '세차게 용솟음치는 탁한 물결', '거세게 흐르는 검은 물', '끝없이 물결치는 강물'은 공포와 혼란을 대표하는 이미지이다. 이것들 역시 산과 동등한 상징성을 가지며, 삼장으로 하여금 "탄식하고 번뇌하게 만들고", "크게 놀라 말을 못하게 하는" 등의 반응을 일으키게 한다.

물은 훼멸과 사망이라는 공포스러운 이미지와 평온하고 온유하며 만물을 길러낸다는 이중적 이미지를 가진다. 삼장은 태어나자마자 죽임을 당할 뻔한 위급한 상황에서[10] 강물에 던져진다. 여기서 강물은 영아의 생명을 보호하는 따뜻하고 온화한 보호소이다. 이러한 경험 때문인지 삼장은 강물에 대해서는 험준한 산을 마주할 때에 느낀 엄청난 공포감을 드러내지는 않는다. 『서유기』에서 물의 정·반 양면의 상징성을 운용하면서 재난을 예시하는 경우는 제5고사 「응수간에서 말을 바꾸다(陡澗換馬)」이다. 맑고 고요한 '응수두간(鷹愁陡澗)' 물속에서 옥룡이 튀어나와 삼장의 백마를 통째로 삼켜버리고는 물속으로 들어가 자취를 감추어 버린다. 여기서 '응수두간'의 물은 사망과 훼멸을 상징한다. 그 이후 옥룡은 물속에서 튀어나와 살찌고 건장한 백마로 변한다. 이때 평온하고 청정한 물은 생명의 부활과 재생을 상징한다. 게링(Wiffred L. Guerin)이 정리한 원시유형 이미지 가운데 물은 신비, 생-사-부활, 정화와 속죄, 생산력과 성장을 상징한다.[11] '응수두간'의 물은 바로 사망과 재생의 이중 이미지를 가지고 있는 것이다. 『서유기』를 고찰하면 상술한 이미지와 같은 유형에 해당하는 많은 예를 찾아볼 수 있다. 예를 들면, 제9회 「진광예(陳光蕊)는 부임 중에 재난을 당하고, 강류승(江流僧)은 복수하여 자신의 근본을 잊지 않고 은혜를 갚다」에서 삼장의 부친 진광예는 홍강에서 뱃사공 류홍(劉洪)에게 살해되지만, 십팔 년 후 용왕의 도움으로 강에서 부활한다. 또 제26회 「손오공은 처방을 구하기 위해 삼도(三島)를 헤매고, 관음보살은 감천수로 나무를 살려내다」에서 관음보살은 정병(淨瓶) 안의 감로수를 버드나무로 찍어 뿌리가 드러나고 잎이 떨어지고 가지가 시든 인삼과수(人蔘果樹)를 예전처럼 살려낸다. 또 제39회 「한 알의 단사를 천상에서 얻고, 삼년 만에 옛 임금은 세상에 다시 살아나다」에서 오계국왕은 전진도사에게 떠밀려 우물에 빠져 죽었는데 삼 년 만에 저팔계의 도움으로 다시 살아난다.

앞에서 든 세 개의 예에서 '강물', '감로수', '우물'은 모두 게링이 말한 생-사-부활의 원시유형 이미지를 가지고 있다. 특히 오계국왕의 사망과 부활에는 정화와 속죄의 의미가 더욱 강하게 담겨 있다. 아래에 일부분을 인용해 증명해보자.

> 보살(문수보살을 가리킴)이 말했다. "너는 모른다. 애당초 이 오계국의 왕은 승려들을 잘 모셨는데, 부처께서 나를 보내어 그를 서방정토로 안내해 금신나한을 시켜주려 했어. 원래의 모습으로 나타날 수 없어 보통 중의 차림으로 변장하고 그에게 시주를 구했지. 내가 몇 마디 거슬리는 말을 하자 내가 좋은 사람인 줄 알아보지 못하고, 나를 밧줄로 꽁꽁 묶어 어수하(御水河)에 던져 사흘 밤낮 동안 물속에 있게 했다. 다행히 육갑금신(六甲金身)께서 나를 구해 서방정토로 데려오고는 부처께 아뢰었더니, 부처께서는 이 요괴더러 여기에 와서 왕을 우물 속에 밀어 넣고 삼 년 동안 내버려두게 함으로써 내가 사흘간 물속에 있었던 한을 갚게 하신 게야." (제29회)

즉, 오계국왕은 반드시 죽음을 거쳐서 자신이 뿌린 죄과를 속죄한 뒤 정화되어 새롭게 생명을 얻어야 했던 것이다.

그러면 제21고사 「삼장법사와 저팔계가 물을 마시고 임신하다(喫水遭毒)」에서 보이는 물의 이미지는 어떠한가? 제53회에 묘사된 내용을 보자.

한참 가고 있는데, 눈앞에 갑자기 맑고 깨끗한 물이 잔잔히 흐르는 강이 나타났다. 삼장법사가 말을 멈추고 살펴보니, 멀리 강 저편 버드나무 푸르게 우거진 곳에 초가집 몇 채가 어렴풋이 보였다. …… 삼장법사는 맑은 강물을 보자 갑자기 목마름을 느껴 저팔계에게 일렀다. "바리때를 가져다 물 좀 떠 오너라." (제53회)

여기서 "맑고 깨끗한 물이 잔잔히 흐르는" 작은 강은 물의 온유, 안정, 평온을 대표하며 인간으로 하여금 따뜻함, 편안함, 그리고 영원한 사랑의 느낌을 갖게 한다. 삼장은 이곳에 도착해서 입이 마르고 혀가 갈라져 재빨리 몸을 청량하게 하는 물을 한 모금 마신다. 그런데 뜻밖에도 이 물은 새로운 생명을 잉태하게 하는 '자모하(子母河)'였으니 그로 인해 삼장은 임신하게 되는 재난을 당한다. 요컨대, 제5고사 「응수간에서 말을 바꾸다(陡澗換馬)」, 제21고사 「삼장법사와 저팔계가 물을 마시고 임신하다(喫水遭毒)」의 두 고사에 보이는 거울처럼 맑고 깨끗한 물은 인간으로 하여금 경계심을 늦추게 하여 예기치 않았던 재난에 빠지게 한다.

(3) 이국의 성지(城池)·사원·도관·장원(莊院)

이국의 성지·사원·도관·장원 등은 천하를 두루 돌아다니는 여행자에게 있어서는 몸을 녹이고 배를 채우며 휴식을 얻을 수 있는 최고의 장소이다. 이 때문에 이러한 장소는 따뜻함과 편안함의 상징이 된다.[12] 그러나 이국타향의 낯선 상황에서는 주위 환경에 대해 불안해하고 의심하는 마음이 들기 마련이다. 그래서 삼장은 이국타향의 성지 · 사원 · 도관 · 장원을 만났을 때 상술한 두 가지 심리가 서로 교차하는 반응을 보인다. 예를 들어, 제7고사 「저팔계를 항복시켜 거두어들이다(收降八戒)」의 앞부분을 살펴보자.

> 삼장과 제자들은 황량한 길을 대엿새 걸었다. 하루는 날이 저물 무렵 저 멀리 마을의 인가가 보였다. 삼장은 말했다. "오공아! 보거라. 산장(山莊)이 있는 마을이 가까워 오니 우리 가서 하룻밤 재워달라고 해서 내일 다시 떠나는 게 어떻겠느냐? (제18회)

또 제10고사 「네 명의 성현이 여자로 변신하여 나타나다(四聖顯化)」의 앞부분을 보자.

> 장로가 말했다. "얘들아, 저편 마을에 장원이 보이니 우리 하루 묵었다 가도록 하자." (제23회)

삼장은 따뜻하고 편안하게 쉴 곳을 어쩌다 찾아내면 그곳을 이상적인 안식처로 생각한다. 그러나 제26고사 「제새국에서 불탑을 청소하다(賽城掃塔)」「보물을 얻어 승려들을 구하다(取寶救

僧)」의 시작 부분에서는 다음과 같이 반응한다.

> 네 사람이 한참을 걸어가니 성지가 또 나타났다. 당승은 말을 멈추고 제자를 불렀다. "오공아, 저기 우뚝 솟아 있는 누각은 어떤 곳이냐?" (제62회)

또 제39고사 「병기를 잃어버리다(失落兵器)」 ~ 「죽절산에서 재난을 당하다(竹節山遭難)」의 시작도 그러하다.

> 네 사람이 한참을 걸어가니 또 성벽이 보였다. 삼장법사가 채찍을 들어 가리키며 물었다. "오공아, 보거라. 저기 또 성지 하나가 있는데 어떤 곳인지 모르겠구나?" (제88회)

여기에서 삼장은 성지와 누각을 발견하고서 오히려 불안과 의심을 드러내 보인다. 이로써 삼장의 마음이 이중심리 상태에 놓여 있음을 알 수 있다. 오승은은 외재의 객체에 대해 삼장이 느끼는 편안함과 불안함의 모순된 이중심리가 빚어낸 충돌을 자세히 묘사하지 않았고, 심지어 이국의 장원과 사원을 뚜렷한 재난의 상징물로 간주할 의도도 없었던 것으로 보인다. 그렇지만 눈앞에 펼쳐진 이국의 성지와 장원은 삼장에게 틀림없이 긴장과 불안을 불러일으켰을 것이고, 종종 이런 곳에는 크고 작은 재난이 숨어있기 마련이라 그는 어김없이 또 다른 재난을 겪었을 것이다. 따라서 삼장의 불안한 마음을 촉발하는 외계의 객체는 재난의 도래를 암시하는 작용이 있다. 뿐만 아니라 고행자 자신은 어떤 편안함도 누릴 수 없다는 운명의 전제 아래, 재난의 잠류(潛流)는 언제 어디에서나 삼장의 곁에 매복해있을 수밖에 없을 것이다. 그러므로 장원과 사원은 따뜻함과 편안함을 상징하는 이미지를 지니지만 재난의 징조와 실마리로 작용한다. 장원과 사원 그리고 고요한 '물'은 재난의 징조가 된다는 점에서 모두 같은 작용을 발휘한다고 할 수 있다.

(4) 기타

출현 빈도가 비교적 적은 징조는 여기에 귀납하여 함께 논한다.

① 목소리

하늘을 진동시킬 만큼 울리는 목소리가 재난의 닥침을 암시하는 것은 제18고사 「거지국에서 수레를 옮기다(搬運車遲)」 ~ 「도사들을 물리치고 불교를 부흥시키다(祛道興僧)」에 보인다. 삼장의 두려움을 유발하는, 산이 무너지고 땅이 갈라지는 듯한 목소리가 재난을 예견하는 작용을 한다.

② 열기

제25고사 「화염산에서 길이 막히다(路阻火焰山)」 ~ 「요괴를 붙잡아 결박하다(收縛魔王)」에서는 열기로 재난의 발생을 암시한다. 이 열기는 화염산이 뿜어내는 것이다. "밤새도록 불을 때도 단약은 익히기 어렵고 불길이 단전을 태워도 도는 맑아지지 않네(火煎五漏丹難熱, 火燎三關道不淸)"라는 시구에 나타난 화염산의 불은 단숙(丹熟), 도청(道淸) 등의 수련 과정에 막대한 장애가 된다. 즉, 이 '불'은 우리가 통상적으로 말하는 구체적인 불만 가리키는 것이 아니라, 내면의 마음을 상징하는 불이기도 하다. 손오공이 우마왕을 제압하여 파초선을 차지하고 맹렬히 타오르는 화염을 끄는 것은 바로 삼장이 번뇌를 제거하고 마음을 깨끗이 하는 것을 상징한다.[13] 번뇌를 상징하는 '불'이 뿜어내는 열기를 통해서 삼장이 또다시 재난을 겪어야 함을 예시하고 있음을 알 수 있다.

③ 가시나무

제27고사 「형극령에서 시를 읊다(棘林吟咏)」에서 보이는 팔백리 가시나무 숲도 얽히고설킨 갈등과 초조함을 상징한다.[14] 삼장의 내면세계를 암시하는 상징물 '가시나무'에서 곧 재난이 발생하리라는 징조를 엿볼 수 있다.

총괄하자면, 44개 고사의 서두에서 작자는 '직서식' 징조나 '상징적' 징조를 운용하고, 심지어 두 가지 방식의 징조를 겸용하여 재난의 시작을 이끌어냄으로써 44개 고사의 징조 운용방식을 다채롭게 하였다. 그런데 오승은이 주로 사용한 것은 '상징적' 징조이다. 그 가운데 특히 산은 가장 많이 사용된 상징물이다. 비록 오승은이 의도적으로 재난의 시작을 이렇게 안배했을 것이라고 우리는 확신할 수 없지만, 적어도 『서유기』의 실제 정황은 작가의 배치가 일정한 맥락을 가지고 있음을 보여준다.

제2절 재난의 시작

재난은 충돌에서 생겨난다. 『서유기』의 모든 재난은 인물들이 서로 복잡하게 얽히고설키어 접촉하면서 화근이 촉발된다. 『서유기』의 인물 간에 빚어지는 충돌은 재난의 시작을 의미한다. '충돌'은 서로 상반되는 힘이 부딪히고 대치하는 것을 가리키며, 외부로 그 목적을 펼칠 때 타인과 서로 부딪히면서 양보하지 않고 다투는 것을 말한다. 『서유기』에서 황제의 명을 받들어 서쪽으로 불경을 구하러 가는 취경단은 그 길목을 막고 있는 요괴, 중생, 그리고 신들과 충돌한다. 이와 같은 충돌의 발생이 바로 오승은이 구축한 재난의 기점이자 시작이다. 본 절에서는 『서유기』 속 인물 간의 충돌 유형을 설명하고, 나아가 이러한 충돌의 동기와 방식을 분석하고자 한다. 이와 같이 재난 속의 충돌을 고찰함으로써 전체를 들여다볼 수 있을 것이다.

서쪽으로 가는 여정을 막는 저항의 힘은 요괴, 중생, 신들 심지어 삼장일행을 포함한 다양한 인물들로부터 비롯된다. 등장인물을 중심으로 충돌의 유형을 살펴보면 다음과 같다. 첫째, 요괴와 취경단과의 충돌이다. 둘째, 중생과 취경단과의 충돌이다. 셋째, 신과 취경단과의 충돌이다. 그리고 마지막으로 취경단 내부 구성원들 간의 충돌, 즉 사제지간의 충돌이다.

필자는 『서유기』의 44개의 재난고사를 이상에서 언급한 네 가지 충돌 유형으로 살펴보고, 재난이 충돌에서 시작되어 전개된다는 것을 밝히고자 한다. 사실, 한 개의 충돌로만 이야기가 구성되지는 않는다. 대부분 고사는 비록 작은 에피소드들[15]이 삽입되어 있기는 하나 일반적으로 하나의 주된 충돌로 구성되어 있다. 예를 들면, 제8고사 「황풍요괴의 방해를 받다(黃風怪阻)」와 「영길보살에게 도움을 청하다(請求靈吉)」는 요괴와 취경단 간의 충돌과 대응에서 생겨난 재난이 전체 이야기의 줄거리를 이룬다. 또 다른 예를 들면 제6고사 「관음선원에서 밤에 불이 나다(夜被火燒)」와 「가사를 잃어버리다(失却袈裟)」는 먼저 취경단과 중생 간의 충돌이 발생하여 손오공이 이 충돌을 해결하지만, 이로 인해 취경단과 요괴 사이에 더 큰 충돌이 촉발된다. 이러한 종류의 고사에는 두 개의 주요한 충돌이 삽입되어 있는데, 예를 들면 취경단과 중생, 취경단과 요괴라는 확연하게 다른 충돌 사건이 동일한 고사 내에 존재하는 것이다. 본 장의 최종 목적은 81난의 기본 구조를 쉽게 파악하기 위한 것으로 필자는 44개의 고사를 단위로 삼아 차례로 충돌사건을 고찰하여 그 유형을 살펴보고자 한다.

1. 요괴와 취경단과의 충돌

요괴와 취경단과의 충돌은 『서유기』 44개의 재난고사 중 4분의 3에 해당되는 34개 고사에 보인다. 이와 같은 객관적인 통계는 취경단이 만나는 가장 큰 고난이 수많은 종류의 요괴들에게서 비롯된 것임을 보여준다. 요괴들은 끝없이 취경단에게 위협을 가한다. 요괴가 출현하는 고사는 열거할 수 없을 정도로 많지만, 아래와 같이 대표적인 유형을 찾아낼 수 있다. 먼저 요괴와 취경단 간에 충돌이 발생하는 동기를 살펴보면, 요괴가 자신들의 욕망을 좇아 삼장에게 마수를 뻗치는 것이거나, 손오공이 의협심으로 백성을 위해 요마를 제거하는 것이다. 첫 번째 상황이 25개 이상으로 4분의 3을 차지하는 데 비해 두 번째 상황은 4분의 1 정도를 차지할 뿐이다.[16] 이를 통해, 오승은은 주로 삼장을 향해 달려드는 요괴와의 충돌을 중심으로 이야기를 엮어가며, 여기에 백성을 위해 요마를 제거하는 이야기를 덧붙이고 있다는 사실을 알 수 있다.

1) 요괴가 자신들의 욕망을 좇아 삼장에게 마수를 뻗치다

이러한 유형의 재난고사를 종합해보면, 그 충돌 방식은 두 가지로 세분할 수 있다. 첫째, 요괴가 의도적으로 함정을 만든 것(의도된 충돌)이다. 둘째, 요괴가 우연히 삼장일행을 만난 것(우연한 충돌)이다.

(1) 요괴가 의도적으로 함정을 파다 - 의도된 충돌

요괴들이 의도적으로 함정을 파서 삼장을 유혹하는 까닭은 그들이 갈구하는 욕망을 채우기 위해서이다. 서천으로 가는 여정에 등장하는 요괴들은 모두 불로장생을 위해 당 삼장을 잡아먹으려고 한다. 그들은 온갖 수단방법을 가리지 않고 기묘한 책략을 동원하여 삼장의 살점을 먹으려고 한다. 삼장의 육신에 침을 흘리는 요괴들은 열여덟 명 정도 된다. 예를 들면 제8고사의 황풍요괴(黃風怪), 제12고사의 백골부인(白骨夫人), 제14고사 금각대왕(金角大王), 은각대왕(銀角大王), 제17고사의 소타용(小鼉龍), 제32고사의 지네요괴(蜈蚣精) 등이 있다.[17] 아래 인용문에서 요괴들이 당 삼장의 고기를 먹으려는 의도를 찾아 볼 수 있다.

> 금각이 말했다. "너는 몰라. 내가 천계를 떠나올 때 사람들이 하는 이야기를 들은 적 있는데, 당승은 금선장로가 인간세상으로 내려간 자로 십세(十世)[18] 동안 수행한 훌륭한 사람이래. 원양이 한 방울도 새지 않아서 그의 고기를 먹으면 장생할 수 있다고 하더군." 은각이 말했다. "만약에 그의 고기를 먹으면 장생할 수 있다고 하는데, 뭣 하러 좌선을 하고, 무슨 공을 세우고, 무슨 용과 범을 단련하고, 무슨 자웅을 짝 지운다느니 할 필요가 있겠습니까? 그를 잡아먹어야지요. 제가 그를 잡아오겠습니다!" (제32회)

또 그 괴물이 위에 앉아 말하는 소리를 들었다. "지금까지 고생하여 오늘에야 겨우 잡을 수 있었다. 이 화상은 십세 동안 수행한 훌륭한 사람이라 그의 살코기 한 점만 먹어도 불로장생할 수가 있단 말이야. 내 얼마나 그를 기다려 왔는데, 오늘에야 그 뜻을 이루게 되었구나." (제43회)

이 두 개의 인용문에서 삼장의 육신을 갈구하는 요괴의 욕망이 너무나 강렬하여 삼장을 사지로 몰아넣으려고 한다는 것을 알 수 있다. 한편 여자요정[19]은 삼장과 결혼하여 삼장의 원양진기를 얻음으로써 불로장생의 욕망을 이루려고 한다.

그 요괴는 나무에 묶여 이를 부득부득 갈며 말했다. "몇 년 동안 손오공의 신통함이 대단하다는 말을 들은 적이 있는데, 오늘 보니 과연 헛소문이 아니군. 그 당승은 어릴 때부터 수행하여 원양이 한 방울도 새어나가지 않았으니 바로 그를 잡아와 배우자로 삼아 태을금선(太乙金仙)이 되려고 했는데, 이놈의 원숭이가 내 속셈을 간파하고 그를 구할 줄이야!" (제80회)

월궁의 옥토끼 또한 욕망이 시키는 바를 충실히 따른다. 마법으로 천축국 공주로 변신하여 일국의 재산을 미끼로 당 삼장을 부마로 삼은 뒤 정기를 빼앗아 태을상선(太乙上仙)이 되려고 한다.[20] 남녀 요마가 사용하는 방법은 비록 다르지만, 그 불로장생을 추구하는 목표는 같기 때문에 함정을 만들어놓고 당 삼장을 유인했던 것이다. 이것이 바로 쌍방 간의 충돌이 시작되는 지점이다.

요괴들은 삼장의 제자들이 대단한 신통력을 가지고 있다는 소문을 익히 들었지만 욕망이 한 번 솟구치면 결코 그들을 그냥 돌려보내려 하지 않는다. 그들은 불로장생을 향한 욕망으로 손오공의 사나운 성질을 고려하지 않고 그의 역린을 건드려 최후에는 욕망의 희생양으로 전락하고 만다. 아마도 오승은은 요괴들이 끝없는 욕망을 추구하다 자멸하고 마는 이야기를 통하여 인간의 사리사욕이 초래할 가공할 만한 결말을 나타내고, 이로써 인간 성정의 약점을 강조하려고 했을 것이다.

이러한 종류의 요괴 외에도 극소수 요괴는 명성을 위해 취경단과 충돌을 일으킨다. 예를 들면, 제24고사 「다시 손오공을 내쫓다(再貶心猿)」와 「진짜 손오공과 가짜 손오공을 구별하기 어려워지다(難辨獼猴)」의 가짜 손오공(六耳獼猴)과 제28고사 「소뇌음사에서 재난을 당하다(小雷音遭難)」와 「여러 천신들이 곤란을 당하다(諸天神遭困)」의 황미대왕(黃眉大王)을 들 수 있다. 이들은 명예심 때문에 기회를 엿보고 취경단과 자웅을 겨루더니 결국 악랄한 수법을 써서 삼장일행에게 큰 재난을 만든다. 그 내용을 보면 다음과 같다.

> 행자(가짜 손오공 즉 육이미후)는 그 말을 듣고 껄껄 냉소를 지으며 말했다. "아우야, 자네 말은 영 내 마음에 들지 않는 걸. 내

가 당나라 중을 때려눕히고 짐을 빼앗아온 건, 서방에 가지 않으려는 것도 아니고 이곳에 사는 게 좋아서도 아니야. 내 지금 통행증을 꼼꼼히 다 읽어봤어. 나 혼자서 서방에 가서 부처님을 뵙고 경전을 구해 동녘 땅에 가져오려고. 그렇게 나 혼자 공을 이루어 남섬부주 사람들이 나를 교조로 받들게 해서 천추만대에 길이 이름을 남길 생각이야." (제57회)

그 요괴가 말했다. " …… 여기 사람들은 몰라서 나를 황미대왕, 황미나으리라고 부르지. 네가 서천에 간다는 것과 재주가 좀 있다는 것은 오래전부터 알고 있었다. 그래서 불상을 세워놓고 술법을 부려 네 사부를 유인해 너와 승부를 겨루려고 한 것이다. 만약에 나를 당해낸다면 네 일행을 용서해 너희들이 정과를 이룰 수 있도록 해주겠지만, 만약 그러지 못한다면 너희들을 때려죽이겠다. 내가 석가여래를 만나러 가서 경전을 얻어 중화에 전하는 공을 세워야겠다." (제65회)

위 예문에서 알 수 있듯, 가짜 원숭이는 "나를 교조로 받들게 하여 천추만대에 길이 이름을 남기겠다."라고 큰소리치고, 황미대왕은 "내가 석가여래를 만나러 가서 경전을 얻어 중화에 전하는 공을 세우겠다."고 큰소리친다. 모두가 삼장일행을 무시하고 주제넘게 남의 일을 대신하겠다고 덤벼든다. 그들은 모두 명성을 추구하려는 강렬한 욕망 때문에 함정을 파놓고 삼장이 걸려들도록 한 것이다.

이상에서 예를 든 요괴 외에도 또 다른 요괴들이 있다. 제27고사 「형극령에서 시를 읊다(棘林吟咏)」의 나무정령(樹木精)들은 삼장과 함께 시를 읊고 감상하기 위해 토지신으로 변장하여 삼장을 잡아간다. 다음 인용문에서 삼장을 잡아간 동기를 볼 수 있다.

> 한편, 늙은이와 귀신 하인은 장로를 둘러메고 안개와 노을에 덮인 석실 앞에 와서 가볍게 그를 내려놓았다. 그리고 장로의 손을 잡고 말했다. "성승, 겁내지 마시오. 저는 나쁜 사람이 아니라 형극령의 십팔공이라오. 특별히 그대를 초대해 맑은 바람에 달빛도 환한 밤이라 친구들을 모아놓고 시를 읊고 노닐며 회포를 풀어볼까 하오." (제64회)

이상에서 논술한 여러 요괴는 다양한 동기에서 온갖 술수를 부려 삼장이 올가미에 걸리도록 준비한다. 이것이 바로 충돌의 시작이며 또한 재난의 시작점이다.

(2) 요괴가 우연히 삼장일행을 만나다 – 우연한 충돌

이 종류에 속하는 고사는 네 개가 있다. 여기에서 요괴는 서천으로 가는 삼장일행을 함정에 빠뜨리려고 의도했던 것이 아니라 양측이 우연하게 만나면서 충돌이 시작된다. 예를 들면 제5고사 「응수간에서 말을 바꾸다(陡澗換馬)」의 얼용(孽龍), 제9고사 「유사하를 고생스럽게 건너다(流沙難渡)」와 「사오정을 거두어들이다(收得沙僧)」의 요괴는 모두 삼장이 잠시 쉬며 강물을 보고 있을 때 갑자기 물속에서 솟아나와 삼장을 삼키려고 하였다. 이 사건은 인과관계에 의한 것이 아닌 우연한 사건에 속한다.

제6고사 「관음선원에서 밤에 불이 나다(夜被火燒)」와 「가사를 잃어버리다(失却袈裟)」의 검은 곰 요괴(黑雄精)와 제39고사 「병기를 잃어버리다(失落兵器)」~「죽절산에서 재난을 당하다(竹節山遭難)」의 황사정(黃獅精)은 우연한 기회에 삼장일행의 보배인 삼장의 금란가사, 손오공의 여의봉, 저팔계의 정파(釘鈀), 사오정의 항요장(降妖杖)을 보게 된다. 그리고 그 보배를 보자마자 탐심이 생겨 슬쩍 가져가게 된다. 그래서 삼장일행과 요괴 사이에는 이러저러한 사단이 계속 일어나게 된다. 다음은 요괴가 몰래 삼장일행의 보배를 가져가는 장면이다.

> 그는 이러한 상황을 알고 급히 안으로 들어가 살펴보니, 방장 안은 노을빛의 아름다운 서기로 가득했고, 책상 위에 푸른 모직 천에 싸인 보따리 하나가 놓여 있었다. 그가 풀어보니 불문의 기이한 보물 금란가사 한 벌이 있었다. 재물에 마음이 동한 그는 불을 끌 생각도 하지 않고 물 가져오라고 소리도 지르지 않고, 그 가사를 들고 소란을 틈타 구름을 타고 동굴로 돌아가 버렸다. (제16회)

> 그날 밤, 갑자기 노을빛의 상서로운 기운이 번쩍이는 것을 보고 즉시 구름을 타고 보러 왔다. 광채가 일어나는 곳은 바로 왕

궁의 안이었고, 구름에서 내려 가까이 가보니 세 가지 무기가 빛을 발하고 있었다. 요정은 기쁘기도 하고 탐도 났다. "훌륭한 보배구나! 훌륭해! 누구의 것인데, 지금 여기에 뒀을고? …… 이 또한 내 인연이겠지! 가져가버려야지. 가져가자!" 그는 욕심이 일어나자마자 즉시 바람을 일으킨 뒤 세 가지 무기를 한꺼번에 챙겨서 동굴로 돌아가 버렸다. (제88회)

요괴는 한순간의 충동으로 삼장일행의 법보를 빼앗아 자기의 것으로 삼았고 손오공, 저팔계, 사오정은 그들의 법보를 찾기 위해 요괴와 또 한바탕 큰 싸움을 일으키는데 이는 피할 방법이 없는 것이다.

충돌은 의도적으로 조성된 것이든 우연히 발생한 것이든 모두 요괴의 욕심 때문에 비롯된 것이다. 이를 보면 모든 요괴는 욕망의 화신이라는 것을 알 수 있다. 그들이 수단방법을 가리지 않고 행동에 옮겼던 것은 모두 만족할 줄 모르는 끝없는 욕망을 충족시키기 위해서이다. 결국 요괴와 취경단의 충돌은 재난이 본격화되는 전주인 셈이다.

2) 손오공은 의협심으로 백성을 위해 요괴를 제거하다

서천으로 가는 여정에서 만난 몇몇 요정들은 삼장일행을 전혀 공격할 생각이 없다. 그러나 그들의 방탕한 생활로 인해 그 지역의 백성들이 고통을 받는다. 요괴들이 백성들에게 해를 입히는 동기 역시 욕망 때문이다.

제15고사 「오계국에서 국왕을 구해주다(烏鷄國救主)」의 전진도인(全眞道人), 제18고사 「거지국에서 수레를 옮기다(搬運車遲)」~「도사들을 물리치고 불교를 부흥시키다(祛道興僧)」의 세 명의 도사는 군주의 자리를 찬탈하기 위해 국왕을 살해하거나 국왕을 미혹하여 그들의 소망을 달성하고자 한다.

> 그 사람이 말했다. "스님, 그의 재주는 정말 세상에서 보기 드문 것이었소. 짐을 죽이고 나서 바로 화원 내에서 몸을 한 번 흔들더니 짐의 모습으로 변하더군요. 정말 똑같았습니다. 지금 나의 강산과 국토를 몰래 차지하고 있소. 나의 문무대신들과 사백 명의 관리들, 삼궁의 황후와 육원의 비빈까지 모두 그의 차지가 되어버렸소." (제37회)

> 행자는 앞으로 나가 소리쳤다. "어찌 이렇게 사리분별을 못하시오! 저기 누워 있는 도사들의 시체를 보시오. 하나는 호랑이고 하나는 사슴, 양력이란 놈은 영양이었소이다. 못 믿겠거든 뼈를 가져다 보시오. 그게 어디 사람의 뼈입니까? 그놈들은 본래 요괴가 된 산짐승들인데, 합심하여 당신을 해치러 온 것입니다. 기가 아직 왕성한 걸 보고 감히 손을 못 썼던 거죠. 다시 삼년이 지나 당신의 기가 쇠해지면, 당신을 죽이고 당신의 강산을 차지했을 겁니다. 다행히 제가 일찍 와서 요괴들을 무찔러 당신의 목숨을 구한 거요." (제47회)

임금의 자리는 사해를 아우르는 부를 지니고, 만인지상의 귀한 신분을 타고 났으며, 말 한마디에 칭송하는 소리가 조정에 가득하며, 명을 내리면 사해가 태평성대를 노래하는 등 천하가 부러워하는 자리이다. 군주는 세상의 부귀영화를 누릴 수 있기에 욕심이 많은 사람들은 호시탐탐 그 자리를 찬탈하려고 한다. 전진도인과 세 명의 도사 모두 이러한 욕망 때문에 술수를 써서 위해를 가한다.

제21고사 「삼장법사와 저팔계가 물을 마시고 임신하다(喫水遭毒)」의 여의진선(如意眞仙), 제26고사 「제새국에서 불탑을 청소하다(賽城掃塔)」「보물을 얻어 승려들을 구하다(取寶救僧)」의 용녀(龍女)와 그의 남편 구두충(九頭蟲)은 모두 재물과 보물을 탐하여 샘물을 차지하고 불보를 훔친다. 한 노파가 손오공에게 파아동(破兒洞)의 샘물을 구해오기가 얼마나 힘든지 털어놓는다.

"다만 우리 쪽에서 정남쪽 길에 해양산이 있는데, 거기에 파아동이란 동굴이 있고, 그 동굴 안에는 낙태천(落胎泉)이 있지요. 그 샘물을 한 모금 먹어야 비로소 태기를 풀어버릴 수 있습니다. 그런데 지금은 그 물을 구할 수가 없답니다. 몇 해 전 여의진선이라는 도사가 와서 그 파아동을 취선암(聚仙菴)이라 고친 뒤, 낙태천을 지키고 앉아 사람들에게 물을 나눠주려 하지 않습니다. 물을 구하려는 사람은 반드시 선물을 준비해 가야 하고, 양을 잡고 술이며 과일을 지성껏 장만해 바쳐야 겨우 한 사

발 얻을 수 있습니다." (제53회)

여의진선은 자신의 사욕을 채우기 위해, 백성들의 샘물을 차지하고 샘물로 돈을 긁어모은다. 또 구두충은 금광보탑의 사리보를 훔쳐 무고한 스님들이 죄를 받게 만든다.[21]

또 다른 요정들은 색욕을 채우기 위해 인간세상에 재해를 가져다준다. 예를 들면 제7고사 「저팔계를 항복시켜 거두어들이다(收降八戒)」에서 불문에 귀의하기 전의 저팔계, 제30고사 「주자국에서 손오공이 의사 행세를 하다(朱紫國行醫)」~「요괴를 항복시키고 왕비를 되찾다(降妖取后)」의 새태세(賽太歲)는 모두 이러한 유형에 속한다. 또 제29고사 「희시동의 오물에 길이 막히다(稀柿衕穢阻)」의 홍린대망(紅鱗大蟒)은 식탐 때문에 시골사람들에게 해를 입힌다.

이를 볼 때, 요괴들은 모두 인간세상에 머무는 것을 좋아하며 적어도 이곳에서 제멋대로 그들의 욕구를 채우려고 한다. 그래서 그들은 나쁜 행동을 일삼고 욕망이 시키는 대로 행동한다. 무고한 백성은 상해를 입게 되어도 반격할 힘이 없다. 손오공이 이곳을 지나다 요괴가 백성들을 괴롭히는 것을 보고는 '정의의 봉'을 휘둘러 요괴를 제거해준다. 요괴 역시 잡혀가기를 원치 않고 손오공은 그들을 무찌르려고 하니, 그들 사이에 충돌이 끊임없이 반복된다.

그쪽에서 먼저 싸움을 걸어와 충돌이 일단 시작되면 손오공과 요괴들은 각자의 목적을 위해 전력을 다한다. 한 차례, 두 차례 심지어 수차례 목숨의 위험을 무릅쓰고 계속해서 싸움을 펼치며, 여러 차례 죽을 고비를 겪고 나서야 비로소 이 풍파를 잠재울 수 있다.

2. 중생과 취경단과의 충돌

취경단은 오랜 기간 갖은 시련을 겪으며 성역 영산을 향해 가는 특수한 집단이다. 그들이 가는 길에는 정령과 요괴들이 파놓은 각종 함정들이 숨어 있다. 요괴 이외에도 산 속의 도적, 사찰의 승려, 도읍지의 국왕과 신하들 또한 삼장일행이 서천으로 가는 길을 가로막는 인물로 등장한다.

제4고사 「양계산에서(兩界山頭)」에 출현한 여섯 명의 도적과 제24고사 「다시 손오공을 내쫓다(再貶心猿)」「진짜 손오공과 가짜 손오공을 구별하기 어려워지다(難辨獼猴)」에 출현한 강도들은 길을 막고 삼장법사 일행에게 겁을 준다. 그러나 그들은 손오공의 여의봉에 의해 바로 그 자리에서 외마디 비명과 함께 죽임을 당하고 만다.

『서유기』 재난고사 중 두 개의 고사에서는 홍진을 떠나 깊은 산속에 은거하는 주지스님을 탐욕스럽고 야박한 인물로 묘사하고 있다. 오계국(烏鷄國) 성 밖 보림사(寶林寺)의 승관(僧官)은 삼장법사 일행의 남루한 옷차림과 피골이 상접한 얼굴을 보고 외면한다.

"…… 너는 내가 승관으로서 성에서 대부가 향을 올리러 와야 영접하러 나온다는 걸 모르느냐. …… 저 낯짝을 보아하니 제대로 된 중이 아니야. 분명 떠돌이 중일 거야. 날이 저물어서 잘 곳을 빌리려는 모양이지. 우리 절에 시끄럽게 저런 놈들을 들일 수는 없어. 그 앞쪽 복도에 쭈그리고 있으라고나 해라."
(제36회)

이 말은 승려라 할지라도 지위나 재산을 따지고 있음을 잘 보여준다.[22] 그러나 이러한 사람들이 성질이 사나운 손오공을 만나면 비굴하게 자세를 낮추고 고분고분 말을 듣는다. 제6고사 「관음선원에서 밤에 불이 나다(夜被火燒)」와 「가사를 잃어버리다(失却袈裟)」의 관음선원 주지는 당 삼장의 금란가사를 탐내어 절에 불을 지르고 생명을 해하려고 하였으나 뜻을 이루지 못하고 오히려 선원을 다 태우고 생명을 잃는 결말을 맞이한다.

인간의 본능인 성욕과 자손을 번창시켜야 하는 책임은 숭고한 이상과 필연적으로 충돌한다. 제22고사 「서량국에서 억류되어 혼인할 뻔하다(西梁國留婚)」가 바로 이와 같은 충돌의 대표적 예이다. 서량국의 여왕은 일국의 지존으로 삼장을 남편으로 삼고 스스로는 왕후가 되어, 함께 부부로 살며 자손을 번창시키고 제업을 영원토록 전하고자 한다. 그러나 부부의 연을 맺으려는 서량국 여왕의 계획은 일심으로 경전을 구하러 가겠다는 삼장의 서원 때문에 결국 수포로 돌아간다.

또 제36고사 「멸법국을 고생스럽게 지나다(滅法國難行)」의 멸법국의 왕은 승려에게 당한 모욕을 설욕하고자 일만 명의 승려를 살육하겠다고 맹세한다. 취경단이 이 나라에 도착하였을 때, 왕은 이미 9996명의 승려를 살해했으며 취경단 네 명을 더 죽이면 일만 명의 수를 채울 수 있게 된다. 또, 제42고사 「동대부에서 감금당하다(銅臺府監禁)」에서 구원외는 사후의 원만한 공덕을 구하기 위해 승려 일만 명에게 시주를 베푸는 자선사업을 벌인다. 네 명이 부족하여 일만 명의 숫자를 채우지 못하고 있었는데, 마침 취경단이 오자 집요하게 그들을 붙잡아 열정적으로 환대하며 놓아주려 하지 않는다. 이 두 경우는 선의에서든 악의에서든 취경단의 서행길을 방해하여 쌍방 간에 충돌이 일어난다.

이처럼 중생과 취경단의 충돌을 종합해보면, 모두 물욕과 색욕을 만족시키기 위해서 혹은 자기의 소원을 이루기 위해서 서천으로 가는 삼장법사 일행의 앞길을 가로막는 것이다.

3. 신과 취경단과의 충돌

제10고사 「네 명의 성현이 여자로 변신하여 나타나다(四聖顯化)」에서는 익살스러운 보살 네 명이 등장한다. 여산노모(黎山老母), 관음보살, 문수보살 그리고 보현보살은 부유한 과부와 세 명의 딸로 분장하여 미색과 재물로 삼장법사 일행들을 유혹하며 그들의 불심을 시험한다. 인물 간 갈등양상이란 측면에서 보면 취경단과 신들 간의 충돌이지만, 실질적으로는 취경단이 육체가 갈망하는 현실세계와 정신이 지향하는 이상세계 중 하나를 선택해야 하는 두 가지 가치관의 충돌에 직면한 것이라 할 수 있다.

제11고사 「오장관에서 붙들리다(五莊觀中)」와 「고생스럽게 인삼과를 살려내다(難治人蔘)」는 삼장과 그의 제자들이 만수산의 오장관에서 선계의 보물인 인삼과를 훔쳐 먹는 바람에 충돌이 시작된다. 오장관의 주인 진원대선(鎭元大仙)은 손오공이 인삼과수를 베어버린 원한을 갚기 위해 손오공과 사생결단으로 싸움을 펼친다.

제43고사 「능운도에서 속세의 태를 벗다(凌雲渡脫胎)」는 취경단의 불심을 시험하기 위해 부처님이 바닥 없는 배 '무저선(無底船)'을 준비하여 타도록 한다. 그런데 취경단의 영수인 삼장은 죽음에 대한 두려움 때문에 무저선에 타기를 주저한다.

> 이 바닥 없는 배로 어찌 사람을 태워 건널 수 있다는 것입니까? (제98회)

이 말은 삼장이 영원한 진리 세계에 나아가는 관문을 상징하는 '무저선'을 대면하였을 때, 생명의 안전과 정신적 추구 사이에서 갈등하고 있음을 보여주고 있다. 특히 이 고사는 삼장의 심리적 모순 때문에 또 다른 재난으로 빠져들게 되는 장면을 섬세하게 묘사하고 있다. 상식적으로 보면 신은 응당 취경단의 숨은 조력자여서 그들 사이에 충돌이 생겨날 수 없다. 그러나 작가는 삼장이 가는 길목 곳곳을 가시밭길로 만들기 위해 신들도 때로는 재난을 만드는 역할을 하게 만들었다.

4. 취경단 일행 간의 충돌

당 삼장, 손오공, 저팔계, 사오정 이 네 명은 같은 운명 속에서 특수한 사명을 띠고 경을 가지러 서천으로 가는 취경단의 일원이다.[23] 그들은 모두 서천으로 가서 경을 가져오는 속죄의식을 통해 근심 걱정 없는, 청정한 낙원 '영산'으로 돌아가는 것을 목적으로 삼고 있다. 그러나 각자의 관점에 따라 수시로 의견을 달리하며 충돌한다. 서로 간의 싸움과 반목은 그들 사이에 심각한 분열을 야기한다. 특히 당 삼장과 손오공의 성격은 극명하게 대립된다. 앞에서 살펴본 「재난의 징조」에서 당 삼장은 아주 내향적인 인물이라는 사실을 언급한 바 있다. 그는 경을 가지러 간다는 일념과 불가의 이치에 완전히 매몰되어 중용과 평화의 길로 들어서지 못한다. 그는 객관적이고 명확한 판단력을 상실하여, 때로는 비정상적으로 과도하게 연민과 동정을 드러내는가 하면, 또 때로는 야박하고 이기적인 모습으로 돌변하기도 한다. 반면 손오공은 당 삼장과 정반대로 초인적인 통찰력과 정확한 판단력을 가지고 있다. 그래서 그 두 사람은 사건마다 언쟁하고 충돌하면서 사건이 발생한다. 예를 들면, 제4고사 「양계산에서(兩界山頭)」, 제12고사 「손오공을 내쫓다(貶退心猿)」, 제24고사 「다시 손오공을 내쫓다(再貶心猿)」와 「진짜 손오공과 가짜 손오공을 구별하기 어려워지다(難辨獼猴)」 등은 모두 취경단에서 쫓겨나는 손오공의 이야기로, 당 삼장과 손오공이 다른 관점과 성격 때문에 서로 강하게 충돌하는 예라 할 수 있다.

먼저 「양계산에서(兩界山頭)」 고사에서 손오공이 길을 가로막고 있는 강도들을 죽였을 때 삼장은 손오공에게 다음과 같이 호통을 친다.

> "…… 출가한 사람은 '비질을 할 때에도 개미의 생명을 해칠까 조심하고 나방을 위해 등잔의 갓을 씌워두거늘' 너는 어찌 흑백을 구분 않고 단번에 때려죽인다 말이냐? 자비롭고 착한 마음은 눈곱만큼도 없구나!" (제14회)

이 말은 출가인으로서 삼장이 할 수 있는 당연한 호통일 것이다. 그러나 이어서 말한 "여기가 산중이라 조사할 사람이 없어서 그렇지.", "흉폭하게 몽둥이를 들고 마구 때려 사람을 다치게 하면 내가 아무리 청렴결백하다고 해도, 어떻게 처벌을 받지 않을 수 있겠느냐?"라는 말들은 당 삼장의 비겁하고 이기적인 성격을 그대로 드러낸다.

> "네가 스스로를 잘 단속하지 못하고, 사람들에게 흉악한 짓을 하고, 하늘을 속이고 능멸했기 때문에 오백년 전에 벌을 받은 것이야. 지금 불문에 들어왔는데도 예전처럼 흉포한 짓을 해서

계속 살생을 한다면, 서천으로 갈 수도 없을뿐더러 승려도 될 수 없다! 너무도 흉악하도다! 흉악해!" (제14회)

강직한 성격의 소유자인 손오공은 삼장법사의 꾸중과 조롱을 더 이상 참지 못하고, 분개하며 사부의 위험과 재난을 아랑곳하지 않고 떠나버린다.

「손오공을 내쫓다(貶退心猿)」 고사에서 당 삼장은 사제 간의 정은 생각지도 않고 손오공을 내쫓고 파문(破門)의 증거로 글을 남기며 욕을 한다.

"이 원숭이놈아! 이것으로 증거로 삼아라! 더 이상 네놈을 제자로 여기지 않을 것이다! 다시 너를 보게 된다면, 나는 바로 아비지옥으로 떨어질 것이다!" (제27회)

이와 같은 발언은 진정 덕망이 높은 성승의 입에서 나온 것이라고 믿을 수 없을 정도로 냉정하다. 이처럼 심각한 내부 분열은 하루아침에 조성된 것이 아니다. 일찍이 분열이 일어나기 전 그 단초가 되는 사건이 있었다. 「손오공을 내쫓다」 고사의 시작 부분을 살펴보면 삼장은 손오공에게 인적이 없는 깊은 산속에서 탁발을 해 오라고 시킨다. 이 사리에 맞지 않는 요구를 들은 손오공은 탁발을 해 오기 어렵다 설명하지만 기분이 상한 삼장은 욕을 한다.

삼장이 몹시 기분이 상하여 욕을 했다. "너 이 원숭이놈아! 네가 양계산에 갇혀 있을 때를 생각해봐라. 여래불께서 돌 상자에 가두시어 말만 할 수 있고 움직이지 못했던 때를 생각해봐라. 다행히 내가 네놈 목숨을 살려주고 마정수계를 해줘 제자로 삼았는데, 어찌 네놈은 노력도 하지 않고 늘 게으른 마음만 품느냐?" (제27회)

이렇게 탁발로 야기된 작은 충돌이 생긴 뒤, 백골부인이 여러 차례 당 삼장일행을 희롱하는 사건이 더해져 큰 충돌로 발전하게 된다. 백골부인은 미녀로 변신하여 흔쾌히 시주를 하는데, 물론 이것은 요괴가 파놓은 함정으로 손오공은 진즉에 그 의도를 간파하고 여의봉을 인정사정없이 휘둘러 백골부인을 죽여버린다. 그 요괴는 '금선탈곡계(金蟬脫殼計)'를 사용하여 가짜 시체만 남겨두고 달아난다. 그러나 백골부인은 단념하지 않고 다시 노파로, 또 노인으로 변신하여 당 삼장을 속이려 든다. 손오공은 요괴가 여러 차례 삼장을 희롱하는 것을 좌시하지 않다가 삼장의 꾸중도 아랑곳하지 않고 요괴를 제거한다. 그러다 보니 점점 그들 사이에는 미움이 쌓여간다. 설상가상으로 저팔계가 거짓말을 지껄이는 바람에 당 삼장은 결국 손오공을 내쫓아버린다.

「다시 손오공을 내쫓다(再貶心猿)」와 「진짜 손오공과 가짜 손오공을 구별하기 어려워지다(難辨獼猴)」 고사에서 오승은은 의도적으로 진위 여부를 가리는 사건을 통해서 손오공의 심리변화를 보여주고 있다. 즉, 죄를 뒤집어썼으나 속 시원히 밝힐 수 없는 억울한 심정을 고심하여 묘사했던 것이다. 그 고사는 대략 이러하다. 당 삼장은 손오공이 여러 명의 강도를 죽이는 장면을 보고 대노하여 그를 쫓아낸다. 손오공은 당 삼장에게 마음을 돌려달라고 애원하지만 삼장은 미동도 하지 않는다. 손오공도 더 이상 어쩌지 못하고 눈물을 훔치며 떠나간다. 그런데 진짜 손오공이 삼장을 떠나 남해로 관음보살을 찾아간 사이에, 가짜 손오공(六耳獼猴)이 취경단의 보따리를 훔쳐 화과산으로 돌아가 혼자 영산으로 가 부처님을 뵙고 경을 가지러 갈 준비를 한다. 손오공이 삼장을 떠나 남해로 관음보살을 찾아간 사이, 가짜 손오공이 나쁜 짓을 저지르면서 고사는 다시 또 다른 절정을 맞이하게 된다. 아래의 예문은 진짜 손오공과 가짜 손오공이 싸우는 장면이다.

> 말이 끝나기도 전에 두 손오공이 소리치며 들어오니, 옥황상제가 깜짝 놀라 즉시 영소보전에서 내려와 물었다. "그대들은 무슨 일로 천궁에서 소란을 피우는가? 죽고 싶어 시끄럽게 떠들며 내 앞에 온 게냐!" 제천대성이 말했다. "폐하! 폐하! 저는 지금 정명에 귀의하고 불교의 가르침을 지켜 감히 윗사람에게 대드는 일은 더 이상 하지 않습니다. 다만 이 요괴가 제 모습으로 변신해서 …… " 그는 여차저차 그간의 사정을 죽 이야기했다. " …… 제발 진짜와 가짜를 가려주십시오." 가짜 손오공도 똑같은 말을 늘어놓았다. 옥황상제는 즉시 탁탑천왕에게 명을 내렸다. "조요경(照妖鏡)을 가져와 누가 진짜인지 가짜인지 비추어보고 가짜를 없애버리시오." 탁탑천왕은 즉시 조요경을 가져

와 비추면서 옥황상제와 여러 신들더러 지켜보라고 했다. 거울 속에는 두 개의 손오공의 모습이 비쳤고, 황금머리테, 옷차림, 터럭까지도 전혀 다른 데가 없었다. 이에 옥황상제도 가려내지 못하고 다급히 그들을 영소보전 밖으로 내쫓았다. 제천대성은 껄껄 비웃었고, 가짜 손오공도 하하 웃으며 즐거워했다. 그들은 서로 머리채를 움켜쥐고 팔로 목을 감은 채 다시 하늘 문을 나와 서방으로 가는 길로 내려가며 말했다. "나와 같이 사부님을 뵈러 가자! 사부님께 가보자구!" (제58회)

요괴의 정체를 밝혀주는 '조요경'과 손오공에게 영험이 있는 '긴고아(緊箍兒) 주문'을 외워도 진짜와 가짜를 구분할 수 없다. 그래서 결국 석가여래에게 도움을 요청하러 간다. 석가여래는 그들을 보자마자 그의 제자들에게 다음과 같이 말한다. "너희들은 (사대보살, 팔대금강, 오백나한 등을 가리킴) 모두 한마음이구나. 그런데 두 마음이 서로 싸우며 오고 있는 걸 보아라."(제58회) 이 핵심을 찌르는 말로부터 작가가 의도적으로 똑같이 생긴 두 명의 손오공을 창조함으로써 인간의 마음에 내재하는 모순을 지적하고 있음을 알 수 있다.

손오공은 첫째, 전력을 다해 악랄하고 흉악한 요마의 공격에 맞서야 하고 둘째, 신들이 계획한 속임수의 시험을 통과해야만 하며, 마지막으로는 누차 사부의 무정하고 야박한 비방을 듣고 쫓겨날 상황에 처해 있었다. 이러한 상황들로 인하여 손오공은 결국 심리적 평형을 잃고 만다. 특히 당 삼장의 특기인 '긴고아 주문' 즉 '정심진언(定心眞言)'은 "머리테가 죄어오자 얼굴이 귀 끝까지 새빨개지고 눈이 부풀어 오르고 머리도 어질어질해져 땅바닥에서 데굴데굴 구르며 …… 재주를 넘고 물구나무를 서 봐도 아파서 어쩔 줄 몰라 했다"(제56회)라고 할 정도의 괴력을 지니고 있어 손오공도 이 주문에는 속수무책으로 고통을 당할 뿐이다. 전심전력으로 사부의 생명을 지키기 위해 노력한 손오공의 입장에서 보면, 걸핏하면 '긴고아 주문'을 외우는 삼장의 행위는 불공평하고 가혹하다. 그래서 손오공은 이러한 가혹한 대우를 참지 못하고 반항한다. 비록 이성은 삼장이 그에게 가한 억울함과 분노를 참으라고 요구하지만, 반항심이 이성과 충돌하면서 결국 제58회의 「마음이 둘로 갈리니 건곤(乾坤)을 크게 어지럽히고, 한 몸으로는 참된 적멸(寂滅)을 수행하기 어렵다(二心攪亂大乾坤, 一體難修眞寂滅)」와 같이 깊은 의미를 내포한 대재난이 발생한 것이다. 이 고사에서 가짜 손오공과 진짜 손오공 간의 재미있는 투쟁은 바로 작가가 형상화의 방식을 통해서 불균형의 정신상태를 기묘하게 표현한 것이다.[24]

취경단 일원 중의 또 다른 인물, 저팔계는 행동과 성격에서 손오공과는 명확하게 대비되는데, 『서유기』 인물 중 가장 유쾌한 성격의 소유자이다. 오승은은 깊고 풍부한 인생 경험으로 손오공과 대비되는 성격을 가진 저팔계의 형상을 해학적인 모습으로 창조하였다. 손오공은 영리하고 민첩하며, 성실하고 열정적이고, 책임감이 강하다. 그리고 식욕과 색욕을 초월한 인물이다. 그에 반해 저팔계는 멍청하고 우둔하며, 이기적이고 탐욕적이다. 그는 그

야말로 비겁하고 게으르며 질투와 시기심이 강하다. 물과 불이 함께 어울리지 못하듯이 성격이 판이하게 다른 그들은 기나긴 여정에서 해학이 넘치는 사건을 만들어낸다. 저팔계는 삼장과 손오공 사이를 불에 기름을 끼얹듯, 불난 데 부채질 하듯 이간시키는 인물이다. 예를 들면 「손오공을 쫓아내다(貶退心猿)」 고사에서 저팔계는 거짓말과 이간질로 손오공에 대한 삼장의 불만을 가중시킨다. 삼장과 손오공 혹은 저팔계와 손오공이 서로 부딪힐 때마다, 외부의 간섭이 그러했던 것처럼 취경단의 서행길은 막히고 만다. 오승은은 취경단의 서행길의 순탄 여부와 그들 내부의 화목함 사이에 밀접한 관계가 있음을 다음과 같은 시구로 명확하게 밝히고 있다.

"의미(意馬: 용마)와 심원(心猿: 손오공)은 실패하여 흩어지고, 금공(金公: 손오공)과 목모(木母: 저팔계)는 모두 처량하네. 황파(黃婆: 사오정)는 부상당하여 연락이 끊어지고, 도의가 사라졌으니 어떻게 공과를 이룰까!" (제30회)

"토목(土木: 삼장)은 아직 공을 이루지 못했는데, 금수(金水: 손오공)는 떨어져 나갔네. 수행이 게을러졌으니, 언제 성불할 것인가." (제57회)

"황파(사오정)는 일심으로 원로(삼장)를 모시고, 목모(저팔계)는 정이 있어 요괴(우마왕)를 소탕하네. 오행을 조화시켜 정과로 돌아가고, 요마를 단련시키고 때를 씻어내 서천 길에 오르네."
(제61회)

이상에서 살펴본 바와 같이 네 가지 유형의 충돌은 모두 취경단의 서천행을 방해하는 작용을 한다. 충돌 그 자체는 모두 개연성이 있는 상황에서 발생하고 있으며, 충돌을 야기하는 인물 또한 각자 맡은 바 소임을 다한다. 충돌의 발생은 재난의 시작을 의미한다. 재난이 끝나기 전까지 이 충돌의 힘은 쌍방 간에 변함없이 지속되며 삼장일행으로 하여금 재난의 중심으로 들어가게 한다.

제3절 재난의 연속

「재난의 연속」, 이 절에서는 재난 자체에 대해 서술하고자 한다. 앞 절에 서술한「재난의 시작」은 재난의 전주곡, 즉 양측의 갈등과 그로 인한 충돌을 논한 것이지 재난 그 자체를 말한 것은 아니다. 쌍방이 충돌하면 그 다음에 틀림없이 한바탕 싸움과 내분이 일어나는데 여기에서 삼장법사 일행은 항상 첫 싸움에서 참패하는 측이 된다. 여러 요마가 설치한 올가미를 삼장일행이 알아채지 못하기 때문에 삼장은 항상 요마들에게 사로잡히는 존재가 된다. 일단 삼장이 마수에 걸렸다는 것은 그의 몸이 재난에 처해 막대한 고통을 겪는다는 것을 의미하며, 이것은 곧 재난 그 자체를 의미하는 것이다. 삼장이 마수에서 벗어나지 않는 한 재난은 해결되지 않고 지속된다. 그러므로 이 절에서는 수난 기간 동안 삼장의 마음에 잇달아 일어나는 심리적 갈등 즉 외계의 충돌이 야기한 삼장 마음속의 갈등과 고민을 분석하고자 한다.

『서유기』 내용의 대부분은 손오공이 재난을 조성하는 수많은 존재들과 맞서며 펼치는 치열한 싸움으로 구성된다. 매회 칼과 창이 부딪치며 백병전을 벌이니 대부분 독자들은 그러한 신기하고 변화무쌍한 싸움의 기술에 흠뻑 매료되어 작자가 외재적 충돌을 교묘하게 내재적 충돌로 전환시켜 놓은 점에는 그다지 주의를 기울이지 않는다. 이른바 내재적 충돌은 삼장 개인의 내심에 생긴 충돌을 가리킨다. 즉, 난관을 극복하여 간절히 소망하던 바를 이룰 것인가 아니면 위험하고 지난한 취경사업을 포기할 것인가라는 갈림길에서의 갈등과 선택이다. 삼장이 겪는 내심의 충돌은 제삼자 즉 중생과 요마라는 외계의 존재가 펼치는 마수에서 시작된다. 그러면, 이들 중생과 요마들은 어떻게 삼장에게 내심의 갈등과 고뇌를 안겨주었을까? 그들이 사용한 수단은 두 가지인데 첫째는 죽음의 위협이고, 둘째는 이기(利己), 욕망의 유혹이다. 전자는 삼장일행을 거의 죽음에 이르게 하여 취경을 단념하게 만들고 후자는 권력 · 재부 · 미인으로 삼장을 유혹하여 취경사업을 포기하도록 유도한다. 작자는 이러한 두 가지 방법을 이용해서 삼장의 내면충돌을 끌어내고 있다.

1. 죽음의 위협

죽음은 생명이 반드시 거쳐 가는 과정이다. 생명을 가진 모든 개체들이라면 피해 갈 도리가 없다. 그리고 죽음은 경험할 수 없는 미지의 영역으로 지금까지도 여전히 수수께끼이다. 때문에 예로부터 사람들은 죽음의 그림자에 형언할 수 없는 경외와 공포를 가졌다. 설령 삼장이라도 그 굴레에서 벗어날 수 없는 것이다. 끔찍한 모습에 잔악한 성격을 가진 마왕을 마주하여 죽임을 당할 뻔한 위기에 놓일 때마다 의지가 굳건한 삼장마저도 서천취경(西天取經)의 신념이 흔들렸을 것이다. 거듭되는 난관 속에서 삼장의 취경사업의 의지가 흔들린 것은 인지상정이라 크게 비난할 것은 못 된다. 단, 삼장은 곤경에 처할 때마다 계속 앞으로 나아가야 할지 아니면 여기서 그만 두어야 할지를 결정해야만 했을 것이다. 그 사이에서 필연코 내면의 치열한 전쟁을 거친 후에야 다시 굳은 결의를 했을 것이다. 작자는 비록 외계 묘사에 치중하고 있지만 외계 묘사를 통하여 삼장의 내면갈등을 끌어내고 있다. 직접적으로 서술하는 것이 아니라 죽음의 위협에 처한 삼장의 언행을 간단히 묘사함으로써 삼장의 내면갈등을 간접적으로 설명하고 있다. 가령, 삼장이 황풍요괴(黃風怪)에게 잡혔을 때를 보자.

삼장법사는 눈물을 줄줄 흘리며 손오공과 저팔계가 어디 있는지 몰라 애태울 뿐이었다. 손오공은 날갯짓을 멈추고 삼장의 대머리 위에 앉아서 소리쳤다. "사부님!" 삼장은 오공의 목소리를 알아듣고는 말했다. "오공아, 날 죽일 셈이냐! 어디서 부르는 게냐?" "사부님, 저는 사부님 머리 위에 있어요. 초조해하지 마시고 걱정하지 마세요. 우리가 반드시 저 요괴를 잡아서 사부님 목숨을 구해낼게요." (제21회)

삼장이 홍해아(紅孩兒)에게 사로잡혔을 때를 보자.

세 사람이 곧바로 뒤로 들어가 보니, 정원 안에 사부가 벌거벗은 채 묶여 울고 있는 것을 발견했다. (제43회)

삼장이 영감(靈感)대왕에게 잡혔을 때를 보자.

(오공이) 그 위에 엎드리니 삼장이 그 안에서 잉잉 울고 있는 소리가 들렸다. (제49회)

또 그가 거미요괴에게 잡혔을 때를 보자.

삼장은 아픔을 참다 못해 울음을 삼키며 속으로 한탄했다. "내 신세는 어찌 이리 기구한가. 좋은 집이려니 하고 한 끼 공양을 얻으러 왔는데 불구덩이에 빠질 줄은 몰랐다! 얘들아! 얼른 나를 구해주면 얼굴이라도 볼 수 있으련만, 서너 시간이라도 지체되면 내 목숨은 끝이다." (제72회)

또 그가 남산(南山)대왕에게 잡혔을 때를 보자.

삼장은 밧줄에 꽁꽁 묶인 채 뺨에 하염없이 눈물을 흘리면서 외쳤다. "얘들아. 너희는 어느 산에서 요괴를 잡고 어느 길에서 요괴를 쫓는 것이냐? 내가 무시무시한 요괴에게 잡혀 와 예서 고초를 겪고 있는데 어느 날에나 다시 만날 수 있을까? 원통해 죽겠구나!" (제85회)

삼장은 죽음의 언저리에 이르면 눈물을 줄줄 흘리며 대성통곡하는데, 이는 걷잡을 수 없이 두려움에 떠는 그의 모습을 잘 보여주고 있다. 작가는 눈물을 줄줄 흘리는 삼장의 모습을 통하여 삼장의 내심에서 일어나는 충돌을 보여주고 있다. 그런데 삼장은 반드시 죽음이 가져오는 내면의 갈등과 고통을 받아들여야만, 죽음과 삶이 하나임을 깨달아 죽음을 생명에 대한 깨달음으로 승화시킬 수 있는데 이를 깨닫지 못한다. 사실 죽음이 가져온 높은 경지의 깨달음이 바로 마음 닦음의 최종목표인 것이다. 그래서 작가는 수많은 재난을 설치하여 삼장에게 몇 번이고 되풀이하여 죽음의 고통을 받아들이게 하고 이로부터 생명의 의미를 체득할 수 있도록 안배하고 있다. 손오공이 "애태우지 마세요. 걱정하지 마세요."라고 안심시키는 말은 바로 삼장에게 죽음에 대한 불안과 번뇌를 없애라 일깨우는 말인 것이다. 아래에 예를 들어 삼장의 내면갈등을 좀 더 살펴보도록 하자.

손오공이 아무 소리도 않고 계속 귀를 기울여 들어보니, 삼장법사가 어금니를 갈면서 한탄하고 있었다. "강물에 버려진 목숨, 허물 많은 나 자신이 원망스러우니, 태어날 때부터 얼마나 많은 수마에 얽매였는지. 어머니 태중에서 나오자마자 파도에 몸 씻기었고, 부처님 뵈러 서역으로 가는 길에서도 까마득히 깊은 물속에 떨어졌네. 지난번에 흑수하(黑水河)에서 이 몸이 재난을 겪더니, 지금은 통천하(通天下)의 얼음이 풀려 목숨이 황천으로 가게 되었구나. 제자들이 나를 찾아올 수는 있을는지? 진경(眞經)을 얻어 고향으로 돌아갈 수 있을런지 모르겠구나!" (제49회)

연이어 다가오는 재난 속에서도 삼장은 여전히 취경의 뜻을 굳건히 한다. 그래서 그의 마음속에는 갖가지 다툼과 갈등이 일어나고 이로 인해 삼장은 극도의 고통스러움과 번뇌에 빠지는 것이다. 만약 삼장이 죽음이 가져오는 그러한 두려움의 정체를 알았더라면 일찍이 취경의 중압감에서 해방되었을 것이다.

2. 이기(利己), 욕망의 유혹

『서유기』의 인물형상 중에서 요괴, 중생, 하늘과 땅의 신들은 항상 재물 · 권력 · 미색으로 삼장을 유인하는데, 이는 삼장의 내면에 충돌을 촉발하는 또 다른 방식이다. 권력 · 재부 · 여색은 일반인들이 갈망하는 대상이고, 이 때문에 사람들은 항상 그러한 세속의 욕망을 탐닉하면서 무지몽매한 삶을 이어간다. 사람과 사람 사이의 아귀다툼, 분란과 소란 모두 그러한 보편적 욕망에서 나오지 않은 것이 없다. 세속 사람들의 표상인 삼장은 사람들이 밤낮으로 추구하는 욕망이 아주 가까이서 그를 향해 손짓할 때, 피할 수 없이 흔들리는 모습을 보여준다.[25]

권력 · 부귀 · 여색은 모두 사람들이 갈구하는 욕망이다. 그런데 그중에서 여색 즉 성욕은 인류의 강렬한 본능이다. 때문에 성애의 유혹을 만나면, 삼장은 권력과 재부의 유혹에 부딪쳤을 때보다 훨씬 더 힘들어하고 고통스러워하는 모습을 보인다. 각국 군왕이 보내온 금은보화를 거절할 때 삼장은 결코 미인의 유혹에 노출될 때만큼 그다지 힘겨워하지 않는다. 가령 제23회에 미녀로 가장한 여러 보살이 재부와 미색으로 삼장을 유혹하는데 처음에 삼장은 부유한 미망인의 유혹에 꿈쩍도 하지 않는다. "마치 귀머거리나 벙어리인 양 눈을 감고 마음을 다스리며 조용히 말이 없고", "마치 바보가 된 것처럼 말없이 묵묵히 있다." 그러나 계속해서 치고 들어오는 미인의 유혹에 근엄하고 엄숙한 태도를 이어나갈 수 없게 되니 결국에는 "윗자리에 앉아 벼락에 놀란 아이처럼, 비에 젖은 두꺼비처럼, 멍하니 넋을 놓고 흰자위를 껌뻑껌뻑하며 먼 산만을 바라보는" 낭패한 모습을 드러내고야 만다. 또한 제54회에서는 서량국(西梁國)의 여왕이 제왕의 자리, 나라의 재부, 아름다운 용모로 부부가 되자고 유혹하며 몸소 성 밖으로 삼장을 영접하러 나갔을 때, 삼장이 어떻게 반응하는지 살펴보자.

그 여왕은 가까이 다가와 삼장을 덥석 잡더니 애교가 뚝뚝 떨어지는 목소리로 속삭였다. "어제 오라버님, 수레에 오르셔서 저와 함께 금란전에 오르신 뒤 부부가 되러 가시지요." 삼장은 벌벌 떨면서 마치 술에 취한 듯 멍청이가 된 듯 제대로 서 있지도 못했다. 그러자 손오공이 옆에서 말했다. "사부님, 너무 겸손해하실 필요 없어요. 여왕님과 함께 수레에 오르세요. 얼른 통행증을 받아내야 저희들이 불경을 가지러 갈 수 있지 않겠어요?" 삼장법사는 아무 대답도 못 하고 손오공을 두 번 잡아당기고는 하염없이 눈물만 흘렸다. (제54회)

애교스럽게 교태를 부리는 여왕 앞에서 삼장이 어찌할 바를 모르고 눈물까지 철철 흘리는 것으로 보아 삼장 내면의 갈등과 괴로움이 얼마나 큰지 알 수 있다. 영리한 오공은 진즉에 삼장의 이러한 마음을 꿰뚫어 보고 있었다. 제27회에 요괴가 미녀로 변장해 삼장의 환심을 얻으려 하는데, 오공은 미녀로 변장한 요괴를 알아보고는 곧바로 손을 써서 죽이려고 한다. 삼장은 줄곧 이 미녀들을 보호하려고 하는데 이에 화가 치민 오공은 다음과 같이 소리친다.

"사부님. 내 이제야 알겠습니다. 용모를 보고 마음이 동했군요. 만약 그런 마음을 품으셨다면 팔계더러 나무 몇 그루 베어 오게 하고, 오정에게 풀 좀 뽑아 오라 해서, 제가 목수가 되어 여기다가 조그만 집 한 채를 지어드릴게요. 사부님은 저 요괴와 부부가 되는 거고 우리 모두 헤어지는 것도 별일 아니잖아요? 뭐 하러 굳이 고생해가면서 먼 길 가서 불경을 구한답니까?" (제27회)

손오공이 삼장의 수치스러운 속마음을 거리낌 없이 폭로하자 삼장은 곧바로 "부끄러워서 귀에서 대머리까지 온통 벌겋게 달아올랐다." 손금을 보듯 삼장을 잘 알고 있던 손오공은 이성의 강렬한 유혹 앞에 삼장이 틀림없이 본능의 노예가 될 가능성이 크다고 여겼던 것이다. 그래서 손오공은 전갈요괴의 손에서 삼장을 구해내기 전에 팔계에게 다음과 같이 말한다.

"너는 잠시 여기 있어라. 그 요괴가 어젯밤에 사부님을 해쳤는지 내가 먼저 들어가서 알아보마. 만약 사부님이 요괴에게 속아서 정말 원양(元陽)을 잃고 덕행을 망쳐버렸다면, 우리 모두 흩어지도록 하자. 하지만 성정을 어지럽히지 않았고 불심에 변함이 없으시다면, 힘껏 도와 요괴를 때려죽이고 사부님을 구출해서 서쪽으로 가는 거다." (제55회)

오공은 삼장이 요녀의 유혹을 이겨낼 수 있을지 확신하지 못한다. 그래서 삼장이 성애의 유혹을 이기지 못했다면 그토록 애써가면서 삼장을 구출해낼 필요가 없다고 하는 것이다. 제82회에 삼장은 또 같은 성격의 재난을 겪게 되는데, 삼장일행의 대화를 통해 손오공이 어떻게 삼장의 마음을 떠보는지를 살펴보자.

> "사부님, 도울 일이 없는걸요! 그 요괴가 잔치를 벌여 사부님과 혼례를 치를 모양이네요. 여기서 딸이든 아들이든 낳으면 사부님 대가 이어지는 건데 뭘 걱정하세요." 이 말을 들은 삼장법사가 부드득부드득 이를 갈았다. "얘야. 내가 장안을 떠난 후 양계산(兩界山)에서 너를 거두고 서역으로 오는 동안 언제 계율을 어긴 적이 있더냐? 하루라도 부정한 마음을 먹은 적이 있었더냐? 지금 그 요괴가 나를 잡아두고 부부가 되기를 바라는데, 내가 진양(眞陽)을 잃으면 내 몸은 곧 윤회에 떨어져 천 길 나락 저승에 갇혀서 영원히 빠져나올 수 없게 될 것이야!" 손오공은 웃으면서 말했다. "맹세까지 하실 건 없어요. 사부님이 진심으로 불경을 가지러 서역에 가실 뜻이 있으시니까 이 몸이 모시고 가는 겁니다요." (제82회)

"내가 진양을 잃으면 내 몸은 곧 윤회에 떨어져 천 길 나락 저승에 갇혀서 영원히 빠져나올 수 없게 될 것"이라는 말에서 삼장이 애정 공세를 거절한 것은 결코 색공(色空)의 참뜻을 깨달아서가 아니고 윤회의 고통을 생각해서 법도를 어기지 않은 것임을 알 수 있다. 다시 말해, 삼장은 윤회의 고통이 두려워 충동적인 정욕을 억눌렀던 것이기에 여색의 유혹 앞에서 평상심을 잃고 어찌할 바를 모르는 태도를 보인다. 내심의 갈등을 벗어난 후 삼장이 오공에게 필사적으로 자신의 진심을 변호한 것은 자신의 믿음이 흔들렸음을 감추기 위한 것이다. 그런데 삼장이 인간세상에서 가장 호화롭고 즐거운 생활을 누릴 수 있는 기회를 포기하고 고행의 취경길을 선택한 것은 가히 삼장의 도덕자아의 승리라고 일컬을 수 있다. 그래서 제자들은 "좋아! 좋아! 좋아! 역시 훌륭한 스님이야. 사부님을 구하러 가자."(제55회), "훌륭한 스님이야! 훌륭한 스님! 몸은 아름다운 비단에 파묻혀 있어도 거기에 뜻이 없고, 발은 옥길을 걷고 있지만 마음이 흔들리지 않는구나!"(제95회)라고 찬미한다. 그러나 삼장의 승리는 부귀 · 권세 · 미색이 모두 허망하고 실체가 없다는 스스로의 깨달음에서 나온 것이 아니라 강제로 욕망을 내면 깊은 곳에 숨겨버리고서 얻게 된, 불완전한 승리였던 것이다. 서천으로 가는 길에서 삼장은 고집스럽고, 놀라서 허둥지둥하고, 조바심을 내고, 합리적이지 못하고, 이기적인 모습을 드러내는데 이는 바로 삼장이 자신의 본성을 지나치게 억압한 결과 마음의 균형과 조화가 깨어져 나타난 심리반응이다. 이처럼 불안하고 긴장된 마음상태에서는 고귀한 덕행을 드러낼 수가 없다.

요컨대, 『서유기』의 수많은 인물형상이 조성한 외부세계의 충돌은 삼장에게 죽음의 공포를 불러오거나 욕망을 자극하여 유혹한다. 죽음의 두려움을 극복하거나 욕망의 유혹을 거절하는 것은 삼장에게 있어 극도로 고통스러운 시험이다. 동토에 불경을 구해 오겠다는 굳은 의지가 이 두 종류의 시험에 직면했을 때, 삼장은 금욕과 고행의 가치를 의심하는데 이것이 곧 삼장의 내면에서 일어나는 충돌인 것이다. 내면의 갈등을 거친 뒤 개인의지로 성지순례와 취경의 길을 선택한다는 것이 바로 작가가 『서유기』의 재난고사를 빌려서 천명하고자 하는 주제이다. 오승은은 삼장의 비정상적인 행동과 말을 가볍고 담담하게 묘사하면서, 삼장의 내면에서 일어나는 갈등을 묘사하였다. 물론 『서유기』 44개의 재난고사가 모두 삼장의 내면에서 일어나는 갈등과 충돌을 묘사하고 있지는 않지만, 재난이 삼장의 마음수양을 위한 과정이라는 점에서 본다면, 모든 재난이 필경 삼장의 내심에 갈등을 가져온다는 사실은 의심할 여지가 없다.

제4절 재난의 해결과 그 상징적 의의

1. 재난의 해결

감옥에 갇힌 삼장이 탈출하려면, 오로지 그의 큰 제자 손오공에게 의지해야 한다. 손오공은 요괴들과 충돌하며 일어나는 크고 작은 재앙들을 해결하며 서쪽으로의 여행을 계속하는데 이는 재난들이 해결되고 있음을 의미한다. 그러면 손오공은 어떻게 재난을 해결했을까?

「재난의 시작」에서 언급했듯이 요괴 · 중생 · 신 등 다양한 존재들이 재난을 조성한다. 재난을 조성하는 존재가 다양하므로 손오공이 취하는 해결방식 또한 그 존재에 따라 다르다. 가령, 손오공은 요괴에 대해서는 보통 격렬한 전투방식으로 대응하는데 이 때문에 충돌이 이어지는 과정에서 재난을 만드는 측과 재난을 해결하려는 측이 서로 죽음을 무릅쓰고 온 힘을 다해서 상대를 이기려 애쓴다. 그러나 속수무책일 때, 손오공은 관음보살이나 신들의 도움을 빌려서 제압한다. 만약 재난을 야기하는 자가 백성을 해치는 강도나 도둑이라면 가차 없이 죽여버린다. 재난을 꾸미는 자가 신분이 높은 군왕이라면 오공은 상대의 체면을 고려하여 '범을 산으로부터 유인해내는(調虎離山)' 계책을 쓸 뿐, 정면으로 상대하지 않는다.[26] 만약 신들이 재난을 만들면, 오공은 적극적 행동을 삼가하고 조심스럽게 삼장이 탈 없이 무사히 이 난관들을 통과하도록 한다. 오공이 이렇게 현명하게 처신할 수 있는 이유는 노자팔괘로(老子八卦爐) 안에서 단련해 얻은 화안금정(火眼金睛)으로 천 리 밖의 길흉을 볼 수 있어 신들의 의도를 사전에 간파할 수 있기 때문이다. 가령, 제23회에 삼장이 장원(莊園)을 발견하고 숙박을 청했을 때 손오공은 그 장원이 부처와 신선이 만든 것임을 곧바로 알아차린다. 또 제98회에 삼장일행은 능운도(凌雲渡)에서 배를 저어 오는 사공을 발견하는데, 오공은 그가 삼장일행을 맞이하러 나온 접인불조(接引佛祖) 즉 나무보당왕불(南無寶幢王佛)임을 알아차리지만 밝히지 않는다.

이상, 위에서 서술한 내용으로부터 재난의 해결에는 세 가지 방법이 있음을 알 수 있다.

첫째, 손오공이 스스로의 힘으로 해결하거나 가끔 사제 팔계와 오정의 도움을 받아 해결한다. 『서유기』 44개 이야기 중에서 17개의 이야기가 여기에 속한다.

둘째, 손오공이 하늘과 땅의 신들(특히 관음보살)에게 부탁하여 재난을 해결한다. 모두 22개 이야기의 재난이 이러한 방식으로 해결된다.

셋째, 어느 정도의 시간이 흐른 후 재난이 저절로 해결된다. 4개의 이야기가 이러한 방식을 취하고 있다.[27]

2. 재난 해결의 상징적 의의

재난 해결의 과정은 재난으로부터 벗어나기 위해 손오공이 외계의 존재들과 펼치는 일련의 전투과정이다. 그러나 실상은 삼장의 마음에서 연이어 일어나는 불심과 범심(凡心)의 갈등을 의미하기도 한다. 이 때문에 현대의 비평가는 삼장이 겪은 재난을 허무하고 황당무계한 환상으로 여기기도 한다.[28] 바로 "마음이 생기면 온갖 마가 생기고, 마음이 멸하면 온갖 마가 소멸한다."고 삼장이 말했던 것처럼 서쪽으로 가는 길에 만나는 갖가지 재난은 모두 삼장의 마음에서 만들어진 환상이라는 것이다. 손오공은 삼장의 마음을 상징하는 인물로 여겨지며 그 때문에 '심원(心猿)'이라 일컬어진다. '심원'이란 단어는 『서유기』 100회 회목(回目)에서 모두 열일곱 차례 나오는데 '심주(心主)' 혹은 '심신(心神)'이라 일컬을 때도 있다. 작가가 손오공을 '심원'으로 칭한 까닭은 제7회의 「오행산 아래서 심원을 누르다(五行山下定心猿)」에서처럼 손오공 심성의 불안정함을 가리키기도 하지만 심층적 의미에서 손오공이 삼장의 마음을 대표한다는 것을 나타내기도 한다. 그러므로 방유(方瑜)는 다음과 같이 언급하고 있다.

> 어디에도 구속됨이 없이 자유자재로 움직이며, 재빠르게 자유롭게 변화하는 것이 마음의 작용이며 그리고 마음이 물욕을 초월하는 존재임이 손오공을 통하여 구체적으로 형상화된다. 한 바퀴 구르면 십만 팔천 리를 나르는 능력은 매우 빠르게 변화하는 자유로운 생각들과 서로 호응한다. 칠십이변(七十二變)의 신통함을 갖추었을 뿐 아니라 온몸의 팔만 사천 개의 털 또한 모두 제 마음대로 변화할 수 있다는 것 역시 마음의 작용을 형상화한 것이다.[29]

이 말은 손오공이 당 삼장의 마음을 상징한다는 사실을 긍정하고 있다. 『서유기』의 원문에 의하면 손오공, 그리고 수많은 『서유기』 인물과 삼장 사이에 구성된 중의적 우의(寓意)를 증명할 수 있는 예증은 매우 많다. 표층적 의미에서 모든 『서유기』 인물은 충만한 생명을 가지고 있는 독립된 개체이다. 그러나 심층적 의미에서 보면 삼장 본인을 제외한, 손오공을 포함한 모든 『서유기』 인물은 삼장 개인의 이상적인 마음과 부정적인 마음을 형상화한 것이다. 다시 말해, 손오공은 삼장의 마음 중에 비교적 고등한 일면의 지혜와 기민함을 대표하기에 삼장은 손오공에 의지해 그의 취경사업을 지속적으로 추진하고 마음을 닦는다. 반대로, 저팔계의 형상은 감각기관에 투사된 삼장의 열등한 마음을 상징한다. 서천으로 가는 길을 가로막는 각종 인물들도 비교적 열등하고 사악한 욕망을 대표한다. 요컨대, 삼장이라는 한 사람의 몸안에 지혜와 기지라는 차원 높은 마음과 비천함과 욕망이라는 열등한 마음이 함께 갖추어져 있는 것이다. 때문에 작가는 서유세계(西遊世界) 전체를 생생하게 묘사하는 형상화 과정을 거쳐서, 평범한 인간을 대표하는 삼장이 어떻게 해서 감각기관과 육체의 유혹을 극복하여 절대적인 실재인 영산(靈山)에 도달했는지를 설명하고, 이로써 『서유기』에 담겨진 주제가 '마음 닦음'임을 밝혀내고 있다. '영산'의 '영(靈)'자 역시 마음이 돌아가야 할 최종 목적지임을 암시하기 위해서 작가가 의도적으로 취한 것이라 보인다. 오승은은 눈앞의 현상과 마음 사이에 세워진 중의적 의미의 세계를 회목(回目)과 매 회의 내용을 통하여 뚜렷하게 부각시키고 있다.

심원(心猿)이 정도(正道)에 귀의하니, 마음을 가리던 육적(六賊)이 흔적 없이 스러지다. (제14회)
사악한 마도(魔道)는 정법(正法)을 침범하고, 의마(意馬)는 심원을 그리워하다. (제30회)
마왕은 교활한 계략으로 심원을 곤경에 빠뜨리고, 제천대성(齊天大聖)은 사기를 쳐서 상대의 보배를 가로채 달아나다. (제34회)
외도(外道)는 위세 부려 올바른 심성(正性)을 업신여기고, 심원은 보배 얻어 사악한 마귀를 굴복시키다. (제35회)
심원은 고집스런 승려들을 굴복시키고, 좌도방문(左道旁門)을

깨뜨려 견성명월(見性明月)에 잠기다. (제36회)

외도(外道)가 강한 술법으로 농간 부려 정법(正法)을 업신여기니, 심원은 성스러운 법력으로 사악한 도사들을 파멸시키다. (제46회)

성정이 흐트러짐은 탐욕에서 비롯되며, 심신(心神)이 동요를 일으키니 마두(魔頭)와 만나다. (제50회)

심원은 미쳐 날뛰어 산적 떼를 때려죽이고, 삼장은 미혹에 빠져 심원을 추방하다. (제56회)

육신의 때를 벗기고 마음 씻어 보탑을 깨끗이 쓸어내고, 요마를 결박 지어 주인에게 돌리니 이것이 수신(修身)이다. (제62회)

원한에 사무친 요괴들은 극독으로 해를 끼치고, 심주(心主)는 요행으로 마귀의 금빛 광채를 깨뜨리다. (제73회)

심원은 음양이기병(陰陽二氣甁)에 구멍을 뚫고, 마왕은 뉘우쳐서 대도(大道)의 진으로 돌아가다. (제75회)

심원은 뱃속에서 늙은 마귀의 심성을 돌이켜놓고, 저팔계와 더불어 요괴를 항복시켜 정체를 드러내다. (제76회)

아리따운 색녀(姹女)는 원양(元陽)을 기르고자 배필을 구하려 하고, 심원은 스승을 보호하려 사악한 요물의 정체를 간파하다. (제80회)

심원은 여괴(女怪)의 근본 내력을 알아내고, 아리따운 색녀는 드디어 본성으로 돌아가다. (제83회)

이상 열거한 회목은 서유 현상세계에서 발생한 생기발랄한 사건들을 요약해 제시했을 뿐 아니라 깊은 의미를 내포하고 있다. '심원' · '심주' · '심신'은 삼장을 이끌어 고차원의 정신적 경계에 도달하는 손오공을 일컬으면서, 아울러 삼장의 마음에서 정신적 이해를 추구하는 보다 더 고차원적인 정신적 요소를 은유한다. 같은 이치에서 '마음을 가리는 여섯 도둑' · '사악한 마도' · '마왕' · '산적 떼' · '아리따운 색녀' 등은 재난을 일으키는 각종 인물들을 지칭할 뿐 아니라, 삼장의 내면을 충동질하는 '심마(心魔)'라는 두려운 욕망을 형상화한 것이다. 위의 회목 중에서 「심신은 미쳐 날뛰어 산적 떼를 때려죽이고, 삼장은 미혹에 빠져 심원을 추방하다」, 「육신의 때를 벗기고 마음 씻어 보탑을 깨끗이 쓸어내고, 요마를 결박 지어 주인에게 돌리니 이것이 수신이다」, 「심원은 음양이기병에 구멍을 뚫고, 마왕은 뉘우쳐서 대도의 진으로 돌아가다」, 「심신은 뱃속에서 늙은 마귀의 심성을 돌이켜놓고, 저팔계와 더불어 요괴를 항복시켜 정체를 드러내게 하다」, 「심원은 여괴의 근본 내력을 알아내고, 아리따운 색녀는 드디어 본성으로 돌아가다」 등의 회목은 더욱 직접적으로 표상세계 안에 숨겨진 수심수도(修心修道)의 의의를 말하고 있다.

회목 외에도 문장 속의 시문(詩文)과 대화나 매회 마지막의 대구(對句) 또한 오승은이 세운 우언(寓言) 구조를 명백하게 보여주고 있다. 가령, "심신(心神)이 흉포하면 금단(金丹)은 이루어지지 못하고, 심신이 바른 자리에 서지 못하면 도는 이루기 어렵노라."(제56회), "선도는 이루어지지 않았는데 심원(心猿)과 의마(意馬)가 흩어지고, 심신은 주인이 없으니 오행이 마르는구나."(제65

회) 등의 대구들은 바로 작자가 우선 서유세계에 거주하는 각종 인물들 사이의 동태적 관계를 묘사한 후, 이를 빌려서 현상계가 가져오는 무수한 충격이 삼장의 마음을 청정하고 조화로운 경지에 이를 수 없게 함을 상세히 보여주고 있다. 다시 말해서, 외재세계에서 끊임없이 변화하고 움직이는 삼라만상은 바로 삼장의 마음속에서 부침하는 심리상태를 투영한 것이다. 때문에 손오공은 누차 삼장이 '욕망의 그물'과 '감정의 사슬'에서 벗어날 수 있도록 일깨운다.

"사부님! 꿈이란 생각에서 나오는 것입니다. 산에 오르기도 전에 괴물이 있을까 겁내고, 뇌음사(雷音寺) 가는 길이 멀어 이르지 못할까 봐 걱정하고, 장안(長安)이 그리워 어느 날에 돌아가나 하고 생각이 많으시니 꿈도 많아지는 겁니다. 이 몸처럼 오로지 일편단심 서방정토에서 부처 뵐 생각만 하면 꿈을 꾸려고 해도 꿀 수 없어요!" (제37회)

"사람에게 두 마음이 있으면 재앙이 일어나니 하늘 끝 바다 모퉁이 어디를 가도 의심을 사게 되는 법 …… "(제58회), "인간세의 나비 꿈을 깨뜨려 부수면, 유유자적 한가로워 속세의 티끌을 말끔히 씻어내어 근심조차 일으키지 않으리."(제68회), "일념이 생기면 온갖 마귀가 꿈틀거리는 법, 마음 닦음이 가장 고되니 다른 일은 말해 무엇하랴. …… 만 가지 인연을 물리쳐 적멸로 돌아가고, 천 가지 요괴를 소탕함에 주저하지 말지니."(제78회) 등등 이상의 시문은 모두 삼장이 서천의 길에서 만난 마난(魔難)의 실상을 표현한 것이다. 오승은이 정성 들여 설계한 '우언'의 구조에 관해서는 보다 더 직접적이고 명확한 증거를 제시할 수 있다. 가령, 제33회에 은각(銀角)대왕은 삼장을 사로잡기 전 모의하는 중에 다음과 같이 말한다.

> "내 보아하니 저 당나라 중은 꾀를 잘 내어 잡아야지 함부로 잡아서는 안 될 것이야. 힘만 믿고 잡아먹으려 했다가는 냄새도 못 맡아볼 것 같아. 그저 잘 구슬려서 감동시키고, 그 자의 마음과 내 마음이 맞는 것처럼 속여, 좋은 관계를 유지하면서 계책을 내야만 해볼 수 있을 것이야." (제33회)

"그 자의 마음과 내 마음이 맞는 것"이란 말 속에서 '그 자의 마음'은 삼장의 마음을 지칭하고, '내 마음'은 바로 은각대왕의 마음이다. 이 두 존재의 마음이 합쳐진 이후에야 비로소 요마가 미리 설치한 덫에 삼장이 걸려든다는 것이다. 이처럼 삼장과 요마의 마음이 감응관계라는 것에서부터 이 '마음'은 삼장의 내면에서 충동하는 심마(心魔)를 지칭하는 것임을 단정할 수 있다. 그래서 은각대왕은 재난고사의 줄거리를 이끄는 주요인물일 뿐 아니라 삼장 안에 내재하는 심마를 형상화한 인물인 것이다. 제40회에 홍해아(紅孩兒) 역시 "마음이 일어나니 갖가지 마가 일어난다."는 이치를 분명하게 보여주고 있다. 아래에 해당 내용의 일부분을 인용하겠다.

한참을 망설이고 속으로 자문자답해가며 생각을 했다. "만약 힘으로 잡으려 했다가는 근처에 가기 어려울 것 같고, 혹시 선한 마음으로 꼬드기면 그 자를 손에 넣을 수 있을 거야. 그 자의 마음을 달래서 정신 못 차리게 만들고, 좋은 기회가 나는 대로 바로 잡아들여야겠다. 내려가서 그 자에게 좀 장난을 쳐야지." (제40회)

위에 열거한 여러 예증을 보면, 오승은이 중의적 의미의 틀 위에서 취경고사를 독특하게 창의적으로 구성했음을 알 수 있다. 『서유기』의 우의(寓意)에 대한 해석은 명대 『세덕당간본서유기(世德堂刊本西遊記)』 안에 실려 있는 진원지(陳元之)의 「서(序)」를 통해서도 확인할 수 있다.

예전에 서문이 있었다. …… 그 서문에서는 손(孫)은 원숭이(猻)이고 마음(心)의 신(神)이다. 마(馬)는 말이고 생각(意)이 내달리는 것이다. 팔계(八戒)는 여덟 가지 금하는 바이고 간기(肝氣)의 나무(木)이다. 사(沙)는 흐르는 모래(流沙)이고 신기(腎氣)의 물이다. 삼장(三藏)은 정신(神) · 소리(聲) · 기운(氣)을 담은 것으로 성곽(郛郭)의 주인이다. 마(魔)는 마귀이고 입 · 귀 · 코 · 혀 · 몸 · 생각(意) · 공포 · 전도 · 환상 등의 장애물이다. 그래서 마(魔)는 마음으로 인해 생겨나고 마음으로 인해 거두어진다. 때문에 마음을 거두어들여 마를 거두어들이고, 마를 거두어들여야 이치로 돌아가고, 이치로 돌아가야 태초(太初)로 돌아간다. 즉, 마음에 가히 거두어들일 만한 것이 없어야 도를 이룰 수 있게 된다.[30]

이후 『서유기』를 비평한 학자들도 오승은이 고심하여 구축한 『서유기』에 담긴 우의를 경시해서는 안 된다고 주장했다. 미국 국적의 한학자 앤드류(Andrew H. Plaks)는 『서유기』 관련 평주를 인용하여 다음과 같이 『서유기』의 우의를 논했다.

예를 들어, 100회본 『서유기』가 출간된 시기, 「이탁오평본(李卓吾評本)」에서는 일찍이 "『서유기』에 들어 있는 그 많은 우언들을 독자는 설렁설렁 지나치지 마시라."라 했고, 청대의 평론가 유일명(劉一明)도 "『서유기』의 현묘한 말은 선(禪)의 구조와 자못 같다. 그 깊은 뜻은 모두 그 말 밖에 감춰져 있다."고 유사한 견해를 표명했다. 또한 청대 초기의 학자 왕상욱(汪象旭)은 한 걸음 더 나아가 "현장을 언급하고 있지만 뜻은 사실 현장에게 있지 않다. 기록한 것은 취경이나 그 뜻은 사실 취경에 있지 않으니 특별히 이를 빌어서 큰 도를 깨우친다."고 그 우언의 본뜻을 밝히고 있다.[31]

상술한 예들은 개념적으로, 오공이 요마들을 항복시키는 재난 해결의 과정이 바로 삼장이 차원 높은 마음의 활동을 통하여 심마를 극복하는 과정이라는 견해를 뒷받침한다. 그래서 아래에서는 손오공을 도와서 크고 작은 재앙을 물리치는 인물형상들이 대표하는 상징적 의의를 중점적으로 해부하도록 하겠다.

손오공은 항상 자신의 능력과 판단력에 의지해 과감하게 재난을 해결하는데, 요괴를 제거하는 과정 속에서 그 역시 종종 곤란한 상황에 처하기도 한다. 다시 말해, 하늘에도 통하는 그의 신통력이 영험함을 잃을 때가 있는 것이다. 가령, 제5고사 「응수간에서 말을 바꾸다(陡澗換馬)」에서 나쁜 짓을 일삼는 용(孽龍)이 백마를 삼키자 삼장은 눈물범벅이 된 채 용이 자신을 잡아먹을까 봐 두려워 오공더러 자신의 옆에 꼭 붙어 자기를 지켜달라고 애걸한다. 이에 오공은 아무것도 할 수 없는 무기력한 상황에 놓이게 된다.

> 오공은 이 말을 듣고 더욱 더 화가 나서 벼락같이 고함을 쳤다. "진짜 구제불능이네요. 구제불능! 타야 할 말은 있어야 한다면서도 저를 놓아주지 않으시네요. 그러면 이렇게 짐을 지키고 앉아 늙어 죽으란 겁니까?" (제15회)

"타야 할 말은 있어야 한다면서도 저를 놓아주지 않으시네요."라는 손오공의 말은 삼장 때문에 그 탁월한 능력을 쓸 수 없게 된 정황을 보여준다. 다시 말해, 심령이 육체의 두려움에 매여 재빠르고 자유로운 신력을 발휘할 수 없는 상황을 보여주고 있다. 그러나 매번 오공이 종횡무진하는 신통력을 펼칠 수 없을 때마다 신들이 하늘로부터 내려와 오공의 어려움을 해결해주고 오공은 재차 기량을 마음껏 펼치게 된다.

> 오공은 심하게 고함을 쳤지만 화가 가라앉지 않았다. 그때 하늘에서 누가 말하는 소리가 들렸다. "제천대성은 그만 화를 내고 당나라 어제(御弟)는 울음을 멈추시오. 우리들은 관음보살이 보낸 신들로, 경전 가지러 가는 당신들을 몰래 보호하고 있었습니다." (제15회)

육정육갑(六丁六甲), 오방게체(五方揭諦), 사치공조(四值功曹), 십팔위호교가람(十八位護教伽藍)[32] 등 암암리에 삼장을 보호하는 천신들이 나타나면 손오공은 그제서야 진용을 재정비해서 얼룡과 제대로 싸울 수 있게 된다. 『서유기』 고사 속에서 신들이 몸을 드러내어 손오공을 도와 곤경을 해결하는 예는 흔히 보인다. 가령, 제14고사 「평정산에서 요괴를 만나다(平頂山逢魔)」「연화동에서 매달리다(蓮花洞高懸)」에서 "산과 바다를 옮기고 뒤집는" 요마의 법술에 의해 산에 눌린 손오공은 "오장육부가 터져서 일곱 구멍에서 붉은 피를 뿜어내는"[33] 곤경에 처한다. 목숨이 풍전등화에 놓인 긴박한 상황에서 손오공은 산신 · 토지신 · 오방게체 등 여러 신들의 도움으로 요마의 손아귀에서 벗어날 수 있게 된다.

> 이 소리는 이미 산신과 토지신, 오방게체의 여러 신들을 놀라게 만들었다. …… 여러 신들은 주문을 외워 산들을 본래 자리로 돌려보내고 손오공을 풀어주었다. (제33회)

또한 제32고사「다목요괴에게 해를 당하다(多目遭傷)」에서 손오공은 백안마군(百眼魔君)이 내뿜는 금빛광선에 갇혀 데굴데굴 구르며 벗어나지 못한다. "앞으로 나아가지도 뒤로 움직이지도 못하는" 위급한 상황에서 오공은 매우 당황해한다. 금빛광선의 압력을 견디지 못하는 절체절명의 상황에서 몸을 움직여 천산갑(穿山甲)으로 변신한 뒤, 땅 밑으로 이십여 리를 뚫고 들어가서야 비로소 요괴의 손아귀에서 벗어날 수 있게 된다. 이때, 더 이상 싸울 힘이 남아 있지 않은 오공에게 한 아녀자가 나타나서 요괴를 물릴 칠 방법을 알려준다.

"그놈은 본래 백안마군(百眼魔君)으로 다목(多目)요괴라고도 불립니다. 당신이 변신술을 써서 금빛광선을 빠져나와 오랫동안 싸웠다고 하니 틀림없이 신통력이 뛰어난 분이겠군요. 그러나 그놈을 상대하긴 어려울 겁니다. 성현을 한 분 모셔오는 게 좋겠어요. 그분이라면 금빛광선을 부수어 도사를 항복시킬 수 있을 겁니다." (제73회)

이 여인 즉 여산노모(黎山老母)는 요괴의 정체를 밝혀주고 있을 뿐 아니라 요괴를 이길 천적까지 알려준다. 그녀는 '온통 힘이 풀려 기진맥진하고, 온몸이 쑤시고 아파서, 하염없이 눈물을 흘리는' 절망 가운데에서 오공을 구한 것이다. 그 밖에 토지신과 산신들도 오공이 곤경에 처했을 때 속속 몸을 드러내어 위험과 재난을 해결할 방법을 알려준다. 가령, 제25고사 「화염산에서 길이 막히다(路阻火焰山)」에서부터 「요괴를 붙잡아 결박하다 收縛魔王)」에 이르기까지, 오공은 화염산의 불을 끌 파초선(芭焦扇)을 구하기 위해 나찰녀(羅刹女)와 싸우게 된다. 파초선을 손에 넣은 오공이 화염산의 큰 불을 끄려는 데 부채질 한 번에 불길이 천 길 높이로 치솟는다. 마치 사오정이 말하는 "경전이 있는 곳에 불이 있고 불이 없는 곳에 경전이 없군요. 정말이지 진퇴양난입니다."라는 상황에서 토지신이 나타나서 도움의 손길을 내민다.

> 스승과 제자들이 저마다 말도 안 되는 소리를 떠들고 있는데 누군가 소리쳤다. "제천대성, 걱정하지 마시오. 잠시 공양이나 드시고 다시 의논하시지요." 넷이 고개를 돌려보니, 몸에는 바람 막는 깃털 옷을 걸치고, 머리에는 반달모양의 굽은 모자를 쓰고, 손에는 용머리 장식의 지팡이를 짚고, 발에는 쇠굽 박은 가죽신을 신은 노인이 보였다. 뒤에는 독수리부리 입에 물고기 볼 같은 얼굴을 한 귀신을 데리고 있었는데, 귀신은 머리에 구리동이를 이고 있었다. …… 서쪽으로 가는 길에서 노인은 허리 굽혀 절했다. "저는 본래 화염산의 토지신입니다. 제천대성께서 당나라 스님을 보호하시는데 앞으로 나아가지 못하고 계시다는 걸 알고, 특별히 공양 한 끼를 올립니다." (제59회)

이 토지신은 오공이 손에 넣은 파초선이 가짜임을 알려줄 뿐 아니라 진짜 파초선을 빌릴 방법을 알려준다.

상술한 바를 종합하면, 오공은 매번 난관을 해결하지 못할 때마다 법력을 조종하는 중심을 상실하고 절망의 심연에 빠진다. 오승은은 오공이 곤경에 처할 때마다 잘못을 바로잡아주는 인물을 적시에 배치하여 난관을 해결하도록 한다. 이런 종류의 인물은 문학작품에 자주 등장하는데 가령, 당 전기(傳奇) 「침중기(枕中記)」의 여옹(呂翁)과 「앵도청의(櫻桃青衣)」의 승려 등이 이런 유형에 속하는 인물이다.[34]

20세기 저명한 심리학자 융(C. G. Jung)은 문학작품 특히 신화 속에 자주 등장하는 길 잃은 주인공을 안내하는 인물에 대하여 깊이 있는 연구를 진행한 바 있다. 그는 신화, 민간문학 및 꿈속의 정신적 요소들이 보통 지혜노인(Wise Old Man)의 모습으로 형상화되어 나타난다고 생각했다.

> 꿈속에서 아마도 그는 무당 · 의사 · 승려 · 교사 · 노인 혹은 기타 어떤 권위가 있는 사람의 모습으로 나타날 것이다. 주인공이 위기에 처하여 예지나 천운이 아니면 벗어날 방법이 없을 때, 매번 이 노인이 나타난다. 주인공이 내적 혹은 외적 원인으로 힘을 발휘하지 못하면, 지혜는 곧 사람의 모습으로 변하여 그를 돕는다.[35]

> 주인공이 곤경에 처하여 심사숙고, 다시 말해 정신작용 혹은 심층의식의 자동조절작용을 거쳐야만 겨우 위기를 벗어날 수 있을 때 이 노인이 나타난다.[36]

> 이 노인은 한편으로는 지식 · 숙고 · 탁견 · 예지 · 영민함이나 직관을 상징하고 또 다른 한편으로는 도덕적 의의를 상징하고 있다. 예컨대 선의나 남을 돕는 행위 같은 이러한 특징들은 그의 정신적 특징을 분명하게 드러내는 역할을 한다.[37]

위에 인용한 세 가지 융의 이론을 통해, 정신요소는 문학작품이나 꿈속에서 지혜노인의 형상으로 출현한다는 것을 알 수 있다. 지혜노인은 목적지로 통하는 길을 알고 있을 뿐 아니라 주인공이 원하는 것을 완성할 수 있도록 도와준다. 그는 닥쳐올 위험을 경고하거나 위험에 대처하는 방법을 제시하기도 한다. 『서유기』의 주인공 손오공이 재난을 해결하는 도중 절망과 자포자기의 궁지에 몰렸을 때, 매번 만나는 토지신 · 산신 · 노인 · 부인 등은 모두 융이 말한 지혜노인으로서의 특징을 지니고 있다. 이들은 시간과 문화적 차이를 뛰어넘어 인류의 내면(융이 말하는 집단무의식)에 항상 존재하므로 문학작품이나 꿈속에서 반복적으로 출현한다. 이것이 바로 융이 말하는 '원형' 인물이다. 손오공은 '마음'을 대표하는 인물이다. 혼자로는 도저히 해결할 수 없는 난제임을 직감하나 반드시 해결해야만 하는 책임을 짊어진 바로 이때, 손오공에게는 난제를 해결하는 데 도움을 줄 특별한 힘이 필요하게 된다. 이 특별한 힘은 바로 객관화된 잠재의식이며 이 잠재의식은 문학작품이나 꿈속에서 항상 지혜노인의 모습으로 나타난다. 『서유기』에서 볼 수 있는 지혜노인의 특징을 지닌 원형인물로는 위에서 언급한 토지신 · 산신 · 노인 · 부인 등 네 가지 이외에도 아래와 같은 예들이 있다.

① 호법가람(護法伽藍): 부상당한 손오공의 눈을 고쳐준다. 제8고사에 보인다.
② 태백금성(太白金星): 손오공에게 영길(靈吉)보살에게 가는 지름길을 알려준다. 제8고사에 보인다.
③ 백호령(白虎嶺)의 토지신, 산신: 그들은 오공이 요괴를 때려죽이는 데 도움을 준다. 제12고사에 보인다.
④ 호산(號山)의 토지신, 산신: 그들은 오공에게 요괴 홍해아(紅孩兒)가 사는 곳과 그 내력을 알려준다. 제16고사에 보인다.
⑤ 흑수하(黑水河)의 신: 오공에게 요괴 타룡(鼉龍)의 내력을 알려준다. 제17고사에 보인다.
⑥ 금두산(金兜山)의 토지신, 산신: 그들은 오공에게 삼장이 사로잡힌 소식을 전해주며 요괴 독각시(獨角兕)대왕이 사는 곳과 그의 신통술의 위력을 알려준다. 제20고사에 보인다.
⑦ 할머니(관음보살): 오공에게 전갈요괴의 사나움과 그 천적을 알려준다. 제23고사에 보인다.
⑧ 유림파(柳林坡)의 토지신: 오공에게 요괴 백록(白鹿)이 사는 곳을 알려준다. 제30고사에 보인다.
⑨ 흑송림(黑松林)의 토지신과 산신: 그들은 오공에게 요괴 지용(地湧)부인이 사는 곳을 알려준다. 제35고사에 보인다.

⑩ 죽절산(竹節山)의 토지신과 산신: 그들은 오공에게 요괴 구두사자(九頭獅子)의 내력을 알려준다. 제39고사에 보인다.

⑪ 사치공조(四値功曹): 오공에게 삼장이 수난을 당하는 원인 및 요괴를 퇴치하는 방법을 알려준다. 제40고사에 보인다.

⑫ 모영산(毛穎山)의 토지신과 산신: 그들은 오공에게 요괴 옥토끼(玉兎)가 사는 곳을 알려준다. 제41고사에 보인다.

제1절 「재난의 징조」에서 언급하였던, 재난이 곧 일어날 것이라 알려주는 인물들은 모두가 앞에서 자세히 논하였던 '지혜노인'의 원형이다. 오승은이 창조한 인물이 원형인물임을 융의 이론을 들어 좀 더 검증해보자. 제50회의 내용이다.

행자는 깜짝 놀라 말하였다. "더 말할 것도 없이 모두들 요괴의 마수에 걸려든 모양이구나!" 말발굽이 찍힌 자국을 따라서 서둘러 서쪽으로 뒤쫓기 시작했다. 참담한 심사로 오륙 리 길쯤 갔을 때 북쪽 비탈 밖에서 누군가 두런거리는 소리가 들려왔다. 바라보니 한 노인이 털로 짠 옷을 몸에 걸치고 머리에는 두터운 모자를 눌러쓰고 발에는 절반쯤 낡아빠진 기름 먹인 신발을 신고 …… 비탈길 앞에서 노래를 부르며 걸어오고 있었다. 행자는 주발을 내려놓고 인사를 건넸다. "어르신, 소승이 좀 여쭤볼 말이 있습니다." 그 노인도 곧 다급히 답례를 하였다. "장로님은 어디서 오시는 겁니까?" 행자가 대답했다. "우리는 동녘 땅에서 왔습니다. 서천으로 가 부처님을 뵙고 경을 구하러 가는 길입니다. 일행은 스승과 제자 네 명입니다. 사부님이 시장하시기에 탁발을 떠나면서 세 사람에게 저 산비탈 아래 평평한 곳에 앉아 기다리라고 했습니다. 돌아와 보니 보이지 않습니다. 어디로 갔는지 모르겠습니다. 혹시 노인장께서 보지 않으셨습니까?" …… 노인이 말하였다. "당신들은 길을 잘못 들었습니다. 찾을 생각 마시고 그저 각자 목숨이나 챙겨서 갈 길 가세요." …… 행자가 말했다. "노인장 수고스럽겠지만 제발 가르쳐주세요. 어떤 요괴이며 어디에 살고 있나요? 요괴놈을 찾아가 그들을 구해내어 서천으로 갈 수 있게요." 노인이 말하였다. "이 산은 금두산이라 하는데 산 앞에 금두동이라는 동굴이 있지요. 동굴에는 독각시대왕이 살고 있습니다. 그 대왕은 신통력이 대단하고 무예도 아주 뛰어납니다. 그 세 사람은 지금쯤 목숨이 끊어졌을 것입니다. 만약 그를 찾아간다면 당신마저 목숨을 보전하기 힘들 것입니다. 차라리 가지 않는 것이 좋겠습니다. 저 또한 당신을 막거나 잡아두지 못하겠으니 당신이 잘 알아서 하십시오." 행자는 다시 한 번 인사를 하면서 감사의 말을 하였다. "노인장, 가르쳐주셔서 감사합니다. 하지만 제가 어찌 그들을 찾지 않을 수 있겠습니까?"

노인은 오공이 '참담한 마음'으로 괴로워하고 있을 때 나타나 삼장이 잡혀갔다는 소식과 요괴의 정체에 대해 알려준다. 비록 적극적으로 구원의 손길을 내밀지는 않지만 오공이 난제를 해결할 결심을 하게끔 도와준다. 하여간 그는 잘못 든 길을 바로 잡아 알려주는 역할을 하는 인물인 것이다.

여러 신들의 도움과 안내로 요괴의 과거가 밝혀지면, 손오공은 즉시 요괴의 옛 주인이나 천적을 청해 와서 굴복시킨다. 즉, 손오공은 쉽게 제압할 수 없는 재주가 막강한 요괴를 만나면 바로 여러 신들을 청하여 요괴를 제압한다. 아래에 열거한 신들은 천상에서 내려와 재난을 해결하는 일에 적극 참여한 조력자들이다.

① 관음보살: 손오공은 그녀를 청하여 응수간(鷹愁澗)의 얼룡(孽龍)을 물리친다. 제5고사에 보인다.

② 관음보살: 손오공은 그녀를 청하여 흑풍산(黑風山) 검은 곰 요괴(黑熊怪)를 물리친다. 제6고사에 보인다.

③ 영길보살: 손오공은 그를 청하여 황풍동(黃風洞) 황풍요괴(黃風怪)를 퇴치한다. 제8고사에 보인다.

④ 관음보살: 관음보살은 제자 혜안(惠岸)을 보내어 사오정을 퇴치하고 법선을 만들게 하며, 삼장은 유사하(流沙河)를 무사히 건너게 된다. 제9고사에 보인다.

⑤ 관음보살: 손오공은 그녀를 청하여 말라죽은 인삼과 나무를 살려놓는다. 제11고사에 보인다.

⑥ 이십팔수(二十八宿): 손오공은 하늘의 이십팔수를 청해 황포요괴(黃袍怪)를 물리친다. 제13고사에 보인다.

⑦ 관음보살: 손오공은 그녀를 청하여 홍해아(紅孩兒)를 퇴치한다. 제16고사에 보인다.

⑧ 서해용왕의 태자: 손오공은 그를 청하여 요괴 소타룡(小鼉

龍)을 물리친다. 제17고사에 보인다.

⑨ 관음보살: 손오공은 그녀를 청하여 통천하(通天河)의 요괴 금어(金魚)를 물리친다. 제19고사에 보인다.

⑩ 태상노군(太上老君): 손오공은 나한으로부터 요괴의 주인이 누구인지 알아내고 이에 하늘로 올라가 그 주인 태상노군을 청하여 독각시(獨角兕)대왕을 물리친다. 제20고사에 보인다.

⑪ 묘일성관(昴日星官): 손오공은 관음보살의 인도에 따라 묘일성관을 청하여 전갈요괴(蝎子精)를 제거한다. 제23고사에 보인다.

⑫ 여래불: 여래불은 가없는 법력으로써 진짜와 가짜 행자를 구분해 낸다. 제24고사에 보인다.

⑬ 천신 이천왕(李天王)과 나타태자(哪吒太子)와 사대금강(四大金剛): 그들은 서천으로 가는 길에 강림하여 손오공을 도와 우마왕을 물리친다. 제25고사에 보인다.

⑭ 이랑신(二郎神)과 매산(梅山)의 여섯 형제: 손오공은 그들의 도움을 받아 구두충(九頭蟲)을 물리친다. 제26고사에 보인다.

⑮ 미륵불: 손오공이 황미동자(黃眉童子)를 물리칠 방도가 없을 때 미륵불이 나타나 물리친다. 제28고사에 보인다.

⑯ 비람파(毘藍婆): 손오공은 그녀를 청하여 지네요괴(蜈蚣精)를 물리치고 삼장법사의 중독을 치료하게 한다. 제32고사에 보인다.

⑰ 여래불, 문수보살, 보현보살: 그들은 대붕조(大鵬鳥), 푸른 사자(青獅), 흰 코끼리(白豫)를 물리친다. 제33고사에 보인다.

⑱ 이천왕(李天王): 그는 강림하여 요괴 지용부인(地湧夫人)을 사로잡는다. 제35고사에 보인다.

⑲ 태을구고천존(太乙救苦天尊): 손오공은 토지신의 가르침에 따라 태을구고천존을 청하여 요괴 구두사자(九頭獅子)를 물리친다. 제39고사에 보인다.

⑳ 각목교(角木蛟), 두목해(斗木獬), 규목랑(奎木狼), 정목안(井木犴) 등 사목금성(四木禽星): 손오공은 사치공조(四値功曹)가 전하는 말을 좇아 하늘로 올라가 사목금성에게 코뿔소 요괴를 처치해주기를 부탁한다. 제40고사에 보인다.

위의 예를 통해 알 수 있듯이, 거칠고 제압하기 힘든 요괴를 만났을 때 손오공은 여러 신들에게 도움을 청하여 재난에서 벗어난다. 『서유기』의 44개 고사 중에서 요괴가 출현하는 것은 34개에 이른다. 이 중 신들이 법력을 사용하여 재난을 해결하는 것은 20개에 달한다. 신들에게는 법력이 무궁무진하거나 '요괴의 약점을 틀어쥐는' 특수한 능력이 있으며, 때로는 요괴의 원래 주인이었기 때문에 요괴를 쉽게 물리친다. 여러 신들 중에서 여래불과 그 제자 관음보살 외의 기타 신들은 단지 특정한 재난 중에만 등장한다. 그리고 요괴를 없앤 후에는 바로 떠나버리기 때문에 취경단에게 특별한 영향을 끼치지 않는다. 취경단에게 영향을 가장 많이 끼치는 신은 불교의 최고신인 여래불이 아니라 중생과 법연

(法緣)이 가장 깊은 관음보살이다. 관음보살은 여래불의 명을 받들어 동토(東土)로 경전을 구하러 올 사람을 찾으러 갔을 뿐 아니라 삼장일행이 무사히 영산에 도착하여 취경사업을 완수할 수 있도록 밤낮으로 도와준다. 이제 재난 이야기 중에서 관음보살의 행동을 예로 들어 그녀가 재난을 해결하는 과정 중에서 맡았던 역할을 분석하고 귀납해보겠다.[38]

① 오공이 떠난 후 처량하게 서쪽으로 길 떠나는 삼장 앞에 관음보살은 노파의 모습으로 나타난다. 그리고 삼장에게 긴고아(緊箍兒)를 건네어 '성격이 포악하고 완고하며', '다루기 힘든' 손오공의 머리에 씌우게 함으로써 손오공이 고분고분 말을 잘 듣고 포악하게 굴지 못하도록 한다. (제14회)

② 관음보살은 손오공의 요청을 받고 사반산(蛇盤山)에 강림하여 용을 복종시킨다. 그리고 용을 백마로 변하게 하여 삼장이 타고 가도록 한다. (제15회)

③ 관음보살은 가짜 도인으로 변한 뒤, 검은 곰 요괴가 선단으로 변한 손오공을 먹도록 속여서 요괴를 퇴치한다. 그리고 요괴를 남해로 데리고 가서 낙가산(洛伽山)을 지키는 수산대신(守山大神)으로 삼는다. (제17회)

④ 관음보살은 제자 혜안을 파견하여 유사하의 요괴를 퇴치하고 요괴에게 서천행렬에 함께 하도록 명령한다. (제22회)

⑤ 관음보살은 정병의 감로수를 이용하여 말라 죽은 인삼과 나무를 다시 살린다. (제26회)

⑥ 관음보살은 가짜 연화대 계책을 써 홍해아를 굴복시키고 그를 시중드는 선재동자로 삼는다. (제43회)

⑦ 관음보살은 손오공의 부탁을 받고 통천하에 강림하여 요괴 금어를 퇴치한다. (제49회)

⑧ 관음보살은 노파로 현신하여 오공에게 독적산(毒敵山) 전갈요괴를 퇴치할 수 있는 천적 묘일성관(昴日星官)을 알려준다. (제55회)

⑨ 관음보살은 손오공이 삼장에게 쫓겨나게 된 사연을 들어주고 오공을 위로해주며 취경사업을 포기하지 말라고 격려한다. (제57회)

⑩ 관음보살은 어린아이를 데리고 있는 노파로 변하여 멸법국 성 밖에 나타난다. 관음보살은 취경단에게 멸법국의 국왕이 승려를 죽인다는 소식을 알려준다. (제84회)

위에서 열거한 예는 관음보살이 가없는 법력으로 취경단을 어떻게 도왔는지 기록한 것들이다. 이로써 그녀는 마치 희랍의 서사시 『오디세이아』에 나오는 지혜의 여신 아테네처럼 현신하여 삼장법사 일행이 위험에서 벗어나 영산에 도달할 수 있도록 도와주는 인물이라는 것을 알 수 있다. 재난고사 중에 보이는 관음보살의 성격과 역할은 바로 그녀의 이름 '구고구난대자대비관세음보살(救苦救難大慈大悲觀世音菩薩)'처럼 중생을 '삼재(三災)'와 '팔난(八難)'에서 구해주는 것이다. 위의 예증을 통해서 그녀의 특징과 역할을 하나하나 귀납해보자.

첫째, ⑤는 그녀가 생명을 부활시킬 수 있는 능력을 지니고 있음을 보여준다. 뿐만 아니라 ②·③·④·⑥·⑦의 요괴는 모두 관음보살의 교화를 입어 육신에 집착하는 사악한 생활을 버리고 청정무위(淸淨無爲)한 영생의 세계로 들어서게 된다. 바꾸어 말하면, 사람고기를 먹으며 지내던 이전의 죄악을 씻어내고 불문의 제자가 된 것이다. 그리하여 진정한 생명을 획득한다. 그들이 죄악의 심연 가운데서 다시 청정한 생명을 획득한 것은 바로 생명의 부활을 의미한다. 따라서 그녀는 생명을 부활시키는 능력을 지닌 존재라는 결론을 내릴 수 있다.

둘째, ②·③·④·⑥·⑦·⑨는 그녀가 자애로운 어머니처럼 온정과 관심 그리고 동정심을 가득 지니고 있음을 보여준다. 그녀는 취경단뿐 아니라 죄를 짓는 다양한 요괴들에게조차 연민을 가진다. 예를 들어, 제17회에 관음보살은 검은 곰 요괴와 가짜 도인을 퇴치하기 위해 요괴의 동굴에 들어가는데 산속 동굴 주위를 둘러보고서는 다음과 같은 반응을 보인다.

> 보살은 주변을 둘러본 후 속으로 기뻐하며 말하였다. "죄 많은 축생들이라도 이런 산과 동굴을 차지하고 있는 것을 보니 약간의 도심이라도 남아 있는 모양이구나." 이런 생각이 들자 마음속에 자비심이 일어났다. (제17회)

그녀는 죄악이 하늘만큼 큰 요괴일지라도 죽인 적이 없으며 오히려 모두 굴복시켜 불문의 제자로 삼는다. 예를 들어 손오공

· 저팔계 · 사화상 · 용마 · 검은 곰 요괴 · 홍해아 등이 모두 이에 속한다.

셋째, ①·⑧·⑩을 통해 그녀는 노파의 모습으로 세 차례 나타나 취경단이 직면한 곤경을 해결해주거나 재난이 곧 발생할 것이라는 소식을 전해준다. 원문을 인용하면 아래와 같다.

> 세 사람이 난처하여 어찌할 줄을 모르고 허둥대고 있는데, 웬 노파가 왼손에 푸른 대나무 바구니를 들고 남산에서 나물을 캐가지고 돌아오고 있었다. 사화상이 말하였다. "큰형, 저기 할머니가 오고 있어. 내가 물어볼까? 그 요괴가 무슨 요괴이며, 또 무슨 무기를 사용하기에 이토록 사람을 상하게 하는지." 행자가 말하였다 "넌 가만히 있어라. 이 손 선생이 가서 물어보고 올 테니까." (제55회)

노파(즉 관음보살)는 '세 사람이 곤경에 빠진 곳'에 나타나 요괴의 과거와 요괴를 물리칠 수 있는 천적을 알려준다. 그녀의 성격과 역할에서 보자면 지혜노인의 역할을 하고 있는 것이 분명하다.

위에서 논한 것을 종합하면, 첫 번째와 두 번째 결론을 통해 관음보살은 융이 말한 또 다른 하나의 원형, 즉 '어머니(Mother Archetype)'의 역할을 하고 있음을 알 수 있다.[39] 따라서 첫 번째, 두 번째, 세 번째 결론을 모두 종합하면 관음보살은 어머니와 지혜노인이라는 두 가지 정신적 요소를 모두 지니고 있음을 확인할 수 있다. 그녀가 대표하는 정신적 요소는 완벽한 선과 아름다움이다. 때문에 손오공은 기진맥진하여 궁지에 빠졌을 때 대자대비관세음보살에게 간청하게 되며, 그녀 또한 손오공이 극복할 수 없는 어려움을 해결할 수 있도록 돕는다. 관음보살과 오공이 다른 취경인과의 관계에 비해 훨씬 밀접한 까닭은 각자가 정신적 요소와 마음을 대표하는 것과 관련이 있다. 마음을 대표하는 오공이 자애와 지혜를 구비하고 있는 관음보살에 전적으로 의지하였던 것은 따뜻한 위로를 받을 수 있을 뿐 아니라 그의 인도와 도움으로 재난을 해결할 수 있기 때문이다. 예를 들어 제57회를 보자.

> 제천대성은 고통을 참기 힘들었고 사부도 마음을 돌릴 것 같지 않아 어찌할 수 없이 근두운을 타고 공중으로 솟구쳐 올랐다. 그러자 갑자기 깨달은 바가 있어 혼자 중얼거렸다. "스님은 나의 마음을 알아주지 않는다. 보타암으로 가서 관세음보살께 아뢰어나 보자." (제57회)

손오공은 "하늘에 오르려 해도 문이 없고, 땅에 내려가려 해도 길이 없는" 곤경에 처했을 때마다 어머니처럼 자애로우며 지혜와 신통력을 지닌 관음보살에 의탁하여 마음의 안정을 구하게 된다. 관음보살은 마음이 영산(진리, 생명, 절대적 실재를 대표)에 이를 수 있도록 인도하는 인류의 집단 무의식 속에 잠재해 있는 정신적 요소를 대표한다. 마음속 자의식이 본래의 자기를 통섭할 수 없을 때, 오직 그녀의 도움과 인도를 통해서 비로소 원만한 자신을 실현할 수 있는 것이다. 불교에서 말하는 이른 바 '법신'과 '불성'은 바로 이러한 의미를 가리킨다. 오승은이 읊은 "부처는 마음이요 마음 또한 부처이다. 마음과 부처는 종래로 모두 물(物)이 필요하다. 물도 없고 마음 또한 없음을 안다면, 바로 참된 마음의 법신불이리니!(제14회)"[40]라는 마음 닦음의 의미는, 마음 즉 의식과 잠재의식을 조화시킴으로써 원만한 인격을 완성하는 것임을 암시하고 있다.

위의 고찰을 통해, 정신적 요소가 신격화된 형상인 '관음보살'로 드러나는 것임을 알 수 있다. 심원(心猿) 즉 손오공이 피해갈 수 없는 곤경에 처했을 때마다 그녀는 현신하여 곤경을 없애준다. 제15회에서 보살은 일찍이 다음과 같은 말을 한다.

> "우리 불문에서 적멸로써 참됨을 이루려면 반드시 성심으로 정과를 얻어야 한다. 앞으로 만약 위태로운 경우를 당하게 되면 천신을 부르면 천신이 응하고 지신을 부르면 지신이 도와주도록 하겠다. 위험에서 벗어나기 어려울 경우라면 내가 직접 찾아와 도와주마. 자, 이리 오너라. 내가 너에게 술법을 하나 더 줄 터이다." 보살은 버들잎 세 개를 따더니 오공의 뒤통수에 붙여 놓고 "변해라!" 하고 외쳤다. 버들잎은 곧 목숨을 건질 수 있는 세 가닥의 털로 변했다. "만약 진퇴양난의 곤경에 빠지게 되면 이것들이 그때그때 상황에 따라 변하여 급하고 어려운 재난에서 구해줄 것이다." (제15회)

『서유기』에서 관음보살은 법력이 무궁무진하며 법신의 변화가 억만이나 되는 신이다. 그러나 그녀는 최고의 신이 아니다. 여래불이 최고의 신을 대표한다. 따라서 한번은 진짜 오공과 가짜 오공을 구분할 수 없게 되자, 할 수 없이 여래불에게 도움을 구하기도 한다. 아래에 원문을 발췌하면 다음과 같다.

> 여래불은 합장을 하고 물었다. "관음존자여, 그대가 보기에 저 두 행자 중 누가 진짜이고 가짜인가?" 보살이 대답하였다. "일전에 제자의 거처를 찾아 왔사온데 분별하지 못하였습니다. 천궁에도 가보았고, 지부에도 가보았으나 역시 모두 알아보지 못하였습니다. 이제 여래께 절하고 아뢰오니 부디 판별해 주십시오." 여래는 웃으며 대답하였다. "그대들의 법력이 넓고 크다지만 단지 천지간의 일을 널리 볼 수 있을 뿐, 천지간에 여러 물상들의 종류를 두루 다 알지 못하는 모양이다." (제58회)

여래불의 정신적 경지는 관음보살보다 한 단계 위이다. 하지만 그렇다고 해서 관음보살이 여래불의 불법을 전하는 도구에 불과한 것은 결코 아니다. 관음보살 또한 자신의 의지와 판단에 의거하여 결정하고 행동하는 독립적 신이다. 단지 행동의 큰 틀을 규정하는 것은 여래불의 의지이다. 따라서 관음보살이 할 수 있는 일은 위대한 의지를 집행하는 것이다. 바꾸어 말하면, 여래의 명을 받들어 삼장법사 일행이 서역으로 가는 길에 미리 안배된 81개의 재난을 겪으며 영산에 도달하게끔 도와주는 조력자의 역할을 맡는다.[41] 『서유기』에서 관음보살과 여래불이 높고 심원한 정신세계를 대표하는 것은 틀림없다. 하지만 관음보살이 재난을 해결하는 일에 직접 참여한다면 여래불은 비교적 초연한 객관적 위치에 서 있다고 할 수 있다.

요약하면, 어려움을 해결하는 주체는 심원(心猿), 즉 손오공이다. 심원은 때로는 스스로의 힘으로 어려움을 해결하기도 하나, 나아갈 수도 물러날 수도 없는 곤경에 처했을 때마다 수많은 인물들을 만나 그들의 도움을 받는다. 예를 들어 토지신, 산신, 노파, 노인 등등을 만나며 이들의 도움과 인도를 얻어 재난을 해결한다. 그러나 이들의 도움이 효과가 없고 위급한 상황이 사라지지 않을 때 손오공은 하는 수 없이 관음보살이나 여래불께 부탁하여 어려움을 해결한다.

결론적으로 말하자면, 『서유기』 44개 재난고사는 재난의 징조 · 시작 · 연속 · 해결의 네 가지 순서로 구성되어 있다. 상술한 44개의 이야기 구조 분석을 통해, 작가는 이야기와 상징을 빌려 마음이 겪는 모험의 여정을 구체적으로 표현해내었음을 분명히 알 수 있었다. 재난고사의 주인공인 삼장은 81개의 고통스러운 과정을 겪으면서, 마음속 깊숙한 곳에서 꿈틀거리고 있는 잠재의식을 포함한 자아의 각 측면, 즉 마음속의 비교적 높은 차원의 고귀한 지혜와 비교적 낮은 차원의 정욕 등을 반드시 명료하게 비추어 봄으로써 정신세계를 조화시켜야 한다. 오승은이 창조한 삼장은 수련과정 중에 자신(자아와 잠재의식)의 진실된 모습을 통찰할 수 없어 생겨나는 두려움과 그 결과로 생겨나는 분노, 조급함,

근심 등의 감정을 자주 드러낸다. 재난 중에 나타나는 삼장의 다양한 심리반응을 묘사함으로써 인류의 깊고 보편적인 참모습을 보여주고자 하는 것이 바로 작가의 의도인 것이다.

제5장

결론

제5장 결론

상술한 분석으로부터 오승은이 『서유기』 81난 고사를 빌려 밝히고자 한 것은 인간의 본성이며, 더 나은 존재로 변화하려는 수련의 과정, 즉 깨달음의 과정이었음을 알 수 있었다. 원래부터 지니고 있는 자신의 본성을 깨닫는 것은 결코 쉽지 않은 일이다. 대다수의 사람들은 막대한 노력을 기울여야 하고 엄청난 고통을 감내하여야 하는 깨달음을 그다지 원하지 않는다. 하지만 『서유기』의 주인공 당 삼장은 연이은 재난의 반복 속에서 자신을 깊이 있게 통찰한다.

삼장이 서행길에서 맞닥뜨린 각종 고난은 진실의 세계로 나아가는 길에 반드시 거쳐야 하는 관문인 것이다. 법문사를 나서자마자 마주한 마장(魔障)은 삼장의 잠재의식 속에 억압되어 있던 천박하고 불쾌한 측면이 외부세계로 투사되어 나온 환상이다. 삼장은 육체와 마음에 집착하는 바가 있었기 때문에 그가 의식하는 세계는 외부세계에 존재하는 실상이 아니라 그 잠재의식이 외부세계로 투사되어 만들어진 허망한 환상에 불과하다. 이는 삼장이 사물의 진상을 꿰뚫어 보는 능력이 없어서가 아니라, 잠재의식 깊은 곳에서 꿈틀거리는 진실을 발견하는 것을 스스로 원하지 않았기 때문이다. 이러한 상황에서 삼장의 의식이 파악한 내용의 대부분은 허구와 환상이 교차하여 만들어진 것이기 때문에 사물의 본질을 통찰할 방법이 없었던 것이다.

만약 사람의 잠재의식을 가없는 대양에 비유한다면 의식은 바다 가운데 있는 조그마한 섬과 같을 것이다. 바꾸어 말하면 의식은 단지 사람의 극히 일부분만을 대표할 뿐이며, 잠재의식이야말로 사람 전체를 대표한다. 잠재의식은 인간 정신의 총화로서 모든 빛과 어둠을 포함하고 있다. 서천 가는 길에 종종 현신하여 손오공을 도와 재난을 없애주었던 여러 신들은(본문 제4장 4절 참고) 바로 당 삼장의 잠재의식 속의 밝은 측면이다. 삼장이 서천 가는 길에 조우한 흉악한 생김새에 마음이 독한 수많은 요괴와 요마들은 그의 잠재의식 속 어두운 면을 대표한다. 따라서 삼장은 한편으로 마음속 사악한 면을 억누르지만 말고 그 사악한 면(욕망)을 밝고 따뜻한 확장된 의식[1] 아래에 놓아 녹여 없앨 수 있어야 한다. 또 다른 한편에서는 마음속 깊은 곳에 숨어 있는 불성(佛性)을 각성시키고 해방시켜 잊혀진 지 오래된 인류의 순수한 본성을 깨달아야 한다. 손오공이 말한바 "부처는 영산에 있으니 멀리서 찾지 말라. 영산은 바로 그대 마음속에 있느니라. 사람들마다 영산탑을 가지고 있으니, 영산탑 아래에서 수행하면 되느니라."라는 게송의 의미처럼 모든 사람은 원래 불성을 지니고 있으며 자신의 본성 밖에서 구하여야 하는 불성이 따로 있는 것이 아니다. 그런데 이 본성(自性)은 잠재의식 깊은 곳에 숨어 있고, 통상 억압되거나 왜곡되어 있어 쉽게 관찰되지 않는다. 뿐만 아니라 그 신령스런 빛을 스스로 드러내지도 않는다. 그래서 반드시 자기 인식이라는 수련의 과정을 거쳐야만 비로소 보다 직접적이고 충분하게 자신의 진면목을 깨닫게 된다. 그리고 이를 통해 자아에 대한 집착, 미숙, 이기심, 고집 등과 같은 어두운 면을 극복하고 세계와의 새로운 화해와 합일을 달성하게 된다. 편협한 마음을 깨뜨리고 진상을 깨닫는 이 체험은 정신이 한 단계 성숙하는 것으로서 '순수한 영아로 돌아가는' 상태이다. 심리학의 입장에서 말하자면, 불문의 깨달음은 원래 잠재의식에 내재되어 있던 것을 스스로 체험하고, 그것을 그의 의식 가운데 포함시키는 것을 의미한다. 즉, 억압을 없애고 생명의 가장 깊은 본원에 이르러 모든 사람들과 함께 공유하는 보편적이고 원초적이며 본연적인 인성을 체험하는 것이다.[2]

당 삼장은 바로 이러한 자기 수련 과정에서 자신을 통찰할 수 없을 때의 각종 모습, 예를 들면 두려움, 불안, 긴장, 번뇌 등의 정서적 반응과 그 결과로 생긴 이기심, 고집, 유치함 등을 드러내고 있다. 현대 비평가들은 당 삼장의 각종 행태를 보면서 '얼뜨기', '줏대 없는 사람', '그다지 좋지 않은 지도자', '위선자'라고 여긴다. 우리는 삼장의 심리를 분석함으로써 그의 심리반응의 전후관계를 알 수 있다. 그리고 이를 통해 사람들이 무시하는 삼장의 모습은 바로 깨달음의 과정에서 불가피하게 드러나는 자연스러운 반응임을 이해할 수 있다. 우리는 단지 삼장의 드러나는 행동들만 보고 그를 조롱하고 비방할 수 없다. 반드시 그의 내면세계를 들여다본 후에 그를 평가하고 이해하고 동정해야 한다. 왜냐하면 삼장은 속세인의 특징을 가장 잘 드러내는 대표적 인물이며, 우리들 가운데 하나로, 당신이 아니면 나이기 때문이다. 만약 우리들 중 한 명이 삼장이 힘들게 지나왔던 81난의 여정에 들어선다면 누가 삼장보다 공평무사하고 활발하고 온유하고 조화롭게 행동할 수 있었겠는가? 81난의 여정을 거쳐 자신과 우주의 관계를 체득한 극소수의 깨달은 자(부처) 외에는 그 누구도 삼장이 보여준 공포와 불안의 모습을 초월하여 태연히 자신과 세계를 바라볼 수 없을 것이다. 삼장과 우리를 같은 입장에서 본다 하더라도 삼장은 대다수 사람이 감히 엄두도 못 내는 고난의 길을 결연하게 선택하였기 때문에 우리를 훨씬 뛰어넘은 존재이다. 따라서 그는 십만 팔천 리의 취경길을 완주했을 뿐 아니라 세속을 초탈하고 환골탈태하여 마침내 깨달은 자, 전단공덕불(旃檀功德佛)이 된다. 그러나 작가는 이러한 성불(成佛)의 의의를 풍자의 뼈대 위에 구축하였다. 그래서 손오공은 삼장이 환골탈태하여 범부의 영역을 벗어나 성인의 경지에 들도록 강요했던 것이다.

제4장 「81난의 기본구조」 분석으로부터 우리는 삼장의 환골탈태는 바로 그의 마음(손오공이 대표한다)이 자신을 구제한 것이며, 이를 통해 일체의 환경이 주는 제약에서 벗어나 자유자재의 경지에 들어섰다는 사실을 알 수 있었다. 사실, 어느 누구도 다른 사람의 영혼을 구할 수 없으며 단지 자신만을 구제할 수 있을 뿐이다. 결론적으로 삼장이 겪은 서천취경의 길은 바로 허망하고

실체가 없는 환상을 제거하고 마음의 족쇄를 벗어나 원만하고 성숙한 인격을 완성하는 과정으로 파악할 수 있다. 삼장의 심리분석에서 우리는 불문의 깨달음이 지니는 의미를 확실하게 파악할 수 있었다.

오승은은 문학적 기교를 통해 '내면세계'의 체험을 '외부세계'로 전달하였고, 이로써 생명의 최종답안을 제시하였다. 우선 그는 사람들이 잘 알고 있는 역사 속의 '당 삼장 취경고사'에서 소재를 구한 뒤, 이전부터 전해져왔던 소재(송 · 원의 서유고사)를 선택적으로 취합하여 분량을 대대적으로 늘이고, 이야기의 줄거리를 다시 배열하고 새롭게 인물을 창조하여, 옛사람의 정형화된 패턴에서 완전히 벗어난 소설을 창작했다. 이야기와 등장인물 간의 유기적 결합, 작품 전편에 넘쳐흐르는 신기한 환상, 소설 전편을 관철하고 있는 해학과 풍자 등은 『서유기』로 하여금 생명력과 신기함이 충만하고 유머가 풍부한 작품으로 재탄생할 수 있도록 했다. 이로써 중국 고전소설 명저 중에서 가장 걸출한 작품 『서유기』가 완성되었던 것이다. 때문에 남녀노소는 물론 저잣거리 장사꾼과 허드렛일을 하는 사람에 이르기까지 이 소설을 좋아하지 않는 이가 없다. 작가는 그의 문학적 천재성에 기대어 수많은 서민 독자들이 가장 사랑하는 소설을 창작해낼 수 있었다. 그러나 『서유기』가 생명력과 매력을 오랜 기간 유지할 수 있었던 까닭은 문학적 성취 뒤에 숨어 있는 정신적 측면에서 찾아야 할 것이다. 다시 말해 작가는 색다르고 신기한 환상세계를 활용하여 인간본성의 깊고 보편적인 여러 측면을 독자에게 알려주었던 것이다.

우리는 『서유기』 속 탁월한 유머와 순수한 풍자를 단순하게 즐길 수 있다. 하지만 『서유기』의 드러난 이야기 배후에 숨어있는, 독자의 마음 깊숙한 곳을 울리는 인생철리에도 주의를 기울여야 할 것이다.

역자 후기

당나라 삼장법사의 취경(取經) 고사를 기반으로 기상천외한 상상의 세계를 펼쳐내고 있는 『서유기』는 우리에게 익히 알려진 중국 고전소설이다. 일찍이 국내에서도 영화, 드라마, 만화, 게임 등 다양한 버전으로 제작되었는데, 이중 애니메이션 〈날아라 슈퍼보드〉, 한자 교재 『마법천자문』, TV 예능프로 〈신서유기〉 등은 아주 큰 성공을 거둬 지금도 많은 사람들의 사랑을 받고 있다.

그런데 『삼국지』와 비교해 볼 때 『서유기』 원작을 읽은 사람은 예상 외로 너무 적어 주위에서 찾아보기 힘들 정도이다. 이는 많은 사람들이 콘텐츠화된 『서유기』를 먼저 접하였던 것과 관련이 있어 보인다. 문화상품으로서의 『서유기』는 대중성을 확보하기 위해 손오공이 요괴를 물리치는 과정을 강조할 수밖에 없었다. 때문에 『서유기』 원작 또한 아동용 판타지 소설이라 오해되어 성인 독자들의 주목을 받지 못했던 것이다.

사실, 『서유기』는 어린이를 위한 흥미위주의 모험 이야기가 아니다. 손오공과 요괴들과의 싸움은 인간 내면의 갈등을 형상화한 것으로서 심오한 상징적 의미를 지니고 있다. 『서유기』와 관련된 역대 비평을 살펴보면 유가적 입장에서는 배움을 권면하는 책으로, 불교의 입장에서는 참선을 이야기하는 책으로, 도가의 입장에서는 도를 강론하는 책으로 평하고 있다. 즉, 『서유기』는 중국문화의 정수인 유불도 사상을 아우르는 철학소설인 것이다.

은사 서정희 선생은 명실상부한 『서유기』 전문가이다. 학위 논문 「『서유기』 81난 연구」 이래 30여 편의 『서유기』 관련 연구 논문을 발표하면서 『서유기』가 지니고 있는 다양한 인문학적 가치를 탐구해왔다. 「서유기의 요괴 연구 - 요괴의 존재론적 본질과 특성을 중심으로」, 「서유기의 당삼장 연구 - 당삼장의 「반야심경」에 대한 깨달음과 그 의의를 중심으로」, 「서유기의 緊箍兒 연구 - 욕망의 발산과 절제의 이중주」, 「서유기의 손오공 연구 - 프로이트 정신분석이론에 의한 眞, 假 손오공의 정신세계 분석」, 「서유기의 저팔계 연구 - 저팔계의 욕망을 중심으로」 등은 『서유기』에 담긴 심오한 정신세계를 한층 더 깊이 이해할 수 있게 도와주는 대표적 논문들이라 할 수 있다.

이 책은 서정희 선생이 대만에서 유학할 당시 학위논문으로 제출하였던 『서유기 81난 연구』를 번역한 것이다. 논문은 1980년에 발표되었는데 발표되자마자 당시 대만의 학술계를 깜짝 놀라게 하였다. 그것은 중국인 연구자에게도 벅찬 『서유기』를 외국인이 연구대상으로 삼았기 때문만은 아니었다. 융의 원형비평 이론을 원용하여 『서유기』를 과학적으로 분석함으로써 기존에 없던 새로운 관점을 제시하였기 때문이었다. 손오공과 요괴들과의 싸움은 인류의 집단 무의식 속 갈등의 상징이며, 삼장법사의 고행은 잠재된 내면의 욕망이 만들어낸 허상이라고 본 논문의 논지는 지금 보기에도 놀랍기만 하다.

『서유기 81난 연구』 한국어 번역판이 우여곡절 끝에 이제야

세상에 나오게 되었다. 우선은 은사의 탓을 해야겠다. 은사는 후학 양성과 연구 활동에만 매진하셨지 이외의 사회활동은 거의 하지 않으셨다. 학자로서, 그리고 스승으로서 맡은 소임을 완수하느라 정작 당신의 연구업적을 알리는 작업에는 소홀히 하셨던 것이다. 다음은 가장 간명한 이유로서, 우둔한 제자들의 나태함 때문이다. 하지만 늦었다고 생각할 때가 가장 빠르다는 말이 있듯이, 은사의 퇴임을 기념하여 늦게나마 세상에 내놓기로 하였다.

약 40년 전의 연구논문을 새로이 세상에 내놓게 된 것에는 기념 이상의 의미가 있기 때문이다. 다시 말해 『서유기 81난 연구』는 길다 하면 긴 40년의 세월을 초월하는 그 무언가를 지니고 있다.

우선, 『서유기 81난 연구』는 학술서로서 가치를 충분히 지니고 있다. 인문학이란 인생에 대한 물음이며 그 물음에 대한 답을 차근차근 찾아가는 과정 그 자체라 할 때, 본서는 아주 모범적이며 유용하기까지 하다. 『서유기』 원문을 세밀하게 분석하고 있어 향후 『서유기』 연구자들이 보다 높은 단계에서 연구를 진행할 수 있도록 발판을 마련하고 있다. 예를 들어 『서유기』 속 81개의 재난을 분류하고 이를 44개의 이어진 이야기로 정리한 것과 『서유기』의 갈등양상을 다양한 측면에서 분석한 것 등은 『서유기』 연구자들의 거시적 시야를 확보하게 하고 많은 시간을 절약할 수 있게 할 것이다. 그리고 본서 곳곳에서 드러나는 문학 텍스트에 임하는 진지한 자세와 동서고금을 아우르는 연구방법론 또한 고전소설 연구자들이 충분히 참조할 만하다 하겠다.

다음으로 『서유기 81난 연구』는 후학들에게 학문한다는 것의 의미를 일깨우는 역할을 할 것이다. 50대, 40대의 제자들이 20대 시절 스승이 쓴 글을 번역하면서 참으로 놀라운 경험을 하였다. 혹자는 20대에 도달하기 힘든 학문적 내공의 심후함에 탄복하여 감탄사를 쏟아내었고, 혹자는 논리의 치밀함에 놀라 스스로 자괴감에 빠지기도 하였으며, 혹자는 학문적 열정에 감화되어 번역작업 내내 행복해하기도 하였다. 그리고 이러한 경험은 결국 학문한다는 것의 초심을 일깨우는 것으로 귀결되었다.

인문학이 홀대받고 심지어 인문학의 죽음을 이야기하는 시대이다. 그런데 인문학을 인간의 존엄과 가치를 더 높이는 작업이라 정의한다면, 언제 인문학이 제대로 대접받던 시대가 있었던가? 봉건시대는 봉건문화의 폭력에 의해, 지금 이 시대는 자본의 논리에 의해 인간의 존엄과 가치는 훼손당하고 있다. 이런 상황에 어찌 인문학이 제대로 대접받기를 바랄 수 있겠는가? 때문에 대학원 재학 당시 은사께서는 종종 공자에 관한 일화를 예로 들어 학문하는 것의 초심을 강조하셨다. 석문(石門)의 문지기는 공자를 "안 되는 것을 알면서도 행하는 자(是, 知其不可而爲之者與(『논어』 헌문편)"라고 조롱하였었다. 공자가 주장하는 인의 정치가 실현 불가능하다는 것을 잘 알고 있었기 때문이었다. 하지만 공자는 오직 인의 정치만이 인간의 존엄과 가치를 실현할 수 있다고 믿었기에 평생 인을 실천하는 삶을 살았다. 많은 사람들이 인문학을 공허하고 비실용적인 학문이라 여기고 있다. 마치 영원히 실현될 것 같지 않은 '인의 정치'처럼. 하지만 우리는 우리가 조금이라도 더 행복해지려면 인문학을 멈춰서는 안 된다는 것을 잘 알고 있다.

지금 은사의 옛글을 번역하면서 인문학의 태두 공자의 가르침을 좇아 인문정신을 계승하고 있다는 거창한 자부심을 가져본다. 비록 아무도 인정해줄 것 같지 않지만 말이다. 바쁜 학기 중에 여러 사람이 나누어서 번역하다 보니 어려운 점이 많았다. 고문 투의 문장은 말할 것도 없고 동서고금을 아우르는 원문 인용들이 번역의 진도를 내는 데 자주 발목을 잡곤 하였다. 본 번역서의 미진한 부분은 원서의 문제가 아니라 오로지 번역자의 부족함 때문임을 밝힌다.

끝으로 번역을 허락하신 은사 서정희 선생님과 졸역을 기꺼이 발간해주신 산지니 출판사 강수걸 사장님께 감사드린다.

2018년 7월

번역자 일동

주

들어가며

1 陳士斌(西遊眞銓, 康熙丙子尤侗序), 張書紳(西遊正旨, 乾隆戊辰序), 劉一明(西遊原旨, 嘉慶十五年序) 등 청대의 비평가들은 각자 유불도 삼교의 입장에서 『서유기』를 평하였는데 배움을 권면하는 책, 참선을 담론하는 책, 혹은 도를 강론하는 책이라 하여 의견을 달리하였다.

2 胡適, 『胡適文存』 第2集, 遠東圖書公司, 1961, 臺北, p.390.

3 周樹人의 『中國小說史略』, 鄭振鐸의 『中國文學研究』, 趙聰의 『中國四大小說之研究』는 『서유기』를 서술하는 부분에서 호적의 관점을 긍정하였다.

4 李辰冬의 『三國, 水滸與西遊』 중 「西遊記研究」(水牛出版社, 1977, 臺北), 李辰冬의 「怎樣瞭解西遊記這部書?」(中國文選, 119期), 그리고 趙聰의 『中國四大小說之研究』의 「西遊記」(友聯出版社, 1964, 홍콩), 趙聰의 「說西遊」(文學世界, 第8卷 第3期) 는 모두 정치적 관점으로 『서유기』를 해석하고 있다.

5 胡適은 영역본 『서유기』(역자 Arthur Waley)의 서문에서 "우언을 통한 종교적 사유라는 유불도 평론가들의 해석을 배제해야만 우리는 『서유기』가 탁월한 유머, 의도하지 않은 깊이, 선량한 풍자와 유쾌한 오락성을 갖춘 순진무구한 책이라는 것을 알 수 있다."고 하여 종교적 해석을 완전히 부정하고 있다.

6 夏志淸 著, 何欣 譯, 「西遊記研究」, 『現代文學』, 第45期, p.94.

7 黃慶萱의 「西遊記之象徵世界」(『幼獅月刊』, 第46卷 第3期)에서는 신화원형비평으로 『서유기』 구조의 상징성을 분석하고 있고, 傅述先의 「西遊記中五聖的關係」(『中華文化復興月刊』, 第9卷 第5期)에서는 오행의 관점으로 『서유기』의 인물과 구조를 해석하고 있다. 方瑜의 「論西遊記 - 一個智慧的喜劇」(『中外文學』, 第6卷 第5-6期)에서는 희극적 측면에서 『서유기』 인물이 만들어낸 희극적 효과를 연구하였다. Andrew H. Plaks의 「西遊記, 紅樓夢的寓意探討」(『中外文學』, 第8卷 第2期)에서는 우의적 측면에서 『서유기』를 연구하고 있다.

8 사실 『서유기』의 81난 중 앞의 네 개의 난 「금선장로의 몸에서 인간세상으로 내

쫓기다(金蟬遭貶)」, 「모친의 태에서 나와 살해당할 뻔하다(出胎幾殺)」, 「보름날 달밤에 강물에 던져지다(滿月抛江)」, 「부모를 찾고 원수를 갚다(尋親報冤)」는 『서유기』 두 번째 부분에 해당된다.

제1장 81난의 의미

1 [역자주] 天將大任於是人也, 必先苦其心志, 勞其筋骨, 餓其體膚, 空乏其身, 行拂亂其所爲, 所以動心忍性, 曾益其所不能.(『孟子 · 告子』 하편)

2 영국 문학가 존 버니언(John Bunyan, 1628-1688)의 대표작 『Pilgrim's Progress from this world to that which is to come』(1678)으로 한 청교도가 자신의 죄를 깨닫고 구원을 체험한 뒤 모든 고난을 이기고 하늘로 들어갈 때까지의 이야기를 다루고 있다.

3 삼장은 전생에서 여래불의 두 번째 제자 금선자(金蟬子)였다. 그는 설법을 듣지 않고 여래불의 가르침을 하찮게 여겼다. 때문에 여래는 그를 홍진에 떨어뜨려 동토의 땅에서 삼장으로 태어나게 하였다.

4 [역자주] 절대적인 진리, 곧 열반의 경지.(『불교사전』)

5 본서의 제4장 제4절 「재난의 해결과 그 상징적 의의」에서 81난은 사실상 삼장의 마음이 만들어낸 환상임을 밝히고 있다.

6 감각기관(눈 · 귀 · 코 · 혀 · 신체)의 생리 작용을 말한다.

7 [역자주] 所謂修身, 在正其心者. 身有所忿懥, 則不得其正. 有所恐懼, 則不得其正. 有所好樂, 則不得其正. 有所憂患, 則不得其正. 心不在焉, 視而不見, 聽而不聞, 食而不知其味. 此謂修身在正其心.(『大學』)

8 [역자주] 당나라 선승(禪僧) 신수(神秀)의 게송으로 전문의 내용은 다음과 같다. "身是菩提樹, 心如明鏡臺, 時時勤拂拭, 勿使惹塵埃." (『중국역대불교인명사전』)

9 [역자주] 『구사론(俱舍論)』에 따르면 온(蘊, skandha)은 인과관계에 의해 생멸하는 유위법(有爲法)의 집적을 의미한다. 따라서 오온은 인간 존재가 다섯 종류의 유위법의 집적에 불과하며 그 실체가 없음을 뜻한다. ①색(色)은 눈 · 귀 · 코 · 혀 · 몸 등의 다섯 인식능력인 오근(五根) 및 그것들 각각에 대응하는 색깔 · 형태 · 소리 · 냄새 · 맛 · 감촉 등의 다섯 인식대상인 오경(五境)과 비가시적 물질현상인 무표색(無表色)을 포함한다. ②수(受)는 사유능력인 의근(意根)을 포함한 여섯 인식능력인 육근(六根)이 인식대상과 접촉한 뒤 일어나는 수동적 반응을 의미한다. 구체적으로는 좋아하는 대상, 싫어하는 대상, 좋지도 싫지도 않

은 대상에 각각 대응하는 즐거움, 고통, 고통도 즐거움도 아닌 느낌 등 세 종류의 정서적 반응이다. ③상(想)은 청황(青黃) · 장단 · 남여 · 원친(怨親) · 고락(苦樂) 등의 구별을 통해 대상을 파악하는 작용을 의미한다. ④행(行)은 마음이 어떤 행위를 하도록 만드는 의지작용[思]을 말한다. ⑤식(識)은 각 인식대상의 고유한 특징을 통해 기타 대상과 식별하는 작용을 말한다.(『한국민족문화대백과사전』)

10 주5 참조.

11 삼장이 취경에 집착하고 만상에 미혹되거나 두려워하고 심경을 전혀 깨닫지 못하는데, 이 세 가지는 분리된 것이 아니라 가짜의 상(假相)이 중첩된 것이다.

12 [역자주] 만법유식(萬法唯識). 일체의 제법(諸法)은 그것을 인식하는 마음의 나타남을 이름.(『시공불교사전』)

13 삼장은 형극령의 모임에서 나무정령에게 불가의 수심론을 강론한다.(『서유기』 제64회) 비구국에 가서도 국장에게 수행의 근본을 가르친다.(『서유기』 제79회)

14 [역자주] 불교 수행의 핵심, 마음작용을 명철하게 밝히면서 본성을 드러내는 것을 가리킨다.(『불교사전』)

15 『서유기』의 재난고사에서 제80난 「능운도에서 속세의 태를 벗다(凌雲渡脫胎)」가 마지막 재난은 아니다. 그러나 「속세의 태를 벗다(脫胎)」가 마음 닦음의 완성을 가리킨다는 점에서 제80난을 삼장의 마음 닦음 여정의 종착역으로 볼 수 있다.

16 [역자주] 육도윤회는 일체중생이 자신의 지은 바 선악의 업인에 따라 천도 · 인도 · 수라 · 축생 · 아귀 · 지옥의 육도세계를 끊임없이 윤회하게 된다는 뜻이다.(『불교사전』)

17 Wiffred L.Guerin 外編, 徐進夫 譯, 『文學欣賞與批評』, 幼獅文化事業公司, 1978, 臺北, p.135.

18 [역자주] 위로 깨달음을 구하고 아래로 중생을 교화한다는 뜻으로 위로는 진리를 깨치고 도를 이루어 부처가 되려고 정진하는 동시에 아래로는 고해에서 헤매는 일체중생을 교화하려고 노력하는 것을 말한다.(『불교사전』)

제2장 재난의 구성요인 및 결합방식

1 黎建球, 『人生哲學』, 三民書局, 1976년, 臺北, p.85.

2 莫達爾 著, 鄭秋水 譯, 『愛與文學』, 達景出版社, 1976, 臺北, pp.183-184.

3 [역자주] 불교의 세계관에 따르면 수미산(須彌山) 주변에 네 곳의 땅이 있는데, 그 가운데 남쪽에 있는 땅을 이르는 말이다. 이곳에만 인간이 산다고 알려져 있다. (『불교사전』)

4 [역자주] 富與貴是人之所欲也, 貧與賤是人之所惡也.

5 [역자주] 夫凡人之情, 見利莫能勿就, 見害莫能勿避, 其商人通賈, 倍道兼行, 夜以續日, 千里而不遠者, 利在前也. 魚人之入海, 海深萬仞, 就彼逆流, 乘危百里, 宿夜不出者, 利在水也. 故利之所在, 雖千仞之山無所不上, 深淵之下無所不入焉.

6 [역자주] 生亦我所欲, 所欲有甚於生者, 故不爲苟得也. 死亦我所惡, 所惡有甚於死者, 故患有所不辟也.(『孟子 · 告子』 상편)

7 오승은은 『서유기』 안의 모든 인물을 조롱하는데, 작가의 대변인 손오공 또한 그 예봉을 피해가지 못한다. 이는 오승은이 의도적으로 풍자 위에 이야기를 구축했기 때문이다.

8 취경단은 모두 거짓(假)에서 참됨(眞)으로, 미혹(迷)에서 깨달음(悟)으로, 속됨(俗)에서 성스러움(聖)으로 나아가는 절대 실재의 성역, 영산(靈山)을 추구한다. 이러한 목표는 정신적 추구에 속하며 결코 육체의 영생을 좇는 것이 아니다. 그래서 취경단원들에게서 불로장생의 욕망을 발견할 수 없다. 따라서 여기서 '불로장생'은 생략한다.

9 [역자주] 『서유기』 원문에 금두산의 '두'는 '山兜'로 적혀 있다. 해당 글자를 구하기 어려워 간체자 '兜'로 대신한다.

10 [역자주] 제자를 문하에서 쫓아내겠다는 파문장.

11 [역자주] '泰极生否'은 『주역』에 나오며, 좋은 일이 있으면 나쁜 일이 생긴다는 뜻이다.

12 盧萍 著, 『心理研究』, 五洲出版社, 1968, 臺北, p.94.

13 소수의 예외적 재난에는 제18난 「오장관에서 붙들리다(五莊觀中)」, 제42난 「삼장법사와 저팔계가 물을 마시고 임신하다(喫水遭毒)」 등이 있다. 이러한 재난은 취경단원 자신이 가지고 있는 인성의 약점 때문에 발생한 것들이다.

14 [역자주] 有緣洗盡憂疑思, 絶念無思心自寧.

15 [역자주] 從正修持須謹愼, 掃除愛欲自歸眞.

제3장 81난의 원흉(禍首) - 요괴

1 夏志淸 著, 何欣 譯, 「西遊記硏究」, 『現代文學』 第45期, p.96.

2 이 점에 근거하면 영산(석가여래가 사는 곳)에서 도망쳐 나온 황풍요괴와 지용부인(또는 반제관음)은 '천상형' 요괴로 분류할 수 있다.

3 예전에 공작이 석가여래를 삼킨 적이 있다. 석가여래는 공작의 등을 가르고 나온 후, 그것의 목숨을 빼앗으려 했다. 그러나 제불들이 석가여래에게 공작의 목숨을 어머니의 목숨과 같이 여기라고 조언한다. 그리하여 석가여래는 공작을 영산에 머물게 하고, 그를 불모(佛母) '공작대명왕보살(孔雀大明王菩薩)'에 봉했다. 대붕조와 공작은 어머니가 같은 형제이므로, 결국 석가여래는 대붕의 생질인 셈이다.

4 [역자주] 말도 한방에 쓰러뜨리는 독.

5 [역자주] 양의 기름덩이 같이 빛나고 윤택이 있는 흰 옥.

6 Mircea Eliade 저, 鄭鎭弘 역, 『우주와 역사(Cosmos and History)』, 현대사상사, 1976, 한국, pp.13-39.

7 [역자주] 정재서 역주, 『산해경』, 민음사, 1996, pp.267-270.

8 王孝廉, 『中國的神話與傳說』, 聯經出版事業公司, 1977, 臺北, pp.313-314.

제4장 81난의 기본구조

1 제60난 「다목요괴에게 해를 당하다(多目遭傷)」의 원인은 제59난 「일곱 거미요괴에게 속아 붙잡히다(七情迷沒)」의 진행과정에 잠재해 있으나, 그 사건의 발전 방식은 독자적이어서 재난의 징조 · 시작 · 연속 · 해결의 부분을 갖추고 있기에 두 개의 고사로 나누었다.

2 제50회 제목 「성정이 흐트러짐은 탐욕에서 비롯되며, 심신(心神)이 동요하니 요괴와 만나다」는 단도직입적으로 삼장 · 저팔계 · 사오정의 성정이 미혹되어 심신이 맑지 않은 정신 상태를 말하고 있다.

3 Erich Fromm 著, 葉頌壽 譯, 『夢的精神分析』, 志文出版社, 神潮文庫54, 1976,

臺灣, p.19.

4 姚一葦, 『美的範疇論』, 臺灣開明書店, 1978, 臺灣, p.68.

5 '보편적 상징'은 대부분의 인류(전체 인류는 아니라 하더라도)에게 동일한 혹은 상당히 비슷한 의미를 갖는 상징을 가리킨다.

6 에리히 프롬은 상징을 세 가지 즉, 관례적 상징 · 우발적 상징 · 보편적 상징으로 나누었다. '우발적 상징'은 개인에게 특수한 의미를 갖는 상징을 가리킨다. 예를 들면, 어떤 사람이 어떤 도시에서 참혹하고 슬픈 경험을 당했다면 이 사람은 이 도시의 이름만 들어도 슬펐던 마음과 쉽게 연관시키게 된다. 도시 자체는 어떠한 슬픔의 본질도 가지고 있지 않다. 사실, 그는 개인의 경험과 도시를 한데 연관시켰기 때문에 그 도시는 마음의 상징이 되었다. 상징과 피상징적 경험 간의 연관은 완전히 우연적이다. Erich Fromm 著, 葉頌壽 譯, 『夢的精神分析』, 志文出版社, 神潮文庫54, 1976, 臺灣, pp.19-23.

7 李符永 저, 『분석심리학(分析心理學) - C. G. Jung의 인간심성론』, 일조각, 1979, 한국, p.118.

8 Wiffred L. Guerin 外 3人合編, 徐進夫 譯, 『文學欣賞與批評』, 幼獅文化事業公司, 1978, 臺北, p.156.

9 '잠재의식의 보상작용'이라 함은 잠재의식은 의식태도의 결함, 편견, 비정상과 위험을 보상함으로써 정신적 조화를 꾀한다는 것을 가리킨다. 예를 들면, 의식이 과도한 이성으로 치달으면 잠재의식은 의식의 결함을 보상함으로써 감정적인 경향을 갖게 되는 것이다.

10 진현장(삼장의 속세 이름)의 부친은 장원이었고 모친은 승상의 딸이었다. 두 사람은 부임지로 가는 도중에 강도를 만나 부친은 도적에게 살해당하고 모친은 도적의 아내가 되길 강요당한다. 따라서 현장은 출생하여 강도에게 살해당할 위험에 빠지게 되자 모친은 그를 강물에 버린다. 『서유기』 제9회 참조.

11 Wiffred L. Guerin外 3人合編, 徐進夫 譯, 『文學欣賞與批評』, 幼獅文化事業公司, 1978, 臺北, p.156.

12 Northrop Frye, *Anatomy Criticism: Four Essays*, Princeton University Press, 1957, p.152.

13 작자가 음송한 시구 "이때 삼장은 초조함과 번뇌가 사라져 마음이 고요하고 맑아졌다."는 화염산의 상징성을 명확히 보여준다.

14 작자가 음송한 시구 "사람으로 태어나 어느 누가 가시나무를 만나지 않을 것이며, 서방에 가시나무가 자라는 것을 누가 보았는가?"는 가시나무의 상징성을

암시한다.

15 작가는 이상세계를 향한 취경단의 견고한 의지를 표현하기 위해 여러 가지 위험하고 험난한 장치를 안배하여 취경단의 앞길을 가로막는다. 이와 같은 내용은 단순한 사건으로 표현할 수 있는 것이 아니라 여러 개의 에피소드를 끼워 넣고 복잡한 이야기들로 표현하는 것이 필요하다. 그래서 작가는 먼저 44개의 재난고사를 통해 취경단의 천신만고의 여정을 표현하였고, 한 개의 고사 속에 다양한 충돌사건을 넣어 재난의 의의를 부여하였다. 다시 말해서, 재난이 진행되는 동안 작가는 충돌사건들을 넣어 환상적이고 다양하며 복잡하고 기이한 재난고사를 만들어내었다.

16 첫 번째 상황을 묘사한 고사는 다음과 같다. 제2고사 · 제5고사 · 제6고사 · 제8고사 · 제9고사 · 제12고사 · 제13고사 · 제14고사 · 제15고사 · 제17고사 · 제19고사 · 제20고사 · 제23고사 · 제24고사 · 제27고사 · 제28고사 · 제31고사 · 제32고사 · 제33고사 · 제34고사 · 제35고사 · 제37고사 · 제39고사 · 제40고사 · 제41고사이다. 두 번째 상황의 고사는 다음과 같다. 제7고사 · 제15고사 · 제21고사 · 제26고사 · 제29고사 · 제30고사이다.

17 본문에서 예로 든 요괴 외에도 제16고사의 홍해아(紅孩兒), 제19고사의 영감(靈感)대왕, 제20고사의 독각시(獨角兕)대왕, 제31고사의 거미요괴(蜘蛛精), 제33고사의 노마(老魔) · 이마(二魔) · 삼마(三魔), 제34고사의 국장(國丈) 사슴요괴, 제37고사의 남산(南山)대왕, 제40고사의 피한(辟寒)대왕 · 피서(辟署)대왕 · 피진(辟塵)대왕 등은 모두 삼장의 육신을 먹기를 갈망한다.

18 [역자주] 과거 · 현재 · 미래의 각각에 삼세(三世)가 있어 구세(九世)가 되고, 이 구세는 '한 생각(現前一念)'에 지나지 않으므로 구세와 한 생각을 합하여 십세(十世)라고 한다.(『시공불교사전』)

19 제35고사의 지용부인과 제41고사의 옥토끼는 당 삼장을 남편으로 삼아 불로장생의 욕망을 이루려고 한다.

20 『서유기』 제95회.

21 『서유기』 제62회.

22 오승은은 인간세상의 추태들을 풍자하였다. 그래서 불문의 승려들도 그의 예리한 붓끝에서 벗어날 수 없다.

23 취경단은 모두 신계의 인물이었으나 하나같이 잘못을 저질렀거나 죄를 지었다. 예를 들면. 당 삼장은 설법을 듣지 않고 여래불의 가르침을 게을리했으며, 손오공은 반도회를 뒤엎고 천궁에서 소란을 피웠으며, 저팔계는 술에 취해 항아를 희롱하였으며, 사오정은 반도회에서 실수로 그만 유리잔을 깨뜨렸다. 그래서

그들은 인간세상으로 폄적되었다. 그들은 반드시 일련의 속죄의식 즉 취경사업을 거쳐야만 원래의 지위를 회복할 수 있었다. 그런 까닭에 그들은 공동의 운명을 가지고 취경길을 떠나는 특별한 구성원이라 할 수 있다.

24 육이미후(六耳獼猴) 즉 가짜 손오공과 손오공의 대결은 표층적인 의미에서 보면, 요괴와 취경단의 충돌이지만 심층적인 의미에서 보면, 육이미후는 분명히 손오공의 반역심을 대변한다. 그래서 여기에 상세하게 논술하였다.

25 夏志淸 著, 何欣 譯, 「西遊記硏究」, 『現代文學』, 第45期, pp.84-85. "오승은이 표현한 삼장은 주로 세 번째 면이다. 평범한 사람으로서 위험한 여행을 거치면서 소소한 불안에도 그는 매우 격노한다. 쉽게 화를 내고 유머감각도 없으며, 몇 되지 않는 무리 속에서 가장 게으른 저팔계를 편애하며, 이해력이 매우 떨어져 보인다."는 내용을 주목하자.

26 봉건시대에는 아마도 주인공이 불인불의(不仁不義)한 군주를 죽이는 장면을 묘사할 도리가 없었을 것이다. 이 때문에 오승은은 '調虎離山'의 꾀로써 손오공이 재난을 만든 군왕과 맞서는 장면으로 처리했을 것이다.

27 이 세 가지 방식에 속하지 않는 재난고사가 두 가지 있다. 하나는 삼장이 손오공을 제자로 받아들이기 전에 만난 재난으로 제2고사 「장안성을 나와 호랑이를 만나다(出成逢虎)」와 「무리에서 떨어지고 구덩이에 빠지다(折從落坑)」, 제3고사 「쌍차령에서(雙叉嶺上)」이다.

28 夏志淸 著, 何欣 譯, 「西遊記硏究」, 『現代文學』, 第45期, p.85.; 羅龍治, 「西遊記的神話寓言及其戲謔式的喜劇」, 『露泣滄茫』, 時代文化出版事業公司, 1978, 臺北, p.112.

29 方瑜, 「論西遊記 - 一個智慧的喜劇」, 『中外文學』, 第6卷 第5期, p.20.

30 진원지(陳元之)의 서(序)는 세덕당본이 판각된 구본(舊本) 내의 서문에 근거해서 한 말을 간접인용하고 있는데 오승은이 직접 지은 것인지는 알 수 없다.

31 Andrew H. Plaks 著, 孫康宜 譯, 「西遊記, 紅樓夢的寓意探討」, 『中外文學』, 第8卷 第2期, pp.42-43.

32 [역자주] 육정육갑와 사치공조는 도교에서 신봉하는 신들이고, 오방게체와 십팔위호교가람은 불교의 신들이다.(『종교학대사전』)

33 [역자주] 삼시(三尸)는 도교에서 사람의 몸 안에 있으면서 수명 · 질병 · 욕망 따위를 좌우하는 세 마리의 벌레를 말하는데, 사람의 오장육부를 뚫고 다니면서 그 사람의 수명 · 질병 · 욕망 등을 좌우하며, 경신일(庚申日) 밤이 되면 몸에서 몰래 빠져나와 천제에게 올라가 자신이 거처하였던 사람의 잘못을 일러바친다고 한다. 칠규(七竅)는 얼굴에 있는 눈 · 코 · 입 · 귀의 일곱 개의 구멍을 말한다.

(『종교학대사전』)

34 張漢良의「楊林故事系列的原型結構」,『中國古典文學論叢』第3册「神話與小說之部」pp.259-272.

35 위의 주에서 인용, p.267. 원저는 C. G. Jung, *Four Archetypes*, translated by R. F. C. Hull, Princeton University Press, 1973, p.94.

36 위의 책, pp.95-96.

37 주34와 같은 곳에서 인용, p.267. 원저는 C. G. Jung, *Four Archetypes*, p.100.

38 한국 · 중국 · 일본 지역 불교신도들이 모시는 관세음보살은 여성이다. 관음보살의 성별과 관련된 상세한 연구는 張沅長의「觀音大士變性記」(聯合報, 1980年1月15日)에서 살펴볼 수 있다.

39 C. G. Jung, *Four Archetypes*, p16. 참조.

40 [역자주] 佛卽心兮心卽佛, 心佛從來皆妄物. 若知無物又無心, 便是眞心法身佛.

41 入谷仙介의「女神と放浪者」에서 살펴볼 수 있다.『吉川博士退休記念中國文學論集』, 築摩書房, 1968, p.625.

제5장 결론

1 의식과 잠재의식 사이의 상호관계는 고정불변의 관계가 아니다. 의식은 광대무변한 잠재의식의 내용을 인식함으로써 그 범주를 확대시킬 수 있다.

2 鈴木大拙, Erich Fromm 共著, 孟祥森 譯,『禪與心理分析』, 志文出版社, 1977, 臺北, pp.191-192.

부록

西遊記八十一難研究

私立輔仁大學中國文學研究所碩士論文

指導教授: 葉 慶 炳 先 生

研究生:徐 貞 姬 撰

中華民國六十九年五月

目　　錄

緒 言

自從明末吳承恩西遊記問世以來，歷來批評西遊記的人各站在儒、釋、道 三教的立場，極力搜尋它的微言大義，有人認爲它是一部勸學的書，有人認爲它是一部談禪的書，有人認爲它是一部講道的書，各持異說(註一)。直到一九二三年胡適之先生發表「西遊記考證」，完全推翻如上所述傳統的看法，而強調是書本身所藏有豐饒的喜劇和諷刺性。他說：

> 不過因爲這幾百年來讀西遊記的人都太聰明了，都不肯領略那極淺極明白的滑稽意味和玩世精神，都要妄想透過紙背去尋那「微言大義」，遂把一部西遊記罩上了儒釋道三教的袍子(註二)。

後來評論西遊記的學者大都首肯胡先生的論點(註三)。承此，有些批評是書的人，特別關注作者所處的時代背景以及其個人的境遇，來揭櫫它的政治涵義，特別強調當代朝政的敗壞(註四)。事實上，此觀點亦只能代表西遊記影射的一小部份而已，他們同樣犯了以偏蓋全之毛病。

歷來批評西遊記的學者所持的看法都有獨到的見解，但是由於他們過分強調某一方面時却忽略了其他方面。換言之，有的僅從作品的形式，或僅從題材，或僅從技巧等的一方面剖析作品，並完全否認異己的看法，是故無法做到既平實又中肯的全面性的批評。雖然胡適之先生帶來了西遊記的新價値觀，強調西遊記的喜劇和諷刺方面的意義，功不可滅，但在此他也有意無意之間犯了顧此失彼的錯誤，而且自建了另一個頑固的批評觀點(註五)。所幸現代的學者都能反芻從前以偏蓋全的論點，再溶入胡先生的看法，而且重新肯定西遊記的價値。如夏志清先生則明顯地指出西遊記中有著不同形式的神話、寓言、喜劇的複雜聯繫，以及近代小說家大力頌揚是書諷刺意義時所可能忽略的其他方面意義的弊處(註六)。風氣所及，近年登載報刊、雜誌上有關西遊記的文章，都認可西遊記是多種形式組成的作品，因而從多種不同的觀點來闡釋這部作品所蘊藏的多層意義，擴大了西遊記的層面及多樣性(註七)。所以筆者在此認同下，選擇西遊記所有災難，由是來詳細剖析其涵義：亦可窺透作者匠心獨運安排災難所表達他個人對人性的觀照。

就是書結構來看，西遊記全書可分作三部份。

第一部份：描寫孫悟空誕生，求法悟道，大鬧天宮等個人來歷。(第一回至第七回)

第二部份：描寫玄奘出生，脫胎拋江，尋親報仇，唐太宗入冥，佛遣觀音菩薩尋訪遴選取經人的取經事業的緣起。(第八回至第十二回)

第三部份：描寫取經人登山涉水，踏往西天之路，一路上並與妖魔鬼怪爭鬪，致到達靈山取經之間所經歷的過程。(第十三回至第一百回)

其中第三部份乃是八十一難的始末(註八)。由八十一難所佔西遊記全書的百分之八十以上的篇幅，可見描敍八十一難的部份正是西遊故事的核心所在，第一部份和第二部份只是中心故事的引子而已。因此筆者重心放在以西遊記八十一難作全面性的剖析。希望此項研究工作有助對西遊記一書的認識，因這方面正是研究西遊記的先進們所未曾涉及的一隅。本文經由剖析修行者唐三藏所遭遇的種種災難就災難本身意義、因素、製造禍端者(妖怪)以及其基型結構，來闡明作者如何藉文學的技巧刻畫人性，並提示人要如何克服心裡的障礙而提昇精神境界。本文分成五章。其大要如下：

第一章 八十一難的意義

本章特就歸納三藏西行取經路上表現的心態，來探討八十一難的意義所在。

第二章 八十一難的構成因素及其結合方式

本章就人性的特點來探討災難的構成因素，然後談及各項因素所結合的方式。

第三章 八十一難的主要禍首 – 妖怪

本章對八十一難的主要禍首 – 妖怪，兼而論及其法力種種。

第四章 八十一難的基型結構

本章把八十一難的基型結構分成四節：一、災難的預兆；二、災難的開始；三、災難的延續；四、災難的解決及其象徵意義。第一節和第四節特別採用西洋心理學者容格(C. G. Jung)的性格類型論和原型論探討災難的預兆和其解決；第二節和第三節則以心理學用語「衝突」來解析災難的開始和延續。

第五章結論

〔附註〕

註一:清代評註者，諸如陳士斌(西遊眞詮，康熙丙子尤侗序)、張書紳(西遊正旨，乾隆戊辰序)、劉一明(西遊原旨，嘉慶十五年序)等人，各佔在儒、釋、道的立場評註西遊記，或云勸學，或云談禪、或云講道的書。

註二:見胡適著「胡適文存」第二集，遠東圖書公司，民國五十年十月版，臺北，頁三九O。

註三:周氏「中國小說史略」、鄭氏「中國文學研究」、趙聰「中國四大小說之研究」，其中敍述西遊記的部份，全都肯定了胡先生的論點。

註四:李辰冬著「三國、水滸與西遊」的「西遊記研究」(水牛出版社，民國六十六年六月臺北一版)、李辰冬著「怎樣瞭解西遊記這部書？」(中國文選，一一九期)和趙聰著「中國四大小說之研究」的「西遊記」(友聯出版社，一九六四年二月初版，香港)、趙聰著「說西遊」(文學世界，第八卷第三期)都以政治觀點來解釋西遊記。

註五:胡適在英譯本西遊記(譯者: Arthur Waley)的序文中完全否定寓言的解釋說:「排除佛家、道家、儒家評論者那些寓言的解釋後，我們可以看出西遊記是一部有卓越幽默、深刻的無意義、純善的諷刺和愉快享受的單純的書。」

註六:見夏志淸著，何欣譯，「西遊記硏究」，現代文學，第四十五期，頁九四。

註七:諸如黃慶萱「西遊記的象徵世界」(幼獅月刊，第四十六卷第三期)則採用神話原型的批評方法分析西遊記的結構象徵；傅述先「西遊記中五聖的關係」(中華文化復興月列，第九卷第五期)則乃從五行觀點來解釋西遊記的人物以及其結構；方瑜「論西遊記一一個智慧的喜劇」(中外文學，第六卷第五期、六期)則從喜劇方面着手硏究西遊記的人物所形成的喜劇效果；蒲安廸(Andrew H. Plaks)「西遊記、紅樓夢的寓意探討」(中外文學，第八卷第二期)則從寓意上着手硏究西遊記。

註八:其實西遊記八十一難中前四難 「金蟬遭貶」、「出胎幾殺」、「滿月抛江」、「尋親報冤」是發生在西遊記第二部份。

第一章 八十一難的意義

苦難就其粗淺的意義來說，它是造成人們不幸的災禍。因爲它伴隨而來的是苦痛與坎坷，人們總是盼望避火免災。但往往一個人的成功，乃是歷經各項挫折，猝礦而來；而就是苦難的更深一層的意義。誠如孟子所謂「天將大任於是人也，必先苦其心志，勞其筋骨，餓其體膚，空乏其身，行拂亂其所爲；所以動心忍性，曾益其所不能。(告子下)」這句話就是苦難的最好詮釋，可見苦難是完成鴻鵠之志必經之路。例如希臘神話中的赫柯力士(Hercules)昇天成神之前，完成了十二大項艱難而又危險的苦工。又如「天路歷程(The Pilgrim' s progress)」的主角則通過艱苦的考驗，才能進入天國，享受榮耀(註一)。至於中國唐代變文「目連救母」的故事也敍述目連在地獄裏歷經千辛萬苦才將母親搭救出來。諸如此類的故事均有一共通的現象：就是故事主人翁要達到某項目的時，必須通過無數艱難險阻的考驗才可。而西遊記八十一難亦同樣是在此意義下所構設的。

所謂西遊記的八十一難，乃是唐三藏墮落紅塵(註二)以至悟道成佛的過程中接二連三碰上的災難。其中前四難是寫三藏前身「金蟬遭貶」、「出胎幾殺」、「滿月抛江」、「尋親報寃」四事，而其餘七十七難則寫唐三藏往天竺靈山途中所遭逢的磨難。本論文所討論的主要對象是後者 - 卽三藏於取經途中所遇到的七十七個災難。

綜觀此八十一個災難的設計，可發現完全是針對唐三藏個人而刻意製造的。如第二十二回孫悟空向八戒說：

「……但只是師父要窮歷異邦，不能夠超脫苦海，所以寸步難行也。」

第三十一回孫悟空同樣向八戒說：

「……那師父步步有難，處處該災。……」

第六十五回孫悟空又嗟嘆說：

「師父啊！你是那世裏造下這連邅難，今世裏步步遇妖精。似這般苦楚

> 難逃，怎生是好！」

三條引文言之鑿鑿，看來災難確實是衝著唐三藏而來的。茲擧更直接、更顯豁的證據，以揭示災難對三藏的必然性。

第九十九回：

> 菩薩將難簿目過了一遍，急傳聲道：「佛門中『九九』歸眞。聖僧受過八十難，還少一難，不得完成此數。」卽命揭諦，「趕上金剛，還生一難者。」

依觀音菩薩的口氣，可知災難不僅是預先安排好的詭戲，而且更明示三藏必得歷經八十一次劫難，才修成正果。八十一難雖是受苦受難者三藏必經的難關，但作者却用詼諧、嘲弄的筆調來穿揷，使得諸難高潮起伏，異趣橫生，可見作者製作此難亦是煞費苦心。一壁或明或暗說明災難之意義；一壁又要顧全其娛樂性。無庸置疑八十一難是貫穿西遊記一書的主幹，若删去這些災難故事，此書將是面目全非，而不具任何留存的價値。姑不論此八十一難對唐三藏個人有何意義可言，但在西遊記的結構上，它正是核心所在。故本章專門探討八十一難所涵蓋的意義。

唐三藏雖然在中土被譽爲德高望重的法師，但實質上他却是一個沒有了悟佛教眞諦的凡僧，所以他必須經過無數的磨練，才能進入佛教的最高境界—涅槃。換言之，八十一難對唐三藏而言，正是經由磨練提昇他修心養性的更上一層樓。試將此修心養性的漫長過程依西行取經路程的起點、中途、終點劃分爲如下的三個階段：㈠抵法門寺—取經的起點；㈡取經途中—取經所歷的過程；㈢凌雲渡脫胎—取經的終點。現就三藏經歷的三個階段的各種心態來觀八十一難的意義所在。

㈠ 抵法門寺 – 取經的起點

三藏初出長安，至法門寺。此寺正是介於與鄰國交界的邊界上。一旦三藏跨出法門寺，就表示著他已踏上往西天取經之路。故三藏至法門寺，可謂其取經的起點。諸僧得知三藏欲往西天取經，七嘴八舌，紛紛警告是途：山高水深，路多蛇虺魍魎，此去凶多吉少。此時三藏竟三緘其口，但以手指其心，而且點頭數次(註三)。衆僧見之莫解其意，頻頻詢問指心點頭之意何在？三藏答曰：

「心生，種種魔生.，心滅，種種魔滅。」(第十三回)

表面上是在回答諸僧，事實上正是他未來遭逢的各種災難的起因與實相的最佳伏筆(註四)。三藏所言的「心」正是指芸芸衆生所秉有的凡心：諸如貪心、瞋心、怒心、愛心、妄想心等。又孫悟空在索求人心的比丘國王面前，剖開肚皮，拿出來一大堆心給衆人觀看，有著：紅心、白心、黃心、慳貪心、利名心、嫉妒心、計較心、好勝心、望高心、悔慢心、殺害心、狠毒心、恐怖心、謹愼心、邪妄心、無名隱暗之心(註五)。上述諸心無非是把人的心態具體化罷了。人見可欲之財貨而生貪心；或是不忘過去的怨尤而生瞋心；或是見可惡者而生怒心；或是不捨過去的愛好而生愛心；或是企求未來的幸福而生妄想心。這些都是人因環境或生理作用的影響(註六)，而產生的心態。故人通常爲此感官之知所奴役，而不得其心之正。大學有一段文字非常清楚地指出修身正心的忌諱說：

「所謂修身，在正其心者。身有所忿懥，則不得其正，有所恐懼，則不得其正，有所好樂，則不得其正，有所憂患，則不得其正。心不在焉，視而不見；聽而不聞，食而不知其味。此謂修身在正心。」

大學這段文字直接指出感官是會蒙蔽心扉。據佛教的觀點，人必須抛開喜怒哀樂及否定感官所覺知的一切知識，才能可達「身如菩提樹，心似明鏡臺」之境界。他們主張眼前所生的諸現象，實際上是受了感官的欺騙所產生的妄見。由此理印證，三藏所言的「心」正是指感覺上的心。

三藏在法門寺義正嚴詞的說到「心生，種種魔生；心滅，種種魔滅」，其言下之意是完全領悟佛教「諸心皆爲非心」的眞意，並且已成爲不受外界感官所困擾的高僧。他似有著與衆不同的卓越悟力，加之所持的剛毅不撓的取經意志，以及忠於皇上所賦之使命，使得法門寺衆僧油然生起肅敬之情。三藏起程時的堅毅果敢如正史上的玄奘法師一樣，有著高僧不凡的器宇，持著千萬人吾往矣的決心。雖然在此第一階段是風平浪靜的，未染上任何恐怖氣氛，只見唐僧與二凡徒踽一踽一邁向迢迢遠路。但是在長路漫漫浩浩的狀況，三藏的未來似乎由衆生之口中已埋下了不穩定的因子，亦拉開了第二階段的序幕。

㈡ 取經途中 - 取經所歷的過程

此階段乃是言唐僧踏出法門寺，行走於西行途上，至靈山終點所跋涉的整段過程。此過程作者早已借法門寺衆僧之口道出異地窮邦在一般人心目中是艱難險阻，凶多吉少的。在此狀況下作者安排八十一難在茫然遼濶的長途上，自然是再恰當不過了。所以本階段正是敍盡三藏遭遇的災難。那麼作者在此安排一連串災難的用意何在？下文且分二點來討論。

⑴ 三藏的本來面目

三藏跨出法門寺步上西天取經路上劈頭一難是「出城逢虎」，受此驚嚇，心有餘悸。在此以後，三藏完全失去高僧姿態，而表現出「心慌胆戰」、「魂飛魄散」等凡人極端恐怖之相。此現象實與法門寺所言「心生，種種魔生；心滅，種種魔滅」的高論，自相矛盾，讓人覺得三藏只不過是把大道理掛在嘴巴講講，未能起而行之徒罷了。從此難以後，三藏一遇險阻總是大驚失色，魂不附體，連匹夫血氣之勇也未曾具有。繼而遭逢另一災難「雙叉嶺上」，處身在毒蟲怪獸之威嚇中，便露出：

> 又無奈那馬腰軟蹄彎，即便跪下，伏倒在地，打又打不起，牽又牽不動。苦得個法師襯身無地，眞個有萬分悽楚。（第十三回）

三藏在此急迫的危險中，莫可奈何，戰戰兢兢只等待最後一刻一死亡，幸而當地獵手劉伯欽趕走猛虎長蛇而救三藏一條命，但三藏在此極端恐怖的籠罩下不分青紅皂白，甚至把救命恩人(劉伯欽)當作歹徒，嚇得立即跪在路旁，討饒。可見三藏胆小如鼠，與一般的庸夫俗子無異。不僅如此，伯欽發善心，遠送三藏一程後，便欲告辭離去，其反應竟然是：

三藏心驚，輪開手，牽衣執袂，滴淚難分。(第十三回)

上述幾句話正是三藏整段取經路上的一張寫照。由此，可以斷然肯定三藏並非超越吾人的高僧，而是軟弱無比的凡僧。

三藏於西天取經途中，收八戒爲徒後，去見浮屠山烏巢禪師，口授「摩訶波羅密多心經」。烏巢禪師說：

「路途雖遠，終須有到之日，却只是魔瘴難消，我有多心經一卷，凡五十四句，共計二百七十字。若遇魔瘴之處，但念此經，自無傷害。」(第十九回)

「心經」具有消除魔瘴的效力正與其眞諦有關。心經的眞諦乃是「色不異空，空不異色；色卽是空，空卽是色。受想行識，亦復如是」色、受、想、行、識，此五者乃五蘊(註七)。它們皆蓋覆眞性，蒙蔽妙明，使人迷惑顚倒，迷境逐塵。大凡人的執着，迷誤都不離此五蘊的範圍。而且當由此而產生各種煩惱和痛苦，也由此造出人世間的種種罪惡。了悟「五蘊皆空」正是引導衆生摒棄執着，解脫苦惱而完成圓滿功德的法門。因此唐三藏在西行路中常常背誦心經，可惜的是他不能徹悟其文字內深奧的妙意。如果三藏了悟心經的眞諦，大悟眞空，他絕不會遭受任何災難(註八)。但三藏正如孫悟空所言「師父只是念得，不曾求那師父解得！」，筮非頓悟「色卽是空，空卽是色」的妙理。所以當他正在背誦心經時却被妖魔捉去：

三藏纔坐將起來，戰兢兢的，口裏念着多心經不題。……那怪見他趕得至近……脫眞身，化一陣狂風，徑回路口。忽見着那師父正念多心經，被他一把拿住，駕長風攝將去了。(第二十回)

可見作者有意藉此場合(心經本可消除災難，但三藏念心經時却被妖魔捉去。)來點出三藏對心經的毫無領悟力。

三藏一心取經返回東土的執着也是他並未了悟「空」義的最大表徵。三藏在通天河目睹衆人不顧死生，捨命步行薄冰上，到遠方作買賣以謀求厚利的光景，便感慨地道出：

「世間事惟名利最重。似他爲利的，捨死忘生；我弟子奉旨全忠，也只是爲名，與他能差幾何？」(第四十八回)

可見三藏跋涉遠路，餐風露宿，一心朝聖取經，爲的是個人榮譽。他完全被此取經念頭蒙蔽，根本無法圓融理會先得圓滿修心功德之後，繼而才達成惠施衆生的取經事業。換言之，他全部的精神生命爲取經一念所填滿，故他變成取經的奴隸，而不能自主地推進取經事業，這就是造成三藏精神盲目的最大原因。有一次，作者借樹木精拂雲叟之口，嘲弄三藏的盲目。

拂雲叟云：「你執持梵語。道也者，本安中國，反來求證西方，空費了草鞋，不知尋個甚麼……忘本參禪，忘求佛果，都似我荊棘嶺葛藤謎語。蘿葳渾言。此般君子，怎生接引？」(第六十四回)

拂雲叟不但譏笑，而且完全否定三藏西行的意義。如果眞正了悟「空」義，取經與否，對於一個修行者而言，無關宏旨。

總之，三藏對取經有執着，對萬象有迷惑、恐懼，對心經毫無領悟(註九)，可見三藏本身的修養仍停留在某一個階段，在平日之時，可能是高於芸芸衆生，但將置換與災難重重的關卡下，三藏定力完全瀕臨瓦解，取而代之是恐懼與不安。可見在災難下，三藏醜態畢露；但他是被遴選爲取經的最佳人選，至少與庸夫俗子相較他是可造之才，所以諸難加諸於他的意義是在提昇、造就三藏，要他超凡入聖。但三藏個人之能力是無法經由災難而來突破自限，到達高度精神境界。所以他必得借助於精神境界更上一層樓的第三者。

(2) 提昇三藏精神境界

表面上悟空是一毛躁之猴，實質上作者却賦予他持有超然冷靜的態度縱觀外界的諸現象。爲此才能引領三藏精神昇華。在他加入三藏取經行列不久便遭逢攔路劫財的六個毛賊。這六個毛賊的名字是「眼看喜」、「耳聽怒」、「鼻嗅愛」、「舌嘗思」、「意見慾」、「身本憂」。各人名字的第一個字，眼、耳、鼻、舌、身、意爲佛教所謂的六根。六根卽人身的感官。此感官對色、聲、香、味、觸、法的六塵發生作用，而其結果產生喜、怒、愛、思、慾、憂等諸心。悟空一眼卽識破此六賊絕非善類，來意不善，立卽採取除妖行動，趕盡殺絕。此舉是悟空在三藏面前第一次大顯身手，表面上看來他身手不凡；但實際上是深惡痛絕此六個代表感官的毛賊。由他的除妖動機看來一方面顯示悟空已突破不受制於感官，另一方面更是藉著斬除六賊來暗示三藏先得摒棄感官之心，才能順利通往西行之路。而作者將此災難放在三藏收悟空爲徒之後，其特殊用意不言而喩。譬如第四十三回悟空明顯地指出三藏遭受魔難的原因說：

> 「老師父，你忘了眼、耳、鼻、舌、身、意。我等出家之人，眼不視色，耳不聽聲，鼻不嗅香，舌不嚐味，身不知寒暑，意不存妄想——如此爲之祛褪六賊。你如今爲求經，念念在意；怕妖魔，不肯捨身；要齋喫，動舌；喜香甜，觸鼻；聞聲音，驚耳；覩事物，凝眸；招來這六賊紛紛，怎生得西天見佛？」

這番話直截了當地說出三藏遭遇的災難全來自於三藏本身六根不淨所致。孫悟空是悟成仙道的靈體，而三藏則還是未徹底悟道的凡僧；僅就二人精神領悟的層次上而言，三藏是大遜一籌，故孫悟空能居於引領三藏解脫惑官上束縛的地位。故悟空在一路上每次見師父迷而不覺，看而不破，心起動念時，卽舉「心經」，以開悟三藏之迷妄、愚痴。現在舉例以見三藏的凡態以及孫悟空指點他的情形。例如：

> 唐僧道：「徒弟們仔細。前遇山高，恐有虎狼阻擋。」行者道：「師父，出家人莫說在家話。你記得那烏巢和尚的心經云『心無罣礙；無罣礙，方無恐怖，遠離顚倒夢想』之言？但只是『掃除心上垢，洗淨耳邊塵。不受苦中苦，難爲人上人。』你莫生憂慮，但有老孫，就是塌上天來，可保

無事，怕甚麼虎狼！」(第三十二回)

可見三藏全然是陷於感官之恐懼的凡夫，故悟空一再反覆地解釋心經而提醒三藏洗滌塵垢，掃淨萬緣，企圖覺醒三藏於迷惘中，但三藏不識「萬法唯心造」的眞諦。事實上苦行者刻苦努力的目標在於修成內心的靈光，並照耀萬象。所以悟空處處明示修心之意。

行者道：「佛在靈山莫遠求，靈山只在汝心頭。人人有個靈山塔，好向靈山塔下修。」(第八十五回)

悟空顯然強調修心的重要性，而三藏也首肯說：

「徒弟，我豈不知？若依此四句，千經萬典，也只是修心。」(第八十五回)

綜上所論，三藏於取經的西天路中，雖然兩度大大地談論佛門修心的道理 (註十)，但他一路上的表現却是隨著萬象的流轉而飄動於感官世界，結果產 生的是迷惑、恐懼、執着等。因此需要八十一難的磨練過程來了悟大道，修成法身。由此可確定災難在此過程中有雙重作用：一方面使得三藏赤裸裸地露出他全未覺悟明心見性的窮態；另一方面三藏藉此苦難的考驗，頓悟災難所提示的意義，以提昇其精神境界，這正是作者安排種種災難的用心所在。

㈢ 凌雲渡脫胎 - 取經的終點

西遊記第八十難「凌雲渡脫胎」不僅是三藏修心歷程的最後一站，更是到彼岸，入涅槃的關卡(註十一)。在此，三藏的脫胎換骨正是意味著由迷而悟，由夢而覺，由幻而眞，由假而實的心靈的解脫。從此他始入絕對的，永恆的，生命領域—靈山。那麼作者如何安排凌雲渡脫胎，以明三藏的解脫過程呢？現摘引原文如下：

孫大聖合掌稱謝道：「承盛意，接引吾師。——師父上船去。他這船兒，雖是無底，却穩；縱有風浪，也不得翻。」長老還自驚疑，行者扠着膊子，往上一推。那師父踏不住脚，轂轆的跌在水裏，早被撐船人一把扯起，站在船上。師父還抖衣服，垛鞋脚，報怨行者。行者却引沙僧、八戒，牽馬挑擔，也上了船，都立在舺艕之上。那佛祖輕輕用力撐開，只見上溜頭泱下一個死屍，長老見了大驚。行者笑道：「師父莫怕。那個原來是你。」八戒也道：「是你，是你！」沙僧拍着手，也道：「是你，是你！」那撐船的打着號子，也說：「那是你，可賀，可賀！」（第九十八回）

由此，可見三藏在淩雲渡脫胎並不是自持修心的結果，而是孫悟空的強迫之下，才能解脫軀殼，超凡入聖。淩雲渡的河水是象徵由淨化與滌罪而進入永恆時間，且超脫六道輪迴之關卡(註十二)。三藏面對這條神聖的河水，對於進一步的行動，還是遲遲猶豫不決。他沒有信心，以求無始無終，無慮無憂，旣淸旣淨的永恆的生命。這段引文中三藏的驚疑不定，抱怨不止的態度誠然顯示出三藏至此還沒有體認出悟空一路上所解釋的心經的深義與衆難降身的特殊用意。三藏最後成果成佛的結局，若就他淩雲渡脫胎場面而言，的確是荒謬可笑的。這是吳承恩將西遊記故事建構在嘲弄諷刺的骨架上的緣故。

綜上所論，八十一難是肉身凡僧唐三藏個人的修心養性過程。據大乘佛教的常理觀之，佛弟子有上求佛道，下化衆生的職責。此上求佛道，下化衆生，正是唐三藏往返西天取經的意義所在。三藏求得經典，帶回中原，就能超度亡者昇天，能度難人脫苦，這是屬於利他的事業。從事利他的事業，必須先要修行，功德圓滿，才能濟世。圓滿修行功德的目的是一方面覺悟心經的眞諦「空」，一方面由自覺進而覺他。故八十一難的意義，若就利己方面而言，正是一個凡人三藏經歷各種災難的考驗，了悟衆難的空相，便破除一切虛有名相的執着，見性明心，完成修心的求眞歷程；若就利他方面而言，八十一難的安排有三藏克服衆多困難，取經返回東土，以開悟衆生痴迷的重大意義。雖然就兩方面考察八十一難的意義，但因修行的完成居於度化衆生之先，故作者著重於修心意義的揭櫫。最後所提的是吳承恩不但以心經的「空」義爲貫穿西遊記全篇的哲理，而且同時將道教煉丹服食，陰陽五行的和合，易學卦爻，神秘數字等關鍵語詞安挿在詩文、對句、回首，以表達八十一難的修心意義。

〔附註〕

註一:卽英國文學家」ohn Bunyan(一六二八 ~ 一六八八)之代表作pilgrim's progress ; from this world to that which is to come (一六七八)。

註二:三藏前身原是如來佛的第二徒弟，名喚金蟬子，因爲他不聽說法，輕慢如來佛的大教，故如來貶三藏眞靈墮塵，轉生東土。參閱西遊記，華正書局，民國六十七年五月臺一版，頁一一二九。

註三:見西遊記，頁一四三。

註四:本文第四章第四節「災難的解決及其象徵意義」第二頁，論及八十一難事實上是三藏內心作祟的幻象。

註五:見西遊記，頁九OO。

註六:指感官(眼、耳、鼻、舌、身等)的生理作用。

註七:中文大辭典記載:「五蘊者，就衆生所執根身器界質碍形量之物，名爲色。以現前領納違順二境，能生苦樂者，名受。以緣慮過現未三世者，名想。念念遷流，新新不往者，名行。明了分別者，名識。五者皆能蓋覆眞性，封蔀妙名，故總謂之蘊，亦名五陰，亦名五衆。」

註八:參閱同註四。

註九:三藏對取經有執着，對萬象有恐懼、迷惑，對心經毫無領悟，此三者並不是各自分開的，而是同一個假相之三個重疊。

註十:三藏在荆棘嶺雅會中對著樹木精，大談佛門修心道理。見西遊記，頁七三四。行至比丘國亦對著國丈談論修行之本。見西遊記，頁八九七。

註十一:第八十難「凌雲渡脫胎」並不是西遊記災難故事的最後一難。但是鑑於「脫胎」是指修心的完成，因此第八十難正是可作爲三藏修心歷程的最後一站。

註十二:見Wiffred L. Guerin 外三人合編，徐進夫譯，「文學欣賞與批評」，幼獅文化事業公司，民國六十七年再版，臺北，頁一三五。

第二章 災難的構成因素及其結合方

第一節 災難的構成因素

以朝聖團爲劃分的中心，災難的構成因素可分爲內在因素和外在因素兩大類。前者乃指朝聖團內各個成員，如唐三藏、孫悟空、猪八戒具有的引發災難的因素。後者乃指朝聖團以外各種人物具有的引發災難的因素。

綜觀西遊記全書便可發現吳承恩顯然把災難的構成因素建築在人性上。出現在西遊記的各種人物，雖然絕大多數神魔鬼怪是憑空想像出來的，但無非是運用這些怪異的假面之際，已含有人類的投影。卽西遊記的人物無一不是反映著人性的各個層面；他們雖披著神仙或妖怪的外衣出現，但是他們的行爲擧止，無一不是人類的化身。是故筆者認爲種種災難的構成因素完全植根於人性上，是無庸置疑的。人的行爲乃從感情、意志、慾望等特點交織揉合而成(註一)。此三者中，尤以慾望的牽制力最大，遮蓋了人類本來玲瓏的心竅，模糊了本來的面目，而造出種種罪惡。故吳承恩以慾望作爲災難的最大構成因素。感情、意志雖然不是人的邪惡面，但如果不加正確的思考判斷，也將是種種麻煩的根源。作者對人性有著銳利的探索，當然不會忽略這點，故基於災難故事乃是三藏的修心路程，特將災難的構成因素重在三藏感情、意志的刻畫，深刻地揭發作者對人性層面的剖析。

(一) 外在因素

災難的外在因素大都出自人的本性—慾望。人類慾望無窮，對衣食住行，生活享受，總是希求好上加好，於是昏昏昧昧的沉浮在慾海之中。在西遊記，不僅僅是妖怪、衆生，甚至超凡入聖的諸神也無法逃出慾望的深淵。大凡衆生、妖怪、神祇，他們在西遊記中表現出來的慾望不外是食、色、名、利以及長生不老等五種。今詳析如下：

慾望

(1) 食

中庸云:「人莫不飮食也。」

人類都有生存慾望，要維持其生存，必須吃飯。西遊記的妖怪同樣爲了保存個體生命，需要食物。因此，西行的取經團自然而然成爲被獵取的對象。今引述幾條原文，以見他們謀生求食的一斑。如第九難「陡澗換馬」:

> 師徒兩個正然看處，只見那澗當中響一聲，鑽出一條龍來，推波掀浪，攛出崖山，就搶長老。慌得個行者丟了行李，把師父抱下馬來，回頭便走。那條龍趕不上，把他的白馬連鞍轡一口呑下肚去，依然伏水潛踪。(第十五回)

又如第二十一難「黑松林失散」:

> 那妖聞言，呵呵大笑道:「我說是上邦人物。果然是你，正要喫你哩!却來的甚好! 甚好! 不然，却不錯放過了? 你該是我口內的食，自然要撞將來，就放也放不去，就走也走不脫! 」…… 老妖道:「又造化了! 兩個徒弟，連你三個，彀喫一頓了! 」(第二十八回)

又如第三十六難「路逢大水」:

> 那老者跌脚搥胸，哏了一聲道:「老爺啊! 雖則恩多還有怨，縱然慈惠却傷人。只因要喫童男女，不是昭彰正直神。」行者道:「要喫童男女麼?」老者道:「今年正到舍下。我們這裏，有百家人家居住。這大王一年一次祭賽，要一個童男，一個童女，猪羊牲醴供獻他，他一頓喫了，保我們風調雨順; 若不祭賽，就來降火生災。」(第四十七回)

又如第五十五難「稀柿衕穢阻」:

> 老者道:「實不瞞你說。我這裏久矣康寧。只這三年六月間，忽然一陣風起，那時人家甚忙，打麥的在場上，揷秧的在田裏，俱着了忙，只說是天變了。誰知風過處，有個妖精，將人家牧放的牛馬喫了，猪羊喫了，見鷄囫圇嚥，遇男女夾活呑。自從那次，這二年常來傷害。」(第六十七回)

由上面列擧的四條引文，可知妖怪在本能的驅迫之下，向外施展出旺盛的食慾。這就是災難的構成因素之一。

在此附加記述的是：衆妖怪迫切渴望吃人肉的慾望正是出自隱藏在人類潛意識深處的吃人肉的本能。歷史記錄證實古代曾有過以人身作爲祭品的時代。人身祭品是更早的吃人肉習俗演變而來，他們相信人類旣然喜歡人肉，衆神也會喜歡，而其祭物的身體通常被吃掉。古人以爲獻給天神的祭品已賦有祂的神聖性，是故人若吃人祭品便可以得到神性中的某些特質(註二)古老時代吃人肉的習俗雖然隨著文明的進步，消失已久，但其本能仍遺留在人類潛意識中。這可怕的本能通常從一些文學作品中，可以得見其蛛絲馬跡。吳承恩有意無意之間創造渴望吃人肉的衆妖怪，並由此將人類被遺忘已久的吃人肉的慾望揭露無遺。

(2) 色

論衡物勢篇云：「情欲動而合，合而生子矣。」

禮記禮運篇云：「飮食男女，入之大欲存焉。」

色慾如同食慾一樣屬於人類最強烈本能之一。這本能就生物學的觀點而言，代表種族生存與繁殖的機能；就現象學的觀點而言—亦卽是主觀經驗的觀點—它是人類快樂經驗的高峯。故人類無不追求性本能的滿足。現摘引西遊記原文，以見其色慾的一斑。如第四十三難「西梁國留婚」：

女王聞奏，滿心歡喜，對衆文武道：「寡人夜來夢見金屛生彩豔，玉鏡展光明，乃是今日之喜兆也。」衆女官擁拜丹墀道：「主公，怎見得是今日之喜兆？」女王道：「東土男人，乃唐朝御弟。我國中自混沌開闢之時，累代帝王，更不曾見男人至此。幸今唐王御弟下降，想是天賜來的，寡人以一國之富，願招御弟爲王，我願爲后，與他陰陽配合，生子生孫，永傳帝業，却不是今日之喜兆也。」(第五十四回)

又如第四十四難「琵琶洞受苦」：

那怪走下亭，露春葱十指纖纖，扯住長老道：「御弟寬心。我這裏雖不是西梁女國的宮殿，不比富貴奢華，其實却也清閑自在主，正念佛看經。我與你做個道伴兒，眞個是百歲和諧也。」（第五十五回）

又如第五十二難「棘林吟咏」：

那女子漸有見愛之情，挨挨軋軋，漸近坐邊，低聲悄語，呼道：「佳客莫者，趁此良宵，不要子待要怎的？人生光景，能有幾何？」（第六十四回）

上面列擧的三條引文都明示著在本能的衝動之下，向異性延伸出來的強烈的色慾。這就是災難的構成因素之一。

(3) 名

「豹死留皮，人死留名。」（五代史王彥章傳）

俗世之人無不企望他人的讚揚和稱頌，並由此提昇權勢、地位。是故他們日夜奔走於求名之途上。人際關係中所博得的名聲，乃是將自己成就建築在他人的認可上，而由此獲得滿足之感。此滿足之感正是產生貪執、自私的動力。除此之外，名譽還有消極的概念，卽報個人、家族之仇也是從名譽感所觸發出來的行爲。現摘引原文，以見其好名心之一斑。如第四十二難「喫水遭毒」：

那先生怒目道：「你師父可是唐三藏麼？」行者道：「正是，正是。」先生咬牙恨道：「你們可曾會着一個聖嬰大王麼？」行者道：「他是號山枯松澗火雲洞紅孩兒妖精的綽號。眞仙問他怎的？」先生道：「是我之舍姪。我乃牛魔王的兄弟。前者家兄處有信來報我，稱說唐三藏的大徒弟孫悟空憊懶，將他害了。——我這裏沒處尋你報仇，你倒來尋我，還要甚麼水哩！」(第五十三回)

又如第四十六難「難辨獼猴」：

行者聞言，呵呵冷笑道：「賢弟，此論甚不合我意，我打唐僧，搶行李，不因我不上西方，亦不因我愛居此地；我今熟讀了牒文，我自己上西方拜佛求經，送上東土，我獨成功，教那南贍部洲人立我爲祖，萬代傳名

也。」(第五十七回)

又如第四十八難「求取芭蕉扇」:

那羅剎女聽見「孫悟空」三字，便似撮鹽入火，火上澆油；骨都都紅生臉上，惡狠狠怒發心頭。羅剎道：「我兒是號山枯松澗火雲洞聖嬰大王紅孩兒，被你傾了，我們正沒處尋你報仇，你今上門納命，我肯饒你！」(第五十九回)

上文列擧的三條引文明示著渴望獲得他人之頌揚或者報私仇來求個人滿足的好名之心。這也是災難的構成因素之一。

(4) 利

論語里仁篇云：「富與貴是人之所欲也，貧與賤是人之所惡也。」

管子禁藏篇云：「夫凡人之情，見利莫能勿就，見害莫能勿避，其商人通賈，倍道兼行，夜以續日，千里而不遠者，利在前也。漁人之入海，海深萬仞，就彼逆流，乘危百里，宿夜不出者，利在水也。故利之所在 ，雖千仞之山無所不上，深淵之下無所不入焉。」

貪愛財富也是人性中最基本的慾望之一。是故，日夜汲汲於物質財貨的追求爭取，不但貪得無厭，而且從不滿足。因而貪污、劫掠、欺詐、盜竊，從不絕跡。現摘引西遊記原文，以見其財慾之一斑。如第十難「夜被火燒」:

老僧道：「看的不長久。我今年二百七十歲，空掙了幾百件袈裟。怎麼得有他這一件？怎麼得做個唐僧？」……衆僧道：「好沒正經!你要穿他的，有何難處？我們明日留他住一日，你就穿他一日；留他住十日，你就穿他十日，便罷了。何苦這般痛苦？」老僧道：「縱然留他住了年載，也只穿得年載，到底也不得氣長。他要去時，只得與他去，怎生留得長遠？」(第十六回)

又如第四十五難「再貶心猿」:

正走處，忽聽得一棒鑼聲，路兩邊閃出三十多人，一個個鎗刀棍棒，攔住路口道：「和尚！那裏走！」諕得個唐僧戰兢兢，坐不穩，跌下馬來，

蹲在路旁草科裏，只叫「大王饒命！大王饒命！」那爲頭的兩個大漢道：「不打你，只是有盤纏留下。」(第五十六回)

又如第七十九難「銅臺府監禁」：

却說銅臺府地靈縣城內有夥兇徒，因宿娼、飲酒、賭博，花費了家私，無計過活，遂夥了十數人做賊，算道本城那家是第一個財主，那家是第二個財主，去打劫些金銀用度。內有一人道：「也不用緝訪，也不須算計，只有今日送那唐朝和尙的寇員外家，十分富厚。我們乘此夜雨，街上人也不防備，火甲等也不巡邏，就此下手，劫他些貲本，我們再去嫖賭兒耍子，豈不美哉！」(第九十七回)

上面的每條引文明示爲了謀求財富表現出來的非理性、非道德的強烈慾望。這也是災難的構成因素之一。

(5) 長生不老

孟子云：「生亦我所欲，所欲有甚於生者，故不爲苟得也。死亦我所惡，所惡有甚於死者，故患有所不辟也。」(告子上篇)

人之欲生、求生是人性中的第一條基本原理。儘管一切生命，在開始時，便注定必然死亡，但人未嘗不企求生命的永存不休；像秦始皇、漢武帝的求仙、求藥，企謀長生不老都可作爲人喜生存而懼死亡的最佳證據。現摘引西遊記原文，以見其渴望長生不老的一斑。如第二十七難「被魔化身」：

却說紅光裏，眞是個妖精。他數年前，聞得人講：「東土唐僧往西天取經，乃是金蟬長老轉生，十世修行的好人。有人喫他一塊肉，延生長壽，與天地同休。」(第四十回)

又如第三十七難「身落天河」：

那怪道：「是一個東土大唐聖僧的徒弟，往西天拜佛求經者，假變男女，坐在廟裏。我被他現出本相，險些兒傷了性命。一向聞得人議：唐三藏乃十世修行的好人，但得喫他一塊肉延壽長生。不期他手有這般徒弟。我被他壞了名聲，破了香火，有心要捉唐僧，只怕不得能彀。」(第

四十八回)

又如第六十五難「比丘救子」：

> 國丈道：「我纔入朝來，見了一個絕妙的藥引，強似那一千一百一十一個小兒之心。那小兒之心，只延得陛下千年之壽；此引子，喫了我的仙藥，就可延萬萬年也。」國王漠然不知是何藥引，請問再三，國丈纔說:「那東土差去取經的和尙，我看他器宇清淨，容顏齊整，乃是個十世修行的眞體，自幼爲僧，元陽未泄。比那小兒更強萬倍。若得他的心肝煎湯，服我的仙藥，足保萬年之壽。」(第七十八回)

上面列擧的三條引文都明示著這些人物，不擇手段，企求長生不老的慾念。他們渴望克服無情的時間帶來的死亡。這長生不老的慾望也是災難的構成因素之一。

綜上所論，西遊記的人物都是追求本能慾望滿足的人。至於神祇也無法逃出「長生不老」這一關門。神祇們也非常迷戀使人能延年益壽的仙藥、仙果，於是他們同樣表露出某些人性上的弱點，如吝嗇、貪愛等。例如第十八難「五莊觀中」所見的眞元大仙，因爲孫悟空打倒能使人長生不老的人參果樹，所以他拚死不休地與孫悟空打鬪，後加嚴刑於三藏一行。又如第二十六難「烏鷄國救主」中，孫悟空爲了救活被妖怪謀害的烏鷄國王的生命，便到離恨天向老君討取「九轉環魂丹」，但老君竟然表現出貪戀金丹，而吝於施捨的凡態。換言之，吳承恩所創造出來的每個人物都受制於各種自私的慾求，甚至坐在雲端上的諸神也不能例外(註三)。此慾求一卽食、色、名、利、長生不老一就是災難的構成因素。其中，以長生不老因素爲最重要的災難的構成因素。由此斷然肯定人類對肉體的死亡抱有很大的畏懼，是故不擇手段，在所不惜，以求長生不老。

㈡ 內在因素

構成災難的內在因素有三：第一、來自朝聖團各個成員所持有的慾望；第二、來自唐三藏的感情；第三、來自唐三藏的盲目意志。現在分別討論如下：

慾望

慾望因個人性格的不同，而有所不同。朝聖團每個人所代表的性格顯然不同，如唐三藏顯示出來的是柔弱、感傷、自私、幼稚、輕信等肉身凡僧的性格；孫悟空則具有樂觀奮鬪、勇敢無畏、好勝爭強等性格的英雄人物；猪八戒則表現出一付饕餮懶惰、貪戀舒適、貪財好色的俗世人的模樣；沙和尚則是老實忠厚、平凡溫和、深思熟慮等理智型的人物(註四)。故西遊記有一首詩文論他們四人性格說：「唐三藏，戰戰兢兢，滴淚難言。猪八戒，絮絮叨叨，心中報怨。沙和尚，囊突突，意下躊躇。孫行者，笑唏唏，要施手段。」(第九十七回)是故朝聖團的成員對食、色、名、利等慾望，各有不同(註五)。

(1) 食

朝聖者因飲食招來災難的，如第十八難「五莊觀中」：

八戒正在厨房裏做飯，先前聽見說，取金擊子，拿丹盤，他已在心；又聽見他說，唐僧不認得是人參果，即拿在房裏自喫，口裏忍不住流涎道：「怎得一個兒嘗新！」(第二十四回)

又如第四十二難「喫水遭毒」：

三藏見那水清，一時口渴，便着八戒：「取鉢盂，舀些水來我喫。」那獃子道：「我也正要些兒喫哩。」即取鉢盂，舀了一鉢，遞與師父。師父喫了有一少半，還剩了多半，獃子接來，一氣飲乾，却伏侍三藏上馬 。(第五十三回)

又如第五十九難「七情迷沒」：

三藏道：「不是關風，我看那裏是個人家，意欲自去化些齋喫。」(第七十二回)

猪八戒和唐三藏兩人在取經的西天路上常常嚷著要吃齋。他們之間所不同的只在飯量的大小而已。雖然三藏的口慾遠不及八戒那麼強烈，但是兩人在渴求食慾的滿足上並無兩樣。這就是災難的構成因素之一。

(2) 色

取經人中，猪八戒的色慾，顯而易見。他的造型不僅代表貪吃懶惰，而且代表好色貪淫的一面。例如第十七難「四聖顯化」：

那八戒聞得這般富貴，這般美色，他却心癢難撓，坐在那椅子上，一似針戳屁股，左扭右扭的，忍耐不住。(第二十三回)

八戒的好色就是災難的構成因素之一。故作者現身教訓八戒說：

「色乃傷身之劍，貪之必定遭殃。佳人二八好容妝，更比夜叉兇壯。只有一個原本，再無微利添囊。好將資本謹收藏。堅守休敎放蕩。」(第二十四回)

(3) 名

朝聖者四人中好名之心最強烈的人物是孫悟空。他對於飮食、美色、財物等感官慾望幾乎沒有表現出任何嚮往企求，但他有非常濃厚的好名爭強之心。孫悟空受騙帶上「緊箍兒」正是因爲他具有一股極渴望出人頭地、好名爭強的慾望。作者雖然以孫悟空爲開啓三藏精神領悟的引導者，但是他仍然不尊奉悟空爲完美的人，而以超人視之，故能勾勒出悟空所具有的人性弱點。坦白地說，在吳承恩的筆下，絕沒有一個人能逃出他那帶有親切嘲弄的筆鋒。人對物慾的牽引較容易擺脫，但對名的執着則較不容易淡然處之。所以孫悟空在此也無法脫離好勝好強的枷鎖。例如第八難「兩界山頭」：

原來這猴子一生受不得人氣。他見三藏只管緖緖叨叨，按不住心頭火發道：「你旣是這等，說我做不得和尙，上不得西天，不必恁般絮咶惡我，我回去便了。」那三藏却不曾答應，他就使一個性子，將身一縱，說一聲「老孫去也！」三藏急抬頭，早已不見。(第十四回)

又如第十難「夜被火燒」：

行者一一觀之，都是些穿花納錦，刺繡銷金之物。笑道：「好，好，好！收起！收起！把我們的也取出來看看。」三藏把行者扯住，悄悄的道：

「徒弟，莫要與人鬬富。你我是單身在外，只恐有錯。」行者道:「放心! 放心! 都在老孫身上。」(第十六回)

又如第十八難「五莊觀中」:

二仙童問得是實，越加毁罵。就恨得個大聖鋼牙咬響，火眼睜圓，把條金箍棒揝了又揝, 忍了又忍道: 「這童子這樣可惡，只說當面打人，也罷，受他些氣兒，等我送他一個『絕後計』，教他大家都喫不成!」(第二十五回)

又如第二十四難「平頂山逢魔」:

行者聞言，把功曹叱退，切切在心。按雲頭，徑來山上。只見長老與八戒、沙僧，簇擁前進。他却暗想: 「我若把功曹的言語實實告誦師父，師父他不濟事，必就哭了; 假若不與他實說，夢着頭，帶着他走，常言道: 『乍入蘆圩，不知深淺』——倘或被妖魔捞去，却不又要老孫費心?且等我照顧八戒一照顧，先着他出頭與那怪打一仗看。若是打得過他，就算他一功; 若是沒手段，被怪拿去，等老孫再去救他不遲。却好顯我本事出名。」(第三十二回)

上面列擧的四條引文都明示著孫悟空具有爭強鬬勝，自負傲氣等好名之心。這就是災難的構成因素之一 。

在此附記的是: 「好名」乃是滲有自滿自樂的榮譽感。但悟空在取經途中，每次目睹無辜的老百姓遭受災害時，赴湯蹈火，仗義拔刀相助，消除災害。爲人間打抱不平的行動，正是來自他個人的自重感一名。故我們可以肯定不自私、不貪戀的「名」正是代表著人性上的優點。這「名」正是解決災難的最大動力。故我們在孫悟空身上可發現好壞兩面的榮譽心。

(4) 利

八戒因財慾偷了獨角兕大王的三件納錦背心兒，是故不僅八戒本身，連帶三藏、沙僧都被魔王捉去。西遊記第三十九難「金兜山遇怪」:

那壁廂有一張彩漆的卓子，卓子上亂搭着幾件錦繡錦衣。獃子提起來看時，却是三件納錦背心兒。他也不管好歹，拿下樓來，出聽房，徑到門外道：「師父，這裏全沒人煙，是一所亡靈之宅。老猪走進裏面，直至高樓之上，黃綾帳內，有一堆骸骨。串樓旁有三件納錦的背心，被我拿來了，也是我們一程兒造化。此時天氣寒冷，正當用處。師父，且脫了褊衫，把他且穿在底下，受用受用，免得喫冷。」(第五十回)

上面的引文明示八戒貪愛財物的一斑。這就是構成災難的因素之一。

綜合所論，朝聖人也表露出食、色、名、利等慾望。這也是災難的構成因素之一。

三藏的感情

所謂「感情」是指因外界事物和現象所刺激，而有所動於中而發於外。人類感情有多種表現。其中三藏的同情心、忿怒心、喜樂心往往牽動事情轉安爲危。

(1) 同情心

三藏於取經的一路上大大表現出其慈悲心。現摘引西遊記原文，以見其同情心。如第二十四難「平頂山逢魔」：

正行處，只聽得叫「師父救人！」三藏聞得，道：「善哉！善哉！這曠野山中，四下裏更無村舍，是甚麼人叫？想必是虎豹狼蟲諕倒的。」這長老兜回俊馬，叫道：「那有難者是甚人？可出來。」……丢了手看處，只見他脚上流血。三藏驚問道：「先生啊，你從那裏來？因甚傷了尊足？」那怪巧語花言，虛情假意道：「師父啊，此山西去，有一座清幽觀宇。我是那觀裏的道士……我師徒二人一路而行。行至深衢，忽遇着一隻斑斕猛虎，將我徒弟銜去。貧道戰兢兢的無奔走，一跤跌在亂石坡上，傷了腿足，不知回路。今日大有天緣，得遇師父，萬望師父大發慈悲，救我一命。若得到觀中，就是典身賣命，一定重謝深恩。」三藏聞言，認爲眞實，道：「先生啊，你我都是一命之人，我是僧，你是道。衣冠雖別，修行之理則同。我不救你啊，就不是出家之輩。」(第三十三回)

又如第二十八難「號山逢怪」：

> 三藏依言，策馬又進。行不上一里之遙，又聽得叫聲「救人！」長老道：「徒弟，這個叫聲，不是鬼魅妖邪；若是鬼魅妖邪，但有出聲，無有回聲。你聽他叫一聲，又叫一聲，想必是個有難之人。我們可去救他一救。」(第四十回)

又如第六十七難「松林救怪」：

> 却說三藏坐在林中，明心見性，諷念「摩訶般若波羅密多心經」，忽聽得嚶嚶的叫聲「救人」。三藏大驚道：「善哉！善哉！有甚麼人叫？……」那長老起身挪步……近前看之，只見那樹上綁着一個女子……長老立定脚，問他一句道：「女菩薩，你有甚事，綁在此間？」那妖精巧言花語，虛情假意，忙忙的答應道：「……時遇清明，邀請諸親及本家老小拜掃先塋，一行轎馬，都到了荒郊野外。……跑出一夥強人，持刀弄杖，喊殺前來，……。奴奴年幼，跪不動，諕倒在地，被衆強人拐來山內，大大王要做夫人，二大王要做妻室，第三個第四個都愛我美色，七八十家一齊爭吵，大家都不忿氣，所以把奴奴綁在林間，衆強人散盤而去。……千萬發大慈悲，救我一命，九泉之下，決不忘恩！」說罷，淚下如雨。三藏眞個慈心，也就忍不住吊下淚來，聲音哽咽。……唐僧用手指定那樹上，叫：「八戒，解下那女菩薩來，救他一命。」(第八十回)

由上述可知三藏對人對事往往充滿著同情心。此乃受佛教一貫精神「慈悲心」所驅使而致。但他這人道主義的悲憫完全缺乏理性判斷，而純粹是屬於感情的流露而已。故孫悟空竟然道出頗富深意的話來「師父，今日且把這慈悲心略收起收起，待過了此山，再發慈悲心罷。」(第四十回) 對佛家哲學了悟較透徹的孫悟空誠然洞悉施捨慈悲心也須以明晰的理智爲嚮導。但唐三藏太執着於遵守佛家「掃地恐傷螻蟻命，愛惜飛蛾紗罩燈。」，「救人一命，勝造七級浮屠。」等文字上的教條，是故無法達到孫悟空所領悟的精神境界。此缺乏理性判斷的同情心，也是災難的構成因素之一 。

(2) 忿怒心

三藏對外界物象所抱有的慈悲心轉移到孫悟空身上時，爆發出極大的忿怒心。常常三藏目睹孫悟空殺死一些盜賊，或一個僞裝成人形的妖怪時，他一面對外界人物湧出無限的慈悲心，一面對孫悟空兇悍的行爲產生極烈的忿怒心。如第二十難「貶退心猿」：

唐僧道：「猴頭，還有甚說話！出家人行善，如春園之草，不見其長，日有所增；行惡之人，如磨刀之石，不見其損，日有所虧。你在這荒郊野外，一連打死三人，還是無人檢舉，沒有對頭……你回去罷!」……唐僧見他言言語語，越發惱怒，滾鞍下馬來，叫沙僧包袱內取出紙筆，卽於澗下取水，石上磨墨，寫了一紙貶書，遞於行者道：猴頭！執此爲照!再不要你做徒弟了！如再與你相見，我就墮了啊鼻地獄。」(第二十七回)

又如第四十五難「再貶心猿」：

遂按下雲頭，徑至三藏馬前侍立道：「師父，恕弟子這遭！向後再不敢行兇，一一受師父教誨。千萬還得我保你西天去也。」唐僧見了，更不答應，兜住馬，卽念緊箍兒呪。……行者只教：「莫念！莫念!我是有處過日子的，只怕你無我去不得西天。」三藏發怒道：「你這猢猻殺生害命，連累了我多少，如今實不要你了！我去得去不得，不干你事，快走，快走!遲了些兒，我又念眞言。這番絕不住口，把你腦漿都勒出來哩！」(第五十七回)

由上面兩條引文可知三藏對孫悟空發洩出來的忿怒心已至極點，甚至到咆哮，要與他脫離師父關係。這就是災難的構成因素之一。

(3) 喜樂心

唐三藏常因某種感官的享受，而感到喜樂，而這喜樂心的產生也是災難的構成因素之一。例如第七十六難「玄英洞受苦」，三藏不免一晌貪歡，爲享受視聽之娛，誤落塵網而不自覺。試引原文爲證：

功曹道：「你師父寬了禪性，在於金平府慈雲寺貪歡，所以泰極生否，

樂盛成悲，今被妖邪捕獲。」(第九十一回)

綜上所論，三藏的感情表現：同情心、忿怒心、喜樂心都是成爲災難的構成因素。

三藏的意志

意志就是一種控制自己，支配自己的行動，並自覺地調節自己行爲的力量(註六)。而且意志常與思維相聯繫，從而具有善於使感情服從理性的作用。因此，在西遊記中三藏的堅決意志正是推進取經事業的最大力量。而三藏表現得最強烈的意志力莫過於熱切的宗教信念，此種信念往往使人盲日地服從其教理。佛教每條教理固然是無懈可擊，但不透過理性判斷的盲目信從，必然是導致災難的發生，因此三藏的意志力—宗教信念有時也是導致災難的構成因素之一。例如第二十一難「黑松林失散」：

長老轉了一會，却走向南邊去了。出得松林，忽抬頭見那壁廂金光閃爍，彩氣騰騰。仔細看處，原來是一座寶塔，金頂放光。這是那西落的日色，映着那金頂放光。他道：「我弟子却沒緣法哩！自離東土，發願逢廟燒香，見佛拜佛，遇塔掃塔。那放光的不是一座黃金寶塔？怎麼不曾走那條路？塔下必有寺院，院內必有僧家，且等我走走。……」(第二十八回)

又如第五十三難「小雷音遇難」：

三藏道：「就是小雷音寺，必定也有個佛祖在內。經上言三千諸佛，想是不在一方：似觀音在南海，普賢在峨眉，文殊在五臺。這不知是那一位佛祖的道場。古人云：『有佛有經，無方無寶。』我們可進去來。」行者道：「不可進去。此處少吉多凶。若有禍患，你莫怪我。」三藏道：「就是無佛，必有個佛像。我弟子心願，遇佛拜佛，如何怪你。」(第六十五回)

上面兩條引文明示著三藏盲目地信從宗教信念的姿態，這正引領他走上危路。這也是災難的構成因素之一。

綜上所論，災難的構成因素有二：一、外在因素；二、內在因素兩種。此兩種因素撮合而成災難。其中構成災難的「主要因素」則還是外在因素。除了少數例外的災難以外，朝聖人本身所具有的人性上的弱點對災難的發生或多或少，具有火上加油，引風搧火的作用(註七)。是故內在因素再以「次要因素」稱之。

第二節 災難構成因素的結合方式

上文曾論述構成災難的兩種因素。在此，筆者更進一步探討該兩種因素結合而構成災難的方式。其方式有二：第一、外在因素單獨構成的方式；第二、外在因素加內在因素合成的方式。前者只以「外在因素」單獨所構成。換言之，西遊記中的妖怪、衆生因渴求實現自己慾望的滿足，便向朝聖團，或當地百姓施予毒手。他們具有的食、色、名、利、長生不老等強烈慾望向外施展出來就意味著災難已發生。綜觀西遊記八十一個災難，便可發現許多災難的構成都來自外界人物的慾求。在此朝聖人對災難的構成並沒有任何有所影響力。他們只苦受著災難的煎熬而已。由「外在因素」單獨構成災難的有：諸如第五難「出城逢虎」、第七難「雙叉嶺上」、第十三難「黃風怪阻」、第四十四難「琵琶洞受苦」、第七十難「滅法國難行」等，不勝枚擧。

後者以外在因素和內在因素交織而成。換言之，外界人物返射出來的慾望和朝聖團內部的弱點結合，因而促成一個災難應運而生。這兩種因素結合的方式有二：第一、外在因素和內在因素先後銜接；第二、外在因素和內在因素同時交互作用。

㈠ 外在因素和內在因素先後銜接

外在因素(或內在因素)先構成危難，但馬上被解決，接着從外在因素(或內在因素)衍生出來的內在因素(或外在因素)構成另外一個危難。例如第八難「兩界山頭」三藏和孫悟空路上遇見攔路打劫的六個毛賊，但這六個毛賊僅挨了孫悟空的一棍子，就頓時血肉模糊了。三藏看見地上一灘灘鮮血，和六個直挺挺的屍體，心中大怒痛罵孫悟空心狠手辣。孫悟空也按奈不住心火，便逕自出走了。首先引起災難的是六個毛賊的財慾(外在因素)，繼而形成師徒之間裂痕的是三藏不能控制情緒的忿怒心(內在因素)和孫悟空的不忍一時之氣的好勝之心(內在因素)。又如第十難「夜被火燒」，首先老和尚與孫悟空鬪富(外在、內在因素)，繼而老和尚貪戀三藏的錦襴袈裟的財慾(外在因素)，便構成災難。又如第十八難「五莊觀中」、第四十二難「喫水遭毒」、第四十五難「再貶心猿」等俯拾皆是以此種方式組合。

㈡ 外在因素和內在因素同時交互作用

狡猾的妖怪特別善解人性上的各種弱點，於是利用朝聖團成員所持有的各種弱點來謀求慾望的達成。他們將自己的慾望投射在朝聖者的身上，並且成功地抓住其弱點時，便釀造了一個災難。即妖怪的慾望和朝聖人的弱點之間有同時交互作用。換言之，衆妖怪的慾望(外在因素)只在騙取到三藏以及其徒弟的心(內在因素)時，才可以有效地構成災難。細分外在因素和內在因素同時互相交互的有如下的三種：第一 、利用朝聖人的慾望；第二、利用三藏的同情心；第三、利用三藏的盲目意志(宗教信念)。現各擧幾條例子，以見其實際運用的情形。

⑴ 利用朝聖人的慾望

西遊記第二十難「貶退心猿」出現的女妖僞裝成討人喜歡的美女，並拿着齋飯來惑動三藏的食慾和色慾，以企圖達成其長生不老的慾望。但由於孫悟空早已識破妖精的來意，使他無法遂其心願。又如第三十九難「金兜山遇怪」出現的獨角兕大王利用人們貪財的弱點，以捉人度日子。猪八戒因貪愛納錦背心兒，連帶三藏和沙僧落入妖精預設的陷阱。

⑵ 利用三藏的同情心

西遊記第二十三難「平頂山逢魔」出現的銀角大王僞裝成惹人憐憫的折腿的道士來討三藏的同情心。他那迫切企求長生不老的慾念討取三藏慈悲心的一刻便可以獵取三藏。又如第二十七難「被魔化身」出現的紅孩兒，第六十七難「松林救怪」出現的地湧夫人同樣爲了慾望的滿足，都僞裝成可憐的小孩或少女，以求取三藏的同情心。趁著三藏施捨慈悲心的機會，捉去三藏。喬裝受傷之人或可憐的小兒女，均是賺取他人同情心的最佳人選，再加上三藏又是頗富同情心，更是妖精混人耳目，伺機騙取唐僧的上乘之法。

⑶ 利用三藏的盲目意志(宗教信念)

西遊記第二十一難「黑風林失散」，由於三藏爲盲目的信從所驅使，毫無疑惑地進入金頂放光的寶塔內，便被吃人度日子的妖怪所捕獲。又如第五十三難「小雷音遇難」是黃眉童子的好名之心(外在因素)和三藏盲目的宗教信仰(內在因素)互爲影響，又構成災難。總之，衆妖怪因謀求慾望的滿足，預設能引誘朝聖人的陷阱，但是如果朝聖人本身沒有被蠱惑的話，災難是絕不能發生。

總之，吳承恩把災難的構成因素構築在人性的特點上——卽慾望、感情、意志上。豐富的人生經驗及其智慧使他對人性了解深刻，並且他能把握住各種人性的卑鄙、醜陋。而且人性的觀察不僅限於慾望帶來的毁滅墮落，更是揭穿感情和意志不以理智爲引導時可能產生的危險的後果。在西遊記，衆妖怪走入毁滅之路正是明示著人類慾望的可怕。朝聖者飽受災難的痛苦也是多多少少源自於取經人本身的錯誤。因此吳承恩透過八十一難的描繪精闢地揭露出人性上的弱點來提醒讀者，必須戒欲修德，陶鑄無情無慾的至德，以保持心靈的寧靜和平安。這就是他把災難的構成因素建築在人性上的最大原因。故他常常現身勸戒說：「有緣洗盡憂疑思，絕念無思心自寧。」(第七十一回)、「從正修持須謹愼，掃除愛欲自歸眞。」(第二十三回)

〔附註〕

註一:見黎建球著「人生哲學」，三民書局印行，民國六十五年十月初版，臺北，頁八五。

註二:見莫達爾著，鄭秋水譯，「愛與文學」，遠景出版社，民國六十五年三月三版，臺北，頁一八三 ~ 一八四。

註三:吳承恩嘲弄整個西遊人物，連作者的代言人孫悟空也逃不出作者銳利的筆鋒。這是因爲吳氏有意將故事構築在諷刺上面的緣故。

註四:參見西遊記，頁四六五、四六七、四八五、五五八、五五九、五六二、六三五、七三四、八九三、九二九。由此，可歸納出沙僧爲人老實忠厚、深思熟慮的理智型人物。

註五:朝聖者四人都追求由假而眞，由迷而悟，由俗而聖等絕對實在的聖城 - 靈山。此目標屬於精神上的追求，並不是追尋肉體上的永生，是故從朝聖者身上無可發現渴求長生不老的慾望，故將「長生不老」因素，在此略而不論。

註六:見盧萍著「心理研究」，五洲出版社印行，民國五十七年七月，臺北，頁九四。

註七:少數例外的災難有：第十八難「五莊觀中」，第四十二難「喫水遭毒」等。此災難由朝聖人本身具有的人性上的弱點所導致。

第三章 八十一難的主要禍首—妖怪

綜觀西遊記八十一難便可發現其中有六十個之多的災難是以妖怪爲肇事者。換言之，災難的大部份製造者是居住在西天取經路上。衆妖能對唐僧一行非泛泛之輩興風作浪也意味著他們多少亦有神通本領，不容等閒視之。因爲保護三藏的徒弟都是修煉了一身武功的特異人物：諸如孫悟空學成大道神通之後，便打到十八層地獄，强迫冥王一筆勾銷他在生死簿上的名字；又衝到龍宮，硬向龍王索取如意金箍棒；甚至大鬧天宮，把九曜星打得閉門閉戶，連四大天王也逃得無影無踪，悟空就是如此頑强的人物。猪八戒則賦有統轄天上八萬水兵的威力；沙僧也是身懷侍衛玉皇大帝的威勢。所以妖輩如果不是身懷絕技，要想騷擾西行取經團一干人等也是不易得逞。因此，我們可斷然地肯定製造災難的妖怪們具有高超的功夫。否則，三藏徒弟何須爲了平息災難煞費周章，甚至有時要借助神祇現身招降妖魔鬼怪。故本章側重在妖魔之功力方面的探討，從中可見其何以對取經團人員構成威脅。由於衆妖怪之來自四方，秉賦各異，故其功力亦有高下之別，所以先探討衆妖的來源。

第一節 妖怪的來源

夏志淸先生在其「西遊記研究」一文中曾就西遊記衆怪的來源而分成「天上型」與「地上型」兩種。他說：

> 「以其根源而論，這些妖怪再可分爲兩類型：有些屬於天宮的動物園，他們逃出天宮到凡間來盡情享樂；有些永遠是地上的生物，不願同天宮有任何來往，雖然有些同天上的神有些親屬關係。」(註一)

夏先生以妖怪最初所居的所在來劃分「天上型」與「地上型」兩種。由於他分類的關鍵在於妖怪逃出天宮與否，所以他將與天上神有親屬關係，却長久居住於地上的妖怪列入「地上型」。筆者原則上同意他的分類，但不太贊成夏先生將「與天上神有親屬關係的妖怪」歸類於「地上型」的分法。其理由如下：若加以追溯這妖怪的根源，他仍是屬天宮的，所以這妖怪最後還是要回到天宮。如第六十一難「路阻獅駝」 ~ 第六十四難「請佛收魔」中所出現的大鵬金翅鳥卽是支持此理由的最佳證據。他是蟄居於地上的妖怪，但他本與如來佛有親屬關係，最後還是被如來佛帶回到靈山。筆者基於此理由，將與天上諸神有親屬關係或連帶關係的衆妖依然歸屬到「天上型」(註二)。現仍沿「天上型」與「地上型」的兩大類妖怪，來略述其法力。

㈠ 天上型的妖怪

「天上型」的妖怪可再分成爲來自佛教世界和道教世界的。來自佛教諸神座下的妖怪及其擁有的神通力略述如下：

⑴ 來自佛教世界的妖怪：

①黃風嶺黃風怪：他原是靈山脚下的得道老鼠。他會弄三昧神風。見於第十三難「黃風怪阻」、第十四難「請求靈吉」等兩個災難。

②烏鷄國全眞道人：他原是文殊菩薩坐下的靑毛獅子。他具有呼風喚雨、變形自如等法力，藉此法力來討烏鷄國王的歡心。最後不但殺害國王，而且冒充國王。見於第二十六難「烏鷄國救主」。

③通天河靈感大王：他原是南海觀音菩薩蓮花池裏所養的金魚。他具有呼風喚雨，翻江倒海、降雪結冰等神通力。他到下界後不僅爲陳家莊帶來祭賽童男童女的災殃，而且導致唐三藏身落通天河的災難。見於第三十六難「路逢大水」、第三十七難「身落天河」、第三十八難「魚籃現身 」等三個災難。

④小雷音寺黃眉大王：他原是彌勒佛面前司磬的童子。擁有金铙、搭包兒、狼牙棒等三種佛寶。而以此佛寶來擒捉三藏一行

人及孫悟空請來的諸神兵。其中最属害莫過於無所不裝的搭包兒。見於第五十三難「小雷音遇難」、第五十四難「諸天神遭困」等兩個災難。

⑤麒麟山賽太歲：他原是觀音菩薩跨下的金毛犼。他擁有能放煙、放火、放沙的三個鈴鐺。見於第五十六難「朱紫國行醫」、第五十七難「拯救疲癃」、第五十八難「降妖取后」等三個災攤。

⑥獅駝嶺三個魔王：他們原是文殊菩薩的坐下青毛獅子，普賢菩薩的坐騎白豫，與如來佛有姻親關係的大鵬金翅鳥(註三)。三個妖魔同心合力，曾將三藏師徒擒捉，放入蒸籠，使他們備受煎熬之苦。見於第六十一難「路阻獅駝」、第六十二難「怪分三色」、第六十三難「城裏遇災」、第六十四難「請佛收魔」等四個災難。

⑦陷空山地湧夫人：她原是金鼻白毛老鼠精。她拜李天王爲父，卽李天王的義女。她也具有一身神通法術。見於第六十七難「松林救怪」、第六十八難「僧房臥疾」、第六十九難「無底洞遭困」等三個災難。

由上面的列擧，可知從佛教世界逃出來的妖怪一共有九個。他們先後降臨人間，藉著自己的本領，不但百般干擾取經團西進，甚而貽害民衆。

(2) 來自道敎世界的妖怪：

①碗子山黃袍怪：他原是天宮二十八宿之一 – 奎星。他具有戰敗八戒和沙僧的威力。並且使出「黑眼定身法」，魘住唐三藏，使他變作一隻斑斕猛虎。見於第二十一難「黑松林失散」、第二十二難「寶象國　稍書」、第二十三難「金鑾殿變虎」等三個災難。

②平頂山金角、銀角大王：他們原是太上老君處看金爐、銀爐

的童子。銀角大王以「移山倒海法」壓住孫悟空，並把他裝在紫金紅葫蘆裏。見於第二十四難「平頂山逢魔」、第二十五難「蓮花洞高懸」等兩個災難。

③金兜山獨角兕大王：他原是離恨天兜率宮太上老君處的一隻青牛。他有一個亮灼灼白森森的圈子，用此來戰敗孫悟空請來的李天王、哪吒太子等衆天神。見於第三十九難「金兜山遇怪」、第四十難「普天神難伏」、第四十一難「問佛根源」等三個災難。

④比丘國國丈：他原是蓬萊島壽星的坐騎白鹿。他用蟠龍拐杖來對付孫悟空的攻擊。見於第六十五難「比丘救子」、第六十六難「辨認眞邪」等兩個災難。

⑤竹節山九靈元聖：他原是天上太乙救苦天尊的坐騎九頭獅子。他可不費力氣地以九個頭，來擒捉三藏師徒一行與玉華縣國王等人。見於第七十三難「失落兵器」、第七十四難「會慶釘鈀」、第七十五難「竹節山遭難」等三個災難。

⑥天竺國假公主：他原是蟾宮太陰星君處搗玄霜仙藥的玉兎。他有短棍兒，而以此抵抗孫悟空的攻擊。見於第七十八難「天竺國招婚」。

由上面的列擧，可知來自道教世界的妖怪一共有七個。他們如同來自佛教世界的妖怪一樣，在八十一個災難中，都扮演著禍端肇事的角色。這些來自佛、道兩家天上世界的妖怪除了各有專長的神通力以外，都普遍具有騰雲駕霧的能事，變形自如，隨心所欲。他們無不運用神通巧計，製造層出不窮的災難。妖怪神通力越高，所醞釀的災變，對受難者而言，更是疲於應付，難關重重。

㈡ 地上型的妖怪

大部份「地上型」的妖怪所具有的神通本領並不遜色於「天上型」的妖怪。現在列擧「地上型」妖怪的來歷及其神通力如下：

①雙叉嶺的寅將軍、熊山君、特處士：他們原是老虎、熊羆、野牛。他們都具有能變形自如的能力。見於第五難「出城逢虎」、第六難「折從落坑」的兩個災難。

②黑風山黑風怪：他原是熊羆。黑風怪具有與孫悟空媲美的武藝。見於第十一難「失却袈裟」。

③白虎嶺白骨夫人：他原是潛靈作怪的僵屍。他具有變形自如的本領。見於第二十難「貶退心猿」。

④號山枯松澗紅孩兒：他原是牛魔王和羅刹女的兒子。他曾在火焰山修行了三百年，煉成三昧眞火。見於第二十七難「被魔化身」、第二十八難「號山逢怪」、第二十九難「風攝聖僧」、第三十難「心猿遭害」、第三十一難「請聖降妖」等五個災難。

⑤黑水河小鼉龍：他原是西海龍王敖順的外甥，他也具有呼風喚雨等神通手段。見於第三十二難「黑河沉沒」。

⑥車遲國虎力大仙、鹿力大仙、羊力大仙：他們原是成精的山獸，卽黃毛虎、白毛角鹿、羚羊。他們不但有呼風喚雨，摶砂煉汞，指水爲油，點石成金的法術，而且還有砍下頭來，又能安上；剖腹剜心，還再長完；滾油鍋裏，又能洗澡等神通力。見於第三十三難「搬運車遲」、第三十四難「大睹輸贏」、第三十五難「祛道興聖」等三個災難。

⑦破兒洞如意眞仙：他是牛魔王的弟弟。見於第四十二難「喫水遭毒」。

⑧毒敵山女妖：她原是蝎子精。她尾上一個鉤子，叫做「倒馬毒」，而以此擦人，使得敵人痛疼難禁。甚至法力無邊的觀音菩薩，如來佛等佛神都幾分害怕他。見於第四十四難「琵琶洞受苦」。

⑨花果山假悟空：他是具有善聆音，能察理，知前後，萬物皆明等神通力的六耳獮猴。見於第四十六難「難辨獮猴」。

⑩火焰山牛魔王與羅刹女：他原是一隻白牛，與羅刹女爲夫妻。他有七十二般變化，武藝也與孫悟空一般，羅刹女則乃擁有能滅火氣，能吹人八萬四千里的芭蕉扇。見於第四十七難「路阻火焰山」、第四十八難「求取芭蕉扇」、第四十九難「收縛魔王」等三個災難。

⑪碧波潭九頭駙馬：他原是九頭蟲。九頭蟲有廣大神通，是故大顯神通，下了一陣血雨，汚了寶塔，偷了塔中的舍利子佛寶，以貽害衆僧。孫悟空與猪八戒的法力無法斬除他。見於第五十難「賽城掃塔」、第五十一難「取寶救僧」。

⑫荊棘嶺諸樹木精：他們原是松樹、柏樹、竹竿、檜樹、杏樹、楓樹等。他們都有變身的手段。見於第五十二難「棘林吟咏」。

⑬盤絲洞七個妖女：她們原是蜘蛛精。他們有臍孔中冒出絲繩，以纏住對方的本領。見於第五十九難「七情迷沒」。

⑭黃花觀道士：他原是蜈蚣精。並與七個蜘蛛精爲同窗兄妹，他那千隻眼中放射出來的萬道金光罩定敵人，使得他無法逃出金光。見於第六十難「多目遭傷」。

⑮隱霧山南山大王：他原是艾葉花皮豹子精。他有變形自如等神通。見於第七十一難「隱霧山遇怪」。

⑯青龍山辟寒大王、辟暑大王、辟塵大王：他們原是三隻犀牛。他們具有能假變佛像，能飛雲步霧的神通本領。見於第七十六難「玄英洞受苦」，第七十七難「趕捉犀牛」等兩個災難。

⑰通天河老黿：見於第八十一難「通天河老黿作祟」。

可見「地上型」的妖怪如同「天上型」的妖怪一樣具有高強的神通本領。因此，他們同樣成爲造成災難的主要禍首。

第二節 妖怪的法力

無論「天上型」或「地上型」妖怪，他們都一身稟賦超絕法力。擧例而言，「天上型」妖怪，如黃風怪使出的三昧神風乃能使大地天昏地黑，飛砂走石，使得悟空火眼金睛負傷，甚至敗北。悟空說：

「利害！利害！我老孫自爲人，不曾見這大風……故弄出這陣風來，果是兇惡，刮得我站立不住，收了本事，冒風而逃。——哏，好風！哏，好風！老孫也呼風，也會喚雨，不曾似這個妖精的風惡！」(第二十一回)

可見連目中無人的悟空，都由衷歎服此妖本領高强。又如「天上型」妖怪大鵬金翅鳥、青毛獅子、白猕等三個魔頭擁有强大的威力和奸詐的機智。神通廣大的孫悟空也在他們的猛勢下，無能爲力。現摘錄一段：

行者道：「弟子屢蒙教訓之恩，託庇在佛爺爺之門下，自歸正果，保護唐僧，拜爲師範，一路上苦不可言！今至獅駝山獅駝洞獅駝城，有三個毒魔乃獅王、猕王、大鵬，把我師父捉將去，連弟子一概遭迍，都綑在蒸籠裏，受湯火之災。幸弟子脫逃，喚龍王救免。是夜偸出師等，不料災星難脫，復又擒回。又至天明，入域打聽，叵耐那魔十分狠毒，萬樣驍勇：把師父連夜夾生喫了，如今骨肉無存。又況師徒悟能、悟淨，見綁在那廂，不久性命亦皆傾矣。弟子沒及奈何，特地到此參拜如來。……」說未了，淚如泉湧，悲聲不絕。如來笑道：「悟空少得煩惱，那妖精神通廣大，你勝不得他，所以這等心痛。」行者跪在下面，槌著胸膛道：「不瞞如來說。弟子當年鬧天宮，稱大聖，自爲人以來，不曾喫虧，今番却遭這毒魔之手。」(第七十七回)

由上面所述的孫悟空與如來佛的對話，顯而易見這三個魔頭擁有的神通本領多麼廣大高强。除了如來佛親自收降他們以外，絕沒有一個人選，使他們伏首稱臣的。在「地上型」的妖怪中，紅孩兒不愧作爲心狠手辣，本領高强的妖怪。他以修行煉成的「三昧眞火」來擊敗孫悟空，使他遭受破天荒的傷害。現摘引原文，以見其神通力的一斑。

那妖魔槌了兩拳，念個呪語，口裏噴出火來，鼻子裏濃煙迸出，閘閘眼，火焰齊生。那五輛車子上，火光湧出。連噴了幾口，只見那紅焰焰，大火燒空，把一座火雲洞，被那煙火迷漫，眞是個熯天熾地。八戒慌了道：「哥哥，不停當！這一鑽在火裏，莫想得活。」（第四十一回）

那麼衆妖如何得到如此高强的神通本領呢?綜觀第一節「妖怪的來源」所列擧的「天上型」和「地上型」妖怪的例證，便可歸納出法力的來源：第一、修煉；第二、法寶。現就此兩種依據來探討下文。

㈠ 修煉

妖怪從自修中煉成法身，而且此修煉功夫的深淺是決定法力高低的因素。如孫悟空的七十二變，一觔斗十萬八千里的神通：此乃他自幼立志，遠涉天涯，參仙訪道，刻苦修煉的結果。不僅是孫悟空，甚至統轄宇宙的玉皇大帝也是從自行修煉中獲得無邊法力。故如來佛有言：

「他自幼修持，苦歷過一千七百五十劫。每劫該十二萬九千六百年。」（第七回）

所以不論是神祇或妖怪，他們必須通過一段刻苦修煉的功夫，才能學成超凡的神通或法力。但心術不正之徒，卽使煉成法力也是屬妖怪之流。但不論是妖怪與否，只要潛心運法，其神通必可廣大高强。玆擧例子來佐證，亦可窺見一斑。

觀音菩薩蓮花池裏的一條金魚，私自逃出蓮花池，跑到通天河吃童男童女過日子。他久聞只要吃得三藏的肉能使人長生不老，心中難免蠢巓欲動。伺機來臨，使出千方百計，諸如：興風作雪、結水成冰，趁著三藏踏冰而渡河的時候，迸裂寒冰，捉住唐三藏。由於此妖手段高强，徒弟三人束手無策，只好去南海普陀巖求助。當觀音菩薩現身降妖，八戒與沙僧不禁好奇問道此妖是何來歷，有瞞天過海之能事。菩薩回答說：

「他本是我蓮花池裏養大的金魚。每曰浮頭聽經，修成手段。那一柄九瓣銅鎚，乃是一枝未開的菡萏，被他運煉成兵。」(第四十九回)

日日聽經，潛移默化，金魚不僅學成呼風喚雨、興風下雪的神通手段，甚至連一枝含苞待放的菡萏也煉成「鎗刀劍戟渾難賽，鉞斧戈矛莫敢經」的尖銳的兵器。

在第七十五難「竹節山遭難」中出現的九頭獅子，其修煉的程度較金魚更上一層樓。九頭獅子的主人翁太乙救苦天尊明明白白道出此妖所修煉成果已是：

「他喊一聲，上通三聖，下徹九泉，等閑也便不得傷生。」(第九十回)

此妖只要他獅子大開尊口，喊一聲，能有上通三聖，下徹九泉的神通威力，可見修煉得道的輝煌成果。其他來自神聖地域的衆多妖怪無一不是一技在身的修煉者。

孫悟空有言：「大抵世間之物，凡有九竅者，皆可以修行成仙。」(第十七回)可見「地上型」妖怪的法力顯然也是來自個人的修行功夫。故金星道出：

「那是三個犀牛之精。他因有天文之象，累年修悟成真，亦能飛雲駕霧。」(第九十二回)

又如牛魔王敍述其妻羅刹女修行的情形說：

「那芭蕉洞雖是僻靜，却淸幽自在。我山妻自幼修持，也是個得道的女仙。」(第六十回)

此兩條引文誠然可作爲孫悟空「大抵世間之物，凡有九竅者，皆可以成仙」這番話的最佳註脚。「地上型」妖怪的法力也是就修煉功夫的深淺來決定。如果一個妖怪所修煉的功夫淺薄的話，他所使出的神通力也是微不足道。擧例而言，通天河的老黿修行了一千三百餘年，雖然延年益壽，會說人語，但他究竟是沒有脫本殼的較低級的妖怪。由於他迫切地渴望盡快脫本殼，曾經拜託三藏代他向如來佛問他能幾時脫本殼而得人身(註四)，但三藏並不信守諾言，所以將身一幌，把三藏一行，摔下水中。這就是三藏所經歷的災難中最後一難，即第八十一難「通天河老鼋作祟」。如此神通力較小的妖怪則對於三藏一行無法導致嚴重傷身的災害。除了此老鼋以外，其他「地上型」妖怪所賦有的神通力依其修煉的程度雖有或高或低的差異，但是他們都算是變化多端、神通莫測的妖怪。例如牛魔王身賦的武功與七十二變等手段，使得三頭六臂，上天入地的行者無法制伏他，而求助於諸天神，才能平息一場軒然大波。

總之，衆妖無論其來源是「天上」，或是「地上」都是身具高强本領的修煉者。他們藉此上天入地、興風作浪的神通本領來橫阻西天路，對取經人形成莫大的威脅。

㈡ 法寶

妖怪身邊是否藏有神界法寶亦能提高其神通力。彼諸法寶一旦落入衆妖手中，都成下界毁滅他人的恐怖武器。此法寶大部份是「天上型」妖怪逃出天宮時，順手偸出來的神界的物器。擧例而言，銀角大王的「紫金紅葫蘆」是他從太上老君處偸出來的盛丹葫蘆。若將此葫蘆的底兒朝天，口兒朝地，叫一聲某人名，而此人又應聲答話，就被收入葫蘆瓶之中。若再動點手脚貼上「太上老君急急如律令奉勒」的帖兒，一時三刻後此人必化爲一灘濃水(註五)。魔王大鵬金翅鳥的「陰陽二氣瓶」亦同樣具有化人爲漿水的魔力。妖怪的寶貝中最厲害的莫過於獨角兕大王擁有的圈子。一當他逞威使用此圈，其勢詭譎無邊。甚至高高在上神通莫測的如來佛也無能爲力，只好抱著不惹爲妙的心態。孫悟空描敍該妖怪猖狂橫行的情形說:

> 「他捉了我唐僧進去，搶了我金箍棒，請天兵相助，又搶了太子的神兵，及請火德星君，又搶了他的火具。惟水伯雖不能淹死他，倒還不曾搶他物件。至請如來着羅漢下砂，又將金丹砂搶去。……」(第五十二回)

原來這圈子是太上老君的「金鋼琢」。老君道出「金鋼琢」的來歷及其威力說：

「我那『金鋼琢』，乃是我過函關化胡之器，自幼修悰之寶。憑你甚麽兵器，水火俱莫能近他。若偸去我的『芭蕉扇兒』，連我也不能奈他何矣。」(第五十二回)

所以獨角兕大王單憑此金鋼琢，橫行四處，無敵不克，百戰百勝，氣燄囂張，對方只有挨打之份。除了上述的法寶外，亦有太上老君盛水的淨瓶、煉魔的寶劍、煽火的扇子、一根勒袍的帶；東來佛祖的金鐃、搭包兒、狼牙棒；觀音菩薩的金鈴；壽星的拐杖；廣寒宮太陰星君的搗藥杵都被借爲衆妖逞能作歹的凶器。

蟄居於地上洞穴的「地上型」妖怪與神界遙遙相隔，無門上天，因而他們未得機會竊取神界的寶貝。但這裏也有例外。羅刹女竟然藏有能一扇熄火，二扇風生，三扇下雨的「芭蕉扇」。此扇子亦有將人飄蕩八萬四千里，才息陰風的風勢。故他用此扇子來攻擊孫悟空。那麽這些物件到底禀賦了甚麽特性，竟然賦有如此驚人的魔力呢？如銀角大王「紫金紅葫蘆」是：

「我這葫蘆是混沌初分，天開地闢，有一位太上老祖，解化女娲之名，煉石補天，普救閻浮世界；補到乾宮缺地，見一座崑崙山脚下，有一縷仙藤，上結著這個紫金紅葫蘆，却便是老君留下到如今。」(第三十五回)

又如羅刹女的「笆蕉扇」是：

「那芭蕉扇是崑崙山後，自混沌開闢以來，天地產成的一個靈寶，乃太陰之精葉，故能滅火氣。假若搧着人，要飄八萬四千里。」(第五十九回)

又如「搗藥杵」是：

「仙根是段羊脂玉，磨琢成形不計年。混沌開始吾已得，洪濛判處我當先。源流非比凡間物，本性生來在上天。一體金光和四相，五行瑞氣合三元。」(第九十五回)

由上所引，不難看出此三個法寶爲何與衆不同。它們乃是與天地共生共存之物，又受天眞地秀的日月精華，自然却是「聖化」之物。根據此點，進而詳細分析「聖化」之因素。

第一、就時間而言：上面所擧的三件物器都具有時間上的永恒性。它們是與混沌初分，天地開闢同時賦有超然生命力的。所以只要與宇宙同生之物都有神秘的超然力量。

第二、就地域而言：這些物件生產的地方是神聖的地域。原始宗教學者莫爾基雅·艾麗雅德(Mircea Eliade)研究原始人類心性與宗教儀式的結果，發現無論哪一個民族都具有象徵世界中心的聖山。並且他論擧遍佈在各民族心目中象徵中心的聖山，以歸納出中心正是連接天和地的地方(註六)。對於中國人來說，崑崙山正是代表世界中心的聖山。山海經的崑崙山記載說：

「昆侖之丘是實惟帝之下都，神陸吾司之。」(山海經西次三經)

「海內昆侖之虛，在西北帝之下都。…… 昆侖南淵三百仞。開明獸身大類虎而九首，皆人面東嚮，立昆侖上，開明西有鳳凰鸞鳥……開明北有視肉、珠樹、文玉樹、玕琪樹、不死樹。鳳凰鸞鳥皆戴瞂，又有離朱木、夭柏樹、甘樹、聖木。…… 開明東有巫彭、巫抵、巫陽、巫履、巫凡、巫相，夾窫窳之尸，皆操不死之藥以距之。」(海內西經)

崑崙山是天帝的下都，也就是象徵世界中心的聖山，是連接天和地的地方，也就是群巫上天下地的通道(註七)。由於崑崙山是聖域，生長在那山上的奇花瑤草、鳳凰鸞鳥都賦予著神秘的生命力。西遊記中的許多聖化的物器，如「紫金紅葫蘆」、「芭蕉扇」、「搗藥杵」都生產在崑崙山上，是故便賦予著超越時間的生命力與神秘的魔力。見於西遊記中的另外一個聖山是萬壽山。所以萬壽山上的「人參果」便具有「人若有緣，得那果子聞一聞，就活三百六十歲；喫一個，就活四萬八千年」的神秘力。

第三、若就人物而言：經由太上老君之手的物件也賦有神聖的力量。太上老君是老子的神話化身，他被道教的道士們推崇成爲至高無上的教祖，如釋老志所云：上爲神元之宗，下爲飛仙之主。道藏混元聖紀云：

「太上老君者，大道之主宰，萬教之宗元，出乎太無之先，起乎無極之源，終乎無終，窮乎無窮者也。」

可見老子在道教之地位乃高居爲主宰萬物的最高神明。故吳承恩移花接木把太上老君搬入西遊記衆神中，再賦予他能聖化物器的無邊法力，亦無可厚非。因爲太上老君至高無上的身份已被士大夫或民間傳說認可了。

總之，妖精從天上偸出來的物件都是不同凡響的「特有產物」，令人刮目相看。吳承恩描敍這些被使用在災難中的神奇武器時，都或多或少渲染三項聖化因素，以加强故事的神秘氣氛。還有一點可肯定的是：妖怪法力的强弱可從他們所攜帶的法寶的威勢而決定；一旦擁有天上竊來法寶則法力無邊。

總結地說，「天上型」妖怪依據各人修煉、竊有神界寶貝與否，來決定法力；「地上型」妖怪則大部份依據各人修煉程度而定。僅就此，顯而易見「天上型」妖怪秉有法力的來源較「地上型」妖怪總是來得多方。因此，「天上型」妖怪使出的法力更是花色多樣，變化多端。故孫悟空通常對付「天上型」妖怪，難免多費心計，疲於奔命，是無法避免的。

〔附註〕

註一:見夏志清著，何欣譯，「西遊記研究」，現代文學，第四十五期，頁九六。

註二:基於此理由，來自靈山(卽如來佛的住所)的黃風怪與地湧夫人(又名半截觀音)便歸入「天上型」妖怪類。

註三:如來佛曾被孔雀呑下肚去。如來佛剖開孔雀的脊背出來以後，欲傷他命。但諸佛勸如來說傷孔雀如同傷母親。故如來把孔雀留在靈山，並封他做佛母「孔雀大明王菩薩」。大鵬鳥與孔雀是一母所生，因此如來佛算是大鵬的外甥。參見西遊記，頁八八七。

註四:見西遊記，頁五七三。

註五:見西遊記，頁三八三。

註六:參見莫爾基雅‧艾麗雅德(Mircea Eliade)著，鄭鎭弘譯，「宇宙與歷史(Cosmos and History)」，現代思想社，一九七六年七月版，韓國，頁十三 ~ 三九。

註七:見王孝廉著「中國的神話與傳說」，聯經出版事業公司，民國六十六年十月再版，臺北，頁三一三 ~ 三一四。

第四章 八十一難的基型結構

對照西遊記九十九回綜述唐僧經歷的八十一難與其情節佈局，便可發現八十一難並非八十一個故事，而其中有些災難是同一事件的延變。一個故事的定義是敍述某事件自引發到結束的一連串因果關係。據此筆者檢視八十一個災難，如果幾個災難共屬於同一事件的因果關係之內，便將此數災編歸成爲一個故事。下面所列擧的故事是依據上述的原則將八十一個災難歸類爲四十四個故事。

①金蟬遭貶第一難、出胎幾殺第二難、滿月抛江第三難、尋親報寃第四難

②出城逢虎第五難、折從落坑第六難

③雙叉嶺上第七難

④兩界山頭第八難

⑤陡澗換馬第九難

⑥夜被火燒第十難、失却袈裟第十一難

⑦收降八戒第十二難

⑧黃風怪阻第十三難、請求靈吉第十四難

⑨流沙難渡第十五難、收得沙僧第十六難

⑩四聖顯化第十七難

⑪五莊觀中第十八難、難治人參第十九難

⑫貶退心猿第二十難

⑬黑松林失散第二十一難、寶象國捎書第二十二難、金鑾殿變虎第二十三難

⑭平頂山逢魔第二十四難、蓮花洞高懸第二十五難

⑮烏鷄國救主第二十六難

⑯被魔化身第二十七難、號山逢怪第二十八難、風攝聖僧第二十九難、心猿遭害第三十難、請聖降妖第三十一難

⑰黑河沉沒第三十二難
⑱搬運車遲第三十三難、大賭輸贏第三十四難、祛道興僧第三十五難
⑲路逢大水第三十六難、身落天河第三十七難、魚籃現身第三十八難
⑳金兜山遇怪第三十九難，普天神難伏第四十難、問佛根源第四十一難
㉑喫水遭毒第四十二難
㉒西梁國留婚第四十三難
㉓琵琶洞受苦第四十四難
㉔再貶心猿第四十五難、難辨獼猴第四十六難
㉕路阻火焰山第四十七難、求取芭蕉扇第四十八難、收縛魔王第四十九難
㉖賽城掃塔第五十難、取寶救僧第五十一難
㉗棘林吟咏第五十二難
㉘小雷音遇難第五十三難、諸天神遭困第五十四難
㉙稀柿衕穢阻第五十五難
㉚朱紫國行醫第五十六難、拯救疲癃第五十七難、降妖取后第五十八難
㉛七情迷沒第五十九難
㉜多目遭傷第六十難(註一)
㉝路阻獅駝第六十一難、怪分三色第六十二難、城裏遇災第六十三難、請佛收魔第六十四難
㉞比丘救子第六十五難、辨認眞邪第六十六難
㉟松林救怪第六十七難、僧房臥疾第六十八難、無底洞遭困第六十九難
㊱滅法國難行第七十難

㊲隱霧山遇怪第七十一難

㊳鳳仙郡求雨第七十二難

㊴失落兵器第七十三難、會慶釘鈀第七十四難、竹節山遭難第七十五難

㊵玄英洞受苦第七十六難、趕捉犀牛第七十七難

㊶天竺招婚第七十八難

㊷銅臺府監禁第七十九難

㊸凌雲渡脫胎第八十難

㊹通天河老黿作祟第八十一難

這四十四個故事的情節，雖其所佔的篇幅或長或短，經此歸類後每一個故事皆具有完整的開始、發展和完成。如此，擧凡任何一則故事，由開始至結束，其災難的預兆、開始、延續以及災難的解決都符合此四段的固定模式。因此，本章欲針對這些故事的災難由開始到結束諸階段，而歸納西遊記八十一難的基型結構。

第一節 災難的預兆

所謂「災難的預兆」乃是在災難發生前的徵兆。而此四十四個故事的預兆方式是有一段預示災難的直敍文字，經由第三者(神祇或村老)現身道出；或者是有一象徵性的自然景觀(如山、水等)橫阻於前，由此二方式引出三藏的遇害受苦。但其中有幾難的受難者並非三藏本人，而是群妖作怪爲害無辜百姓，悟空在三藏默許下拔刀相助，解救衆生。姑不論此數難的性質何如，但三藏師徒捲入各種災難之前兆，却相互雷同。今分述西遊記每一則故事預兆安排上的兩種運用方式。

㈠ 直敍式預兆

屬於這類的預兆在其顯示的性質上與預告無不二致。而它在四十四個故事中只被用過六次。

(1) 神祇爲預告者

採用「直敍式預兆」方式的六個故事中以第十四故事「平頂山逢魔」「蓮花洞高懸」、第三十三故事「路阻獅駝」～「請佛收魔」、第三十六故事「滅法國難行」三則故事中的預告者是神祇。他們通常在山中現身樵子、老翁、老母的形象來警告朝聖者即將面臨可怕的災難。譬如：

> 那樵子對長老厲聲高叫道：「那西進的長老!暫停片時。我有一言奉告：此山有一夥毒魔狠怪，專喫那東來西去的人哩。」(第三十二回)

又如：

> 行不數里，見一老者，遠遠的立在那山坡上高呼：「西進的長老，且暫住驊騮，緊兜玉勒。這山上有一夥妖魔，喫盡了閻浮世上人，不可前進。」(第七十四回)

這些訊息馬上惹得唐三藏「魂飛魄散，戰兢坐不穩雕鞍」(第三十二回)；「大驚失色，一是馬的足下不平，二是坐個雕鞍不穩，撲的跌下馬來，掙挫不動，睡在草裏哼哩」(第七十四回)；「心中害怕」(第八十四回)。可知三藏膽小如鼠，一有風吹草動，心裏馬上引起强烈恐懼的反應。三藏對外界所持的恐懼感正是他修心路程的最大的絆脚石。如此的恐懼感通常被孫悟空大膽無畏、超然洒脫的態度所熨平。孫悟空透視外界始終保持若卽若離的態度，且他的慧眼是高出同行的師徒三人，故在陷阱重重下他能不落圈套。譬如孫悟空有一次爲了化齋離開，特在地上畫了一道圈子，請唐僧、八戒、沙僧及白馬安坐在圈子裏，以防不測。並對唐僧囑附道：

> 「老孫畫的這圈，强似那銅牆鐵壁。憑他甚麼虎豹狼蟲，妖魔鬼怪，俱莫敢近。但只不許你們走出圈外，只在中間穩坐，保你無虞；但若出了圈兒，定遭毒手。千萬，千萬！至祝，至祝！」(第五十回)

悟空化齋未回，三藏却聽信八戒的話，一齊走出圈外，順路前進，遇上獨角兕大王點化的院落，八戒闖進院落偷了三件納錦背心兒，連帶唐僧、沙僧都遭獨角兕大王的毒手。害得老孫盡心竭力，把這三藏一行救出，不免埋怨道：

「不瞞師父說，只因你不信我的圈子，却教你受別人的圈子。多少苦楚，可嘆!可嘆!」(第五十三回)

悟空畫的圈子正是他獨有的高層精神境界的形象化的表現。其作用是悟空不在時，代替悟空引導三藏一行的行止。再說，悟空之圈乃似一護身符，使三藏一行穩坐在其間的行動象徵悟空暫時將他超凡的精神境界賦予給他的同伴，使他們能在他庇護餘蔭下，安然無恙。但精神上的悟力並非外在，人爲的方式得之；而是由修心修性，才能有所超然感應。行者之同伴只得望此興歎，自歎弗如了。作者有意如此借三藏、八戒、沙僧的性情迷亂，來烘托行者的特殊(註二)。

這些變形現身的神祇，預示災難的責任完了，即時遁身不知去向，却逃不出行者的火眼，一一被揭穿身份，如暗中保護三藏生命安全的天神日値功曹、天堂玉帝身旁的太白金星李長庚、救苦救難大慈大悲觀世音菩薩皆是。如是作亦是有意無意褒揚行者的神通。

(2) 村老爲預告者

第八故事「黃風怪阻」「請求靈吉」、第二十五故事「路阻火焰山」~「收縛魔王」、第二十九故事「稀柿衕穢阻」此三則故事的預告者都是一些年邁的老者，而且這些預告者都是居住在當地的善心百姓。所以此三則故事的預告者與前三者身份迴異。前者是神祇化身；後者只是人而己。現摘錄原文，以見他們預告災難的情形。

那老兒擺手搖頭道：「去不得。西天難取經，往東天去罷。……我們這向西去，只有三十里遠近，有一座山，叫做八百里黃風嶺。那山中多有妖怪。」(第二十回)

又如：

老者道：「西方却去不得。那山離此有六十里遠，正是西方必由之路，却有八百里火燄，四週圍寸草不生。若過得山，就是銅腦蓋，鐵身軀，

也要化成汁里。」(第五十九回)

從村莊老兒口中得知前途的危險後，三藏的反應較前次來得沉著。例如第二十回：

三藏口中不語，意下沉吟：「菩薩指道西去，怎麼此老說往東行？東邊那得有經」靦腆難言，半晌不答。

又如：

三藏聞言，大驚失色，不敢再問。(第五十九回)

又如：

三藏心中煩悶不言。(第六十七回)

表面上看來三藏似乎前後換了一個人。無論預告者是神祇(以老人的形象出現)，或是當地住民，他們對三藏而言，都是年邁的善心老人。三藏爲何產生前後如此甚殊的心理反應呢？綜觀前後預告的文字，可發現預告者預示災難的口氣大小與三藏的心理反應有所連帶關係。但另外重要的原因是隨着預告者出現場所的不同(神祇現身在山林中；當地老者居住在村莊)而產生的差別。有關環境與心理之間所形成的不同心理反應待後論及三藏恐懼感的心理背景時，一併加以討論。

㈡ 象徵式預兆

象徵是藉外在世界事物以代表內心世界，是表現我們靈魂與心靈(註三)。屬於該象徵式的預兆是存在於三藏所面對的外在世界，而它所象徵化的却是存在於三藏內心的感受。「象徵式預兆」是由物質世界對三藏心理產生的影響，從而顯示出災難的卽將來臨。此類災難故事的開頭，莫不以險峻的高山、狂瀾的河水、異邦國度的城池、寺廟等作爲預示災難的兆頭。此進入眼簾的山、河等均有其特殊象徵意義，卽對人多少有著一層恐懼、隱憂。而此象徵物正意味著危機四伏，因此它們都有預示災難的作用。今就象徵物的類別分述如下：

(1) 山

「山」，本是一種自然屏障，但對要通往另一端的人來講，它却構成一種阻礙與威脅。旅行者站在山巒疊嶂之下自然爲那雄渾的氣勢、巨大而神秘的壓力所震懾，所征服(註四)。中世紀歐洲哥德式教會就是利用筆直的高度來使人產生敬畏及神秘感而建築的。在自然環境中，如高山峻嶺、懸崖絕壁，便有著使人震懾、畏敬的普遍象徵意義(註五)。在西遊記全部四十四個故事中十三個故事的開頭，作者採用高山峻嶺的普遍象徵意義，由此產生的三藏的恐懼反應作爲災難開始的引子。玆擧數例，可窺透唐三藏的心理與高山意象有著如何連鎖反應。如西遊記第十六故事「被魔化身」～「請聖降妖」開頭：

師徒們離了烏鷄國，夜住曉行，將半月有餘。忽又見一座高山，眞個是摩天礙日"三藏馬上心驚，急兜轡忙呼行者。三藏道：「你看前面又有大山峻嶺，須要仔細隄防，恐一時又有邪物來侵我也。」(第四十回)

又如第二十故事「金兜山遇怪」～「問佛根源」開頭：

師徒們正當行處，忽然又遇一座大山，阻住去道。路窄崖高，石多嶺峻，人馬難進。三藏在馬上兜住轡繩，……道：「你看那前面山高，恐有虎狼作怪，妖獸傷人，今番是必仔細。」(第五十回)

又如第三十五故事「松林救怪」～「無底洞遭困」開頭：

前面又見一座高山峻嶺。三藏心驚，問道：「徒弟，前面高山，有路無路？是必小心。」(第八十回)

除了上面所引的三條以外，又第十一故事，第十二故事，第十三故事，第十四故事，第十五故事，第二十四故事，第二十八故事，第三十三故事，第三十七故事，第四十一故事中都可以得見三藏對「山」所產生的同樣的恐懼反應。三藏在十萬八千里取經路上須要經過巍巍峻嶺，削削尖峯時，「害怕」、「心驚」、「悚懼」等反應表露無遺。這是對痛苦與死亡的憂慮。他面對「上高來，似梯似凳；下低行，如塹如坑」的削壁巔峯，自知脆弱意志的個體，不堪一擊，是敵不過這些自然的巨大神秘力，欲擧臂反抗，有著「蚍蜉撼大樹」、「螳臂當車」的自謔與不能。

唐僧一出長安城後遭逢的第一難：在一山高草深之處，與二凡徒跌落「寅將君」老虎所設陷坑中。三藏眼睜睜目睹魔王命剮殺二凡徒剖腹剜心，分解屍體後，將首級與心肝捧與客人食之；自食四肢；其餘骨肉，則由小妖分食。此種慘不忍睹的場面，心有餘悸(註六)。雖三藏得太白金星之助逃離虎口，但這非比尋常的恐怖經驗在他的心中烙下了深深的傷痕。只要是「嵯峨矗矗沖霄漢，巉削巍巍礙碧空」的突兀山勢下就有著朝不保夕的威力，冥冥中有著危機四處，身臨其境者唯恐成爲山中惡勢力下的犧牲品。

由上面的論述，可知三藏見山所產生的恐懼感來自：一、高山峻嶺的筆直威勢對人類所產生的恐懼感；二、三藏親身在山中所經歷的恐怖經驗。前者屬普遍象徵；後者則屬偶發的象徵(註七)。除了該兩種因素以外，可由三藏的心態表現訴諸心理分析而找出產生恐懼感的另一個主要原因。

人類一般心態通常分成內向和外向兩種類型(註八)。如果某人均以外界客體爲判斷的標準而決定自身行爲的話，那麼此人是屬於「外向型」；至於內向的人則依據客體的印象透過主體的觀感所形成的觀點來測量外在價值，以決定自己行爲的方向。而三藏的行爲擧度是確實趨於「內向型」的。擧例而言，西遊記第二十三回富孀母女四人要招唐僧師徒爲夫婿，並以美色和富貴來誘惑三藏，但三藏的態度如何呢？

> 三藏道：「女菩薩，你在家人享榮華，受富貴，有可穿，有可喫，兒女團圓，果然是好；但不知我出家的人，也有一段好處。怎見得？有詩爲證：『出家立志本非常，推倒從前恩愛堂。外物不生閑口舌，身中自有好陰陽。功完行滿朝金闕，見性明心返故鄉。勝似在家貪血食，老來墜落臭皮囊。』」

這段引文明示三藏的價值觀不在於普遍的、世俗的價值尺度上。又如第五十四回西梁國女王願以一國之富，招唐僧爲婿，他不爲所動，而道：

「徒弟，我們在這裏貪圖富貴，誰去西天取經？却不望壞了我大唐之帝王也？」

就唐三藏的價値觀來說，富貴榮華簡直不値一文錢，他只渴望取得佛經，返回東土，以不辜負唐太宗對他的關照和期望。因此唐三藏的意識完全被取經兩個字塡得滿滿的，完全將個人生命向「外在客體」所要求的慾望全部壓抑在潛意識裏，這就是極端「內向型」的特徵。他的意識活動雖然以自己的主觀判斷爲中心，但其潛意識反而慢慢轉換以客體爲中心。內向型爲了避開蠕動在內心重視客體的傾向，便採取極端的自我爲中心的態度，以拒絕面對潛意識的自己。如果將這些壓抑的潛意識(卽希望予以壓抑的卑下與不快的心理諸面)投射在外界的話，外在客體被認爲充滿魔力的存在，如同原始人將外界認作藏有懼怕魔力的存在一樣(註九)。因此「內向型」的人也從外界客體給他的威嚇中感到無窮的魔力而由此產生恐懼。故三藏對山所產生的恐懼感正是他的性格所使然。一心爲取經而踏上西行之路的三藏並不能理解透過潛意識的補償作用(註十)，可以調和意識和潛意識之間的對立，以獲身心和諧的道理。故他的態度不但表現得異常固執、幼稚，且對外界不知不覺地產生莫大的恐懼感。

在敍述「直敍式預兆」一文中，已提及隨著三藏遇見預兆者出現場所的不同(卽山林或村莊)，其表現的心理反應有顯著的差別。此原因可從探索三藏內心世界，而能獲得圓滿的解釋。三藏意識山林是被自然動力所支配的世界；村莊則是人類理性道德所支配的社會。在自然的動力下，個人的生命幾乎擺脫不了犧牲的命運。在山林中的恐怖經驗以及被壓制的潛意識所產生的恐懼感，使得三藏在還沒遇見預告者時，已經有恐怖不安的陰影籠罩他。當預告者出現預示卽將遭遇災難的消息時，他的恐懼感昇達到沸點，而無法克制自己，而表露出極不像修道者的醜態。對餐風露宿的旅行者來說，村莊是提供溫暖舒適的休息處，並沒有受外界攻擊的危險。是故三藏雖從村老的口中獲悉前路將有阻礙時，尙能表現較穩定沈著。因爲村莊本身的象徵意義較爲安詳，使得潛意識的外界投射程度降低，而不把外界認作具有神秘魔力的存在。

總結地說，三藏面臨高山時所產生的恐懼感來自：第一、高山峻嶺的垂直形象給三藏的巨大、壓倒的威勢；第二、三藏初出長安遭遇的恐怖經驗造成的記憶；第三、潛意識重視客體的傾向所造成的外界存在的魔力化。

第一章已論述「八十一難的意義」是唐三藏個人歷經八十一個苦難，滌除一切無明黑暗與迷惘疑惑，藉此圓滿達到自覺與覺他的功德，而進入涅槃。作者吳承恩運用佛教一貫精神「般若空義」，使三藏於苦海浮沉之際求得解脫，完全破除生死的煩惱以達到自在的人生。此刻三藏恐懼心的流露，卽明示著他的內心還是須要經過修養，才能徹悟人生的實相。故三藏見山—恐懼感的產生—災難的發生此一連串的過程，就修心過程而言，正是勢必所趨的發展。恐懼心的產生，乃預示災難卽將來臨。所以筆者將「山」歸類於「象徵式預兆」。

(2) 水

「水」通常被認爲女性的象徵，因爲她具有溫柔、流暢和如夢幻似的平靜感。但靜謐的水被狂風怒號掀起，也會轉變爲具有强大破壞力的禍水。西遊記中亦有運用水的象徵意義來預示災難的發生。如第五故事、第九故事、第十七故事、第十九故事、第二十一故事合計五個故事。其中第九故事「流沙難渡」「收得沙僧」、第十七故事「黑河沉沒」、第十九故事「路逢大水」 ~ 「魚籃現身」中出現的是「浪湧如山，波翻若嶺」，「滾滾一地墨，滔滔千里灰」，「千層洶浪滾，萬疊峻波顚」等可怕的水。例如第九故事「流沙難渡」「收得沙僧」的開頭：

正行處，只見一道大水狂瀾，渾波湧浪。三藏在馬上忙呼道：「徒弟，你看那前邊水勢寬濶，怎不見船隻來往，我們從那裏過去？」……長老憂嗟煩惱，兜回馬，忽見岸上有一通石碑。(第二十二回)

又如第十七故事「黑河沉沒」的開頭：

師徒們正話間，脚走不停，馬蹄正疾，見前面有一道黑水滔天，馬不能進。…… 唐僧下馬道：「徒弟，這水怎麼如此渾黑？」(第四十三回)

又如第十九故事「路逢大水」 ~ 「魚籃現身」的開頭：

又行多時，只聽得滔滔浪聲。三藏大驚，口不能言，聲音哽咽道:「徒弟啊，似這等怎了？」(第四十七回)

上面三條引文中的「渾波湧浪」、「黑水滔天」、「無邊洶湧」的河水代表恐怖與混亂的意象。她們亦具有與山同等的象徵意義，使得三藏有「憂嗟煩惱」、「大驚，口不能言」等反應。

水具有毀滅和死亡的懼怕意象，亦兼有寧靜溫柔，滋養萬物的雙重的象徵意義。三藏出生不久馬上受害的危急中(註十一)，便遺棄在江水。在此，那江水成爲保護嬰兒生命的溫暖、和藹的庇護所。故三藏對水沒有表露出像面對高山時所產生的莫大的恐擢感。在西遊記運用「水」的正反兩面的象徵意義，而預示災難的有如第五故事「陡澗換馬」。澄清靜止的「鷹愁陡澗」水裏鑽出一條玉龍將三藏的白馬連鞍轡一口呑入肚中後，伏水潛踪。在此「鷹愁陡澗」的水是代表死亡與毀滅。爾後玉龍從澗中鑽出轉化爲作一匹肥壯的白馬。此刻寧靜澄清的水則是代表生命的復活與再生。桂林(Wiffred L. Guerin)整理出來的原始類型意象中水是代表：神秘、生—死—復活、淨化與贖罪，生產力與成長(註一二)。「鷹愁陡澗」的水正是具有死亡與再生的雙重意象。檢視西遊記，可以尋出與上述意象同類的許多例子。例如第九回「陳光蕊赴任逢災，江流僧復讐報本」中唐三藏的父親陳光蕊在洪江口被稍子劉洪殺死，但時隔十八年後，他得助於龍王從江水中復活。又如第二十六回「孫悟空三島求方，觀世音甘泉活樹」中觀音菩薩用楊柳枝蘸出瓶中的甘露水，將土開根現、葉落枝枯的人參果樹起死回生，依舊葉長茅生，枝青果出。又如第三十九回「一粒丹砂天上得，三年故主世間生」的烏鷄國王被全眞道士推落井內而死，但時隔三年，他也從井水中被八戒撈出，並復活。

由上面所擧的三個例子中的「河水」、「甘露水」、「井水」都具有桂林所謂的生—死—復活的原始類型意象。尤其烏鷄國王由死亡而復活，其中更具有淨化與贖罪的作用。現摘引原文，以見其一斑。

> 菩薩(指文殊菩薩)道：「你不知道。當初這烏鷄國王，好善齋僧，佛差我來度他歸西，早證金身羅漢。因是不可原身上見，變做一種凡僧，問他化些齋供。被吾幾句語言相難，他不識我是好人，把我一條繩綑了，送在那御水河中，浸了我三日三夜。多虧六甲金身救我歸西，奏與如來，如來將此怪令到此處推他下井，浸他三年，以報吾三曰水災之恨。」(第二十九回)

烏鷄國王必須通過死亡，以贖還自己種下的罪過，並藉此淨化，乃重新獲得生命。那麼在第二十一故事「喫水遭毒」中所見的水的意象是如何呢？第五十三回記載：

> 正行處，忽遇一道小河，澄澄清水，湛湛寒波。唐長老勒過馬觀看，遠見河那邊有柳陰垂碧，微露着茅屋幾椽。三藏見那水淸，一時口渴，便着八戒：「取鉢盂，舀些水來我喫。」

這「澄澄清水，湛湛寒波」的小河是代表水的溫柔、寧靜、徐緩，依母親般的和藹，它是使人感到溫馨舒適，永恒的愛。三藏行至此口乾舌苦，趕快一飮沁入心脾清涼的河水，誰知此河却是具有生產新生命的「子母河」，便使他遭逢懷胎的災難。總之，第五故事「陡澗換馬」、第二十一故事「喫水遭毒」兩個故事中所見的河水，表面都是安謐的一澄如鏡，往往使人在欣賞之餘毫無戒備下却遭無妄之災。

(3) 異邦國度的城池、寺廟、道觀、莊院

異地的城池、寺廟、道觀、莊院等對於跋涉千山萬水的旅行者來

說，乃是獲得溫飽和休息的最佳處所。因此以上諸處便成爲溫馨舒適的象徵(註十三)，但身處異邦他國，人生地不熟，對於周遭環境，心中多少懷著不安與揣測。所以三藏身處在異國外鄉遇有城池、寺廟、道觀、莊院時，卽有上述兩種心理錯綜反應。例如第七故事「收降八戒」開頭：

> 師徒們行了五七日荒路，忽一日天色將晚，遠遠的望見一村人家。三藏道：「悟空，你看那壁廂有座山莊相近，我們去告宿一宵，明日再行何如？」(第十八回)

又如第十故事「四聖顯化」開頭：

> 長老道：「徒弟啊，你且看那壁廂，有一座莊院，我們却好借宿去也。」(第二十三回)

三藏好不容易找得溫馨、舒適的寄託，立卽認定乃理想的棲身處。但如第二十六故事「賽城掃塔」「取寶救僧」的開頭：

> 四衆行穀多時，前又遇城池相近。唐僧勒住馬叫徒弟：「悟空，你看那廂樓閣崢嶸，是個甚麼去處？」(第六十二回)

又如第三十九故事「失落兵器」～「竹節山遭難」的開頭：

> 四衆行穀多時，又見城垣影影。長老擧鞭遙指叫：「悟空，你看那裏又有一座城池，却不知是甚去處？」(第八十八回)

但此刻三藏看到城池樓閣却顯出不安與懷疑，可見三藏之心情是兩種心理狀況兼而有之。至於三藏對此外在客體所產生的舒適和不安的兩種矛盾心理，吳承恩並沒有刻意描繪二種心理所產生的衝突，甚至無意視異邦莊院、寺廟爲明顯災難的象徵物。雖然如此，以常理觀之，三藏對映入眼簾的異地城池、莊院必定有著緊張不安，往往是處總有著小災大禍潛伏着，勢必他再要經歷另一災難。因此，觸發三藏不安心情的外在客體有著預示災難來臨的作用。而且在苦行者本身早已註定無法享有任何較舒適的前題下，更可肯定災難的潛流隨時隨地伏在三藏身側。卽使莊院、寺廟是溫馨舒適的象徵，它們必須有著一附加責任—作災難的徵兆，引端。所以莊院、寺廟與寧靜的「水」作爲災難的預兆均是有異曲同工之妙。二者表面都是祥和的表徵，但安排危險因子於其中亦未嘗不可。

(4) 其他

出現次數少的預兆便歸類於此，予此併論之。

① 聲音

以震天價響的聲音暗示災難的來臨見於第十八故事「搬運車遲」~「袪道興僧」。引發唐三藏恐懼的似山崩地裂般的聲音有預示災難的作用。

② 熱氣

在第二十五故事「路阻火焰山」 ~ 「收縛魔王」則以熱氣作爲暗示災難的客體。這熱氣是火焰山放射出來的。吳承恩在此吟誦的「火煎五漏丹難熟，火煉三關道不清」詩句明示火焰山的「火」是「丹熟」、「道清」等修煉過程中莫大的障礙物。卽此「火」不光是我們通常所謂的具體的火，而是象徵內部心情的火。孫悟空制伏牛魔王取得芭蕉扇熄滅烘烘騰起的火焰正是象徵三藏解除煩惱，清心了意(註十四)。由象徵煩惱的「火」放射出來的熱氣，可見已埋伏三藏再需要經歷災難的兆頭。

③ 荊棘

在第二十七故事「棘林吟咏」所見的八百里荊棘秣也是象徵糾纏不淸的葛藤和焦慮(註十五)。由暗示三藏內心的象徵物「荊棘」，可窺見卽將災難發生之徵兆。

綜上所論，四十四個故事開頭作者或用「直敍式」或「象徵式」的預兆，甚而兼用兩種方式的預兆以引發災難的開端，使得四十四個故事的預兆亦呈現多樣性。但吳承恩常用的方式是「象徵式」的預兆。其中特別把「山」作爲最常用的象徵物。雖然我們無法斷然肯定吳承恩確實有意計劃如此安排災難的開端，但至少西遊記實際情形顯示作者所作佈局是有著脈絡可尋。若以上述的方式引證災難的開端，亦能自圓成理。

第二節 災難的開始

災難開始的引發點就是衝突。西遊記的每個災鍵都是由西遊記中出現的各種人物之間錯綜複雜的接觸而觸發禍端，卽西遊記人物之間的衝突就意味著災難的開始。「衝突」一詞通常是指兩股相反力量的抗衡對峙，亦是人向外施展其目的，與他人抵觸而至相爭不讓。在西遊記中西進的朝聖團和阻擋西天路途的妖怪、衆生、神祇往往就造成兩股衝突對峙的力量。這種種衝突的發生正是吳承恩構築災難的起點，亦是災難的開始。本節乃就西遊記人物間相互衝突的類型一一作闡述說明，繼而分析觸發此衝突的動機及方式，由此可對災難的衝突來籠去脈，有一全盤的透視。

阻擋西進的阻力來自各種各樣的人物諸如：妖怪、衆生、神祇，甚至朝聖團的成員挿足在內。這衝突以人物來分，可以歸納如下的四種：第一、妖怪與朝聖者的衝突；第二、衆生與朝聖者的衝突；第三、神祇與朝聖者的衝突；第四、朝聖者與朝聖者的衝突(朝聖團師徒間的衝突)。

下文筆者就西遊記四十四個災難故事，探討上面所歸納的四種衝突，以明災難確實由衝突開始而延續開展。事實上，並不能僅一個衝突來構成一個故事。檢視西遊記四十四個故事便可知大部份的故事雖有小小挿曲的衝突事件(註十六)，但災難故事通常由一個主要衝突所構成。例如第八故事「黃風怪阻」「請求靈吉」是全以妖怪與朝聖者之間的衝突及應運而生的災禍作爲整個故事的情節。有些故事，例如第六故事「夜被火燒」「失却袈裟」等故事則首先發生朝聖者與衆生的衝突，而孫悟空馬上解決這個衝突，但藉此引發出另一朝聖者與妖怪間更大的衝突事件。可知若此類故事可有兩個主要衝突，如朝聖者與衆生及朝聖者與妖怪等截然不同的衝突事件並存於同一則故事。爲歸結本章最終目的八十一難的基型結構便利起見，筆者將四十四個故事爲單位，逐一討論衝突事件，但是如果一個故事內有兩個以上的主要衝突事件則將此兩種以上的衝突事件就衝突的類型來加以論述之。

㈠ 妖怪與朝聖者的衝突

「妖怪與朝聖者的衝突」在西遊記四十四個災難故事中佔有三十四個之多，其比例高達四分之三强。在如此客觀的情形下，顯而易見朝聖者所遇最大阻力是來自千奇百怪的群妖。可見群妖給予朝聖團之威脅如芒刺在背，寢食難安。由於妖怪出現的故事繁多，不能一一列擧，但却可從中歸納出一般性。筆者乃先言觸發妖怪與朝聖者間衝突的動機：第一、妖怪爲求心願，先下手爲强，迫害三藏；第二、悟空行俠仗義，爲百姓除妖。第一種情形在此類佔了多達二十五個之多，囊括四分之三强。第二種情形略佔四分之一(註十七)。但於此可明言，吳承恩是要以第一種爲主，第二種僅旁襯而已。

(1) 妖怪爲求心願，先下手爲强，迫害三藏

綜觀屬於此類的災難故事，就其衝突方式，再可細分爲二：第一，妖怪有心設陷(預謀的衝突事件)；第二、妖怪無意碰上三藏師徒一行(偶發的衝突事件)。

① 妖怪有心設陷(預謀的衝突事件)

衆妖有意設陷引誘三藏入彀的動機乃是爲了實現他們所渴求的慾望。現身於西天路上的衆妖都以呑食唐僧爲尋求長生不老的捷徑。因此他們使出渾身解數，千方百計，絕招奇策，所爲乃是要吃唐僧之肉，以求長生不老。垂涎於唐僧之肉的衆妖，計有十八個：諸如第八故事的黃風怪，第十二故事的白骨夫人，第十四故事的金角大王、銀角大王，第十七故事的小鼉龍、第三十二故事的蜈蚣精等，不勝枚擧

(註十八)。試舉原文，以見妖輩渴望吃唐僧肉的動機。譬如：

> 金角道：「你不曉得。我當年出天界，嘗聞得人言：唐僧乃金蟬長老臨凡，十世修行的好人，一點元陽未泄。有人喫他的肉，延壽長生哩。」銀角道：「若是喫了他的肉就可以延壽長生，我們打甚麼坐，立甚麼功，煉甚麼龍與虎，配甚麼雌與雄？只該喫他去了。等我去拿他來。」(第三十二回)

又如：

> 又聽得那怪物坐在上面道：「一向辛苦，今日方能得物。這和尚乃十世修行的好人，但得喫他一塊肉，便做長生不老人。我爲他等彀多時，今朝却不負我志。」(第四十三回)

這兩條引文明確地指出妖怪渴求三藏肉的慾望非常强烈，於是企圖置三藏於死地。而女妖精(註十九)則企圖活擒三藏，與之共結連理，從中獲得三藏元陽眞氣，以達成長生不老的願望。例如：

> 却說那怪綁在樹上，咬牙恨齒道：「幾年家聞人說孫悟空神通廣大，今日見他，果然話不虛傳，那唐僧乃童身修行，一點元陽未泄，正與拿他去配合，成太乙金仙，不知被此猴識破吾法，將他救去了。」(第八十回)

其他如蟾宮的玉兎也在同樣慾望的驅使下，以魔法變成天竺國公主，欲假借國家的財富，招贅唐僧爲駙馬，以企圖煉成太乙上仙(註二十)。男女妖輩使用的方法雖有不同，但其追尋長生不老的目標是一致的，所以設陷，誘三藏入彀。這就是雙方衝突的起點。

雖然衆妖輩素聞三藏的大徒弟神通廣大，一旦惹火上身絕不肯隨意寬容他們的；但由於追求長生不老慾望的驅使，也就顧不了孫悟空的潑辣，批其逆鱗，但最後淪爲慾望下的犧牲者。吳承恩可能有意透過妖輩追求遙遙難期的慾望而遭提早毁滅的下場來影射人類被利慾所薰的可怕，並以此重申人性的弱點。

除此類妖怪之外，仍有極少數妖怪爲名聲大噪，而與朝聖者發生衝突。例如第二十四故事「再貶心猿」「難辨獼猴」的假悟空(六耳獼猴)和第二十八故事「小雷音遇難」「諸天神遭困」的黃眉大王僅爲了好名奪譽，伺機與朝聖者一較長短，竟使出毒手，於是造成三藏一行的大災難。試引原文爲證：

行者(此處爲假悟空—六耳獼猴)聞言，呵呵冷笑道：「賢弟，此論甚不合我意，我打唐僧，搶行李，不因我不上西方，亦不因愛居此地：我今熟讀了牒文，我自己上西方拜佛求經，送上東土，我獨成功，教那南贍部洲人立我爲祖，萬代傳名也。」(第五十七回)

又如：

那妖怪道：「這裏人不知，但稱我爲黃眉大王、黃眉爺爺。一向久知你往西去，有些手段，故此設像顯能，誘你師父進來，要和你打個賭賽。如若鬪得過我，饒你師徒，讓汝等成個正果；如若不能，將汝等打死，等我去見如來取經，果正中華也。」(第六十五回)

引文中獼猴的「立我爲祖，萬代傳名」；黃眉大王的「等我去見如來取經，果正中華也」二人大言不慚，不把取經者放在眼裏，而欲越俎代庖。他們都擁有强烈的名望追求。在此動機下，他們擺下圈套，誘使三藏入彀。

除了以上所提的妖怪外，另有一小撮妖怪，像第二十七故事「棘林吟咏」的一群樹木精願與三藏共賞清風明月，吟哦逍遙，在此附庸風雅的動機下，喬裝成土地神來捉去三藏。現摘錄原文，以見他所獵取三藏的動機：

却說那老者同鬼使，把長老抬到」座煙霞石屋之前，輕輕放下。與他携手相攙道：「聖僧休怕。我等不是歹人，乃荆棘嶺十八公是也。因風清月霽之宵，特請你來會友談詩，消遣情懷故耳。」(第六十四回)

總之，上面所論述的衆妖在種種不同的動機下，使出千方百計，各色花招，以企圖引誘三藏入彀。這點卽是衝突的開始，亦是災難的起點。

② 妖怪無意碰上三藏師徒一行(偶發的衝突事件)

屬於此類的故事一共有四個。在此，衆妖並非有意守株待兎等著西行的取經人上鈎，二方的邂逅純屬偶發。例如第五故事「陡澗換馬」的孽龍，第九故事「流沙難渡」「收得沙僧」的妖怪都在三藏駐足觀水時，突然從水中鑽出企圖呑食三藏。而追究此事件前因，並無有任何安排，故屬偶發事件。

還有見於第六故事「夜被火燒」「失却袈裟」的黑熊精和第三十九故事「失落兵器」～「竹節山遭難」的黃獅精也在偶然的機會瞥見朝聖者的寶貝：唐三藏的錦襴袈裟；孫悟空的如意金箍棒；八戒的釘鈀；沙僧的降妖杖。他們睹物萌生貪心，順手牽羊，因而朝聖者與妖怪之間又有是非異端迭起。試擧原文，以見妖怪竊去朝聖者寶貝的情形：

> 他却情知如此，急入裏面看時，見那方丈中間有些霞光彩氣，臺案上有一個青氈包袱。他解開一看，見是一領錦襴袈裟，乃佛門之異寶。正是財動人心，他也不救火，他也不叫水，拿着那袈娑，趁鬨打劫，拽回雲步，徑轉山洞而去。(第十六回)

又如：

> 夜坐之間，忽見霞光瑞氣，卽駕雲來看。見光彩起處是王府之內，他按下雲頭，近前觀看，乃是這三般兵器放光。妖精又喜又愛道：「好寶貝！好寶貝！這是甚人用的。今放在此？也是我的緣法，拿了去呀，拿了去呀！」他愛心一動，弄起威風，將三般兵器，一股收之，徑轉本洞。(第八十八回)

由於妖怪一時衝動奪取朝聖人的隨身法寶占爲己有，而悟空、八戒、沙僧爲找回三藏和自家的寶貝，又與妖怪掀起軒然大波，此是無法避免的。

不管衝突的發生是蓄意安排或偶發的，但首先萌生邪念的均是妖方，可知衆妖無一不是强烈慾望的化身。他們在强烈慾望的驅使下向外施展野心，不擇手段所爲都是塡滿那慾望的無底洞。總之，妖怪與朝聖人雙方一起衝突就是意味著一個災難短兵相接的前奏。

(2) 悟空行俠仗義，爲百姓除妖

西天路上的另外一群妖精全然沒有攻擊朝聖者的念頭，而過著他們熱愛的縱慾生活，因而對當地百姓帶來災害。衆妖貽害於百姓的動機也是爲了實現各種慾望的滿足。

第十五故事「烏鷄國救主」的全眞道人，第十八故事「搬運車遲」「祛道興僧」的三個道士爲了竊取君位，或殺害國王，或迷惑國王，以求達成心願。誠引原文爲證：

那人道：「師父啊，說起他的本事，果然世間罕有!自從害了朕，他當時在花園內搖身一變，就變作朕的模樣，更無差別。現今佔了我的江山，暗侵了我的國土。他把我兩班文武，四百朝官，三宮皇后，六院嬪妃，盡屬了他矣。」(第三十七回)

又如：

行者上前告呼道：「你怎麼這等昏亂！見放着那道士的屍骸，一個是虎，一個是鹿，那羊力是一個羚羊。不信時，撈上骨頭來看。那裏人有那樣骷髏？他本是成精的山獸，同心到此害你。因見氣數還旺，不敢下手。若再過三年，你氣數衰敗，他就害了你性命，把你江山一股兒盡屬他了，幸我等早來，除妖邪救你命。」(第四十七回)

君位乃富有四海，貴爲萬人之尊，出一言而盈廷稱聖，發一令而四海謳歌，是天下最快心得意的事。而且君主享盡人世榮華富貴，所以有心之人，虎視眈眈，要篡奪其位。全眞道人與三個道士都在這種慾望的驕使下，便伸出毒手害人。

第二十一故事「喫水遭毒」的如意眞仙，第二十六故事「賽城掃塔」「取寶救僧」的龍女和其夫九頭蟲都因貪愛財物、財寶，依勢佔居泉水，或奪取佛寶。一老婆向悟空傾訴討取一碗破兒洞泉水之艱難說：

「只是我們正南街上有一座解陽山，山中有一個破兒洞，洞裏有一眼

『落胎泉』。須得那泉裏水喫一口，方纔解了胎氣。却如今取不得水了，向年來了一個道人，稱名如意眞仙，把那破兒洞改作聚仙菴，護住落胎泉水，不肯善賜與人；但欲求水者，須要花紅表禮，羊酒果盤，志誠奉獻，只拜求得他一碗兒水裏。」(第五十三回)

如意眞仙爲了自己的私慾，不但霸佔大衆的泉水，並藉此勒索錢財。又如九頭蟲則偸了金光寶塔上舍利寶，因而累罪於無辜的和尙們(註二十一)。

還有一些妖精爲了獲取色慾的滿足，同樣在人間造成災害。例如第七故事「收降八戒」的皈依佛門以前的猪八戒，第三十故事「朱紫國行醫」 ~ 「降妖取后」的賽太歲均屬此類。其他第二十九故事「稀柿衕穢阻」的紅鱗大蟒則爲了求食貽害於村民。

由此，可見衆妖都喜歡留連於人間，至少此地讓他肆意放縱，滿足他們的慾求。所以他們在人間爲非作歹，爲所欲爲，戕害的都是那些無辜百姓。那些村婦鄕民根本沒有還擊之力，孫悟空行至此處，目睹妖氛四張，百姓嘆息連連，立卽揮出「正義之棒」，爲民除害。妖怪亦不願束手就擒，爲行者階下囚，因而雙方衝突迭起，少不得一陣棍棒打鬪，難捨難分。

無論那一方先點燃戰苗，衝突一旦開始，孫悟空與妖怪爲了各人的目的，全力以赴，甚至冒生命的危險，一而再，再而三展開戰鬪，但也都是費上幾番手脚，幾經波折，才能擺平這場風波。

㈡ 衆生與朝聖者的衝突

此取經團是前往聖域靈山踏上漫長艱苦旅途的特殊集團。他們之前除了佈滿著山精樹怪與衆妖設陷的種種圈套，還有居住在山林、寺廟、城池中的盜賊、和尙、國王、士人都充斥於阻擋西天路上障礙者的行列。

第四故事「兩界山頭」出現的六個毛賊和第二十四故事「再貶心猿」「難辨獼猴」出現的一夥强盜企圖攔路打劫，結果悟空一揮金箍棒，衆賊立卽應聲倒斃，勢如破竹。

遠離紅塵，隱居深山，住持一方的和尙，在西遊記兩個災難故事中被描寫成貪婪無厭、尖酸刻薄。因此烏鷄國城外敕建寶林寺僧官見了遠途跋涉的朝聖者衣着襤褸，面黃肌瘦的模樣，不屑一顧道：

「……你豈不知我是僧官，但只有城上來士夫降香，我方出迎接。……看他那嘴臉，不是個誠實的，多是雲遊方上僧，今日天晩，想是要來借宿。我們方丈中，豈容他打攪，教他往前廊下蹲罷了」(第三十六回)

這段話將和尙勢利的嘴臉表露無遺(註二二)。但這些人一碰上潑辣的孫行者，不得不强作處態卑微屈膝，聽行者使喚。見於第六故事「夜被火燒」「失却袈裟」的觀音禪院老院主因貪求唐三藏的錦襴袈裟，縱火燒寺，謀財害命，却落得燒盡禪院、自毁生命的下場。

人類本能的性慾及種族延續責任勢必與崇高理想產生衝突。譬如第二十二故事「西梁國留婚」卽是此衝突的註脚。西梁國女王以一國之尊，願招三藏爲夫婿，自己甘爲帝后，與他陰陽配合，生子生孫，永傳帝業。而西梁國女王珠連璧合之計未見任何風吹草動，有所效驗。因三藏一心只求擺脫世俗的干擾，而完成朝聖取經之宏願，看來女王亦只有自怨自艾的份了。

又如第三十六故事「滅法國難行」的滅法國君王因曾受和尙之辱，立誓要殺戮一萬名和尙，以洗心頭之恨，唐僧師徒四人行至此國，該王已斬殺九千九百九十六個和尙，而取經團四人成了最佳人選，死路一條正好湊上一萬人。又如第四十二故事「銅臺府監禁」乃是一個員外求身後功德圓滿，而大開善門，齋僧一萬名，但還差四名滿一萬名之數，師徒四人來到此，竟被施主執意挽留，熱情招待，不放他西行。姑不論上述二者出發點是好是壞，但與西行之目的有違背，就構成阻擋取經團西進的阻力，而取經團不得不求自保之道，無形中雙方就有了杯葛，衝突的因子也勃然出現。

綜合上述衆生與西行者的衝突，不外是個人爲財、爲色，甚至爲滿足自己某一心願，而在所不惜，成爲西行人的絆脚石。

㈢ 神祇與朝聖者的衝突

「四聖顯化」故事中，四位頑皮的菩薩：黎山老母、觀音菩薩、文殊菩薩及普賢菩薩下降西天路裝扮成富孀與她的三個女兒以美色和財富來誘引朝聖者試探他們的禪心。雖然就參與衝突的人物而言，乃是朝聖者與神祇間的衝突，但是實質上却是朝聖者面臨着兩種價值觀的衝突：要抉擇精神嚮往的理想世界或肉體渴望的現實世界中的一個。

「五莊觀中」「難治人參」故事是描敍唐僧與三個徒弟進入萬壽山的五莊觀，因偸吃仙家寶物人參果，彼此之間便開始衝突。五莊觀的主人鎭元大仙爲了報復孫悟空打倒人參果樹的怨仇，與孫悟空死也不休地展開了一連串富有戲劇性的爭鬪。

第四十三故事「凌雲渡脫胎」如同「四聖顯化」故事一樣佛祖爲了試探朝聖者的禪心安排無底船，使他們上船，但朝聖團的領隊三藏因懷有死亡的恐懼，表現出驚駭不定。無疑地，「無底船」似對唐僧構成一種心理威脅。所以三藏見了接引佛祖撑開來的無底船，心驚道：

「你這無底的破船兒，如何渡人？」(第九十八回)

這番話實在很明顯地刻劃出三藏面對象徵永恒眞理世界的關卡「無底船」時，在生命、安全與精神嚮往之間所產生的衝突。尤以此則故事特別尖銳刻畫出三藏心理矛盾而促他掉入另一次災難的場面。在西遊記四十四個故事中，只有上面所擧的三個故事是以神祇與朝聖者間衝突作爲災難的起點。按照常理，神祇應是朝聖者暗中的贊助者，他們之間不可能有所衝突之處，而作者爲使三藏擧步艱難，處處荊棘，神祇們亦一身有二職，有時客串扮演造難的角色。可見吳氏筆下的人物都是具有多樣性的身份，其匠心獨運之筆也不言可喩。

㈣ 朝聖團師徒間的衝突

朝聖團的成員唐三藏、孫悟空、猪八戒、沙和尚四人在共同命運的搓和下組成負有特殊使命的取經團(註二三)。他們四人共有相同的目標: 經由西天取經的贖罪儀式歸返到無憂無慮，既清且淨的樂園「靈山」。但因各人看法不一，時相違迕，而有齟齬爭執，甚至導致內部嚴重的分裂。尤其三藏與悟空性格對立極爲明顯。在前文「災難的預兆」一節曾提及唐三藏係極端「內向型」的人，因爲他的生命全部被取經的慾念與佛理大道所包圍，以致他無法保持中庸和平之道。他經常缺乏客觀明確的判斷力，常有懷著異常的憐憫和同情，有時却一轉爲非常刻薄自私。孫悟空則賦有超人的洞察力和準確的判斷力。由於截然不同的特性，使兩人遇事而生口角之爭，衝突亦隨之萌生，反而禍起蕭牆。如第四故事「兩界山頭」、第十二故事「貶退心猿」、第二十四故事「再貶心猿」「難辨獼猴」此三則故事均是孫悟空已到被斥黜於師門外的地步。這正是兩人看法不一，性格乖逆所引起的强烈衝突。

先看「兩界山頭」故事中孫悟空打殺剪徑的强盜時三藏的反應如何? 他痛罵孫悟空說:

> 「……出家人「掃地恐傷螻蟻命，愛惜飛蛾紗罩燈。」你怎麼不分皀白，一頓打死? 全無一點慈悲好善之心!」(第十四回)

這番話出自出家人口中，理所當然的。但是緊接說出來「早還是山野中無人查考」、「亂打傷人，我可做得白客，怎能脫身?」這句話，三藏的自私、卑鄙是顯而易見的。他又挖苦孫悟空說:

> 「只因你沒收沒管蠢横人間，欺天誑上，纔受這五百年前之難。今旣入了沙門，若是還像當時行兇，一味傷生，去不得西天，做不得和尙! 忒惡! 忒惡!」(第十四回)

性子戇直的孫悟空禁不住三藏的痛駡、挖苦，氣憤地撒手就走，也顧不得師父的危難了。

「貶退心猿」故事，正如第二十七回回目「屍魔三戲唐三藏，聖僧恨逐美猴王」所言三藏不念師徒之情驅逐悟空，白紙黑字寫了一紙貶書，並道：「猴頭!執此爲照!再不要你做徒弟了！如再與你相見，我就墮了阿鼻地獄！」，說得如此絕情絕義，不敢令人相信這番話出自於德高望重的聖僧口中。造成這次內部嚴重分裂的衝突乃冰凍三尺，非一日之寒，早在此事之前埋下禍根。「貶退心猿」故事的開頭三藏在渺無人煙的深山硬要悟空化齋去，這不明事理的要求，並不因悟空的解釋而打消化緣的念頭。而三藏表現却是：

> 三藏心中不快，口裏罵道：「你這猴子！想你在兩界山，被如來佛壓在石匣之內，口能言，足不能行；也虧我救你性命，摩頂手戒，做了我的徒弟。怎麼不肯努力，常懷懶惰之心。」(第二十七回)

化齋所引起的小衝突，加上屍魔(名稱爲白骨夫人)三番兩次戲弄三藏一行人：首先屍魔搖身一變成美女，帶着齋飯好心好意樂善施予(這是妖精的圈套)，而悟空早已識破來意不善、順手揮棒，一擊打殺，置此妖於死地，但妖精却用「金蟬脫殼計」，留下假死骸；而屍魔却並未死心再三變作老婦人、老公公來誘使三藏入彀。悟空不願坐視妖精三番兩次戲弄三藏，顧不得三藏的痛罵，大肆除妖。因此逐漸加深師徒之間的嫌隙、厭惡，再加上八戒的冷言讒語唆使挑撥，最後竟然鬧出悟空被逐的事件。

「再貶心猿」「難辨獼猴」故事裏吳承恩有意以雙包案道出悟空心態變化，藉此刻意描繪悟空含寃莫白的委屈。三藏目睹悟空打殺幾個强盜的場面，不免勃然大怒，狠狠趕走悟空。悟空苦苦哀求師父回心轉意，三藏却置之不理，悟空也莫可奈何抉袖而去，誰知另一假悟空(六耳獼猴)却乘虛而入，搶走取經人的青氈包袱，繼而返回花果山，準備逕自去靈山見佛取經。事實上眞悟空離開師門後，早已投奔去南海。但由於假悟空作案栽贓，而鬧出一齣雙包案，使西遊記故事又掀起另一高潮。現摘錄原文，以見眞假悟空鬧天鬧地的情形：

說不了，兩個直嚷進來，諕得那玉帝即降位寶殿，問曰：「你兩個因甚事擅鬧天宮，嚷至朕前尋死？」大聖口稱：「萬歲！萬歲!臣今皈命，秉教沙門，再不敢欺心誑上；只因這個妖精變作臣的模樣……」如此如彼，把前情備陳了一遍。「……望乞與臣辨個眞假」那行者也如此陳了一遍。玉帝卽傳旨宣托塔天王，教：「把『照妖鏡』來照這斯誰眞誰假，教他假滅眞存。」天王卽取鏡照住，請玉帝同衆觀看。鏡中乃是兩個 孫悟空的影子；金箍、衣服，毫髮不差。玉帝亦辨不出，趕出殿外。這大聖呵呵冷笑，那行者也哈哈歡喜，揪頭抹頸，復打出天門，墜落西方路上道：「我和你去見師父！我和你去見師父！」(第五十八回)

本是妖怪尅星的「照妖鏡」以及對悟空具靈驗的「緊箍兒呪」也都無以辨認眞僞。因此只好求助如來佛，如來佛一見他們便道：「汝等(指四大菩薩、八大金剛、五百羅漢等)具是一心，且看二心競鬪來也。」(第五十八回)此言一針見血點破作者有意塑造兩個一模一樣的悟空，來道出一個人內心的矛盾。由於孫悟空面臨的狀況是：一則必須全力對付狠毒、兇悍的妖魔的攻擊；再則受到神祇所安排的鬼譎的考驗；三則屢次遭到師父無情刻薄的謾罵驅逐，終於失去心理的平衡。尤其唐僧拿手的「緊箍兒呪」(又名「定心眞言」)乃具有「勒得耳紅面赤，眼脹頭昏，在地下打滾……翻觔斗，豎蜻蜓，疼痛難禁)(第五十六回)的怪力，而悟空對這呪語束手無策，唯有飽受煎熬的疼痛而已。對於盡心盡力保全師父生命的悟空而言，三藏動不動念「緊箍兒呪」的行徑是既不公平又苛薄，使他無法再忍受如此嚴酷的待遇，因而突生反抗。雖然理智一直要求他忍耐唐僧加之於他身上的冤屈、憤懣，但叛逆心與理智的强烈對比下，竟鬧出第五十八回所謂「二心攪亂大乾坤，一體難修眞寂滅」，富有寓意的一場大災難。在故事中假行者與眞行者間有趣的鬪爭正是作者通過形象化的方式把這番不平衡的心理樣態巧妙地表達出來的(註二四)。

取經人中另一角色—猪八戒，行動和性格上與孫悟空有著明顯對比，成爲西遊記人物中家喻戶曉的開心人。由吳承恩既深刻又豐富的人生經驗，塑造出來的悟空與八戒不僅有詼諧的面龐，亦有著另一層人爲性格的刻畫，而這些性格上特徵並非混淆不淸，缺乏獨立性。大致來說，孫悟空的性格顯得伶俐輕快，眞誠熱心，好强自負，而且已擺脫飮食男女之欲；而八戒則全然是笨拙愚鈍、自私貪愛，卑怯懶惰個性的總和，而且兼具妒嫉與猜忌。由於他們水火難容的性格，在漫長的旅途上難免鬧出滑稽又風趣的衝突事件。八戒在三藏與悟空之間常扮演著火上加油、引風搧火的角色。例如在「貶退心猿」災難，八戒用「讒言冷語」來加重三藏對悟空的不滿。由於三藏與悟空、八戒與悟空磨擦時起，正如多數外界來的干擾一般，也妨礙朝聖團的前進。所以吳承恩常以詩句點明朝聖團西進是否順利與他們內部是否和諧之間有著密不可分的關係：諸如「意馬心猿都失散，金公木母盡凋零。黃婆傷損通分別，道義消疎怎得成！」(第三十回)、「土木無功金水絕，法身疎懶幾時成！」(第五十七回)、「黃婆矢志扶元老，木母留情掃蕩妖。和睦五行歸正果，煉魔滌垢上西方。」(第六十一回)(註二五)。

綜上所論，上述的四種類型衝突都具有阻擋取經人西進的作用。而且每一衝突的本身都架構在很合理的情況下完成，而引起衝突的人物亦各司其職，恰如其當。衝突的發生就是意味著災難的開始。在災難未解決前，這股衝突的力量一直是存在於兩方並峙不變，以致進入狀況—災難本身。

第三節 災難的延續

「災難的延續」一節乃是針對災難本身而言。上節所述「災難的開始」並非是災難的本身而言，那僅是一種衝突，雙方的磨擦，是災難的前身。但雙方一旦有了衝突後必有一場打鬪、火併。而此處往往取經團在第一回合是慘敗的一方，因爲他們不諳衆妖等鬼黠的圈套，而三藏往往成了他們囊中物。一旦三藏身入囚籠就意味著他身處災難，遭受莫大的痛苦，這就是災難本身。他一天不被解救，此難就延續一日。所以本節著重在三藏受難期間，四處迭起的心理矛盾，卽由外界衝突開端的災難所帶給三藏的內心衝突的解析。

西遊記，是書內容泰半是描繪悟空和許多造難者展開的逞凶鬪狠的爭鬪。每回爭鬪的場面都是兵鐵交鳴，短兵相接，因此大部份的讀者被這幻變多姿，神怪離奇的招術深深吸引住，却不太注意作者巧妙地轉換外界衝突引起的內在衝突。所謂內在衝突指三藏個人內心的衝突，卽要克服困難達成宏願抑是拋下艱難險阻的取經事業所產生的矛盾抉擇。觸發三藏內心衝突的是外界人物第三者所施展的毒手。那麽這些衆生、群妖如何禮遇他們的座上嘉賓呢？其所用手段不外乎兩種：第一、威脅一死亡的威脅；第二、利誘一慾望的誘惑。前者是使他瀕臨於死亡的邊緣，而放棄取經；後者以權力、財富、美色來引誘三藏產生放棄朝聖的念頭。作者顯然用上述的兩種途經來引發出三藏內心的衝突。

㈠ 威脅 – 死亡的威脅

死亡乃生命必經的過程，任何有生命的個體均無法逃避或豁免。再者人類對死亡本身不能作一番探測，至今死亡對人類仍然是謎。因此，自古以來，人們默死亡的陰影有著無法形容的畏懼和恐怖，卽使三藏也不能逃出此藩籬。當置身在面目猙獰、心狠手辣的魔王之前，並隨時有被處死的可能，連意志非常堅定的唐三藏也會動搖往西天取經的信念。就人類的本性而言，三藏之所以動搖朝聖的念頭也是人之常情，無可厚非。因此三藏到此困境時，就必須決定要前進呢？還是就此作罷呢？其間勢必經過一番內心掙扎才能痛下決心。作者雖然著重在外界的描寫，但却能透過外界的刻劃，而牽引三藏內心衝突的爆發。他的刻劃並非直敍的，而用三言兩語描寫三藏身處在死亡的威嚇時所表現出來的舉止作間接的說明。例如三藏被黃風怪所捉時：

> 那師父紛紛淚落，心心只念着悟空、悟能，不知都在何處。行者停翅，叮在他光頭上，叫聲：「師父。」那長老認得他的聲音道：「悟空啊，想殺我也！你在那裏叫我哩？」行者道：「師父，我在你頭上裏。你莫要心焦，少得煩惱。我們務必拿住妖精，方才救得你的性命。」(第二十一回)

又如三藏被紅孩兒所擒時：

> 三人徑至後邊，只見師父赤條條，綑在院中哭哩。(第四十三回)

又如三藏被靈感大王所擒時：

> 却伏在上面，聽了一會，只聽得三藏在裏面嚶嚶的哭哩。(第四十九回)

又如他被蜘蛛精所擒時：

> 那長老忍着痛，噙着淚，心中暗恨道：「我和尙這等命苦！只說是好人家化頓齋喫，豈知道落了火坑!徒弟啊!速來救我，還得見面；但遲兩個時辰，我命休矣。」(第七十二回)

又如他被南山大王所擒時：

> 你看那長老苦捱着繩纏索綁，緊縛牢拴，止不住腮邊流淚，叫道：「徒弟呀！你們在那山中擒怪，甚路裏趕妖？我被潑魔捉來，此處受災，何日相會！痛殺我也！」(第八十五回)

上面的五個例證都明顯地指出瀕臨於死亡的邊緣時，三藏的情緒也特別的激動，紛紛流淚、失聲痛哭，完全不能自制的畏懼表現。作者藉三藏落淚紛紛點出三藏內心衝突的一斑。而三藏必須接受死亡所帶來的內心掙扎和痛苦，才可以眞正了解死亡和生命是密不可分的，從而將死亡提昇到生命的覺悟。死亡的陰影所帶來的高度覺悟正是修心的終極目標。因此作者安排許多災難，讓三藏一而再、再而三地接受死亡的痛苦，而由此得以體會生命的意義。孫悟空「你莫要心焦，少得煩惱」的這番話正是提醒三藏驅除死亡的焦慮和煩惱。可借用一段文字來看三藏內心衝突的情形：

> 行者不言語，側耳再聽，那師父挫得牙響，哏了一聲道：「自恨江流命

有愆，生時多少水災纏。出娘胎腹淘波浪，拜佛西天墮渺淵。前遇黑河身有難，今逢冰解命歸泉。不知徒弟能來否，可得眞經返故園？」(第四十九回)

可知三藏面臨頻仍的災難中，還是要堅持取經之念，所以有種種在他的內心交戰掙扎，使他感到極大的痛楚和懊惱。假如三藏能釋然於死亡所帶來的這層恐懼，他也早就從取經的重荷中解脫出來。

㈡ 利誘 - 慾望的誘惑

西遊記的人物，妖怪、衆生、神祇常常藉著財富、權力、美色來引誘三藏。這就是觸發三藏內心衝突的另一種方式。權力、財富和女色，既爲一般人所企謀追求的對象，因此人們常爲此世俗的慾望，而渾渾噩噩度此人生。人與人之間的勾心鬪角，紛亂擾攘，無不來自此普遍的慾望。而三藏的造型正是世俗人的表徵(註二六)。因此他面對人人日夜追求的奢望近在尺咫向他招手時，難免會生動搖。

權力、富貴、女色雖然都是人們渴求的慾望，但其中女色一性慾是屬於人類的強烈本能，是故唐三藏遇到性愛的誘惑時總較面對權力、財富的誘惑更爲困苦萬分。三藏拒絕各國君王贈送給他的金銀寶貨時並沒有表現出像遇到女色誘惑時的萬般困苦。例如第二十三回諸菩薩裝扮成美女，以財富和美色誘引三藏，他起先對富孀的利誘雖能表現得不動聲色，如「推聾妝啞，瞑目寧心，寂然不答」「如痴如蠢，默默無言」，但却對繼而來的美色的誘惑，無法維持端莊嚴正的態度，竟然表現出「坐在上面，如便似雷驚的孩子，雨淋的蝦蟆；只是呆呆掙掙，翻白眼兒打仰」的狼狽狀。又如第五十四回西梁國女王以帝位、國家之財富和美色來誘引三藏爲夫婿。女王親自出域迎接唐三藏。現抄錄原文，以見當時三藏的擧態：

只見那女王走近前來，一把扯住三藏，俏語嬌聲，叫道：「御弟哥哥，請上龍車，和我同上金鑾寶殿，匹配夫婦去來。」這長老戰兢兢立站不住，似醉如痴。行者在側教道：「師父不必太謙，請共師娘上輦。快快倒

換關文，等我們取經去罷。」長老不敢回言，把行者抹了兩抹，止不住落下淚來。(第五十四回)

三藏面對女王的嬌嗔，竟不知所措，甚而又落下兩行熱淚，可見他內心的矛盾和痛苦。伶俐的悟空早已看透三藏的內心。第二十七回妖怪喬裝成美女來討三藏之歡心，悟空却大殺風景，識破美女爲妖怪之流，立刻要動手處決，但三藏一再護持此美女，悟空氣憤之下，竟然道出：

「師父，我知道你了。你見他那等容貌，必然動了凡心。若果有此意，叫八戒伐幾棵樹來，沙僧尋些草來，我做木匠，就在這裏搭個窩舖，你與他圓房成事，我們大家散了，却不是件事業？何必又跋涉，取甚麼經 ?」(第二十七回)

悟空痛快地揭穿三藏所掩飾的內疚，而使他馬上「羞得光頭徹耳通紅」。悟空對於三藏瞭如指掌，故他認爲三藏在異性吸引的驅迫下，而成爲生物本能的奴隸是絕對可能的。悟空欲從蝎子精手中救出師父之前，曾向八戒道出：

「你且立住。只怕這怪物夜裏傷了師父，先等我進去打聽打聽。倘若被他哄了，喪了元陽，眞個虧了德行，却就大家散火；若不亂性情，禪心未動，却努力相持，打死精怪，救師西去。」(第五十五回)

由此語氣，可知他對師父是否會受妖女所惑，亦不敢確定。因而言及，三藏可能被征服於性愛的誘惑，若此無須費盡手脚，救出師父。第八十二回三藏又遭遇到同樣的災難。現摘引三藏師徒之間的對話，以見孫悟空試探三藏心態的一斑。

行者道：「師父不濟呀！那怪精安排筵宴，與你喫了成親裏。或生下一男半女，也是你和尚之後代，你愁怎得？」那長老聞言，咬牙切齒道：「徒弟，我自出了長安，到兩界山中收你，一向西來，那個時辰動葷？那一日子有甚歪意？今被這妖精拿住，要求配偶，我若把眞陽喪了，我就身墮輪迴，打在那陰山背後，永世不得翻身！」行者笑道：「莫發誓 。

既有眞心往西天取經，老孫帶你去罷。」(第八十二回)

由「我若把眞陽喪了，我就身墮輪迴，打在那陰山背後，永世不得翻身」的口氣，可見三藏拒絕愛情攻勢並不是因他看破色空的眞諦，而是鑑於輪迴之苦，乃不敢觸法。再說，他因懼怕輪迴之苦，而將蠢動的情慾壓抑了下來，絕非坦然地處理那觸手可就的情慾。故他向悟空拼命辨白自己的眞心眞意，正是三藏從內心掙扎中驚醒過來後，爲掩飾信心動搖所作的辯白。三藏在內心中驅除他可能享受人世最豪華快樂生活的機會，而毅然決定朝聖取經之苦行，可稱爲三藏道德自我的勝利。故徒弟們竟然說出如「好！好！好！還是個眞和尙，我們救他去」(第五十五回)「好和尙！好和尙！身居錦繡心無愛，足步瓊瑤意不迷」(第九十五回)的讚嘆。但三藏的勝利並非由於自己體悟出富貴、權勢與美色都是虛妄無賞的，而是強迫自己將慾望壓藏在內心深處，終於獲得的不健全的勝利。在西天路上三藏表現的態度顯得非常倔強、驚慌、急躁、不合理、自私等都因爲過度壓抑人性的要求，致使他失去心靈的平衡與和諧的緣故。在此緊張不安的心態下，當然無法顯示出高尙文雅的德行。

總之，由許多西遊記人物所造成的外界的衝突爲三藏帶來死亡的恐怖或慾望的誘惑。克服死亡的畏懼或拒絕慾望的誘惑，對唐三藏來說，都是極痛苦的考驗。朝聖取經的堅定意志遭受到這兩種考驗時，便使他懷疑戒欲苦行的價値，這就是三藏內心的衝突。經由內心掙扎，依個人意志抉擇朝聖取經之路，乃是作者藉西遊記災難故事極力要表明的主題。吳承恩以輕描淡寫三藏異常的擧動、言談來隱約地交待三藏內心的衝突。如果檢視西遊記四十四個災難故事，可發現有的故事本身沒有刻畫出三藏內心的衝突，但就安排災難爲三藏修心過程而言，每個災難必是帶來三藏內心衝突是無庸置疑的。

第四節 災難的解決及其象徵意義

㈠ 災難的解決

三藏身陷囹圄，能使他脫身的人也就全仰仗他的大徒弟孫悟空。當孫悟空排解衝突所引起的小災大禍，繼而向西前進，便意味著災難已獲得解決。那麼他如何解決災難呢？

前文「災難的開始」中，可知造難者的類別有妖怪、衆生、神祇等不同人。由於造難者類別不一，所以悟空採取解決方式也因人而異。例如孫悟空對妖怪通常採取激烈的戰鬪方式，因此衝突延展過程中，造難者和解難者兩方都不顧生命的危險使出全力，以企圖戰敗敵人。但悟空也有束手無策之際，而借助觀音菩薩或其他神祇收降他們。如果造難者是衆生：孫悟空對於迫害蒼生的強盜、毛賊，毫不留情，格殺無論；若造難者的身份爲高居君王之位的人主，他本著不看金面看佛面，運用個「調虎離山」之計，不與這類人物正面相抗(註二七)。如果神祇爲造難者，孫悟空不採取任何積極的行動，只小心翼翼地敦促三藏安然無恙地通過這些關卡而已。他之如此做也是別具用心的：孫悟空在老子八卦爐中早已煅煉出火眼金睛，能視千里路的吉凶，所以他能馬上識破神祇事先安排災難的用意。例如第二十三回三藏好不容易發現一所莊院，便要去借宿時，孫悟空卽刻識破該所是佛仙點化成的。又如第九十八回三藏師徒不知如何渡凌雲渡時，驀地看到有一人撐一艘船來，孫悟空早已辨得是接引取經人的佛祖(卽南無寶幢王佛)，但行者却不敢點破。

由上面的論述可知解難的路徑有如下的三種：

第一、孫悟空自力解決，偶爾獲得師弟八戒、沙僧的助力。西遊記四十四個故事中有十七個故事均屬此類。

第二、孫悟空請神祇(特別是觀音菩薩)解決災難。共有二十個故事以此類方式解決災難。

第三、災難經過一段時間之後，自動解決。有四個故事採用這種方式。(註二八)

除了屬於第三種解難方式的故事之外，孫悟空積極地解開每次的災難。

㈡ 災難解決的象徵意義

表面上解難過程是孫悟空爲了解決災難而與外界人物展開一連串爭鬪過程；事實上却是揭露三藏內心中禪心和凡心之迭起的矛盾。因此，現代批評家觀三藏所經歷的災雞爲一種虛幻荒謬的幻象(註二九)。正如三藏「心生，種種魔生；心滅，種種魔滅。」所言，西天路上的種種災難都從三藏內心中幻化出來的。孫悟空被認爲三藏的心靈表徵，故以「心猿」稱之。「心猿」一詞在西遊記全書一百回的回目中一共出現十七次，有時又被稱爲「心主」或「心神」。所以作者以「心猿」稱孫悟空不只因第七回「五行山下定心猿」所指孫悟空心性不定，其更深一層意思是悟空代表三藏的心靈。故方瑜先生道：

> 心靈運作的任情無羈，自由聘想的迅捷，以及心靈超越物欲的存在，在悟空身上都有具象的描繪。他一個跟斗十萬八千里與自由聘思的迅捷正相呼應，不但有七十二變的神通，而且全身八萬四千根毫毛均可任意變化。」(註三十)

這番話斷然地肯定孫悟空象徵唐三藏心靈的事實。揆諸西遊記原文可以找出許多例證支持我們上述關於孫悟空，西遊記的人物與三藏所組成的雙重寓意。在表層意義上，每個西遊記人物都是賦有充沛生命力的獨立個體，但是在深層意義上，除了三藏自己以外，其他所有西遊記的人物，甚至包括孫悟空在內，都是影射三藏個人心靈的正反兩面。換言之，孫悟空代表三藏心靈中較高一等的智慧、機敏，藉此三藏得以繼續推進取經事業及修心養性的功夫。反之，猪八戒的造型正是三藏低一等的心靈，純粹爲感官的投射。至於阻礙西天路的各種人物則也代表心靈較低一等的邪惡慾望的一面。再說，三藏一身兼具較高一等的智慧、機智與較低一等的卑賤慾念的雙重性。因此作者透過整個西遊世界形象化的描繪，不但說明一個代表普通人的三藏如何克制感官和肉體生活的誘惑，而進入絕對實在的領域—靈山；並且就此闡明西遊記寓言的主旨在於「修心」。至於朝聖的最後目的地「靈山」的靈字可能是爲了暗示至善至美的心靈的歸宿處，才被作者有意採用的。吳承恩在書前回目和是篇內容裏面明顯地將眼前現象和心靈之間所建造的雙重意義的世界烘托出來。如回目所言：

「心猿歸正，六賊無踪」(第十四回)

「邪魔侵正法，意馬憶心猿」(第三十回)

「魔王巧算困心猿，大聖騰那騙寶貝」(第三十四回)

「外道施威欺正性，心猿獲寶伏邪魔」(第三十五回)

「心猿正處諸緣伏，劈破傍門見月明」(第三十六回)

「外道弄強欺正法，心猿顯聖滅諸邪」(第四十六回}

「情亂性從因愛慾，神昏心動遇魔頭」(第五十回)

「神狂誅草寇，道迷放心猿」(第五十六回)

「滌垢洗心惟掃塔，縛魔歸主乃修身」(第六十二回)

「情因舊恨生災毒，心主遭魔幸破光」(第七十三回)

「心猿鑽透陰陽體，魔主還歸大道眞」(第七十五回)

「心神居舍魔歸性，木母同降怪體眞」(第七十六回)

「姹女育陽求配偶，心猿護主識妖邪」(第八十回)

「心猿識得丹頭，姹女還歸本性」(第八十三回)

以上所列擧的回目，一方面不僅是活潑生動的西遊現象世界所發生事件的各種摘要提示，而另一方面也蘊藏深刻的寓意。諸如「心猿」、「心主」、「心神 」既是孫悟空引導三藏到達高層精神境界的稱呼，也喩示三藏內心中追求精神理解的較高一層的精神因素。同理可言，諸如「六賊」、「邪魔」、「魔主」、「草寇」、「姹女」等詞，不僅僅是造成災難的各種人物的指稱，且是象徵蠢動在三藏內心中的可怕的慾望一心魔。上面的回目中「神狂誅草寇，道迷放心猿」、「綠垢洗心惟掃塔，縛魔歸主乃修身」、「心猿鑽透陰陽體，魔主還歸大道眞」、「心神居舍魔歸性，木母同降怪體眞」、「心猿識得丹頭，姹女還歸本性」等回目更直接道出隱藏在表象世界中的修心修道的意義。

除了回目以外，文中的詩文、對話或每回篇末對句都是明白地提示吳承恩所建立的寓言結構。例如「心有兇狂丹不熟，神無定位道難成」(第五十六回)、「仙道未成猿馬散，心神無主五行枯」(第六十五回)等對句正是作者先描繪居住於西遊世界的各種人物之間的動態關係之後，並藉此闡述現象世界帶來的無數衝擊，迫使三藏的心靈無法達到清淨和諧的境界。換言之，外在世界轉動不停的萬象，便是三藏內心起伏不定的心態的投影。因此，孫悟空屢次提醒三藏脫開「慾網」和「情牢」。第三十七回孫悟空說：

> 「師父，夢從想中來。你未曾上山，先怕怪物；又愁雷音路遠，不能得到；思念長安，不知何日回程；所以心多夢多。似老孫一點眞心，專要西方見佛，更無一個夢兒倒我。」

詩文「人有二心生禍災，天涯海角致疑猜。……」(第五十八回)、「……打破人間蝴蝶夢，休休，滌淨塵氛不惹愁」(第六十八回)、「一念纔生動百魔，修持最苦奈他何……掃退萬緣歸寂滅，蕩除千怪莫蹉跎。」(第七十八回)等，無一不是表明三藏在西天路上遭受魔難的賞象。關於吳承恩精心設計的寓言結構，可再擧更直接、更顯豁的證據。如第三十三回銀角大王擒拿三藏之前的計謀中卽明白道出：

> 「我看見那唐僧，只可善圖，不可惡取。若要倚勢拿他，聞也不得一聞。只可以善去感他，賺得他心與我心相合，却就善中取計，可以圖之。」

「他心與我心相合」這番話中，「他心」指稱三藏的心，「我心」則乃是銀角大王的心，此兩個人的心叠合成一後，妖魔才可以動手將三藏攝入預設的圈套中。由此三藏與妖魔的心互相感應之關係，可以斷定這「心」是指蠢動在三藏內心中的心魔。銀角大王不僅僅是推進災難故事情節的主要人物，並且是三藏存有的心魔的形象化。第四十回紅孩兒也明白地揭露出「心生，種種魔生」的道理。現摘引原文如下：

> 沉吟半晌，以心問心的，自家商量道：「若要倚勢而擒，莫能得近；或者以善迷他，却到得手。但哄得他心迷惑，待我在善內生機，斷然拿了。且下去戲他一戲。」

揆諸上面所擧的無數例證都可作爲吳承恩將取經故事匠心獨運建構在「寓言」上的明證。對於上述西遊記寓意的闡釋早在明代「世德堂刊本西遊記」附有的一篇陳元之序中明白地揭露出來。陳序說：

> 「舊有序。……其序以爲孫，猻也，以爲心之神。馬，馬也，以爲意之馳。八戒，其所八戒也，以爲肝氣之木。沙，流沙，以爲腎氣之水。三藏，藏神、藏聲、藏氣，以爲郛郭之主。魔，魔也，以爲口耳鼻舌身意恐怖顛倒幻想之障。故魔以心生，亦以心攝。是故攝心以攝魔，攝魔以還理，還理以歸之太初，卽心無可攝，此其爲道之成耳！」(註三一)

所以以後評註西遊記的學者也同樣提示勿忽略作者苦心經營的內涵。現在抄錄美籍漢學者蒲安廸(Andrew H. plaks)先生討論西遊記的寓意時記載的有關評註西遊記的原文如下：

> 例如在百回西遊記問世的時代「李卓吾」評本已曾提示說：「西遊記極多寓言，讀者切勿草草放過」；清代評論家劉一明也有類似的見解：「西遊玄言與禪機頗同，其用意處盡在言外」；又清初學者汪象旭(澹漪)更進一步論及其寓言本意說：「所言者在玄奘而意實不在玄奘，所紀者在取經而志實不在取經，特假此以喻大道。」(註三二)

由此可知上述的許多例子在概念上誠然是支持悟空收降妖魔的解難過程是三藏較高一等的心靈克制心魔的看法。因此下文側重在解析幫助孫悟空排解小災大禍的人物所代表的象徵意義。

孫悟空通常靠著自己的本領和判斷力果敢地解決災難，但在斬妖除怪的路途中，他亦常常面臨棘手的局面。換言之，他通天的本領也有失靈的時候。例如第五故事「陡澗換馬」中，三藏因孽龍呑吃白馬表現出一幅哭包相，又懼怕孽龍隨時攛出來吃自己，根本不讓悟空離開左右，致使悟空無法採取任何出擊手的行動。引述原文如下：

行者聞得這話，越加嗔怒，就叫喊如雷道：「你忒不濟！不濟！又要馬騎，又不放我去，似這般看着行李，坐到老罷！」(第十五回)

引文「又要馬騎，又不放我去」這句話顯示孫悟空爲三藏羈絆，雖知事況而不能運用其卓越的本領手段。換句話說，心靈爲肉體的懼怕牽制而不能運作無羈迅捷的神力。所以悟空只能發出暴躁、嗔怒。但每當他身處無法施展縱橫無羈的神通，卽有神祇從天而降幫助他排解這些困難，並由此讓他再度大顯身手。現摘述原文如下：

哏哏的吆喝，正難息怒，只聽得空中有人言語，叫道：「孫大聖莫惱，唐御弟休哭。我等是觀音菩薩差來的一路神祇，特來暗中保取經者。」(第十五回)

由於暗中保護三藏的衆神(卽天上的六丁六甲、五方揭諦、四値功曹、十八位護教伽藍)出現，孫悟空才能重整旗鼓，積極地與孽龍展開打鬪。在西遊記四十四個故事中，神祇現身幫助悟空解決困境的例子，屢見不鮮。如第十四故事「平頂山逢魔」「蓮花洞高懸」，孫悟空受困於妖魔「移山倒海」之法術，被壓在山根之下，壓得「三尸神咋，七竅噴紅」。命如風前燈火的緊急情況之際，孫悟空乃獲得山神、土地神與五方揭諦等衆神的助力，乃得逃出魔掌。摘錄原文如下：

早驚動了山神、土地與五方揭諦神衆。那衆神念動眞言呪語，把山仍遣歸本位，放起行者」(第三十三回)

又如第三十二故事「多目遭傷」，心猿被困於百眼魔君放射出來的金光中，團團亂轉，却不能跳出金光。「向前不能擧步，退後不能動脚」的危急中，他表現得旣恐慌又爆躁。在無法忍受金光壓力之際，乃搖身一變，變個穿山甲往地下鑽了二十餘里，才逃出魔掌。是時，心猿已無應戰之力，却遇見一婦女，指引孫悟空說：

「他本是個百眼魔君，又喚做多目怪。你旣然有此變化，脫得金光，戰

得許久，必定有大神通，却只是還近不得那斯。我教你請一位聖賢，他能破得金光，降得道士。」(第七十三回)

這位婦人(卽黎山老母)不僅道破妖怪的原身，且告知降服這妖怪的尅星。她救心猿於「力軟觔麻，渾身疼痛，止不住眼中流淚」的絕望之中。另外還有土地神、山神也却在心猿困境之時陸續現身告知排解危難的方法。例如第二十五故事「路阻火焰山」 ~ 「收縛魔王」，三藏師徒遇火焰山不能前進，於是孫悟空爲求取芭蕉扇，而與羅刹女打鬪，當悟空取得芭蕉扇，企圖熄滅火焰山的大火時，奈何這把扇子却將火焰搧得萬丈高。如沙僧所言「有經處有火，無火處無經，誠是進退兩難」之際，却有土地神出現相助。

師徒們正自胡談亂講，只聽得有人叫道：「大聖不須煩惱，且來喫些齋飯再議。」四衆回看時，見一老人，身披飄風氅，頭頂偃月冠，手持龍頭杖，足踏鐵黝靴，後帶着一個鵰嘴魚思鬼，鬼頭上頂着一個銅盆在於西路下躬身道：「我本是火燄山土地，知大聖保護聖僧，不能前進，特獻一齋。」(第五十九回)

這位土地神繼而不但告訴悟空所獲取的芭蕉扇是假貨，並且告知借眞芭蕉扇的方法。

綜上所論，心猿在解難過程中，每逢無法排解困難時，便失去操縱法力的重心，而沈淪在毫無生氣的深淵中。吳承恩常藉著心猿在授挫折的困境中，適時地安揷指點迷津的人物，以排除困難。此種人物，在文學作品中屢見不鮮。例如唐傳奇「枕中記」的呂翁，「櫻桃青衣」中的和尙均屬於這類型的人物(註三三)。二十世紀聞名的心理學者容格(C.G.Jung)對於文學作品，尤其是對神話故事中常見的指引主角迷津的人物有精闢的硏究。他認爲神話、民間文學與夢中的精神因素，通常是由一個「智慧老人(the Wise Old Man)」代表。他說：

「夢中的他，可能扮成巫師、醫生、僧侶、老師、祖父、或其他任何有權威的人。每當主角面臨絕境，除非靠睿智與叡智與機運無法脫困時，這

位老人便出現。主角往往由於內在或外在的原因，力有未逮，智慧便會以人的化身來幫助他。」(註三四)

「主角身處困境，且只能經由深思熟慮—也就是說，一種精神作用或深層心靈的自動調節作用—始能解脫絕境時，這位老人便出現。」(註三五)

「這位老人，一方面象徵着知識、深思、卓見、睿智、聰敏與直覺，另一方面也象徵着道德意義，諸如善意和助人等美德，這些特點使得他的精神性格清楚顯現。」(註三六)

從上面引述的三條容格先生的理論，可知精神因素通常文學作品或夢中以智慧老人的形象出現。他不但知道通往目的地的門徑，而且指引主角完成心願。他有時警告卽將來臨的危險，且提供應付危險的有效方法。西遊記主角心猿在解難過程中，每逢到絕望和自暴自棄的絕境時所遇見的土地神、山神、老翁、婦人等人物都具有容格先生所謂的「智慧老人」的作用和性質。這些人物常跨越時空與文化的鴻溝，而存在於人類的心靈(容格先生所謂的集體潛意識)，故而能反覆地出現於文學作品或夢中。這就是容格先生所謂的「原型」人物。孫悟空是代表心靈。當心靈的直覺意識無法單獨解決難題，但又肩負解決難題之責，此時正需要特殊的力量來幫助解決難題；此特殊力量，卽客體化的潛意識，此潛意識在文學作品或夢中常轉化爲智慧老人的形態出現。西遊記中所見的具有「智慧老人」的性質和作用的原型人物，除了上面所引的四條例子以外，還有如下的例子：

①護法伽藍：他醫治孫悟空負傷的眼睛，見於第八故事。

②太白金星：他告訴悟空前往靈吉菩薩住所的路徑，見於第八故事。

③白虎嶺土地神、山神：他幫助悟空打殺妖精，見於第十二故事。

④號山土地神、山神：他們告訴悟空妖精紅孩兒住所和其來歷，

見於第十六故事。

⑤黑水河神：他告訴悟空妖怪鼉龍的來歷，見於第十七故事。

⑥金兜山土地神、山神：他們告訴悟空三藏被擒的消息以及妖怪獨角兕大王的住所和神通威力，見於第二十故事。

⑦老媽媽(原是觀音菩薩)：她告訴悟空蝎子精的厲害以及其魁星，見於第二十三故事。

⑧柳林坡土地神：他告訴悟空妖怪白鹿的住處，見於第三十四故事。

⑨黑松林土地神、山神：他們告訴悟空妖精地湧夫人的住處，見於第三十五故事。

⑩竹節山土地神、山神：他們告訴悟空妖精九頭獅子的來歷，見於第三十九故事。

⑪四値功曹：他告訴悟空三藏受難的原因以及收伏妖精的方法，見於第四十故事。

⑫毛穎山土地神、山神：他們告訴悟空妖精玉兔的住處，見於第四十一故事。

在「災難的預兆」一節中已論及的傳遞災難卽將發生消息的人物，均屬於前文所詳論的「智慧老人」這原型人物。再擧一個例子，以印證吳承恩所創造的原型人物與容格先生的理論。第五十回：

行者心驚道：「不消說了！他們定是遭那毒手也！」急依路看着馬蹄，向西而趕。行有五六里，正在悽愴之際，只聞得北坡外有入言語。看時，乃一個老翁，氈衣蓋體，暖帽蒙頭，足下踏了一雙半新半舊的油靴，……自坡前念歌而走。行者放下鉢盂，覿面道個問訊，叫：「老公公，貧僧問訊了。」那老翁卽便回禮道：「長老那裏來的？」行者道：「我們東土來的，往西天拜佛求經。一行師徒四衆。我因師父飢了，特去化齋，教他三衆坐在那山坡平處相候。及回來不見，不知往那條路上去了。動問公公，可曾看見？」……老翁道：「你們走錯了路。你休尋他，各人顧命去也。」……行者道：「煩公公指教指教，是個甚麼妖魔，居於何方，我好上門取索他等，往西天去也。」老翁道：「這座山，叫做金兜山。山前有個金兜洞。那洞中有個獨角兕大王。那大王神通廣大，威武高強。那三衆此回斷沒命了。你若去尋他，只怕連你也難保，不如不去之爲愈也。我也不敢阻你，也不敢留你，只憑你心中度量。」行者再拜稱謝道：「多蒙公公指教，我豈有不尋之理！」

這位老者現身於悟空「正在悽愴之際」，不但告訴悟空三藏被擒的消息和妖魔的概況，雖不主動伸出援手，但讓悟空下定決心自解難題。無論如何，他扮演指點迷津的角色。

孫悟空獲得這些神祇的幫助和指點，對於有來頭的妖精則請來其主人翁或尅星收降他們；不然悟空單憑自己的本領來斬除妖怪；但悟空通常對本領高強的妖怪難以取勝，而無法解決災難時，便拜請諸神下降收伏他們。下面列擧的下降現身的神祇，眞正是參與解除災難工作的贊助者。

①觀音菩薩：孫悟空請她收伏鷹愁澗的孽龍，見於第五故事。
②觀音菩薩：孫悟空請她收伏黑風山黑熊精，見於第六故事。
③靈吉菩薩：孫悟空請他收伏黃風洞黃風怪，見於第八故事。
④觀音菩薩：觀音菩薩派遣弟子惠岸收伏沙悟淨並造法船，讓三藏渡流沙河，見於第九故事。
⑤觀音菩薩：孫悟空請她甦生枯死的入參果樹，見於第十一故事。
⑥二十八宿：孫悟空請天上二十八宿收伏妖精黃袍怪，見於第十三故事。
⑦觀音菩薩：孫悟空請她收伏紅孩兒，見於第十六故事。
⑧西海龍王的太子：孫悟空請他收伏妖精小鼉龍，見於第十七故事。
⑨觀音菩薩：孫悟空請她收伏通天河妖精金魚，見於第十九故

事。

⑩太上老君：孫悟空由羅漢口中獲悉妖精的主人翁，於是上天請其主人太上老君收伏妖精獨角兕大王，見於第二十故事。

⑪昴日星官：孫悟空依觀音菩薩的指引，請昂日星官斬除蝎子精，見於第二十三故事。

⑫如來佛：他以無邊法力辨明眞、假行者，見於第二十四故事。

⑬天神(李天王、哪吒太子)和四大金剛：他們下降西天路幫助悟空收伏牛魔王，見於第二十五故事。

⑭顯聖二郎神和梅山六兄弟：孫悟空請留他們助戰，於是打敗九頭蟲，見於第二十六故事。

⑮彌勒佛：孫悟空無法收伏黃眉童子時，彌勒佛現身收伏他，見於第二十八故事。

⑯毘藍婆：孫悟空請她收伏娛蚣精並醫治三藏師徒的中毒，見於第三十二故事。

⑰如來佛和文殊、普賢菩薩：他們收伏大鵬鳥以及靑獅、白豫見於第三十三故事。

⑱李天王：他下降收擒妖精地湧夫人，見於第三十五故事。

⑲太乙救苦天尊：孫悟空依土地神的指點請太乙救苦天尊下降收伏妖精九頭獅子，見於第三十九故事。

⑳四木禽星(角木蛟、斗木獬、奎木狼、井木犴)：孫悟空依四值功曹的傳信，上天請他們下降斬殺犀牛精，見於第四十故事。

從上面的例證，可知孫悟空面對潑辣難馴的妖怪時，才求助衆神祇下降收伏妖魔，消弭災難。西遊記四十四個故事中妖怪出現的是三十四個。其中二十個災難故事以神祇的法力來解決災難。這些衆神，或因法力無邊，或因具有「一物一治」的特殊能力，或是妖魔的主人翁，而下降收伏妖魔。參與解難的神祇中除了如來佛和其弟子觀音菩薩之外，其他諸神只是在特定的災難中登場，於魔障解除之後便自行離去，對取經人並非具有其他的作用及影響力。對於取經人最具有影響力的神祇並不是佛教最高神如來佛，而是與衆生法緣最深切的觀世音菩薩。觀音不但奉如來佛之命到東土尋訪取經人，而且日夜幫助三藏一行安然無恙地脫離險境，到達靈山，完成取經事業。現在列擧她在災難故事中的活動，以分析歸納她在解難過程中所扮演的角色(註三七)。

①觀音菩薩以老母的形狀現身在悟空離走之後孤苦伶仃向西前進的三藏面前，將「緊箍兒」交給唐僧，戴在「性潑兇頑」「不伏使喚」的孫悟空頭上，以服他使喚，又不敢行兇。(第十四回)

②觀音菩薩因悟空的請求，現身蛇盤山收伏孽龍，並將孽龍變作白馬，做爲三藏的脚力。(第十五回)

③觀音菩薩因悟空的請求，假變道人，哄騙黑熊精吃悟空所變成的仙丹，來收伏他。之後把他帶到南海，作爲落伽山守山大神。(第十七回)

④觀音菩薩因悟空的請求，派遣弟子惠岸收伏流沙河妖怪，並命他加入西行的朝聖團。(第二十二回)

⑤觀音菩薩因悟空的請求，用淨瓶的甘露水甦生枯死的人參果樹。(第二十六回)

⑥觀音菩薩因悟空的請求，用假蓮臺之計，收伏紅孩兒，並把他作爲服侍她的善財童子。(第四十三回)

⑦觀音菩薩因悟空的請求，下降通天河收伏妖精金魚。(第四十九回)

⑧觀音菩薩以老媽媽現身，告訴悟空降伏毒敵山妖怪蝎子精的尅星一昴日星官。(第五十五回)

⑨觀音菩薩聆聽悟空被三藏貶退的苦惱之後，不但撫慰悟空，而且勸悟空不要中途廢棄取經事業。(第五十七回)

⑩觀音菩薩帶善財童子以老母帶小孩的模樣現身在滅法國城外，
向朝聖人告訴滅法國王斬殺和尙的惡訊。(第八十四回)

上面列擧的觀音菩薩的活動只是記錄她如何大力幫忙朝聖者。由此可證她如同希臘敍事詩『奧德賽』的智慧女神「雅典娜」一樣，一路不斷地現身幫助朝聖者脫離險境到達靈山。她在災難故事中顯示出來的性質和作用正如「救苦救難大慈大悲觀世音菩薩」所言，總不離「掃三災救八難」。現從上面的例證，一一歸納出她的性質和作用。

第一、例證⑤顯示她具有能復活生命的力量。不僅如此，例證②、③、④、⑥、⑦所見的妖怪都經由觀音菩薩的勸化，廢棄邪惡的肉體生活，而進入清淨無爲的永生世界。換言之，他們洗滌以往吃人肉度日子的罪惡，而作爲佛門弟子。於是從中獲得眞實的生命。就生命的存在價値而言，他們從罪惡的深淵中再獲得淸淨的生命正是意味生命的復活。因此，可以下結論說，她是賦有復活生命力的人。

第二、例證②、③、④、⑥、⑦、⑨明示她如慈愛的母親一樣富有母性的溫和、關懷以及同情。她不僅對朝聖者，連對造孽多端的妖怪也產生憐憫。例如第十七回觀音菩薩爲了收伏黑熊精假裝道人進入魔洞，而看到山洞的周圍：

菩薩看了，心中暗喜道：「這孽畜占了這座山洞，却是也有些道分。」因此心中已此有個慈悲。

她從不殺傷罪惡滔天的妖怪，反而全部收伏爲佛門弟子。如孫悟空、猪八戒、 沙和尙、龍馬、黑熊精、紅孩兒均屬。

第三、由例證①、⑧、⑩，可知他三次以老母的形狀出現，或排解取經人所面臨的困境，或傳遞災難卽將發生的消息。現摘錄原文如下：

三人正然難處，只見一個老媽媽兒，左手提着靑竹籃兒，自南山路上挑菜而來。沙僧道：「大哥，那媽媽來得近了，等我問他個信兒，看這個是甚妖精，是甚兵器，這般傷人。」行者道：「你且住，等老孫問他個去

來。」(第五十五回)

這位老媽媽(卽觀音菩薩)現身於「三人正然難處」，告訴妖精的來歷以及能消滅他的剋星。從她的性質和作用而言，她顯然扮演着智慧老人的角色。

綜上所論，第一、第二的歸納顯然指出觀音菩薩具有容格先生所謂的另外一個原型人物—原型「母親」(The Mother Archetype)的性質和作用(註三八)。因此，從第一、第二、第三的歸納，可以認定觀音菩薩是兼具母親與智慧老人的雙重精神因素。她所代表的精神因素是完善完美的。故悟空筋疲力盡，走投無路時，請求於大慈大悲救苦救難的觀音菩薩，她必能解決悟空本身無法克服的困難。觀音菩薩與悟空的關係遠較其他取經人更密切的原因也是基於各自代表精神因素和心靈。代表心靈的悟空投向具有慈愛和智慧的觀音菩薩不僅獲得溫和的撫慰，而且獲得指引、幫助，排除困難，是理所當然的。例如第五十七回：

大聖疼痛難忍，見師父更不回心，沒奈何，只得又駕觔斗雲，起在空中，忽然省悟道：「這和尙負了我心，我且向普陀崖告訴觀音菩薩去來。」

孫悟空每遇到「上天無門，下地無路」的困境時將其心靈的和諧和安頓寄託在旣有母親般的關切和同情，亦有智慧、神通的觀音菩薩身上。由於觀音菩薩所代表的是隱藏在人類集體潛意裏引導心靈到達靈山(代表眞理、生命、絕對實在等)的精神因素，心靈的自我意識無法統攝本然的自己時，唯有透過她的幫助、指引，才能實現圓滿的自己。佛教所謂的「法身」、「佛性」正是指這個意思。吳承恩吟咏的「佛卽心兮心卽佛，心佛從來皆要物。若知無物又無心，便是眞心法身佛。」(第十四回)修心意義也暗示藉心靈(指意識和潛意識)的調和，以完成圓滿的全人格。

由上面的探討，可知精神因素由神格化的形象「觀音菩薩」出現。心猿每遇無法排解的困難時，她現身解除困境。第十五回菩薩早已說：

「我門中以寂滅爲眞，須是要信心正果，假若到了那傷身苦磨之處，我許你叫天天應，叫地地靈。十分再到那難脫之際，我也親來救你。你過來：我再贈你一般本事。」菩薩將楊柳葉兒，摘下三個，放在行者的腦後，喝聲「變!」即變做三根救命的毫毛，教他：「若到那無濟無主的時節，可以隨機應變，救得你急苦之災。」

她在西遊記中的造型是法力無邊，化身億萬的神，但她並不是最高的神，而是由如來佛代表最高的神格。因此，她竟有一次無法辨認眞、假悟空，只好向如來佛求助。現摘錄原文如下：

我佛合掌道：「觀音尊者，你看那兩個行者，誰是眞假？」菩薩道：「前日在弟子荒境，委不能辨。他又至天宮、地府，亦俱難認。特來拜告如來，千萬與他辨明辨明。」如來笑道：「汝等法力廣大，只能普閱周天之事，不能廣會周天之種類也。」(第五十八回)

雖然如來佛的精神境界較觀音菩薩更上一層樓，但是她絕不是如來佛的道具，而是依照自己的意志和判斷而決定、行動的獨立神格。可是規定行動之大範疇的是如來佛的意志或者超越他的命運的意志，因此觀音菩薩所能作到的是執行偉大的意志。換言之，她奉如來佛之命，讓三藏一行於西行途中經歷預定的八十一個災難，以到達靈山(註三九)。雖然觀音菩薩與如來佛兩人在西遊記中的造型無非都代表高深的精神因素，但是觀音菩薩是直接參與災難解決的工作，而如來佛僅是站在較超然客觀的地位。

總之，解難的主角是心猿。在解難途中，心猿有時自力解難，但他常面臨無法推進下一步行動的絕境時，遇見許多人物，如土地神、山神、老媽媽、老翁等，而獲得他們的幫助和指引，解決災難。可是連這方法不能奏效，危急不能消除時，他只好請觀音菩薩或如來佛現身解難。

總結地說，西遊記四十四個災難故事以災難的預兆、開始、延續以及解決的四個步驟來構成。由上述四十四個故事結構的分析，可見作者顯然藉故事和象徵，具體地表現一個人心靈歷練的冒險過程。災難故事的主角三藏經歷八十一難的過程，必須認淸他整個自我的各個層面(卽心靈中較高一等的智慧和較低一等的情慾等等)，甚至包括蠕動在心靈深處的潛意識，以調和心靈世界。吳承恩創造的三藏是代表我們之中的一個，所以經歷此自我歷練過程中，他常常表露出因不能洞悉自己(自我與潛意識)的眞相所產生的恐懼以及其結果產生的易怒、急躁、憂慮等等。這正是作者有意藉災難故事提示的人類深刻又普遍的眞相。基於此點，本章提名爲「八十一難的基型結構」。

〔附註〕

註一:第六十難「多目遭傷」的造因已潛伏在第五十九難「七情迷沒」的進行過程中，但其事件發展格式自成一格，卽各有災難的預兆、開始、延續、解決部份，故分成爲兩個故事。

註二:五十回回目「情亂性從因愛欲，神昏心動遇魔頭」直截了當地道出三藏、八戒、沙僧的性情迷亂、心神不淸的精神狀態。

註三:見E · 佛洛姆著，葉頌壽譯，「夢的精神分析」，志文出版社，新潮文庫五四，民國六十五年十月再版，臺北，頁十九。

註四:參見姚一葦著「美的範疇論」，臺灣開明書店，民國六十七年九月初版，臺北，頁六十八。

註五:「普遍的象徵」指對於大部份人類(若非全體人類的話)含有相同或極爲相似意義的那些象徵。

註六:見西遊記，頁一四五 ~ 一四六。

註七:E · 佛洛姆把象徵分成三種：慣例的象徵；偶發的象徵；普遍的象徵。「偶發的象徵」指對於個人含有特殊意義的那些象徵。例如某一個人在某城市曾遭遇過慘痛悲哀的經驗，當這個人聽到這城市的名稱，他會很容易把這個名稱與悲哀的心情一起相連。城市本身一點也沒有悲傷的本質。事實上是由於他把個人的經驗與城市連合一起，才使它成爲心情的象徵。卽象徵與被象徵的經驗間的關連完全是偶然的。請參閱E•佛洛姆著，葉頌壽譯，「夢的精神分析」，頁一九 ~ 二三。

註八:見李符永著「分析心理學(附題：C. G. Jung的人間心性論)」，一潮閣，一九七九年二月再版，韓國，頁一一八。

註九:參閱 wiffred L. Guerin外三人合編，徐進夫譯，「文學欣賞與批評」，幼獅文化事業公司，民國六十七年十月再版，臺北，頁一五六。

註十:「潛意識的補償作用」指潛意識可補償意識態度的缺陷、偏見、反常和危險，以圖精神的調和。例如意識趨於過度理智，潛意識則爲補充意識的缺陷便帶有情感的傾向。

註十一:陳玄奘(唐三藏的俗名)父親是狀元，母親是丞相之女。兩人往任所途中遇見強盜，其父被賊打殺，其母被賊強佔爲妻。所以玄奘出生後便遭遇被賊受害的危險，故其母將他遺棄在江水中。參閱西遊記第九回「陳光蕊赴任逢災，江流僧復讐報本」。

註十二:見同註九，頁一三五。

註十三:參見Northrop Frye, Anatomy Criticism Four Essays (Princeton University pres 1957)，p. 152.

註十四:作者所吟誦的詩句「此時三藏解燥除煩，情心了意」明顯地提示火焰山的象徵意義。

註十五:作者所吟誦的詩句「爲人誰不遭荆棘，那見西方荆棘長。」暗示荆棘的象徵意義。

註十六:作者爲了表現朝聖人嚮往理想世界的堅忍不拔的意志，安排衆多艱難危險接二連三來阻擋取經人的前路。如此一來，便不是一個單純的情節所包容，而需要大量的穿挿和複雜的故事來表達。因此作者先經由繁複的四十四個災難故事來表達朝聖人在漫長的旅途上所經歷的千辛萬苦，更從一個故事內挿入的種種衝突事件來加深災難的意義。換言之，在災難進行過程中，作者常常加入一些衝突事件，以圖災難故事幻變多姿，曲折離奇。

註十七:可歸入於第一種情形的故事有：諸如第二、五、六、八、九、十二、十三、十四、十六、十七、十九、二十、二十三、二十四、二十七、二十八、三十一、三十二、三十三、三十四、三十五、三十七、三十九、四十、四十一故事。可歸入第二種情形的故事有：諸如第七、十 五、十八、二十一、二十六、二十九、三十故事。

註十八:除了本文所擧的妖怪以外，還有第十六故事「被魔化身」～「請聖降妖」的紅孩兒、第十九故事「路逢大水」～「魚籃現身」的靈感大王、第二十故事「金兜山遇怪」～「問佛根源」的獨角兕大王、第三十一故事「七情迷沒」的蜘蛛精、第三十三故事「路阻獅駝」～「請佛收魔」的老魔、二魔、三魔、第三十四故事「比丘救子」 「辨認眞邪」的國丈鹿精、第三十七故事「隱霧山遇怪」的南山大王、第四十故事「玄英洞受苦」 「趕捉犀牛」的辟寒大王、辟暑大王、辟塵大王等都熱切渴望吃三藏的肉。

註十九:見於第三十五故事「松林救怪」～「無底洞遭困」的地湧夫人和第四十一故事「天竺招婚」的玉兔兩個女妖則欲招害唐僧爲夫，以達成長生不老的慾望。

註二十:見西遊記，頁一O五六。

註二一:見西遊記，頁七一一 ~七一四。

註二二:吳承恩常常諷刺人世的各種醜態。因此佛門和尙也逃不出他銳利的筆鋒。

註二三:朝聖團成員都是神界的人物，但他們却個個犯錯得罪，例如唐三藏不聽說法，輕慢如來佛的大敎；孫悟空攪亂蟠桃會，大鬧天宮；猪八戒帶酒戱弄嫦娥，沙僧在蟠桃會上失手打碎玻璃盞，所以他們貶謫人間。因此他們必須通過一連串贖罪儀式(取經事業)，才能回復原有的地位。是故他們四人在共同命運下組成朝聖取經的特殊集團。

註二四:六耳獼猴(指假悟空)與孫悟空的爭鬪若就表層意義上而言，是屬於妖怪與朝聖者的衝突一類，但就深層意義上而言，六耳獼猴顯然是代表孫悟空的叛逆心。故在此詳細加以論述之。

註二五:作者在第三十八回、四十七回、八十六回及八十九回等回目中，指明悟空屬金，八戒屬木，沙僧屬土。詩文中的金公是指孫悟空，木母則乃是八戒，黃婆則乃是沙僧。參閱傅述先「西遊記中五聖的關係」，中華文化復興月刊，第九卷第五期，頁十～十七。

註二六:參見夏志淸著，何欣譯，「西遊記研究」，現代文學，第四十五期，頁八四～八五，特別是以下一段:「吳承恩表現的唐三藏主要是他的第三方面，做爲一普通的人，經歷一個危險的旅行，一點兒小小的不安就會激怒他。旣好生氣又無幽默，他偏愛那一小群人中最懶惰的一個，表現很少的理解力」等等。

註二七:在專制時代可能無法描寫主角打殺不仁不義國君的場面。因此吳承恩以「調虎離山」之計來處理孫悟空對付造難者一君王的場面。

註二八:不屬此三種方式的災難故事有兩個，是三藏收孫悟空爲徒弟之前所遭逢的災難，卽第二故事「出城逢虎」 「折從落坑」、第三故事「雙叉嶺上」。此兩則災難故事筆者不欲包括在此討論範圍之內。

註二九:見同註二六，頁八五。又見羅龍治「西遊記的神話寓言及其戲謔式的喜劇」，露泣蒼茫，時報文化出版事業公司，民國六十七年五月，臺北，頁一一二。

註三十:見方瑜「論西遊記 - 一個智慧的喜劇」,中外文學，第六卷第五期，頁二十。

註三一:陳序是間接引述世德堂本據以刊刻的舊本裏的序中語，不知是否爲吳承恩所自作。

註三二:見蒲安廸(Andrew H · puks)著，孫康宜譯，「西遊記、紅樓夢的寓意探討」，中外文學，第八卷第二期，頁四二～四三。

註三三:參閱張漢良著「楊林故事系列的原型結構」，原載於中外文學第三卷第十一期，茲收入「中國古典文學論叢」，册三神話與小說之部，頁二五九～二七二。

註三四:引自同註三三，頁二六七。原見C. G. Jung，Four Archetypes，translated by R. F. C. Hull (Princeton University Press, 1973)，p. 94.

註三五:見C. G. Jung, Four Archetypes, pp. 95-96.

註三六:引自同註三三，頁二六七。原見C. G. Jung, Four Archetyps，p. 100.

註三七:中國、日本、韓國等地域的佛教信徒所敬愛的觀世音菩薩是女性。有關觀音菩薩性別問題的詳細研究見於張沅長著「觀音大士變性記」一文，載於聯合報，民國六十九年一月十五日。

註三八:參見C. G. Jung， Four Archetyps, p. 16.

註三九:見入谷仙介著「女神放浪者」，原載於「吉川博士退休記念中國文學論集」，筑摩書房，昭和四十三年三月十八日、頁六二五。

第五章　結　論

由上述各章的分析，我們可以知道吳承恩藉西遊記八十一難的故事所闡明的是人的本性以及使人蛻變的歷練過程(卽開悟的過程)。認識自己本有的覺性是極不容易達成的。雖然絕大多數人不太願意付出莫大的努力，忍受痛苦的考驗而認識自己，但是西遊記的主角唐三藏註定在災難重重下，來體認自己。換言之，三藏於西行的取經路上遭逢的各種磨難是通往眞實世界的路途中所必須經歷的關卡。一跨出法門寺所遇到的種種魔障是將三藏壓抑在潛意識裏的卑下與不快的諸層面向外界投射出去的幻象。因爲三藏本身對自己的身軀、對自己的心智有所執著，所以他持著此自覺意識面對的世界並不是外界存在的實象，而是其潛意識向外界投射的虛妄的幻象；這並不是因爲三藏沒有能力看透事實的眞象，而是由於他不允許自己察覺蠕動在潛意識深處的眞實。在此情況下三藏的意識所把握的內容大部份是由虛構與幻象交織而成的，因而無法洞悉事實的本象。如果將人的潛意識比成廣濶無邊的大海洋，意識則如同大海中的一小島嶼。換言之，意識僅能代表人的一小部份，潛意識是代表整個的人，是人性的總滙，包含著他一切光明與黑暗的潛在性。常常現身西天路上幫助孫悟空排解困難的諸神祇(見本文第四章第四節)正是代表唐三藏潛意識中的光明面；既然如此，三藏在西行路上遭逢的面目猙獰、心狠手辣的許多鬼怪妖魔乃代表他潛意識中的黑暗面。他必須要領悟一方面並不把內心的邪惡面壓抑，而是將此邪惡面(指慾望)在擴大的意識(註一)所照亮的光明與溫暖下，得以融化消失，另一方面解放內心深處隱藏的覺性(卽佛性)，卽意識到遺忘已久的人類純然的本性。正如孫悟空所言「佛在靈山莫遠求，靈山只在汝心頭。人人有個靈山塔，好向靈山塔下修。」，每個人本有佛性，並不是在自性以外，另有一個可求的佛性。但此自性通常隱藏在潛意識深處被擠壓被扭曲，不但不易被人察覺，並且無法露出它的靈光。所以必須經由自己認識的磨練過程，才能更直接、更充份的認識自己本來的面目，並由此克服自我迷戀、幼稚、自私、固執等人的醜惡，與世界達成新的和諧、新的合一。破除心智，覺悟眞象的此一新的體會乃是精神境界的更上一層樓—「復歸於嬰兒」的狀態。簡言之，佛門的開悟從心理學的立場而言，正是指自身之內體驗到原先隱藏在潛意識的東西，並且把它歸入他的意識中。卽消除抑制，繼而觸及到生命最深的本源，並藉此體驗到與衆共有的普遍的、原初的、本然的人性(註二)。

因爲唐三藏正是置身在此自我歷練的路上，所以他在西行途中表露出不能洞悉自己時的各種樣態，諸如恐懼、不安、緊張、煩惱等情緒反應以及其結果導致的自私、固執、幼稚等態度。現代批評家看唐三藏的各種表現，認爲三藏只不過是一個「膿包相」、「一頭水」、「不太好的領導者」、「僞善者」。 從三藏的心理分析，我們可以知道他心理反應的來籠去脈，並藉此了解那令人不齒的樣態正是開悟過程中無法避免的自然的反應。我們並不只能看三藏的外在表現來嘲弄他、謾罵他，而是應該從透視他的內心世界來評價他、了解他、同情他。因爲三藏是俗世人的表徵，是我們之中的一個，或許是你，或許是我。如果我們之中的一個人步入三藏所苦歷的八十一難的路途，誰能較三藏表現得更公正無私、活潑、溫柔、和諧呢？除了極少數已走過此八十一難的路途實地體會到自己同宇宙關係的覺者(卽「佛」)以外，沒有一個人能超出三藏露出的恐懼不安的姿態而淡然面對自己和世界。雖然同量齊觀三藏和我們，但是由於三藏堅決地選擇大多數人不敢踏上的艱苦的路途，他還是超出我們一籌。因此他不但走完十萬八千里朝聖取經之路，而且在凌雲渡脫胎換骨，終於成爲覺者—旃檀功德佛。但作者將此成佛成果的意義構築在諷刺的骨架上面。故孫悟空迫使三藏脫胎換骨、超凡入聖(見本文第一章)；但從第四章「八十一難的基型結構」分析，我們可以肯定三藏的脫胎正是他的心靈(由孫悟空代表)拯救自己，並藉此解脫一切環境給與的限制，進入自在的境地。事實上沒有一個人救另一個靈魂，人只能救自己。總之，三藏所歷經的西行路途正是他本身撤除虛妄無實的幻象，逃出心智的枷鎖，完成圓滿成熟的人格的路。從三藏的心理分析，我們能切實地把握住佛門「開悟」的涵義。

吳承恩藉文學的技巧將「內心世界」的體驗傳達到「外在世界」之中，以提示生命的最終答案。他首先取材於一般人熟悉的正史上的唐三藏取經故事，加以把舊有的素材(宋、元人的西遊故事)選擇去取，大量增加篇幅，再度編排故事情節，重新創造人物，完全脫離前人的窠臼，完成中國古典小說名著中最傑出的這部西遊記。西遊記每個故事和出現人物之間形成的有機性連帶關係、洋溢全篇的神怪幻想以及貫穿全書的詼諧嘲弄，使得這部作品不但充滿生命的躍動和新奇，而且具有豐饒的幽默和風趣。因此無論男女老少，販夫走卒無不喜愛這部小說。作者雖然憑著自己的創作天才,創造是部最獲廣大庶民讀者喜愛的小說，但是使得這部作品具有不休生命力和持久魅力的內在精神正是來自作者憑藉離奇古怪的幻象世界來傳達給讀者的深刻又普遍的人性的層面。我們可以單純的享受西遊記的卓越幽默、純善的諷刺，但是我們不能不注意西遊記在表面故事情節之背後所蘊含的，使得讀者內心深處產生共鳴和迴盪的人生哲理。

〔附註〕

註一:意識和潛意識之間的相互關係並非固定不變的。潛意識雖然是無限廣大的，但意識也藉認識潛意識的內容，擴大其範疇。

註二:見鈴木大拙•佛洛姆共著，孟祥森譯，「禪與心理分析」，志文出版社，民國六十六年一月再版，臺北，頁一九一 ~ 一九二。

참고문헌

1. 문헌

『孟子』

『大學』

『管子』

【唐】慧立 撰,『玄奘大師傳』, 廣益印書局.

【明】吳承恩 撰,『西遊記』, 華政書局.

【明】吳承恩 撰,『西遊記』, 世界書局.

【明】吳承恩 撰,『吳承恩詩文集』, 河洛圖書公司, 1975, 臺北.

【清】郝懿行 箋疏,『山海經箋疏』, 中華書局.

2. 저서

郭箴一,『中國小說史』, 商務印書館.

胡 適,『胡適文存』第2輯, 遠東圖書公司, 1961, 臺北.

唐君毅,『人生之體驗』, 新亞研究所.

唐君毅,『人生之體驗續編』, 新亞研究所.

樂蘅軍,『古典小說散論』, 純文學出版社, 1976, 臺北.

盧 萍,『心理研究』, 五洲出版社, 1968, 臺北.

羅龍治,「西遊記的神話寓言及其戲謔式的喜劇」,『露泣蒼茫』, 時代文化出版事業公司, 1978, 臺北.

李辰冬,『三國, 水滸與西遊』, 水牛出版社, 1977, 臺北.

黎建球,『人生哲學』, 三民書局, 1976, 臺北.

李序僧,『人格心理學』, 台灣書店, 1968, 臺北.

李 震,『人的探討』, 文壇出版社, 1971, 臺北.
孟廣厚,『人性與心理』, 三民書局, 1974, 臺北.
齊曉鳳,「元代公案劇的基型結構」,『文學評論』第四集, 巨流圖書公司, 1975, 臺北.
錢靜方,『小說叢考』, 長安出版社, 1968, 臺北.
薩孟武,『西遊記與中國古代政治』, 1970, 三民書局, 臺北.
釋印順,『性空學探源』, 慧日講堂.
倓虛大師 講,『心經講錄』, 中華佛教圖書館.
王鼎鈞,『小說技巧擧隅』, 光啟出版社, 1963, 臺中.
王孺松,『孟子論性與修為學』, 教育文物出版社, 1974, 臺北.
王孝廉,『中國的神話與傳說』, 聯經出版事業公司, 1977, 臺北.
斌宗老法師 述,『般若波羅蜜多心經要釋』, 大乘精舍印經會.
薛保綸,『孟子的哲學』, 弘道文化事業公司, 1976, 臺北.
姚詠萼,『笑談西遊記』, 時報文化出版公司, 1978, 臺北.
姚一葦,『美的範疇輪』, 臺灣開明書店, 1978, 臺北.
姚一葦,『戲劇論集』, 臺灣開明書店, 1969, 臺北.
葉慶炳,『中國文學史』, 葉慶炳, 1974, 臺北.
余英時,『紅樓夢的兩個世界』, 聯經出版事業公司, 1978, 臺北.
趙 聰,『中國四大小說之研究』, 友聯出版社, 1964, 香港.
周伯達,『心物合一論』, 濱聞書舍, 1971, 臺北.
周紹賢,『佛學概論』, 文景出版社, 1973, 臺北.
周紹賢,『道家與神仙』, 中華書局, 1970, 臺北.
周樹人,『中國小說史略』, 明倫書局, 1969, 臺北.
周中一,『佛學論著』, 東大圖書公司, 1978, 臺北.
阿德勒 著, 歐申談 譯,『性格學』, 開山書店, 1974, 台南.
鈴木大拙, Erich Fromm 共著, 孟祥森 譯,『禪與心理分析』, 志文出版社, 1977,

臺北.

佛斯特 著, 李文彬 譯, 『小說面面觀』, 志文出版社, 1973, 臺北.

莫達爾 著, 鄭秋水 譯, 『愛與文學』, 遠景出版社, 1976, 臺北.

威廉 著, 張志澄 編譯, 『短篇小說作法研究』, 商務印書館, 1935, 上海.

C. G. 容格 著, 黃奇銘 譯, 『尋求靈魂的現代人』, 志文出版社, 1971, 臺北.

Erich Fromm 著, 葉頌壽 譯, 『夢的精神分析』, 志文出版社, 1976, 臺北.

G. M. Kinget 著, 陳迺臣 譯, 『論人』, 成文出版社, 1978, 臺北.

John D. Jump 主編, 顏元叔 譯, 『西洋文學術語叢刊』, 黎明文化事業公司, 1978, 臺北.

Wiffred L. Guerin 外 3人合編, 徐進夫 譯, 『文學欣賞與批評』, 幼獅文化事業公司, 1978, 臺北.

W. Kenney 著, 陳迺臣 譯, 『小說的分析』, 成文出版社, 1977, 臺北.

入谷仙介, 「女神と放浪者」, 『吉川博士退休記念中國文學論集』, 築摩書房, 1968, 日本.

C. G. Jung, *Four Archetypes*, translated by R. F. C. Hull, Princeton University Press, 1973.

Northrop Frye, *Anatomy Criticism: Four essays*, Princeton University Press, 1957.

미르체아 엘리아데 著, 鄭鎭弘 譯, 『우주와 역사: 영원회귀의 신화』, 현대사상사, 1976.

욜란디 야코비 著, 李泰東 譯, 『칼 융의 심리학』, 성문각, 1988.

李符永 著, 『분석심리학』, 일조각, 1979.

3. 논문

方 瑜, 「論西遊記 - 一個智慧的喜劇」, 『中外文學』, 第6卷 第5-6期.

傅述先, 「西遊記中五聖的關係」, 『中華文化復興月刊』, 第9卷 第5期.

黃慶萱,「西遊記的象徵世界」,『幼獅月刊』, 第46卷 第3期.
李辰冬,「怎樣瞭解西遊記這部書」,『中國文選』, 第119期.
李辰冬,「西遊記的人物分析」,『暢流』, 第6卷 第11期.
蒲安廸, 孫康宜 譯,「西遊記, 紅樓夢的寓意探討」,『中外文學』, 第8卷 第2期.
夏志清, 何欣 譯,「西遊記研究」,『現代文學』, 第45期.
張漢良,「楊林故事系列的原型結構」,『中外文學』, 第3卷 第11期.
張沅長,「觀音大士變性記」,『聯合報』, 1980.
趙 聰,「說西遊」,『文學世界』, 第43期.
趙相元,「淺說西遊記與天路歷程」,『高雄師院學報』.
智 君,「從天災人禍看觀世音菩薩」,『中國佛教』, 第21卷 第7期.
Andrew H. Plaks, 孫康宜 譯,「西遊記, 紅樓夢的寓意探討」,『中外文學』, 第8卷 第2期.

4. 번역 시 참고한 문헌

곽철환 저,『시공불교사전』, 시공사, 2003.
김승동 저, 도교사상사전, 부산대학교출판부, 2004.
마노 다카야 저, 이만옥 역,『도교의 신들』, 들녘, 2001.
오승은 저, 서울대학교 서유기 번역연구회 역,『서유기』, 솔, 2004.
오승은 저, 임홍빈 역,『서유기』, 문학과지성사, 2003.
용하 저,『불교사전』, 불천, 2008.
정재서 역주,『산해경』, 민음사, 1996.
한국사전연구사 편집부 저,『종교학대사전』, 한국사전연구사, 1998.
한보광, 임종욱 저,『중국역대불교인명사전』, 이회문화사, 2011.
한국학중앙연구원 저,『한국민족문화대백과사전』(http://encykorea.aks.ac.kr/)

찾아보기

ㅇ

ㅈ

ㅊ, ㅌ, ㅍ

ㅎ